対話形式で語る

近代俳人入門

青木 亮人

青木先生
大学で近現代俳句を研究し、講義「俳句学」を担当。

俳子
松山出身。幼少時からの俳句好きで、現在は大学生。元「俳句学」受講者。

もくじ

主な近代俳人年表（目次順）

平成	昭和	大正	明治
1989	1926	1912	1868

自由律俳句　新傾向俳句　俳句革新
前衛俳句　新興俳句
人間探求派
プロレタリア

俳人	没年	生年
正岡子規	1902	1867
河東碧梧桐	1937	1873
高浜虚子	1959	1874
飯田蛇笏	1962	1885
原石鼎	1951	1886
尾崎放哉	1926	1885
種田山頭火	1940	1882
山口誓子	1994	1901
水原秋桜子	1981	1892
高野素十	1976	1893
阿波野青畝	1992	1899
芝不器男	1930	1903
杉田久女	1946	1890
中村汀女	1988	1900
星野立子	1984	1903
富安風生	1979	1885
山口青邨	1988	1892
川端茅舎	1941	1897
松本たかし	1956	1906
中村草田男	1983	1901
日野草城	1956	1901
石田波郷	1969	1913
加藤楸邨	1993	1905
西東三鬼	1962	1900
渡辺白泉	1969	1913
富澤赤黄男	1962	1902

—凡例—

・会話中の①〜の解説は各章末尾に掲載。「プロローグ」と「正岡子規」のみ、通し番号で付しています。なお、引用句の収録句集解説との関係で、番号が順番通りでない章があります。

・元号が見開きページで複数ある場合、最初のみ「明治〜」とし、後は適宜「同〜」としています。新元号が出た場合はそのつど元号を示しています。

・西暦は見開きページ内の最初の元号に適宜付しています（分量の都合上、略した箇所もあります）。

プロローグ

（ナレーション）
青木先生が道後公園を散策していると、講義「俳句学」の受講生だった俳子さんと再会します。

青木先生（以下、青） おや、こんにちは。凄い格好ですね。菅笠に脚絆……演劇の練習ですか？
俳子（以下、俳） あら、お久しぶり。正岡子規さんのコスプレよ①。似た格好をすれば名句も浮かぶかと。ごほごほ、喀血が。
青 みんなヘンな眼で見るので笠ぐらい取りましょう。結核でもないのに、嘘つきは俳人の始まりですよ。
俳 イヤなことわざを創作しないで。傑作を得ようと頑張る乙女心も知らずに……**〈枕木を五月真乙女一歩一歩〉**という感じで一歩ずつ精進していますのよ。
青 中村草田男の句ですね。菅笠に脚立姿の乙女が一歩ずつ進む俳句道、その怪しすぎる行末が危惧されますが、なぜ子規に惹かれるんですか？
俳 俳句革新の英雄！ 教科書にも掲載される大俳人ですわよ。
青 でも、当時の子規の凄さは今や分からないことも多いんですよ。
俳 へー（冷めた口調）
青 まあ、そう言わずに。子規が革命児だとして、明治期に彼が何をしたか知らないことも多いはず。
俳 古臭い俳諧を蹴散らして新しい俳句を作ったんでしょう？
青 ええ。江戸後期から俳諧宗匠が月並②ばかり詠んでいたため、停滞した俳壇を子規が彗星のように現れて革新した、と。
俳 だから凄いんじゃない。（鼻高々）
青 あなたが胸を張らなくとも。当時の子規たちが宗匠の何を古いと感じたのか、ご存じでしょうか？
俳 し、知らないわ。歴史に名を残さないダメ宗匠なんか興味ないし。
青 そこです。子規の新しさを知るには彼らが古いと感じたものを知る必要がある。それに子規は百年以上前の俳人ですし、「子規＝革新者」と定説のイメージをなぞるだけでは実態を把握しにくいと思いませんか？
俳 仰ることも分かりますが、昔のことを地道に調べるのは面倒。それに毎日忙しいんです、朝からリヤカー引いて山向こうの村に牛乳を……。

青　いつの時代ですか。昔を知ると今の私たちの価値観の特徴や偏りが分かりますし、明治や大正期に発生した俳句観を伝統と思いこんでいるかもしれない。どうでしょう、俳子さんは俳句がお好きなので近代俳句史をおさらいしませんか。句作に直接活かせるかは別として、「俳句とは?」を考える契機になりますよ。

俳　お願いします。今まで本能で句作するだけで、「俳句とは」など面倒事は避けてきたのでありがたいです。菅笠かぶるよりはいいかも。

青　話は変わりますが、俳子というお名前、珍しいですね。

俳　俳句好きの祖父が「初孫は女子なら俳子」と決めたらしいの。おかげで俳句好きになりましたわ。ちなみに笠や脚絆は祖父のものよ。

青　……お祖父様は孫の子規コスプレを止めなかったんですか。

俳　むしろ薦めてくれたわ。「結核には気を付けてな」と心配しながら送り出してくれました。

青　お祖父様が笠や脚絆を持っているのも気になりますが、日が暮れるので後日に大学でお会いしましょう。

俳　子規さんの**〈行く我にとどまる汝に秋二つ〉**③ね。達者で暮らせ。

青　いや、二人とも帰るんですよ。私だけ道後公園で夜を迎えてどうするんですか。

―解説―

①子規がまだ健康で各地を旅行した際に求めたもので、晩年の病床の部屋に飾っていた。

②月並―「毎月のように同じ作風を詠み続ける退屈な作品」という意味で、子規たちが批判的に使用して広まった。

③「行く我に」句―明治28（1895）年、松山から東京に向かう子規が松山中学校の英語教員をしていた夏目漱石との別れを詠んだ作品。

正岡子規

・正岡子規（慶応3〔1867〕～明治35〔1902〕）―松山藩士族、本名は常規《つねのり》。近代俳句の創始者で、「写生」を提唱した。早世したが、弟子格だった高浜虚子や河東碧梧桐が俳句界を牽引したこともあり、近代俳句の祖とされる。

（ナレーション）

道後温泉を散策していた青木先生が、人力車に乗る俳子さんと再会します。

青　おや俳子さん、人力車④に乗って何をしているんですか。

俳　あら先生、「車上所見」⑤をご存じなくて？　次の勉強会で子規さんを取り上げるると仰ったから、子規さんを追体験をしていたのよ。先生こそ赤手拭いをぶら下げて何を……「坊っちゃん」ごっこ？

青　当たり。そちらは子規、こちらは漱石。互いの文豪調査中にお会いしたのも何かの縁、本当は大学教室で行う予定でしたが、道後温泉で俳句史の続きをしましょうか。

俳　いいですね。人力車に乗って子規さんの気持ちも追体験できたのでお願いします。それにしても、いかにもな赤手拭いを一体どこで？

青　フッ……正岡子規の話から始めましょう。英雄とされる彼の生涯がいかなるものか、見てみましょうか。

松山藩士族、子規

俳　（「赤手拭いは？」という心の声を抑えつつ）以前も仰っていましたよね。そこを聞かせてもらおうと思っていました。

青　子規は最初から俳人になろうとしたわけでないのはご存じですか？

俳　えっ（絶句）

青　彼は東京帝国大学まで進学したエリートで、「末は博士か大臣か」と謳われた立身出世を歩む士族。父が早世したため一家を背負う長男で、大学を卒業して社会的地位や収入、名誉を手に入れねばならなかった。文学者など論外！と郷里の親戚たちは思っていたはずです。

俳　うっそおー。

青　子規は文学者として有名ですが、何より松山藩士族というのが大きい。親藩の松山藩は幕末の長州征伐⑥で攻め入ったりしたので明治の薩長閥に冷遇されます。松山藩出身者が中央で活躍するのは難しく、それに没落した士族階級は食べていかねばならず、でも商売や農作業も出来ない。そこで松山藩が考えたのが……

俳　ええじゃないか運動？

青　幕末に民衆が「ええじゃないか」と踊り狂った謎現象ね。違いますよ、全てを忘れて恍惚境に入ってどうするんですか。旧松山藩は若者に教育の機会を与え、ある程度実力を活かせる学歴社会で勝ち抜けるよう後押しするんですよ。奨学金を設けたり、東京に寄宿舎を建てたりとか。

俳　あ、知ってる。鳴雪さん、そこで子規さんと知り合うんですよね。

青　よくご存じですね。年長の内藤鳴雪⑦は宿舎監督で、入舎してきた子規から俳句を教わるようになり、後に子規派として活躍します。鳴雪や高浜虚子、河東碧梧桐も士族ですし、子規派は「松山藩士俳句革命派」の雰囲気が強かったんですよ。

俳　政治では負けたが、文学や芸術では我こそ！　という気概ですかね。子規さんの時代は、現代の私たちが考える以上に政治と文学が近かったのでしょうか？

青　ええ。後に子規派初の俳誌「ホトトギス」を創刊した柳原極堂《きょくどう》も松山藩士族で、政治運動をしながら新聞社に勤め、言論活動・政治改革・俳句革新が一致した知識人でした。

俳　学校では「明治から近代」と学ぶので明治時代に武士が消えた印象がありますが、子規さんたちはまだ士族の意識が強烈で、松山藩の誇りも強かったんですねえ。

青　子規たちは松山藩出身ゆえに薩長閥への反感もあり、国のためにという士族意識も強く、それが松山から在野の文学関係で頭角を現す子規派や軍人の秋山兄弟が輩出した要因になったと思います。

幼少時の子規

青　当時の士族は幼少時から儒学や漢詩文を学びますが、子どもの子規は勉強がよく出来たらしい。お母様の八重《やえ》のパパが儒学者の大原観山《かんざん》⑧で、私塾を開き、孫の子規も通います。飲みこみが早いので観山は教えるのが楽しく、それに可愛かったので断髪を許さず、子規は丁髷姿で小学校に通ったそうですよ。

俳　可愛かったので断髪禁止？　お祖父様のコスプレ趣味ですか。

青　維新後は断髪の洋風髪型が流行りますが、観山は孫の子規に武士の自覚を持て、と断髪させなかったんですよ。でも、学校で「やーい、まげ」とからかわれ、やむなく断髪。

俳　古い世代の押しつけね。私も曾祖父に防空壕の飛び込み方や食べる野草の見分け方とかやらされたわ。

青　子規の場合とだいぶ違うような……あと、子どもの頃の彼は泣き虫で、よくいじめられたらしい。お母様の八重の回想によると、幼少の子規はヘボで、身体が弱く、丸々と肥えてよく泣かされたので鬼ごっこや縄跳び等の遊びはあまりせず、妹の律《りつ》さんが敵討ちをするほどだったとか⑨。

文学好き

青　一方、幼少から親しんだ漢詩文は好きで、友人同士で回覧雑誌を作って自作の漢詩文を発表し、互いに評し合ったり、編集を担当したりと早い時期から文学趣味を発揮しました。

俳　さすが子規さん。それも一人で黙々と詩文を詠むのではなく、仲間たちと雑誌を作ったりするところが後年の子規グループの活動と似ていますよね。

青　仰る通りで、子規は孤独な文学者というより、集団で表現制作を行うことに早くから慣れていたんですよ。何より、幼少期に漢詩文の教養を身につけたのは大きい。後の切れ味鋭い俳論を書く土台になり、逆に数学等をきちんと勉強しなかったので上京後の学校で苦しむ遠因になります。その彼は中学校に入ると自由民権運動に影響されて演説したり、東京に行きたいと熱望し始める。松山は土佐が近く、民権運動に影響を受けた士族が多かったんですよ。

俳　それも先ほど仰った文学と政治が近い、という時代状況ですかね。

青　そうなんです。自由民権運動は薩長閥の中央集権国家像に反対し、四民平等的な自由民権を実現しよう！　と土佐の士族が中心になった運動で、各地で演説して流行しました。後の子規の俳句革新は西洋に負けないように自国文化を再建せねばという士族特有の使命感が強いので、10代の彼が民権運動に感化されたのは興味深いですね。大きく捉えると、自由民権運動に賛同してよりよい国を作ろう！という発想と、旧弊な俳諧を新しい時代の文学に変革してよりよい国を作る一助に！　という認識は子規の中でそこまで遠くないはずです。

俳　今の私たちは子規さんを文学者と捉えがちですが、基本はサムライ子規さんという感じでしょうか。でも、なぜそこまで東京に行きたがったんですかねえ。単なる都会への憧れだけでもないような。

青　むしろ立身出世的な向学心や好奇心の強さでしょう。勉学が出来た彼は首都で最新の政治動向や学問等を吸収したかった。自由民権運動や国会開設等、時代が動いている時に松山でのんびりできぬ！　と叔父の加藤拓川《たくせん》に直訴し続けた結果、やっと認められて東京に旅立つわけです。

俳　叔父の加藤さん？

青　子規の母の八重さんの弟で、外交官や貴族院議員等を歴任した方です。土佐の中江兆民《ちょうみん》にフランス語を学び、第一次世界大戦後の講和会議にも出席しました。その拓川が東京にいて、甥の子規の上京を許可した後、彼を様々に援助します。中でも大きかったのが子規に陸羯南《くがかつなん》を紹介したこと。

俳 おお？　確か子規さんが尊敬した新聞社の方だったような。

青 羯南は日本新聞社社長で、賊軍の弘前藩士。加藤拓川とは司法省法学校以来の親友で、羯南は大学中退の子規を雇い、後々まで庇護者的存在になります。日本新聞社は保守的改革派ナショナリスト士族集団で、欧化主義の政府を批判して発行停止を何度も喰らっており、その「日本」に子規の選句や重要な論が発表されました。その点、俳句革新は御一新後に薩長閥から弾かれた在野の憂国サムライたちの運動の一つ、と捉えた方がいいかも。陸羯南や子規はともに賊軍側の士族ですしね。

文学者の道

俳 子規さんや「日本」のイメージがかなり変わりました。チェストォオォ！　と激しい感じなんですね。

青 それは薩摩示現流《じげんりゅう》の気合の声なので、子規や羯南たちの霊前で言わない方がいいような……で、子規は16歳の時に上京、藩主久松家の給費生として東京で暮らし、宿舎に入って帝国大学に進学しますが、郷里の親族が子規に期待したのは正岡家を経済的に養い、名誉を得ることでした。父を亡くした正岡家長男として、子規は母の八重や妹の律を養い、また松山藩の汚名を晴らすには大学を卒業して立身出世する必要があったわけです。天下無用の文学者などもっての外で、間違っても貧乏士族がハマる稼業でなかったのは確か。

俳 ガーン……でも、それならなぜ文学者に？　かえって疑問。

青 そこです！　上京した子規は帝国大学に入るための予備門に合格し、帝大本科にも無事入学しましたが、明治25（1892）年に中退を決意してしまう。一番の理由は……

俳 ああ分かった！　喀血ウゥウ！

青 結核をそんな嬉しそうに言わなくても。子規は明治22年頃に大量の喀血《かっけつ》をして結核が判明します。子規は勉強意欲が一気に薄れ、悠長に授業を受けて卒業するより小説で名を揚げよう！　と執筆し始めました。

俳 小説？　俳句ではなくて？

青 幸田露伴《ろはん》の小説⑩に感動し、自分も書きたいと考えたようです。俳句はそれ以前に三津浜の大原其戎《きじゅう》という宗匠に習ったり、俳句分類⑪も始めていますが、最も憧れたのは小説家でした。

俳 なのになぜ俳人に？

青　小説家になろうとして失敗したんですよ。一生懸命書いた小説『月の都』を幸田露伴に見せたところ、出版は難しいとダメ出しされて断念。
俳　うそっ、小説ダメだったの？
青　全然ダメ。自信家の子規はショックで、俺は俳人になるぐらいしかないのか……と落ち込みます。
俳　話を盛っている？
青　いえ、事実です。松山にいた虚子や碧梧桐との手紙のやりとりからすると相当な傷心だったらしい。俳句にハマっていたのも事実ですが、彼が恋い焦がれたのは小説家でした。帝大を卒業したエリートの坪内逍遙《しょうよう》が『当世書生気質』を発表し、露伴や尾崎紅葉ら若者たちも洋風小説を発表して話題になっていました。旧態依然とした俳句は隠居老人がひねる手すさびで、最新の西洋流小説の方が眩しかったんですよ。
俳　結核の上に小説家失敗なんて、不憫すぎる……子規さああんっ（嗚咽）
青　き、気を落ち着けて（慌てる）
俳　（ケロっとして）嘘泣きですよ。浴衣姿の皆さん、何で口を開けてこちらを見ているの？
青　そりゃ見ますよ、道後温泉で髪を振り乱して「子規さんっ」と泣き叫ぶんだから。浮霊したイタコじゃないんだから、驚かせないで下さい。
俳　私、浮霊したことなんてありません。（怒）
青　そこに引っかからなくても。

漱石との交流、退学

青　それに子規が学業意欲を失ったのは、勉強が出来なかったのも大きい。
俳　傷口に岩塩を塗るような方ね。子規さんをまだ批判するなら、先生の上半身をカルパッチョにしますよ。
青　微妙に怖いのでお断りします。松山ではエリートでも、大学予備門や帝大には秀才が集まる上に授業が難しい。子規は数学が苦手で、地道な勉強を軽蔑して下宿で文学書を読む日々。学校では教員が英語で幾何学を教授するので合格するはずがない。英語はそれなりに出来ましたが、同級の夏目金之助はもっと出来たり、難解哲学書を読破する同級生もいて「これは勝てぬ」と感じた節があります。子規は哲学科に入学しましたが国文科に転科したので、思想や哲学は向かないと感じたようですね。
俳　漱石さん！　そういえば、子規さんとはどこで知り合ったんですか。
青　明治22（1889）年頃、共通の趣味だった寄席の話をきっかけに仲良くなり、漱石が英語も漢詩文も上手なので子規は語るに足る友人と認めたようです。子規はプライドが高い上に社交的でなく、認めた相手でなければまともに話さないタイプで、漱石はお眼鏡に適ったみたいですね。

俳 子規さんがそんな人とは思えません！ ブーブー。

青 子規はお山の大将型士族で平民出身の漱石を下に見ることもあり、漱石はイヤな思いになることもあったようです。二人は書簡のやりとりで文学論を戦わせたりしますが、子規は上から目線が多く、漱石は丁寧に対応しています。

俳 ドラえもんのジャイアンと出来杉君のような感じかしら。

青 子規はジャイアンほど粗暴ではなかったと思いますが、イメージ的にはそんなところです。漱石は授業をサボる子規を心配し、追試を受けられるように奔走したりと常識的な対応が多く、子規の方が唯我独尊的な感じが強いですね。

俳 でも子規さんは中退しちゃった。漱石さんは卒業できたんですか？

青 英文科を無事卒業。特待生になるほど好成績だったので子規と対照的ですが、何より子規は結核に罹ったのが相当ショックだったので、戦意喪失感が深いんですよ。中退後の子規は日本新聞社の世話になり、郷里の家族を東京に呼び寄せます。ただ、文学者や新聞社員といった職業は名誉や高収入からほぼ遠く、一般的な常識人は選ばない道でした。

俳 え、漱石さんは後に新聞社で小説を書いていますよね。それに文学で身を立てるなんてステキ。冴えない中年男が家庭で粗大ゴミ扱いされる働き蟻人生よりずっといいわ。

青 そんな切ない括り方、地球上の中年男が哀しみますよ。漱石が帝大教授から朝日新聞社に転職して小説家になったのは異例中の異例。当時の新聞社のイメージは悪く、素性の知れない怪しい組織と思われていた時代でした。それに文学など今も昔も食べていけない。明治期は印税もほぼないんですよ。

俳 うそっ、今も文学者は食べていけない……私、専業俳人になる予定なんですが。（やや白目）

青 幽体離脱しかかっていますが、大丈夫ですか。子規は新聞社員になったものの、俳句や文学に詳しいだけで政治経済に通じているわけでもない。折しも日清戦争が勃発して戦時報道が連日紙面を飾り、社員が大陸に渡って従軍記事を載せる中、何もできない子規は悶々とし、ついに死を覚悟して従軍を決意します。

俳 あ、知ってる。碧梧桐さんや虚子さんに遺書を渡したんですよね。

青 そう。結核の身で従軍記者として大陸に渡るなど自殺行為で、周囲は子規を制止しましたが、子規の決意は固く、旧藩主久松家拝領の刀を握って遺影のつもりで記念撮影をした後、大陸へ旅立ちます。新聞記者として活躍したい、国家存亡の危機のお役にも立たねば！　と士族的使命感に駆られたわけです。

俳　イヤな予感。子規さん、大丈夫？

青　ダメ。大陸に渡った途端に戦争は終結して記事すら書けず、帰国途中の船で大喀血。危篤状態で神戸の病院に搬送されてしまいます。

俳人子規、誕生

俳　なるほど、それで神戸から松山に戻ってきたんですね。

青　ええ。明治28（1895）年、松山中学校に英語教師として赴任していた漱石の下宿に子規が転がりこんで同居します。子規は下宿先で句会を日夜繰り広げ、漱石のお金で鰻重を取り寄せたりして療養し、復調後に東京に戻りがてら奈良に寄り、**〈柿くへば鐘が鳴るなり法隆寺〉**（明治28）と詠んだりして東京に到着しますが、翌年に脊椎カリエスが発覚。結核判明後も無頓着だった上に従軍記者の無理が祟り、最悪の展開に。

俳　子規さんの場合、腰や足の骨が溶けるんですよね。ゾッとするわ。

青　余命は数年、早晩足腰が立たなくなる。子規が心底ショックだったのはこの時で、「俳句しか残されていないのか」と悲愴な決意を固めます。プライドも人一倍高かった彼からすると挫折と失意続きに感じられたのかも。さらに彼を絶望的にしたのが、俳壇が自分の論や句を相手にせず、旧来の価値観のまま年配の人気宗匠がもてはやされる状況で、この頃から子規がプツッと切れるんですよ。

俳　ただ、その頃の子規さんは「獺祭書屋俳話」⑫をすでに発表して俳句革新を始めていたのでは？

青　と、今の私たちは思いますが、考えてみて下さい。20代の新聞社員が突然、「今後の俳句はこうだ！」と宣言したところで、大御所が「仰せのままに」と従うと思いますか？

俳　うーん、微妙かな……「口は達者なようだが、もう少し修行しなさい」とかあしらわれそう。

青　子規は「芭蕉雑談《ぞうだん》」⑬で俳壇の重鎮が神と崇めた芭蕉を「大したことない」とバッサリ斬り、「句をよく読みもせず芭蕉を崇拝する宗匠はバカ」と公言します。その道何十年と頑張った宗匠が、自分たちを簡単に否定する青年に良い顔をするでしょうか？

俳　でも、宗匠たちがダメだから子規さんは指摘したんですよね。正しい子規さんの何がいけないの？

青　そうだとしても、否定された宗匠はイヤですよね。だから子規を存在しないものと見なしたわけです。子規はついに癇癪を爆発させ、「お前達こそ存在しないんだ、俺が俳壇だ！」という勢いで大物宗匠を名指しで「月並」「二流以下」と公然と批判し始めます⑭。その点、子規は結核、大学中退、小説家断念、従軍記者失敗、俳壇から無視、カリエスで足腰が立たず余命数年、漱石から借りたお金を返さない等々を経た八方塞がりの中で俳人子規になったといえます。

俳 スター街道まっしぐらじゃなかったのねえ。（しみじみ）

俳人子規の悲壮感

青 「小生はいよく自棄なり。文学と討死の覚悟に御座候」「われ程の大望を抱きて地下に逝く者はあらじ」⑮、これは子規の書簡です。彼の過激な論の裏には悲壮感があったんですよ。しかも子規は虚子に後継者を依頼するも断られ、錯乱状態に陥る出来事も起きています⑯。子規に失うものなどなく、ただ必死。だから人気宗匠や俳壇全体を全否定して「我らこそ新時代俳人！」と啖呵を吐けたんですよ。その迫力は幕末の高杉晋作あたりに近いかも。

俳 確か長州藩の方ですよね。司馬遼太郎さんの小説で読みましたが、ハチャメチャだった気が⑰。

青 ええ。20代前半の若者が百人弱で長州藩のクーデターを成功させたり、幕府軍の艦隊に一隻で夜襲して勝ったり。運が良いでは片付けられない、理不尽なほどの超強運タイプで、子規も似ています。全国の俳句界を相手に数十人の子規派だけで立ち上がり、「我らが俳句、お前らは全員引っ込め！」と大御所全員とその組織全てを敵に回し、後に子規派が完全に勝利するなんて現代では考えられない⑱。

俳 そうか、子規さんを現在に置きかえると凄そう。各協会のお歴々や有名俳人、総合誌や結社誌も全部「月並」と否定し、ＳＮＳや自分たちの俳誌で句を発表して「これぞ新時代！」と見得を切る感じでしょうか。全国的な俳人さん全員を敵に回すなんて……コワイ。

青 古俳諧を相当勉強し、俳句の本質を掴んだと自負するのに誰も耳を貸さず、人気宗匠は旧弊の価値観の中で安穏と暮らしている。相手にされない私憤に加え、西洋に植民地にされかねない危機感の中、俳句を西洋流文学として再生せねばという公憤も混じった革命感が明治29年前後から漂い始めます。子規が「俳人子規」になるのはこの頃なんですよ。

俳 それだけ聞くとカッコイイですが、病人子規さんを考えると痛々しい……話は逸れますが、父が洋楽ロックファンで、セックス・ピストルズのジョニー・ロットンの話をよく聞かされたんですよ。彼はこれまでの先入観に囚われない革新的なファッションや言動でパンク・ロックの祖と持ち上げられましたが、ひどい差別や就職難でお先真っ暗だからこその破れかぶれな人生だったんだよ、と。ジャンルは違いますが、子規さんの挫折続きの人生と似ているかも、と思い出しました。

青　お父様、古いバンドがお好きなんですね。イギリスのパンク・ロックの雄、ピストルズのヴォーカリストと子規に共通点を見るのは斬新です。ロットンはアイルランド系移民の下層（労働者）階級でイギリス人にいじめられて学校を退学して不良になり、将来の展望が全くなかった。アイルランド系移民が就ける仕事は給与の低い肉体労働ばかりで、深刻な不況続きで仕事も少なく、明るい未来はどこにもありませんでした。そのロットンが加わったピストルズは、女王陛下在位記念の年に「女王は無能、イギリスに未来はない、下層階級の俺らこそ未来！」と歌って大ヒットし、国中のスキャンダルになります⑲。当時、ロックスターは華やかな服を着た非日常の存在でしたが、ロットンはありのままをさらけ出すように常日頃のボロボロの服でステージに上がり、下手な歌をがなり立て、イギリス全土に「No Future!」と叫んだ。ロックスターらしさとかけ離れたパフォーマンスが旧来の「らしさ」を破壊し、全く新しい価値観を提示した点では子規も近いと思います。「俳諧は風流でなければ」と信じられた時代、「写生」というリアルで平凡な日常を詠むことを提唱して全俳壇を否定した。二人とも従来の価値観を瞬時に転覆させましたが、追い詰められ、傷付いた才人の開き直りに近い覚悟が感じられます。

連句否定

青　その子規が最も過激だったのは、連句を葬ったことでしょうね。

俳　連句？　Aが五七五を詠んだらBが七七をつなげて、と数人で詠むヤツですよね。したことないなあ……機会がないですし。

青　子規が否定したからなんですよ。彼が「連俳は文学に非ず」⑳と断定調で否定した後、五七五で完成する短詩だけが文学になったんです。

俳　別にいいんじゃない。空は青いし、ベランダのシャツも風になびいていい天気だし。

青　関心がないことを白昼夢じみた設定で伝えてこないように。連句は一句ごとに式目《しきもく》（ルール）があり、何句目で「月・花」を詠まねばとか、同じ素材を詠み続けてはダメと約束事がある。子規は式目なぞ無意味、それに共同作業も文学ではないと一蹴し、個人が詠みたいと感じたありのままを詠むのが俳句と宣言しました。でも、江戸期は連句こそが俳諧だったんですよ。

俳　連句の方が俳句より価値が高かったんですか？

青　そう。芭蕉たちにとって「俳諧」は連句を意味し、それに芭蕉は付合（前の句に付けて詠むこと）に自負を抱き、発句では他俳人に負けるやもしれぬが付合の妙味は我こそと思った節がある。連句をきちんと巻けるのが俳諧師で、明治期の宗匠もそう信じていました。発句のみ文学と見なす子規の論は、当時の常識だった芭蕉崇拝と連句優位を強引に否定して旧来の俳句観と手を切り、完全に新しい俳句観を創出しようとしたわけです。

俳　子規さんのことだからきちんと調べて論を書いたのでは？　俳句分類とかして勉強家だったんですよね。

青　子規は連句に関しては完全素人。子規は宗祇らの室町連歌や江戸期の芭蕉、蕪村の連句の凄さを知らずに否定した節があります（21）。その野蛮な断言が新俳句を創造したのですから、俳人子規には独断と偏見が時代精神に変貌する威力が備わっていたとしか思えない。

写生とは？

青　子規が凄いのがもう一つあるのですが、ここでクイズ。彼が俳句を文学に変革しようとした時、いかなる発想を軸にしたでしょう？

俳　私を誰と思っているのかしら？　「写生」よ。ありのままを詠むという発想ですよね。

青　さすがですね。俳句革新で中心となったのは仰るように「写生」なのですが、なぜ「ありのまま」を重視したかも考えねばなりません。私たちは意外に現実を見ずに、都合の良いイメージで世界を見ている。「○○といえば○○」と自分の知識や思いこみを当てはめて世界を捉えがちです。俳子さんはローマ帝国のカエサルをご存じですか？

俳　ローマの……猿？

青　猿ではなく、ローマ皇帝。彼はこんな言葉を遺しています。「人は自分の見たいものしか見ようとしない」。

俳　小猿のクセに深いのねえ。

青　カエサルを小さくしないで下さい。俳句も同じで、多くの人は自分の都合のよいイメージや俳句観を無意識に現実に当てはめがちで、自身のイメージに沿えば良い句、沿わない句はダメと判断しますが、自身の価値観の偏り自体を考えることはあまりありません。逆に、俳句らしさを覆すのが俳句とばかりに新奇な表現や内容ばかり追い求めるのも一種の固定観念に囚われている。

俳　自分の固定観念やイメージから逃れるのは不可能、ということでしょうか？

青　だから子規は現実という出来事に意識的であれ、と述べるわけです。固定観念や先入観で「○○といえば○○」と決めつけず、目の前の現実の多様さ、予想外の出来事が起きることに敏感であること、つまり自分の肌で感じたり、見たりした現実には思いこみやイメージに収まらない何かがある、そのズレや驚き、何より面白さや多様さに目を見張りなさい、という感じですね。

俳　百聞は一見に如かず?

青　近いかも。通り一遍のイメージに沿った俳句など面白くもない、予定調和からはみ出たズレや不可解な「現実」を発見して興がるのだ、その時のリアルな感触やユーモラスな姿こそ常識や先入観を揺さぶり、臨場感あふれる何かが句に宿る、というのが「写生」なんですよ㉒。それは次のようにも言えるでしょう。「写生」は現実のありのままを見る認識というより、現実に遭遇することで先入観やイメージが揺さぶられた瞬間の驚きを興がる認識なのだ……と。（遠くを見つめる）

俳　キマッた……という顔で目を細めていますが、ここ、道後温泉よ。

青　たまにシリアスな表情もいいかと思いまして。子規は論のみならず句作でも「写生」を実践しました。例えば、〈**春風にこぼれて赤し歯磨粉**〉（明治28〔1895〕）と卑近な歯磨粉を詠んだり、〈**畦道の尽きて溝あり蓼《たで》の花**〉（同年）と無風流で平凡な風景をヒネらずに淡々と詠む。俳句らしさや伝統的な風流らしさといった「らしさ」から外れた出来事や情景だったとしても、「私」の現実はここにあり、その小さな手応えやささやかな実感こそ詠むのが文学、という感じです。

俳　さすが子規さん！　有言実行のサムライねえ。歯磨粉がこぼれた赤さを「春風」と取り合せた新鮮さや、俗すぎて詠まれなかった歯磨粉を下五に置いて堂々と締め括るのもユーモラスかも。溝の中の蓼の花を見つめる感じもシブく、寂しい感じもしますが、何でそんな景色を見ているの?と少しズレているところに無意識のユーモアもあるような。それに子規さんの句は思った以上に地味ですね。華やかでないというか。

子規の他の句

青　子規句の微妙なユーモアや地味な作風によく気付きましたね。こういう子規句が傑作かどうかより、それらを俳句として発表したことに周りが驚いたんですよ。「歯磨粉のような俗な素材や、あれほど地味な情景を詠んでも俳句になるのか！」と。梅や桜などの風流な景色や俳句らしさに沿わずともよい、畦道の尽きた先の溝に咲く蓼の花といった地味な風景をヒネらずに詠む子規に人々は瞠目したわけです。

俳　先生、先ほどからヒネる、ヒネらないと仰りますが、微妙な意味合いがイマイチ分かりにくいです。「詠む」とヒネるは、たぶん違うんですよね。

青　確かに説明抜きで使ってしまいました。例えば、子規の**〈若鮎の二手になりて上りけり〉**（明治25）は、当時の俳句観からするとヒネっていない句なんです。子規と同時代の宗匠俳誌を見てみましょう。「俳諧明倫雑誌」という著名宗匠の俳誌を見ると、**〈若鮎の瀬にさからうて登りけり〉〈きら〱と月夜を昇る小鮎哉〉**といった詠みぶりが多数見られます。若鮎が川を上る力強さや美しさを「瀬にさからうて」「月夜を昇る」と強調して見立てるのが腕の見せどころであり、ヒネりどころなわけです。一方、子規は「二手になりて上りけり」とほぼ事実報告で終えるので、宗匠からすると「二手に分かれて上がって……それで?」となる。宗匠としては「二手になりて〜」からさらにヒネるのが玄人らしい表現で、風流な詠みぶりの提示でもありました。

俳　なるほど、そのヒネリを子規さんたちは「月並」と批判したんですね。

青　そうなんです。宗匠たちは頭の中に「これぞ風流」と先入観があり、それに沿って若鮎らしさをヒネって強調するのがプロと信じたのに対し、子規はヒネる必要なぞない、若鮎の風情が一幅の情景として黙って伝わればそれでよい、という発想。宗匠からすると子規句は素人の「ただごと」となり㉓、かたや子規からすれば宗匠らの句は「風流でしょう?」と読者に押しつけるイヤミな「月並」となるわけです。

俳　なるほど。子規さんと宗匠さんでは俳句観の土台が違うんですね。

青　仰る通り。子規句はイヤミがないので今も読めるんですよ。例えば、**〈柿の花土塀の上にこぼれけり〉**（同28）。柿の花のこぼれる先を「土塀の上」と示して絵画的構図を作り、あっさり詠んでいる。初夏が過ぎた頃のくすんだ土塀にこぼれ落ちる柿の花、その黄色がかった白い花弁のささやかな鮮やかさが脳裏に浮かべば良いという句です。一方の宗匠たちは……**〈気のつけばこぼれ盛よ柿の花〉**（「俳諧明倫雑誌」同24）。気付けば春も過ぎ、梅雨どきになった季節のうつろいを私は地味な柿の花の盛りから感じます、という句。

俳　「気のつけばこぼれ盛よ」がヒネりどころ、と。「私は風流な着眼点や詠み方を知っていますよ」とアピールするのが「月並」臭なんですねえ。

青　その通り。子規の句にはそういう意味でのイヤミがない。**〈夕焼や鰯の網に人だかり〉**（明治28）**〈夏嵐机上の白紙飛び尽くす〉**（同29）等、眼前の風景にひととき見入る「私」のまなざしが何気なく漂っている。どこにでもある風景、でもその平凡な風景に惹かれた時の小さな感動や驚きを描写に溶けこませ、黙って示す。それが子規流「写生」なわけです。

病床の子規

青　ところで、子規が俳句に真剣に打ちこんだのは明治25（1892）年頃～31年頃の約６年間で、しかも明治29年頃から病状が悪化して寝たきりが続き、外出時には人力車に乗ったりと、彼の革新運動自体は短期間でした。

俳　だから革命児の子規さんなのでしょうが、そんなことより！　研究対象がそんな早い時期から苦しんでいるのに先生は慚愧《ざんき》に堪えないんですか？

青　そんなムチャな……病床の子規に戻ると、寝たきりの彼は腰やお腹に穴がいくつも空いて膿が出始め、その膿を取るのが激痛、寝返りを打っても激痛。しかも高熱にうなされる中、上半身をムリに起こして肘を付いて執筆し、徹夜で書きまくる。病臥のカリエスの身であれほど膨大な執筆をこなすのは異常です。「もはや熱が出ているのか昂奮し過ぎているのか分からん」㉔と言いながら『俳人蕪村』で蕪村を芭蕉より高く評価して新機軸を打ち出し、和歌の革新にも乗り出して歌壇が絶対視した古今集や紀貫之を全否定して日本中の歌人から批判を浴びる。俳壇、歌壇全てを敵に回して臆さず、子規派だけが輝かしいと見得を切り、文章革新までやり始めます。その子規の論や作品に共鳴する青年たちが続々と現われ、僅か数年で全国各地に子規派の集まりが出来、俳誌が刊行され始める。その中心に居たのが寝たきりの病人ですよ。

俳　(((；゜Д゜)))

青　獅子奮迅の活躍の一方、自分の墓碑銘も考え、「正岡常規（略）日本新聞社員タリ明治三十〇年〇月〇日没ス享年三十〇月給四十円」と〇に数字を入れて完成とし、あまりの苦しさに自殺を始終考える。当時、ロンドン留学中の漱石に「僕ハモーダメニナッテシマッタ　毎日訳モナク号泣シテ居ル」と記したように憚らずに泣き喚き、看病してくれる妹の律さんに癇癪《かんしゃく》を起こしたり、美味いものが食べたいとわがまま一杯。そうしなければ生きていけないほど苦しかった。虚子が気を利かせて病床の部屋の障子をガラス戸に変えると、外が見えると子どものように喜び、ある時は皆からもらった小遣いを財布に入れ、天井から吊して「何を買おうか」と想像を楽しみながら激痛をやり過ごす。そんな病臥のある日、子規の見舞いに友人や従兄弟の三並良《みなみはじめ》らが図らずも集い、子規も機嫌がいい。皆でひとしきり談じあった後に三並良が暇乞いをして立ち上がると、子規は泣き喚いたとか。

俳　（目に涙をためている）……どうして？

青　回想録を読んでみましょう。『良さん！』突然先生の叫び声が聞えた。同時に先生は声をあげて泣き出した。僕等は只々驚いてどうしたのかと怪しむばかりであった。三並氏は棒立になつたまま動かない。一座は全く悽然《せいぜん》としてしまった。すると先生は泣きながら言った。「もう少し居てくれよ。お前帰るとそこが空っぽになるじゃないか」。これですっかり解った。同人靄々として団欒《だんらく》していたものが、一人でも欠けると座敷が急に穴が空いたように調和が乱れる。それが先生には堪らない苦痛であったのだ。三並氏は座に復した。ものの十分も経てから先生は晴やかに言つた。『もういいよ良さん。帰ってもいいよ』。三並氏の眼鏡の底が涙に光つて居た」㉕。

俳　……ええええん（泣き崩れる）

青　子規が亡くなった時、お母様の八重さんは彼の肩を起こそうとし、「サァ、もう一遍痛いというてお見」と強い調子で呼びかけながら泣いたそうです㉖。壮絶な晩年でした。

批評家としての凄み

青　子規の俳句活動に戻ると、彼がとにかく凄かったのは従来の俳諧と全く異なる価値観を一代で創出したこと、これに尽きます。その道数十年の宗匠らが「そういう詠み方はダメ」と頭から否定した作品を、子規は「これぞ新時代の句」と拾い上げて理論付ける批評眼や選句眼は唯一無比でした。

俳　……道後温泉でうら若き学生が泣き崩れているのに、厳しい表情で語り続ける神経は見上げたものですが、それより今のお話、読めましたよ。その子規さんの神がかった選句眼で見出されたのが虚子さん、碧梧桐さんなんですよね。

青　その通り！　子規が「明治二十九年の俳諧」㉗で称賛した**〈赤い椿白い椿と落ちにけり　碧梧桐〉〈住まばやと思ふ廃寺に月を見つ　虚子〉**等の作品は、子規以外は誰も優れた句と判断しなかったでしょう。子規の凄みは句作の天才というより、従来と異なる俳句の価値観を丸ごと創出した批評家だった点にあります。

俳　秀句を詠むだけが凄い俳人の基準ではなく、多くの句からどれを俳句と見なすかも大事で、子規さんはその目利きが凄かったということ？

青　そう。優れた句を詠む俳人が優れた句を選べるとは限らず、句作自体は平凡でも選句が抜群に優れた俳人がいるはずです。句作と選句は連動していることが多いと同時に、二つの能力は別々に考えた方がよいこともあると思います。その点、子規は目利きとして突出した知識とセンス、そして独断の強さがありました。優れた句の存在と同じぐらい、その句の何が優れているかを指摘する選者や批評家が重要なんですよ。

俳　骨董の目利きとかですかねえ。素人が見たら不格好な器を、ズバッと本物の銘品！　と見抜くような。

青　そうですね。数多の句群から「赤い椿」句を「印象明瞭！」と取り出した子規の眼力は突出していました。当の碧梧桐や虚子は自作をさほど秀句と感じなかったらしく、「子規サン、凄いな」と他人事のように驚いたとか。

俳　それ、凄いことでは？　本人も気付かない作品の可能性を子規さんが見抜いて論じたんですよね。

青　子規は古典俳諧を相当勉強しながら帝大等で西洋諸学問や芸術を見知っていたこともあり、俳人が思いもよらない角度から作品の可能性を広げられた名手なんですよ。そもそも、碧梧桐句を称賛した「印象」という語彙は西洋心理学の学術翻訳語で、当時の一般人や宗匠らは知らない語彙でした。帝大レベルの新知識人でなければ理解不能で、西洋の現代思想を俳句に当てはめた力業が批評家子規の凄みでしょう。その子規に礼讃された碧虚コンビは突如有名になり、子規派の若手スターとして活躍し始めますが……

俳　知ってる！　二人は俳句観の違いで衝突するんですよね。碧さんは新傾向俳句、虚子さんは守旧派。

青　よくご存じですね。碧虚コンビの人生も波瀾万丈で面白いのですが、その話までですると道後温泉で突っ立ったまま一週間は話し続けることになりそうなので、今日はこのあたりで終わりにしましょう。

俳　ブーブー。悪代官め。

青　ムチャ言わないで下さい。一本釣りされた碧虚組は子規没後に近代俳句に大きな影響を与え、両者の言動を追うことがそのまま俳句史になるぐらいです。本当は子規や俳句についても語ることは多々あるのですが、日が暮れそうなので終わりとし、後日に大学教室で再開しましょう。私は頭が朦朧としてきたので、もう一度温泉に入ってきます……。

俳　お団子を召し上がったり、浴槽で遊泳なさる時にはお気を付け遊ばして。では、また後日に！

―解説―

④人力車―道後温泉近辺は観光用の人力車が多い。俳子は地元民なのに常連らしく、頻繁に目撃されている。

⑤「車上所見」―明治31（1898）年発表。病臥の子規が久々に人力車に乗って外出し、その時の嬉しさを綴った随筆。

⑥長州征伐―朝敵とされた長州藩が幕府追討軍と戦った内乱。長州藩が勝利し、幕府瓦解の要因となった。

⑦内藤鳴雪（1847～1926）―本名は素行《もとゆき》。教育関係や文部省関連の仕事に携わった経験を買われ、常磐会宿舎監督になる。子規派以外の人脈も広く、宗匠らとも隔てなく交際した。

⑧大原観山（1818～1875）―松山藩士、儒者。藩校明教館教授を務めた。

⑨八重の回想は子規が亡くなった直後の「母堂の談話」（明治35）で紹介。幼時の子規像がうかがえる。

⑩子規は露伴『風流仏』（明治22）に感銘を受けたという。当時の露伴は人気作家で、『五重塔』（同24〜25）は虚子や碧梧桐らも愛読した。

⑪俳句分類—室町期〜江戸期の全発句を季語や表現別に分類しようとする壮大な研究。子規はコツコツ続け、分類ノートが背丈を越えるレベルまで続いた。

⑫「獺祭書屋俳話」—明治25年に「日本」連載。俳句革新の端緒とされるが、まだ穏健な内容。江戸俳諧の豊富な知識が見られ、子規が俳諧を相当研究していた形跡がうかがえる。

⑬「芭蕉雑談」—明治26〜27年に「日本」連載。俳聖芭蕉を否定した過激な論で、実質的な俳句革新はここから始まった。

⑭「俳句問答」—明治29年に「日本」連載。Q&A式の論で、東京の著名宗匠について聞かれた子規が月並と全否定。批判された宗匠が「新聞記者に俳諧は分からぬ」と反論した。

⑮「小生はいよ〳〵自棄〜」は明治28年、虚子に後継者を断られた直後（⑯参照）の五百木瓢亭宛書簡の一節。「われ程の大望を〜」は同29年に脊椎カリエス発覚後の虚子宛書簡の一節。どちらも切ない。

⑯余命が短く、革新半ばに倒れることに焦った子規が道灌山（東京）に虚子を呼び出し、自身の大野心を継承してほしいと懇願したところ、虚子は荷の重さに断ったという出来事。「道灌山事件」とも呼ばれる。

⑰司馬遼太郎が描いた高杉晋作像は、『世に棲む日日』（昭和44〜45）等が有名。晋作の弟分だった伊藤博文は、後に「動けば雷電の如く、発すれば風雨の如く……」と評した。

⑱明治期の革新運動から昭和初期に「ホトトギス」が俳壇そのものになるまで僅か30年ほど。子規派と宗匠らの勢力関係が完全に逆転しており、俳句史でも類を見ない。

⑲セックス・ピストルズ—一九七〇年代のイギリスのバンド。メンバー全員が労働者階級で、「God Save The Queen（女王陛下万歳）」は実質一位を獲得。歌詞や言動、ファッションが反体制的と騒がれ、パンク・ロックのスターになった。公式アルバムを一枚発表し、約2年半で解散。

⑳「連俳は文学に非ず」—子規「芭蕉雑談」に見える一節。

㉑室町期の宗祇らの連歌「水無瀬三吟」「湯山三吟」、また江戸期の芭蕉門による『猿蓑』『炭俵』所収の歌仙（連句）は韻文史上の大傑作。式目や古典和歌、漢文の美意識を踏まえて読むとその凄さがよく分かる。

㉒これら「写生」の特徴は、子規没後に「ホトトギス」を率いた高浜虚子の選句欄で次々に傑作を生むことになった。**〈高々と蝶越ゆる谷の深さかな　石鼎〉〈流燈や一つにはかにさかのぼる　蛇笏〉〈夏草に汽罐車の車輪来て止る　誓子〉〈方**

文の大庇より春の蝶　素十〉等（大正〜昭和期俳人の各章参照）。

㉓「ただごと」―当時の俳諧宗匠が素人じみた平凡な句を評する時に用いた語で、技巧も季感もない駄句という意味に近い。

㉔明治31年の虚子宛書簡に同内容のくだりがある。ある日、暑いと思ったら38度7分の熱があったらしく、「どんなに身体が衰弱しても精神は興奮してゐる」とある。凄い。

㉕佐藤紅緑の回想録「糸瓜棚の下にて」（昭和9〔1934〕）に見える。

㉖碧梧桐著『子規の回想』（同19）に見える逸話で、同書には子規臨終前後の様子が詳しく描かれている。

㉗「明治二十九年の俳諧」―明治30年に「日本」連載。碧梧桐、虚子ら子規派の句を詳細に取り上げ、江戸期に存在しない新調と絶讃。碧梧桐の「赤い椿」句を「印象明瞭」と評したのは有名。

―子規の代表句紹介―

掛稲に螽《いなご》飛びつく夕日かな

明治27（1894）年作・秋〔螽〕／収穫の慌ただしい一日も終わり、夕陽が射しこむ掛稲に螽が飛びつく。郊外の平凡な風景をヒネらずに「写生」した句で、農村を描いた油絵のような風情もある。

柿くへば鐘が鳴るなり法隆寺

明治28年作・秋〔柿〕／「柿を食う・鐘が鳴る」は無関係だが、さも関係があるようにリズミカルに詠んだ。古都の鄙びた長閑さと旅情が漂う。

夏嵐机上の白紙飛び尽くす

明治29年作・夏〔夏嵐〕／無人の部屋に涼しい風が吹きつけるたび、机上に積まれた白紙が数枚ずつ飛ばされ、ついに全部吹き飛ばされた。清々しい夏の句。

夕風や白薔薇の花皆動く

明治29年作・夏〔白薔薇〕／夏の夕暮れ、一陣の風に白薔薇の花が一斉になびく。夕方の白薔薇が幻想的で、下五に臨場感もある。

いくたびも雪の深さをたずねけり

明治29年作・冬〔雪〕／病床の句。珍しく雪が降るも起き上がれず、家の者に雪がどれぐらい積もったかを何度も尋ねる。「いくたびも」が時間の長さと静けさを感じさせ、しんしんと雪が降るイメージがある。子どもが詠んだような表現が無邪気さと微かな哀切さを漂わせる。

鶏頭の十四五本もありぬべし

明治33年作・秋〔鶏頭〕／「写生」の偶然に満ちた句。読者には「十四五本」等の必然性が分からないため、「〜ぬべし」という強調が妙に暗示的に感じられる。

河東碧梧桐

・**河東碧梧桐《かわひがしへきごとう》〔明治6〔1873〕〜昭和12〔1937〕〕—松山藩士族。小説家志望だったが正岡子規に句を激賞されて俳人となる。子規の後継者として俳句革新を推し進め、新傾向俳句運動で全国を席巻した。書家としても名を馳せ、他に紀行文や蕪村研究も有名。謡曲等も玄人なみの上手さで、多彩な才を発揮した近代文人。**

（ナレーション）

青木先生と俳子さんが松山宝塔寺《ほうとうじ》で再会します。

墓前で

俳　碧さん、さぞ無念でしょう。安らかにお眠り下さい、必ずやこの私が……ムニャムニャ。

青　おや、俳子さん。碧梧桐の墓前で何をしているんですか。

俳　あら先生、お久しぶり。碧さんに挨拶していました。子規門の二巨頭なのに歴史は虚子さんに味方し、今や碧さんを振り返る人は少なく……私だけでも碧さんを世間に訴えねばと墓参にうかがったんです。先生はなぜこちらへ？

青　碧梧桐の書が好きなんですよ。彼の短冊や掛軸はファンが多く、骨董関連でも有名です。それに紀行文や江戸俳諧研究、子規の回想録でも面白いものが多い。

俳　そうか、お墓の字が変わっているのは書道に凝っていたからなんですね。

青　ええ。松山宝塔寺の墓の字は彼が生前に揮毫《きごう》した書を刻んだもので、迫力があります。たまに訪れ、俳人碧梧桐とは何だったのかと想いを馳せるのも研究者の使命かな、と。

俳　（墓前に向きなおり）碧さん、よかったですね。先生には至らない点が多々ありますが、私からよく言って聞かせますので今日はこれで勘弁して下さい。安らかに成仏を……。

青　勝手に人を至らない人間にした上に碧梧桐を浮遊霊みたいに扱うのはやめましょう。俳子さんは碧梧桐のどの点がお好きなんですか？

俳　負けた感がムンムンするところ。歴史でいうと、虚子さんが藤原道長とすれば碧さんは新選組ね。

青　時代がかなり違うのでは……ただ、「虚子＝勝ち組／碧梧桐＝負け組」という構図でなく、違う見方をした方がいいと思うんですよね。墓前で話し合うのも憚られますし、お昼過ぎなので大学教室に移動して碧梧桐のことなど話し合いませんか。

俳　ステキですね、自転車で大学に向かいます！

大学に移動

青　（教室のドアを開ける）空いていますな。俳子さんが受講した俳句学もここでしたね……懐かしい。では始めましょう。まず確認ですが、俳句革新は子規個人の偉業ではなく、子規派のチームプレーと捉えた方がいいんですよ。子規はチームの監督兼選手で、彼が花形選手の虚子や碧梧桐に的確な指示を与え、俳句革新というゴールに向けて試合を運んだと考えると分かりやすい。

俳　思い出しました。子規さんは凄腕の批評家で、虚子さんや碧さんが自分で気付かなかった自作の魅力を、子規さんが指摘したんですよね。で、今のお話と先ほどの「碧さん＝負け組」というイメージを重ねると、どうなるんでしょうか。

青　どちらが歴史に残ったかという話と、二人の俳人の価値や可能性は別問題ということ。子規に感化された虚子と碧梧桐がそれぞれ突き進み、二人が両輪となって近代俳句の拡大につながったと捉えた方が面白い。碧梧桐の本名は秉五郎《へいごろう》、松山藩士で朱子学者の河東静渓《せいけい》の五男として明治6（1873）年に生まれます。松山に行くと分かりますが、河東家は子規や虚子の家より良い場所にあり、しかも父静渓は松山藩校の明教館教授。幕末には藩命で諸国の動向を探るなど文武両道で、息子の碧梧桐が果断な行動派で書に優れたのも、父に似たところがあったのかも。

俳 そういえば、松山の碧さんの住居跡からはお城が近くに見えますよね。

青 ええ。碧梧桐は幼少時から元気な腕白《わんぱく》で、松山中学校では「ヘイ」とあだ名が付いたとか。同じ中学校の虚子のあだ名は「聖人」。

俳 プッ、聖人……虚子さんの背中から後光が射したりしたんですか。

青 おとなしく成績も良かったので聖人。二人は文学趣味もあったので仲良くなり、ともに文学者を夢見るようになります。

文学者への道

俳 知ってる！　二人は東京の子規さんに手紙を出したりと、熱く文学を語りあったんですよね。

青 そう。東京の帝国大学に進学して小説家志望の子規は二人の憧れでした。その後、碧梧桐と虚子は京都の高校に進学し、下宿も一緒で、酒と女と文学の話ばかりして「将来は大文豪に！」と息巻く日々。

俳 「聖人」はどこへ？

青 影も形もなく消滅。学制の変動時期だったので二人は仙台の高校へ転校しますが、あっさり退学します。

俳 えっ、どうして？

青 学校の方針に反発し、早く小説家になりたいのと、先輩子規の真似をして辞めたことも大きい。

俳 子規さんも帝大中退ですよね。二人も後追い中退？

青 そんな感じです。退学した二人は東京に出て同宿し、小説家になる勉強に勤しむかと思いきや……

俳 分かった！　お二人は俳句の方が向いていることに気付いて、子規さんの下で頑張ったんですよね。

青 そんなことは全くなく、小説も俳句も放り出し、無職で怠惰な日々の中、遊郭でも健やかに遊んだり。活発なニートという感じで、子規は相当怒ったそうです。

俳 うわ。子規さん、複雑だったでしょうねえ。

青 碧梧桐の兄は弟の退学を知り、「どこまで正岡の真似をするのか」と苦々しく思ったとか①。郷里の親類たちは、碧虚コンビが文学にハマって退学までしたのは子規の悪影響と見なした節がある。そのため子規は強く責任を感じたようで、碧虚に「きちんと努力しろ！」と厳しく接したようです。

俳 子規さん、不良先輩になってしまったのね。革命児も大変だわ。

俳人として有名に

青　東京でも碧虚コンビは若気の至り的に毎日を浪費していましたが、子規の画期的な俳論「明治二十九年の俳諧」で状況が一変します。

俳　**〈赤い椿白い椿と落ちにけり〉**！

青　そう。子規が碧梧桐句を「印象明瞭」と評し、油絵を思わせる新調と絶賛したため、彼は明治俳句の寵児として有名になります。

俳　碧さん、子規さんのおかげで更正できたのね。

青　ただ、碧梧桐は小説家志望だったので戸惑ったみたいですね。あと、彼は下宿の大家の娘に想いを寄せましたが、彼が入院中に虚子がその娘と結婚したので凹んだとか。

俳　元聖人が略奪愛……碧さん、傷心をバネに俳人活動に勤しんだのかしら。負け組っぽくていいなあ。

青　Sッ気な嗜好ですね。ただ、当時の彼は虚子以上に華やかな存在で、雑誌俳句欄選者や新聞記事執筆、俳句評釈書も出したりと活躍の場は広がり、明治33（1900）年に結婚して一家を構えます。相手は大阪の俳人青木月斗の妹、茂《しげ》枝《え》さん。碧梧桐に惚れた茂枝さんが月斗に懇願して結婚に至り、二人は晩年までオシドリ夫婦でした。結婚時の碧梧桐は27歳。その頃は子規派最強俳人として虚子以上に注目され、子規が明治35年に早世した後は「日本」俳句欄の選者も任されるなど、子規派リーダーと目されます。

俳　「日本」俳句欄の担当はそんなに評価が高かったんですか？

青　子規は句や論の多くを「日本」に発表し、俳句欄選者も務めました。その「日本」俳句欄を碧梧桐が継ぐということは、子規の後継者を意味したんですよ。

新傾向俳句運動

俳　惚れられて結婚、子規さんの後継者と認められる……見直しました。

青　運命は彼に微笑んだ感がありますが、その後の碧氏が突き進んだのが新傾向俳句運動（②）。子規の「写生」を過激かつ徹底した運動ですね。

俳　簡単にいうと？

青　「腕白ヘイさん」の延長という感じで運動を進めてしまったんですよ。

俳　うーん……もう少し具体的に言うと？

青　子規の後継者として、革新を純粋かつ過激にガンガン進めたわけです。

俳　革新を進めたのは子規さんの後継者としてステキじゃないですか。

青　碧梧桐は従来の子規派が培った俳句観を乗り越えようと次々に新機軸を打ち出しますが、性急すぎる面がありました。「赤い椿」句が「写生」の典型として知られた時代、**〈煤《すす》名《な》残《ごり》戸袋に簪《かざし》掻くことや〉**（明治42）と詠まれても厳しい。彼の「写生」観は「作者が体験した複雑な事実を文字通りそのままに詠むと、意味深長な暗示になる」といった調子で、それは従来の類想やパターンを打破する「写生」になりますが、読者が共有できない作品になりかねない。その斬新さが自己完結に近くなったわけです。

俳　独りよがりの腕白小僧なヘイさんという感じ？

青　そう。ただ、彼の革新運動が面白いのは、現実の予想もしない出来事を詠むことで作品を斬新に仕立てるのが「写生」であれば、季語も定型も不要と自由律を発生させた点でしょうね。

碧梧桐の革新運動

俳　よく考えると、碧さんは昭和期まで存命だったんですね。子規さんに**〈赤い椿白い椿と落ちにけり〉**を誉められた後、碧さんが何をしていたか知らなくて。アイドルグループが解散した後、元メンバーの動向が分からなくなるのと似ています。

青　たまにテレビに出るのは良くない話題で……という流れですね。

俳　ええ。子規グループ時代に「赤い椿」句をヒットさせた後、「新傾向俳句して俳壇引退」（29ページ参照）でニュースになるのが碧さん。

青　子規没後の「日本」派を牽引したのは碧梧桐で、明治末期俳壇で最も注目されたのは彼なんです。子規亡き後の碧梧桐の魅力は三点セットで覚えておくといいですよ。

俳　ラーメン、餃子、チャーハン？

青　なぜここで中華セット……そうではなく、新傾向時代の碧梧桐は「旅、書、自由律の発生」が大きな特徴になるんですよ。彼が新傾向俳句運動を展開した時、北海道から沖縄に至るまで全国を旅行しながら各地で句会を開いたんです。

俳　え、明治期に？　飛行機がないのは当然として、電車とかあったんでしょうか。

青　彼は頑丈で超健脚だったので、道なき道を踏破する力任せ旅行でした。子規の後継者として使命感に燃える彼は旧俳句を打破せんと各地を訪れ、**〈枸杞《くこ》の芽を摘む恋や村の教師過ぐ〉**（明治43）こそ革新！　と全国で句会を行い、その様子を新聞や雑誌に逐次発表します。ＳＮＳで日々近況報告するようなものですね。

俳　当時は新聞がネットに近いんですね。テレビもないし、情報を素早く届けるのは新聞や雑誌だったと。

青　その通り。新傾向俳句時代の碧梧桐は革新俳人兼ジャーナリスト兼紀行作家と華やかで、メディアでも知られていました。同時期の虚子が穏健俳人兼小説家兼「ホトトギス」編集人だったのと対照的です。そして、彼が俳句以外で最も力をいれたのが書道革新だったんです。碧梧桐はある時、子規の友人だった画家の中村不折から中国六朝《りくちょう》期の拓本を見せてもらい、感動します。

俳　六朝期？

青　日本の古墳時代あたりに栄えた古代文化です。拓本に感動した碧梧桐は不折とともに六朝風の書をしたため、それと俳句革新をセットに全国各地を練り歩いたんですよ。ゴツゴツと歪な書きぶりで、見た瞬間に「碧！」と分かる佶屈さ。彼は俳句とともに書でも安定と洗練が支える表現の型を壊し、新奇で未知の可能性を追わねばと信じました。子規時代の「写生」句が早くも月並に陥る現状を打破するため、**〈道の霜拾へるを近江聖人へ〉**（明治43〔1910〕）といった句を荒々しい書で示すのが、彼の俳句革新でもあったんです。

消費専門家

俳　そうだ。ふと思ったんですが、書道は筆や紙、硯や墨汁なんかに凝るとお金がかかりますよね。

青　よくご存知ですね。骨董と同じで、ハマると大変なことになります。

俳　祖父が書に凝って年金その他をつぎ込むので家族の悩みだったんです。碧さん、旅したり、書道に凝ったりして大丈夫だったんですか？

青　ご安心を。彼は芸術至上主義かつ革命家ですからお金は使うばかりで、筋金入りの浪費活動家です。

俳　安心できませんよ！　絶対結婚したくないタイプ。

青　ただ、彼を支援するパトロンがいたんですよ。旅費や俳誌運営費、書道関係も援助してくれたので、碧梧桐はしたいことができた。結社経営や商売に煩わされず、自分の芸術観を突き進めばよかったんです。碧梧桐は純粋に理念を追い続けたので、弟子を育てようとか、結社の共通理解を育むといった組織経営や感覚がゼロだったこともあり、新傾向俳句運動が早々と分裂することになりました。

俳　碧さん、熱情あふれる純粋芸術家にして消費専門家だったのかなあ。裏表のない良い人だけど、周りへの迷惑には気付かなさそう。

青　だから庇護者が温かい目で見守ったのかも。彼の句に読者を置き去りにする作品が多いのも、根は同じに感じます。自分の道を突き進みすぎるんですよね。

定型破壊

俳　で、碧さんの特徴はあと一つ、自由律でしたよね。

青　そう。旧態依然とした型に縛られてはいけない、人間の真のリズムや表現意欲に忠実であるには季語や定型は邪魔、となるわけです。碧梧桐の論や作品に接した弟子の中塚一碧楼《いっぺきろう》や、荻原井泉水《せいせんすい》といった俳人たちが自由律の可能性に気付いて作品を詠み始めたところ、碧梧桐は当初反対していたのですが、彼も次第に後追い的に詠むようになりました。それが大正初期で、すでに碧梧桐一派は主張が飛び交って分裂し始めており、碧梧桐も俳誌を出しては廃刊の繰り返し。その間に幼い養女を亡くし、意気込んで就職した新聞社も倒産し、傷心の西欧旅行に出かけたりして昭和初期にはルビ俳句まで突き抜けてしまった。

俳　ルビ俳句？

青　漢字の読みを複雑にして深みのある世界を詠もうとした句で、例えば**〈紫苑野分《キノフ》今日《ケフ》とし反《ノ》れば反《ノ》る虻音《ネ》まさる〉**。昭和初期の句で、全てにおいて微妙な句です。

俳　素人でないのは分かりますし、かなり磨かれた技巧に加えて強い実感も感じますが、狙いどころが分からない上、作品に入っていけません……。

青　俳句観や句調が数年で丸ごと変化してしまうと、少数の新しい支持者が増えても、昔からの多数の門人は去っていく。あまりに急進的すぎた碧梧桐は昭和期になると賛同者も居なくなり、昭和7（1932）年に俳壇引退を宣言します。

俳　典型的な負け組……でも、パトロンさんも居たり、やりたいことを貫いた幸せ感もあったのかしら。

青　支援者は彼の最期までいたんですよ。晩年には弟子達が先生に新居を進呈しよう！　と奔走して家を建て、碧梧桐夫婦は喜んで引っ越します。でも、引っ越してすぐ急逝してしまった。数え年で65歳でした。

俳　子どもの頃のあだ名そっくりの人生ですねえ……腕白ヘイさん。

碧梧桐句の難しさ

青　ここからは碧梧桐句を見ていきましょう。彼の傾向を初・中・後期に分けると、初期は正岡子規が指摘した「印象明瞭」に尽きます。彼は客観描写がうまく、**〈春寒し水田の上の根なし雲〉**（明治28）と切れ味鋭い表現を早くから獲得していました。その卓越した技量で眼前の小さな発見を詠んだのが、**〈赤い椿白い椿と落ちにけり〉〈白足袋にいと薄き紺のゆかりかな〉**（同29）。

俳　わあ、「白足袋」句は細やかで情緒がありますねえ。

青　男目線で女性の足袋を捉えたと見ると、艶がありますよね。鼻緒の紺が付いたのか、白と紺の足袋が重ねて置かれたのか、または盥で紺足袋と一緒に洗われた白足袋が薄く染まったのかもしれない。情景が曖昧ながら、紺に淡く染まった白足袋の印象は鮮明で、微妙な生活感も漂っている。まだ20代前半の句です。有季定型を迷いなく駆使する技量は子規派随一で、**〈おしろいの首筋寒し梅二月〉**（明治33〔1900〕）**〈蝉涼し朴《ほお》の広葉に風の吹く〉**（同36）等、眼前の景を的確に捉えて季感を漂わせる手腕は傑出しています。

俳　「おしろい」句、なかなかの度胸ですね。寒くて梅で二月、怒濤の季重なり。でも、「梅二月」には冬の余寒と初春のいりまじった雰囲気もあって、女性の白粉をはたいた首筋に寒さを感じるのも鋭い気がします。

青　明治や大正の頃は、碧梧桐に限らず季重なりの句が多いんですよね。何より、「蝉涼し」句も夏の清涼感あふれる一瞬を悠々と詠んで、俗気がない。才の鋭さを示す句で、碧梧桐はまだ30歳でした。当時の俳壇は今と同じで、大御所が60～80代なのに対し、子規派は多くが30代前後。その中でも碧梧桐は若手で、子規派の若頭筆頭だったんですよ。

■中期作品

俳　それなのに、碧さんはなぜ道を誤ったんですか。

青　「誤った」かどうかは、実は難しいところで、碧梧桐の技術は年々上がっているんです。**〈馬独り忽《こつ》と戻りぬ飛ぶ蛍〉**（同39）は、何かの事情で馬小屋に戻らなかった馬が一頭、蛍が飛び交う宵闇の中に突如として現れ、何事もなく小屋に戻った宵のひとときを劇的に詠んでいる。**〈寺大破《たいは》炭割る音も聞えけり〉**（同年）も巧い。上五を「寺大破（貧しい寺）」と漢語調で大仰に示し、中七は「炭割る音も」と寺に住む僧の生活感漂う様々な音を響かせ、下五は「聞こえけり」と余韻を利かせながらあっさりと締めくくる。上五―中七―下五の調子の変化と位相のずらし方は相当な巧者。でも、彼の句は自己完結して読者を置き去りにした感じが残り、それは新傾向俳句運動で加速してしまいます。碧梧桐は、頭中のイメージや類型に陥らない作風を最優先し、実景と事実にひたすら忠実な「写生」句を極度に推し進めました。例えば、**〈相撲乗せし便船《びんせん》のなど時化《しけ》となり〉**（同43）は画期的な新傾向と話題になった句です。

俳　辞書を見ながら句意を考えると……相撲取りを乗せた便船（都合よく出た船）に私も乗りはしたが、なぜに時化にあったのか、という感じでしょうか。知らんがな。

青　これが新しいとされたのは一句に中心がない、つまり作為や意図を放棄したまま、事実そのものをほぼ詠んだ点にあったとされたんですよ。

俳　良さが分からない……。

青　碧梧桐は革新を進めるあまり、今までの安定したパターンや類型、季語らしさに触れることを極度に嫌い、新味だけで句を成立させようとしました。子規の「写生」を発展させ、従来詠まれなかった出来事を徹底して詠めば革新になると信じた。例えば、梅雨の長旅から家に帰り、蚊に刺されたり雷が聞こえたりした体験を**〈カラ梅雨の旅し来ぬこの蚊雷や〉**（同45）と彼は詠みます。「梅雨」の句としては斬新で、時間と心情の複雑な推移も詠まれていて、プロの作品といえるでしょう。短詩でこれだけ長い時間の経過や屈折を感じさせるのは凄い。でも、読者側は感情移入しにくいんですよね。

俳　「〜来ぬ／この蚊／雷や」の間の入れ方はさすがと思いますが、仰るように作者の実感を読者は共有しにくいですね……。

後期作品

青　新傾向俳句を進める彼は定型や季感も旧弊という発想に至り、やがて自由律が発生します。最初は弟子達が詠み始めたのですが、碧梧桐も俄然詠むようになる。それが彼の後期作品で、例えば**〈雲の峰稲穂のはしり〉**（大正5〔1914〕）はいかがでしょう。

俳　ちょっといい。夏の爽やかさと同時に、鋭さすら帯びた猛々しい真夏の予感がピリピリ伝わる感じ。

青　碧梧桐の鋭い感性は相変わらずで、**〈肉かつぐ肉のゆらぎの霜朝〉〈曳かれる牛が辻でずつと見廻した秋空だ〉**（とも に同7）等、見事な把握と的確な描写は冴えている。でも、どの句も作者の自己完結に近い描写が多い。従来や同時代句と比較して斬新だったにせよ、現代から振り返るととっつきにくい印象だけ残ってしまいます。だからといって碧梧桐の革新運動が失敗だったかどうかは慎重に考えるべきで、そのあくなき挑戦は自由律を発生させただけではなく、彼の極端な「写生」句は高浜虚子からすると「やりすぎでは」という風に見えたはずです。虚子は碧梧桐の革新運動を横目にしながら、「やはり俳句や『写生』は有季定型をあくまで守り、中庸を目指した方がよい」と確信を深め、後の「ホトトギス」雑詠欄の選句時により心がけるようになったのかもしれません。これは教えてもらった話ですが、碧梧桐が六朝風のゴツゴツした書体で一世を風靡した時、虚子は意識的に丸々とした書体で新傾向俳句運動との差別化を図った可能性があるそうです（③）。碧梧桐の活動を他山の石として虚子は書体だけではなく、自身の俳句観を見直し、確かめる契機になったと考えると、碧梧桐の極端な「写生」は虚子率いる「ホトトギス」の黄金時代を助けたと見なしうる……24ページで話に出たように、近代俳句の推進は子規派のチームプレーだったと捉えると、碧虚コンビが互いに意識しあうことで結果的に俳句表現の幅もが広がり、自由律や「写生」の傑作を生む契機となったと捉えることもできそうです。

率直すぎる性格

青 これまで碧氏の経歴や句を見てきましたが、いかがですか。

俳 子どもの頃そのままかも……腕白ヘイさん。

青 明治期にこんな指摘があります。「子規でも鳴雪でも虚子でも皆正直者に相違ないが、正直なる性情を幾らか塗抹《とまつ》して、婉曲に複雑に見せかける方である、碧梧桐に至つては実に透明なもので、単純、率直、直線的の性情を遠慮会釈なく暴露し、銀行や会社の事務員の如く一心不乱に俳務《はいむ》を執つて居る」④。子規の「写生」を突き進めて有季定型を破壊したり、派閥の維持や人間関係に頓着しないところなど、確かにそうかも、と思わせる碧梧桐観ですよね。

俳 クラス運営の理想に燃えて学級委員になり、みんなの都合を考えずに突っ走るタイプね。

青 彼が急進的に革新を続けたために碧派はバラバラになりましたが、彼を慕った人々もいたんですよ。「単純、率直」な彼は困っている仲間のために奔走したりと男気もあったので、最晩年まで年始の挨拶を欠かさなかった弟子達もいました。20年近くお酒を届け続けた弟子もいましたし。

俳 権力や金銭面でガツガツせずに俳句活動を純粋に求めた碧さんだから支援者がいたのかも?

青 正直で率直な彼の性格を愛する人々が周りにいた、ということなんでしょうね。

文人として

青 あと、碧梧桐については作品だけではなく、活動全体や影響を見渡して評価した方がよいタイプに感じます。彼の句を活字で読むのと、あの破天荒な書で味わうのでは印象がかなり異なります。それに蕪村研究の第一人者でもありますし。

俳 碧さんが研究者?

青 そう。子規派が蕪村を称揚した際、関心の的は『蕪村句集』だけでしたが、後に碧梧桐は蕪村の書簡や画、一門の句集を探し集め、書籍として刊行しています。蕪村の本業は画家で、書も人気があった俳人でした。子規は蕪村句だけに注目しましたが、碧梧桐は蕪村を一俳人としてでなく、マルチな文人として研究を進めたおかげで蕪村研究の基礎ができたんです。

俳 ほぉぉ……碧さん、やりますね。興味を持ったら、夢中で調べそう。

青　ええ。中国六朝期の書風を流行させたのは前に述べた通りですし、漱石が愛した伊予の画人、蔵沢《ぞうたく》の研究も進めている。竹の墨絵で有名で、漱石は彼の画を手本によく描いたとか。能楽の嗜みも玄人肌でした。私たちは碧梧桐を俳人とのみ捉えがちですが、むしろ近代版文人と理解した方がいい。

俳　なるほど！　俳句オンリーというより、色々な教養の中に俳句があった感じでしょうか。

青　それに近い。紀行文作家としても凄く、明治や大正期に北海道から沖縄まで日本中を旅し、樺太（現・サハリン）や台湾、シンガポール、西欧諸国やアメリカも訪れています。北海道の道なき道を踏破した超健康体な上に、その膨大な紀行文の面白さが今一つ分からないのも凄い。

俳　何だ、面白くないんですか。どこが凄いんですか。

青　作品として読者に示す意識が希薄な上に、なぜそれほど情熱的に旅をしたのか、目的がよく分からないんです。とにかく旅の記録を書く。従来の書道や有季定型を壊し、蕪村や蔵沢の資料を集め、旅行に頻繁に赴き、次第に弟子たちが離れてゆく。一つ一つがバラバラで、その時々の使命感に駆られて情熱をまきちらすだけで一貫性や前後関係、また組織運営や名誉、蓄財等の感覚がスッポリ抜けているんです。そこが凄いなあ、と。

俳　ひねりまくった褒め方ですね。

失敗が功績に

青　一番凄いのは新傾向俳句から自由律に至る過程で「写生」を徹底した結果、季感や定型、読者意識を破壊してしまった点です。機会があればお話しますが、「写生」と有季定型は相性が良いわけではなく⑤、碧梧桐がそれを図らずも露呈させてしまったのが凄いんですよ。その影響を受けた荻原井泉水が自由律にのめり込み、尾崎放哉や種田山頭火が現れることになる。碧梧桐の活動が生んだ功績といえるでしょう。

俳　仰りたいことが分かりました。碧さんの活動自体は失敗に終わりましたが、それがきっかけで新しい俳句や価値観が生まれたんですね。「写生」と有季定型の仲が悪いとかはよく分かりませんが……先生も蔭で色々考えを巡らせているのね。おぬしもワルよのう。

青　私は越後屋ですか。碧梧桐の新傾向俳句運動は単に失敗したと見るより、近代俳句の「写生」という重大な問題が浮き彫りになった運動と見なした方が面白い。子規の衣鉢を継いだ今一人の俳人、虚子はその辺に気付いていた節があり、彼なりに有季定型と「写生」のバランスを重視した方向で句作を続けています。「写生」の問題は複雑なので難しいところですが、この流れで高浜虚子も見てみましょうか。

俳 「聖人」の一生、とくと聞かせてもらいます!

—解説—

①碧梧桐の回想録『子規を語る』（昭和9〔1934〕）に見える。

②新傾向俳句—明治末期～大正期初めに碧梧桐を中心に起こった革新運動。子規の衣鉢を継ぐため、従来の俳句観をさらに打破しようと「写生」を過激に推し進めた結果、俳句が一気に難解になった。

③芦屋市の虚子記念文学館学芸員の小林祐代氏の教示による。

④中村楽天『明治の俳風』（明治40）の一節。同時代俳句や俳人の傾向を歯切れ良く論じた俳論書。

⑤「写生」と有季定型の問題は、拙著『俳句の変革者たち』（NHK出版）所収「子規の後継者・碧梧桐と虚子」で言及。碧梧桐の新傾向俳句運動は、「写生」を暴走させたと考えると面白い。「翔臨」代表の竹中宏氏（中村草田男門下）から教示を得た発想。

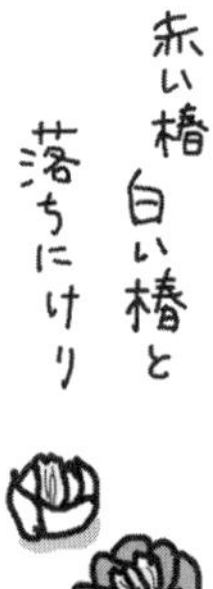

—碧梧桐の代表句紹介—

空《くう》をはさむ蟹死にをるや雲の峰

明治39（1906）年作・夏〔雲の峰〕／仰向けに死ぬ蟹に夏の激しさを思わせる雲の峰を取り合せ、緊張感のある静けさを漂わせる。

会下《えげ》の友想へば銀杏黄落す

明治40年作・秋〔銀杏〕／秋の深まりの中、ともに参禅した亡友を思いやると大ぶりの銀杏が散りゆく……その荘厳さ。漢語調の厳粛な響きが亡友への想いの深さを響かせる。

芙蓉見て立つうしろ灯るや

大正6（1917）年作・秋〔芙蓉〕／夕方、庭先あたりで芙蓉の花を見ている。ふと後方で家内が灯ったようだ。立ち上がり、佇む。前方には夕暮れの暗がりに芙蓉の花が浮かび、後方は灯に照らされている。芙蓉は夕べに萎み、生活感漂う花で、その質感と人工の灯との対照も見事。

高浜虚子

・高浜虚子《きょし》（明治7〔1874〕〜昭和34〔1959〕）—愛媛県出身、本名は清《きよし》。松山藩士族の池内家に五男として生まれる。正岡子規に見出されて俳人となり、一時は小説家を目指したが諦めた後、「ホトトギス」主宰として俳壇に君臨した。実作、選句、結社経営全てに才能を発揮し、「ホトトギス」から史上の傑作を詠む俳人を輩出させた巨人。俳人初最晩年まで「客観写生」「花鳥諷詠」を提唱した。俳人初の文化勲章受章者。

（ナレーション）
　青木先生と俳子さんは教室で引き続き語りあっています。

虚子の魅力

俳　先生、子規さんは虚子さんが好きだったんですよね。何かで読みましたが、子規のお母様が仰ったとか。

青　虚子の『子規居士と余』（①）ですね。子規の逝去時、母堂の八重が彼に伝えたそうです。虚子自身の回想録なので、いかなる状況の一言かは慎重に考えるべきですが、子規が虚子に期待や信頼を寄せたのは間違いない。虚子は夏目漱石ら神経質な人物にも信頼され、女性にモテた逸話もあったりと、配慮が出来てクセなく色んなタイプの人と付き合える人柄だったようです。

俳　そこなんです。子規さんが日清戦争から危篤状態で帰国後、虚子さんに後継者をお願いしたりとか。なぜ虚子さんばかりそんなに好かれるの？　私の恋愛はうまく行かないのに。答えなさいよ！

青　唐突に私怨をぶつけなくても。子規は大陸から神戸に搬送された時や、病状が良くなった後に虚子に自分の野心を継いでほしいと依頼しますが、虚子が断って子規が絶望する事件ですね（②）。虚子がどういう雰囲気の人物だったかは直接会ってみないないと分かりませんが、いわゆるTPOを弁えていて、人として信頼できるところがあったり、柔らかさと威厳も漂わせた人物だったようです。

俳　うーん。子規さんは分かりやすく英雄的ですが、虚子さんは老獪な政治家という感じで好感が持てないのよね。徳川家康のような感じ。

青　確かに虚子は俳壇の王者ゆえに毀誉褒貶《きよほうへん》が激しいですが、まず彼の経歴や作風を知った上で判断すべきでしょう。ただ、明治から昭和戦後期まで活躍した巨人なので全部を押さえるのは難しい。今回は昭和初期あたりまで見てみましょう。

幼少期の頃

俳　了解です。確か、虚子さんもサムライなんですよね。

青　ええ。松山藩士の池内家の五男として生まれ、本名は清。虚子の姓が「高浜」なのは祖母の生家の高浜家が絶えないように戸籍を移し、高浜家を継ぐ形にしたわけですが、生活自体はそのままでした。

俳　清だから虚子さん、碧梧桐さんも本名は秉五郎《へいごろう》。微妙なダジャレ？

青　実世界に片足を置きつつ、虚の文芸に遊ぶという感じでしょうね。虚子の父、政忠は剣術監や祐筆《ゆうひつ》も務め、謡曲にも造詣が深い文武両道の武士でしたが、明治維新で松山藩が賊軍とされるや市内から離れた北条へ家族で引っ越し、農民として暮らし始めます。

俳　侍が農業に？　食糧難でもなさそうですし……珍しいような。

青　松山藩を朝敵と見なす明治維新に対し、藩士として節を守ったのかも。虚子も回想していますが、気骨のある人だったようです。虚子は1歳で北条の西ノ下《げ》という地に移り、幼少期を過ごしたため北条が人生の原風景になりました。海が近く、島が見え、家の近くに大師堂があり、お遍路が行き交い……彼は北条が懐かしく、後に何度も再訪しています。

俳　あ！ **〈道の辺に阿波の遍路の墓あはれ〉**（昭和10〔1935〕）はそうなんでしょうか。歳時記で見たことあるゾ。

青　よくご存じですね。その句は北条の家近くの風景を詠んだもので、後々まで忘れがたかったようです。北条での貧しい暮らしの中、末っ子の虚子は両親や兄たちに愛されて育ちます。おとなしい性格で、母に背負われて訪れた歌舞伎芝居の切腹場面を見て泣き出すぐらいだったとか。母の言いつけを守り、学校の成績も良く、碧梧桐の時に触れたように聖人と名が付く模範生でした。

学校生活

俳　腕白ヘイさんの碧さんと好対照ね。確か、碧さんとは松山中学校で知り合ったような。虚子さんは北条から松山に通ったんですか？　徒歩で通学したんですかね。

青　家族は虚子が8歳の時に松山に戻ったので、中学時代は市内在住でした。兄の仕事の都合や虚子の教育も考え、松山に帰ったようです。その松山と池内家でいえば、虚子の父や兄らは明治に衰退した能文化を守った功績があるんですよ。松山藩は能が盛んで、池内家も謡《うたい》好きだったので散逸しかかった能衣装や能舞台の保存に尽力しました。虚子は終生能好きで、碧梧桐も能が上手く、この点、彼らは松山藩士族の誇りを持ち続けたように感じます。

俳 でも、二人で学校をやめちゃったと。侍なのに子規さんを悩ませる碧虚コンビが発生したわけね。

青 そうなんですよ。虚子や碧梧桐の家は裕福ではなく、二人は立身出世を求められていました。聖人虚子は中学生の途中まで真面目でしたが、森鴎外や幸田露伴らの小説を知ってハマり、ともに同じ高校に進学しますが一緒に中退し、東京に移住します。郷里の親族は困ったと思いますよ。碧梧桐の時に紹介したように（25ページ参照）、「正岡のマネをしおって」と子規の悪影響と感じた縁者は多かったはず。

俳 でも、子規さんは結核だったんですよね。判官贔屓してあげましょうよ。まさか……先生も「子規が悪い」と思っている？（血走った目）

青 怖い……膨らんだ河豚みたいな眼をしないで下さい。子規自身はそうとしても、世間がそれを理解したかは微妙で、子規は後輩を惑わす不良先輩に見えたかもしれない。だからこそ子規は責任を感じ、二人が退学を決めた時も手紙で止め、東京に来た碧虚には「勉強しろ！」と説諭しました。でも、二人は「そんなキツくいわんでも」と不満気。同時に子規は熱心に句作も勧めるので、小説執筆に勤しむわけでもなかった碧虚は何となく句を詠み続けると、子規が俳論「明治二十九年の俳諧」で両者を明治の新調と絶賛し、有名俳人になるわけです。

俳人、結婚、雑誌編集人

俳 その後、虚子さんは碧さんの許嫁を略奪結婚して守旧派になるんですよね。

青 話を略しすぎ。許嫁ではなく、碧虚の下宿先のお嬢さんと碧梧桐がいい感じだったのですが、碧氏の入院中に虚子とデキちゃったという流れです。彼女は大家のお嬢さんで、名は大畠《おおはた》いと。一説では、いと嬢は碧氏より虚子に惹かれ、いとさんからアタックしたとか。いずれにせよ一家を構えた虚子は稼がねばならず、それで「ホトトギス」を譲り受けて生計を立てようとします。

俳 「ホトトギス」は虚子さんが作ったのではなく、譲り受けたんですか？　どこから？

青 松山にいた子規派の柳原極堂《きょくどう》（7ページ参照）が創刊しましたが、資金繰りに困って廃刊危機に陥ったのを虚子が譲り受けたんですよ。子規は「ホトトギス」続刊を熱望しましたが、俳誌は売れないものなので不安だったとか。虚子編集の「ホトトギス」は当初三百部前後の売上という予想でしたが、千五百部以上も売れたため、好調なスタートを切ります。

俳　凄い。虚子さん、経営者の才覚もあったんですかね。浪費専門家の碧さんとは違うかも……いとさんの眼は確かだったようね。

青　ただ、良いことばかりでなく、「ホトトギス」内では「虚子は俳人よりも商売人」と陰口や批判も多く、何より虚子は小説家になりたかった。こういう話があります。彼が瘧《おこり》（マラリア）で苦しんでいた時、部屋の壁に「大文学者」と書いた半紙を貼り付けて「小説家になる！」と念じ続けたとか③。その話を聞いた子規が**〈大文学者の肝小さく冴ゆる〉**と虚子に半紙で書き送ったらしい。

俳　病気の虚子さんが壁に「大文学者」と貼るのは滑稽なような、切ないような。子規さん的には皮肉まじりのさりげない頑張れエールという感じかしら。

青　ええ。虚子は子規派が興した写生文運動（④）で散文も修行しましたが、小説が書けるわけではありませんでした。子規没後、俳句革新の牙城たる新聞「日本」俳句欄は碧梧桐が担当し、かたや虚子は子規派の仲間から商売人と陰口を叩かれながら「ホトトギス」編集を地味に続ける。碧梧桐とも俳句観の違いでぶつかるようになり、碧氏は虚子の穏健な有季定型句を「月並」と批判し始めます。

明治期の虚子句

俳　その頃の碧さんの句は先ほど教えてもらいましたが（30〜31ページ参照）、虚子さんの句はどんな感じ？

青　例えば、**〈桐一葉日当りながら落ちにけり〉**（明治34〔1901〕）**〈打水にしばらく藤の雫かな〉**（同39）。

俳　めちゃくちゃ巧い。「桐一葉」句は私でも知っている句ですが、「打水に」句も上手。打水が藤の花にもかかり、その雫が滴る様子を「藤の雫」とざっくりまとめましたね。普通の言い方をしながらも「こう詠めば後は読者に任せても大丈夫」的な大らかな省略が的確。それでいながら、「藤の『雫』かな」と焦点を絞って終わらせたところが心憎い。読後に藤の垂れた花から雫がポタポタ……と落ちる情景が浮かびます。

青　実作者のようなコメントですね。

俳　キーッ、私は俳人ですよ！（髪を振り乱す）

青　怖い……逆上したナマハゲみたいな威嚇をしないで下さい。「打水」句は他にどの点が上手でしょうか。

「しばらく」の妙

俳　藤の花から「しばらく」雫が落ちたとすることで、「しばらくして雫は止んだ」と想像させる点ですかね。「打水」は水を大量にかけ続けたり、丁寧にかけるものでもなく、見当を付けてサッとかけるものなので藤にもかかったのでしょうし、水の量も多くないので「藤の雫」も「しばらく」して止んだとすると、打水の風情をうまく詠んでいます。それに藤の花の美しい雰囲気と打水の生活感が混ざっているバランス感覚も見事。碧さん的には月並に見えたかもしれませんが、難解な新傾向句より分かりやすいです。

青　見事な句解ですね。師として伝授することはもはや何もないようだ……さあ、この窓から早く旅立ちなさい！

俳　この教室は4階ですよ、どこの世界に旅立たせる気ですか！

青　あ、うっかり。名句解だったので、ついマンガやアニメでありそうな場面を想定してしまいました。

俳　虚子さんに戻ると、この句は確か20代あたりの句なんですよね。これだけ巧いのに、小説家志望とは……子規さんや碧さんもそうですが、小説家がカッコいい時代だったんですねえ。

小説への憧れ

青　明治維新後は基本的に江戸文化否定なので、古臭い俳諧よりも明治の新社会や人間群像を複雑に描くことのできる西洋流小説が眩しかったんですよ。江戸期以来の読物と異なる新小説を露伴や尾崎紅葉ら20代の青年が発表したのもカッコよかった。虚子は大正時代にこう綴っています。

「十七字の詩形である俳句だけでは満足が出来なかったのである。世人が子規門下の高弟として余を遇することは別に腹も立たなかったがそれほど嬉しいとも思わなかったのである。（略）余は今でもなお学問する気はない。けれどもどこまでも大文学者にはなろうと思っておる。余の大文学者というのは大小説家ということである」（『子規居士と余』）。

俳　その話、先ほどの句を詠んだ後ですよね。他にどんな作品を詠んだ後の感想なんでしょうか。

青　**〈蝶々のもの食ふ音の静けさよ〉**（明治30）**〈遠山に日の当りたる枯野かな〉**（同33）**〈金亀子《こがねむし》擲《なげう》つ闇の深さかな〉**（同41）あたりですかね。

俳　ゑゑゑゑゑ（白目）

青　しっかり！　あ、口からエクトプラズムが。

俳　う、すいません……って、人の涎を微妙な表現で指摘しないで下さい！　あ、一句浮かびました。**〈ひとのくちよりたら〱と春の泥〉**。

青　虚子の**〈鴨の嘴《はし》よりたら〱と春の泥〉**（昭和8〔1933〕）じゃないですか。人間の口から春泥がたらたらなんて、ゾンビ映画ですか。

漱石に刺激されて

青　で、「ホトトギス」経営は成りゆきに近く、生計を立てるためでもあったのですが、虚子の憧れは小説家でした。折しもその時、彼の小説家志望をさらにかき立てる出来事が起きます。東京帝国大学教師だった夏目漱石が突如凄い小説を書き始めたんです。

俳　『吾輩は猫である』！

青　そう。教員生活が合わず、鬱状態の漱石を見かねた彼の奥さんが虚子に相談します。虚子は気晴らしにと思い、「うちの雑誌にも何か書いてよ」と頼んだところ漱石はぶ厚い原稿を渡してきた。題名もないので一行目の文をそのままタイトルにして「ホトトギス」に掲載するや、爆発的な人気を呼びます。猫ブームで「ホトトギス」は一万部ほど売れ始め、漱石は『坊っちゃん』『草枕』等を次々と発表しました。小説家志望の虚子は強く刺激され、自分も「ホトトギス」に小説を発表した上に俳句欄も廃して小説専門誌にするほどの入れこみよう。ところが、漱石が明治40（1907）年に朝日新聞社に入社したんです。

小説家虚子の不運

俳　別にいいじゃないですか。私は止めませんよ、入社して下さいな。

青　そうはいかないんです。漱石が朝日新聞に入社する際、朝日側は漱石を帝大教師以上の高給で迎えますが、その代わり条件を付しました。他新聞や雑誌等に書かないこと、例外的に「ホトトギス」は認めるが、出来れば朝日で……と、専属作家的条件があったんです。

俳　「ホトトギス」が大丈夫なら、問題ないじゃないですか。

青　漱石は律儀なので朝日入社後は「ホトトギス」に主立った小説を発表しなくなります。すると、「ホトトギス」の売り上げが急減。

俳　あらら。虚子さんの小説に魅力がなかったんですかね。

青　ええ。京都や奈良を舞台にした『風流懺法《せんぽう》』⑤等は評価されましたし、若き日の志賀直《なお》哉《や》が虚子作品に惹かれて奈良を訪れたほどでした。ただ、売り上げを保つほどではなく、「ホトトギス」が小説専門誌になったので従来の俳人が離れ、読者が激減します。しかも腸チフスで療養を余儀なくされ、生活も苦しくなるばかり。

俳　泣きっ面に蜂どころか、熊や狼にも襲われて逃げようと飛び込んだ沼はヒルの巣で、絶叫した口に鳥のフンが落ちてくるようなものね。

青　そこまではひどくない気が……虚子は雑誌経営や俳書出版等⑥で生計を立てたので何としても売る必要があった。ついに明治45年、「ホトトギス」に俳句欄を復活し、同年に大正と元号が変わった後は俳誌として舵取りの変更を余儀なくされました。

専業俳人の道

俳 うーむ。夢破れて俳句あり、という心境でしょうか。

青 そうですね。虚子は小説をかなり書いた後に渋々俳句界に戻ったので、俳句に過剰な期待をしませんでした。文学実験や斬新な発想を表現したければ他文学でやればよし、俳句は有季定型で表現できることだけ詠めば他ジャンルにない特徴となる……と冷静に判断します。**虚子は俳句に醒めた専業俳人で、しかも抜群の才能があった。**ここが他俳人と違うところです。

俳 でも、虚子さんは俳句が嫌いではなかったんですよね。

青 もちろん。同時に、理屈抜きに夢中になったのは小説で、俳句はそこまで熱中できなかった。虚子は小説と恋に落ちたかったのに、俳句に選ばれた人生を歩むことになります。それが大正初期で、彼は嫌々でしたが、同時に虚子復帰から近代俳句は爆発的に発展することになります。

「ホトトギス」雑詠欄

青 虚子が俳壇に復帰して「ホトトギス」を俳誌に戻した際、いくつかの方針を発表しました。

俳 例えば？

青 「ホトトギス」は子規派の機関誌ではなく虚子の個人編集誌であり、新傾向俳句に対抗して平明で余韻のある句を推す、といった宣言です。要するに子規派の誰彼に気兼ねせず、今後は私の「俳句」だけを是とする、という決意表明をしたわけです。

俳 ム、それは子規さんの頃からいた先輩や同僚を無視する、ということでしょうか？ 新傾向俳句の碧さんと対抗するのは分かりますが、内藤鳴雪《めいせつ》さんや石井露月《ろげつ》さん、佐藤紅緑《こうろく》さん、松根東洋城さん⑦とか元気な頃ですよね。

青 さすが子規ファン、人名がスラスラ出るのは見事。仰るように、虚子は彼らを含めた子規派の他俳人に配慮せず、自身の価値観のみで「ホトトギス」を運営すると宣言しました。その主戦場が雑詠欄で、虚子は選句を通じて自身の信じる「写生」を示そうとしたわけです。

俳 分かる気がします。虚子さん、それまで子規派の人々から「商売人」と批判されたりしたんですよね。碧さんは突っ走るし、皆自分の都合で色々やったり、言ったりするので、伊予弁風に「アシもやりたいようにやるけん」と吹っ切れた感じがありそう。

青 おそらくそうだったと思います。生活がかかっている虚子は腹を決め、碧梧桐や他の子規派、宗匠も含む全俳壇と戦うという覚悟で雑詠選句欄と『進むべき俳句の道』⑧で自身の俳句観を推し進め、やりたいようにやるというのが大正初期に俳壇復帰した彼の方針でした。ところで、雑詠欄は現代では定番の選句欄ですが、この当時は子規派の特徴で、従来の宗匠選句は「梅」「木枯」等に沿った投句を扱いがちだったのに対し、子規派の雑詠欄はその時の季節であれば何でもよしという新しい選句方法だったんですよ。テーマに縛られない分、選者が何を俳句と見なすかの価値観が直接伝わりやすく、虚子は「ホトトギス」雑詠欄で自身の信ずる俳句像を主張しようとしたわけです。俳壇の色々な価値観など無関係、俺の俳句観だけで道を切り開くというもので、意外に強烈な決意です。

俳　何だか脊椎カリエス発覚後の子規さんに近い感じでしょうか。気合が入った覚悟、というか。

青　ええ。小説はダメ、雑誌は売れない、腸チフスで体調は最悪。おまけに溺愛した六番目の女の子を肺炎であっけなく亡くし、心底打ちのめされます。両親もすでに亡く、中年の虚子は文字通り虚無的に黙々と俳人業を続けます。彼は自伝風随筆で次のように語りました。「子供が死んでからもう一年半にもなる。（略）事業は其一年半の間にいくらか歩を進めた。一向栄えない仕事も此一年半の間には比較的成功をした。が、たとい幾ら成功しようともいくら繁昌しようとも、私は一人の子供の死によって初めて亡び行く自分の姿を鏡の裏に認めたことはどうすることも出来ない。栄えるのも結構である。亡びるのも結構である。私は唯ありの儘《まま》の自分の姿をじっと眺めている」⑨。

俳　虚子さん、かわいそう……諦めというより冷静に自棄になった感じ？　心の大事な部分が堅く干上がったような。

大正初期の「ホトトギス」

青　そうかもしれません。同時に、俳人虚子が完成したのもこの時期でした。「私の文芸を批判するものの声が盛んに起こっても少しもそれに耳を傾けなくなったのはその頃からである。（略）『誰でもやって来い』というような自恃《じじ》の心が強くなった」⑩。かつて虚子は俳人子規の後継者を断りましたが、図らずも子規同様の強い「自恃」を胸に俳句業に邁進し始めます。そこからが凄いんですよ！　ヒョヒョヒョヒョ……。

俳　虚子さんも吹っ切れた怖さがありますが、先生までおかしくなった……前から心配していましたが、大丈夫ですか。研究の魔道から足を洗ってこちら側に戻りなさい、ほら！　大好物のチュールよ。

青　うぅ、その味……って、いつから猫用おやつ好き研究者になったんですか。ヘンになったわけでなく、虚子が本腰を入れた「ホトトギス」雑詠欄には凄い句が続々と掲載されたんですよ。例えば、**〈高々と蝶越ゆる谷の深さかな　原石《せき》**

鼎《てい》〉〈**雪解川名山けづる響かな　前田普羅《ふら》**〉〈**冬蜂の死にどころなく歩きけり　村上鬼城《きじょう》**〉〈**死病得て爪美しき火桶かな　飯田蛇笏《だこつ》**〉等、近代最高峰の句が一気に出現します。

俳　凄い！　スケールが大きい上に突き抜けた感がビンビン伝わる……これが全部「ホトトギス」に？

青　そう。彼らは明治末期から句作や他の創作に励んだ実力派で、虚子の俳壇復帰を聞いて「ホトトギス」に投句し始めました。虚子は抜群の選句眼で先のような句群を上位に据え、彼らのどの点が良いかを『進むべき俳句の道』で解説します。先ほどの俳人たちが大正初期のスターで、虚子は彼らを称賛しつつ大正中期頃からは主婦層、また帝大のエリート学生層にも着目し、積極的に関西や各地に赴いて句会を開き、多くの俳人を発掘しようと奮闘しました。

大正中期以降

俳　一種の営業活動よね。そこが子規さんと違うところで、何だか爽やかじゃないなあと感じるんです。

青　うーん。子規は日本新聞社から給与を貰いながら「文学」を純粋に追究できたのに対し、虚子の場合は生業なんですよね。それに虚子は芸術家的イメージに振り回されない現実感があったので、各地に赴いて句会を開き、土地の人々と関係を築いて「ホトトギス」会員を増やし、短冊や掛軸の頒布《はんぷ》会を頻繁に行うことも厭わなかった。俳句で金稼ぎなど邪道とよく批判されましたが、虚子は「自恃」の精神で事業拡大に勤しみます。彼はバランス感覚があった方なので、自分のしたいことを自由にやるためには足場が必要であり、「ホトトギス」の経営を軌道に乗せて経済的に安定せねばならないと考えていた節があります。

俳　そのあたりが一般的な芸術家や文学者像から外れているので、虚子さんには文学者！　というイメージがあまりないのですが、考えると仕事として俳句を選んだ虚子さんとしては自然の発想でしょうし、とにかく生活しようと努力していますよね。私も神頼みとか止めようかしら。「俳句の才が降って湧いてきますように」と八つ鹿踊り⑪を夜な夜な繰り広げましたが、現実的な努力もしようかなあ。

青　完全に不審学生……大学責任になりかねないのでやめましょう。それに虚子は無目的に会員を増やしたわけではなく、例えば「主婦之友」が一万部単位で売れた大正中期、知的な向学心を抱く主婦の多さに着目し、高等教育を受けつつも家庭に縛られ、能力を発揮できない女性たちに俳句はどうかと思いつきます。従来の俳句はほぼ男の世界でしたから、虚子は柔軟な発想で主婦層に注目して門戸を広げたといえますが、何より優れた俳人がいきなり登場したのが虚子の凄さで、超強運だったといえます。

俳　フムフム。例えば、どんな俳人が？

青　竹下しづの女や杉田久女《ひさじょ》、中村汀女《ていじょ》等。**〈短夜や乳ぜり泣く子を須可捨焉乎《すてつちまをか》　しづの女〉**（大正9〔1920〕）**〈花衣ぬぐやまつはる紐いろ〳〵　久女〉**（同8）等が「ホトトギス」雑詠欄を活気づけます。

俳　「花衣」句！　大好きです。花見から帰宅後に立ったまま着物を一枚ずつ脱ぐにつれ、色とりどりの腰紐が畳に散らばりゆく……甘やかな疲れと満足感、そして多彩な色の散らばりの中、自らが女性であることを気品とともに気怠さも交えて自負しているような……カッコイイ。

■「ホトトギス」の黄金時代

青　ステキな鑑賞ですね。久女と同じ九州在住の中村汀女も後に頭角を現し、**〈とゞまればあたりに増ゆる蜻蛉かな〉**（昭和7〔1932〕）等の傑作を量産しました。しかもしづの女や久女が活躍し始めた大正中期から後期にかけて、虚子は東京及び京都の帝大生や帝大進学予定の高校生らとも頻繁に交流し、そこから出てきたのが日野草城《そうじょう》、水原秋桜《しゅうおう》子《し》、高野素十《すじゅう》、山口誓子《せいし》ら帝大出身のメンバーです。虚子は闇雲に会員数を増やそうとしたわけではなく、秀句を詠めそうな層に巧く働きかけたんですよ。

俳　虚子さん、凄いかも。運も実力の内とすれば、とてつもなく「持ってる」主宰ですね……凄い面々。

青　ええ。その点、虚子は宗祇や芭蕉と並ぶリーダーかもしれません。帝大グループでいえば、草城の**〈春の灯や女はもたぬのどぼとけ〉**（大正11）等は大正初期の重量感溢れる句と異なる清新さで一世を風靡しましたし、草城の直後あたりから秋桜子らに阿波野青畝《せいほ》も加えた通称四S《シーエス》が俳句史上の傑作を量産しています。他に後藤夜半《やはん》、富安風生《ふうせい》、山口青邨《せいそん》、松本たかし、中村草田男、川端茅舎《ぼうしゃ》、星野立子《たつこ》らが続々と登場しましたし、これほどの作家層のぶ厚さを有した結社は近現代俳句で「ホトトギス」のみ。しかも比較のしようがないほど突出してします。

俳　知っている名前ばかりですが、まさか皆さんが「ホトトギス」雑詠欄にせっせと投句し、虚子さんの選句を仰いだんですか？

青　そう。この頃の「ホトトギス」はまさに神がかっていて、例えば昭和2年9月号には四Sの傑作が並んでいる。**〈啄木鳥や落葉をいそぐ牧の木々　秋桜子〉〈蟻地獄みな生きてゐる伽藍かな　青畝〉〈方丈の大庇より春の蝶　素十〉〈七月の青嶺《あおね》まぢかく熔鑛爐《ようこうろ》　誓子〉**。彼らの生涯の傑作ともいうべき句が同月号に並んでいるんですよ。

俳　（゜ロ゜）

青　同時に、虚子や「ホトトギス」のスポンサー的立場にあった実業家の句を上位に据えることも忘れませんでした。子規は日本新聞社から給料を貰っていたため、俳句と金銭の結びつきを厳しく分けることができましたが、俳句が生業の虚子はそういうことを言っていられない。彼が凄いのは、俳句を商売として「ホトトギス」の経営を安定させながら、その選句眼を発揮して天才的な俳人を幾人も発掘しただけではなく、彼自身も傑作を詠み続けたという離れ業が出来た点なんですよ。結社経営やスローガンがうまいだけで実力派の弟子があれほど集まるはずがない。草田男も虚子選の確かさを絶対的に信頼していましたし、俳人虚子の凄さは「ホトトギス」の選句抜きには考えられません。

選は創作

俳　そうか、思い出した！「選は創作なり」。何かで読んだ記憶が。

青　よくご存じですね、その通りです。虚子の有名な信念で、彼は選句を創作と捉えていました⑫。俳子さんは子規の時に骨董の目利きと選句が近い、と仰っていましたよね（19～20ページ参照）。

俳　ええ。素人が見ても分からない不格好な茶碗を傑作と見抜くあの感じですよね。

青　そう。いくら価値のある茶碗でも、定評ある目利きが「価値がある」と認定しないと人々は価値を見出せず、汚い小道具に過ぎない。同様にある作品が俳句として優れても、有名な選者が選ばない限り多くの人が「俳句」とは注目しない傾向にあります。虚子が凄いのは、数多の句群の中から同時代の誰もが気付かない「俳句」を発見しうる選句眼に加え、先入観や従来の価値観に囚われずに称賛できる度胸もあった点でしょう。「選は創作なり」とは、俳句が「俳句」として成立する条件として句作者の存在と同時に、それを「俳句」と認める目利きが必要、という意味と思います。それも目利きに権威があり、多くの俳人が注目する存在でなければ、その作品は「俳句」として認知されない可能性が高い。その点、虚子は昭和初期には俳壇最強の目利きとして君臨したため、膨大な句群から「俳句」を見出す虚子選を作者以上に重要と見なした節があります。逆にいえば、虚子の一存で「俳句」が決まってしまう風潮を招くことにもなり、四Sの一人だった水原秋桜子は虚子の態度を傲慢と批判して「ホトトギス」を去りました。無論、そういう側面があったにせよ、虚子選はやはり凄かったといえるでしょう。

俳　ムム、難しくなってきました。その「俳句」は有季定型であればいい、という話ではなさそうね。

青　ええ。例えば、「ホトトギス」昭和5年11月号の雑詠欄巻頭句は**〈白露に阿吽の旭さしにけり〉**等の川端茅舍、次席が**〈曼珠沙華どこそこに咲き畦に咲き〉**等の藤後左右《さゆう》。プロ中のプロという感じの隙のない茅舎句と、素人風に飄々と詠んだような左右句を平気で並べて「俳句」と称賛できた勇気ある選者は、おそらく虚子だけでしょう。

■掟破りの虚子選

青　他の虚子選も見てみましょう。「ホトトギス」昭和2〔1927〕年1月号の雑詠欄入選句です。**〈漂へる手袋のある運河かな　素十〉**。

俳　不気味……手袋は片方だけ水面に浮かんでいるのでしょうか。「運河」の淀みや重苦しい感じに加え、上五の「漂へる」が強烈。句を読み終わっても「漂へる」が妙に頭に残り、人の手から離れた手袋が永遠にユラユラ漂う感じがして生々しい。

青　さすが俳子さん、「俳句」を知る読み手といえるかもしれません。当時はこんな句を「俳句」と認めたのは虚子のみで、他選者ならば没でしょう。冬の季語「手袋」は、**〈手袋をぬぎてあたれる焚火かな〉〈手袋の色の好みや編上げぬ〉**（①）といった詠みぶりが定番で、捨てられた「手袋」など詠む発想はほぼ皆無でした。それも「運河」に漂う「手袋」など前例がない。当時は、「運河」といえば**〈名月や運河の船の遅々として〉〈柳散り水静かなる運河かな〉**（②）と船や柳が浮かぶ場所であり、「手袋」が漂うような所ではなかったんですよ。仮に素十句のような情景は現実にあったとしても、「俳句」になるとは誰も考えず、「手袋・運河」らしさに沿った句こそ「俳句」と信じられた時代に、虚子は「手袋・運河」のイメージとずれた素十句こそ「俳句」であり、「写生」句であると認定しました。虚子が選者でなければ素十句はヘンな句として消えたはずで、逆に虚子が「漂へる」句を拾うことで、その選句を見た他俳人が「こういう風景を詠んでも俳句になるのか」と認識を新たにし、詠んだ素十自身も「よし、次もこの方向性で行こう」と確信する。虚子が選句と雑詠欄を重視したのは、何をもって「俳句」と見なすかという価値観そのものを創りあげ、示すことで多くの俳人がその「俳句」像を見習おうとする場だったためです。

■写生

俳　なるほど。今仰ったような虚子さん独特の俳句観と、子規さん譲りの「写生」は関係するのでしょうか。

青　大いに関係します。虚子の「写生」は固定した理念や先入観を設けないという認識で、内容を縛る美意識や理念ではないんですよ。「写生」は基本的に何を詠んでも良く、子規のくだりで触れたように（15〜16ページ参照）、ありきたりな美意識や先入観ではなく、思いこみから外れた現実のリアルな手触りに遭遇した時の驚きや発見の感情を生々しい質感とともに詠みうるか否かが全て、という認識です。これまで紹介した雑詠欄入選句はいずれも現実に対する驚きを臨場感を伴って詠みえた作品で、虚子選はそれ以外にさほど頓着しなかった。だからあれだけバラエティに満ちた作風が同居できたんですよ。

俳 フム……虚子さんは「客観写生」「花鳥諷詠」⑬を主張し続けたイメージが強いので、その主張に沿った内容の句が「ホトトギス」流の作品と思っていましたが、どうも違うのね。とにかく臨場感や質感が強ければよし、内容とかテーマ、意味や詠み方は有季定型であれば何でもよし！と。確かにこれまでの雑詠欄の句風はバラバラですし、一貫性がないような気が。

青 「花鳥諷詠」も受け取り方によって伸び縮みする俳句観で、「小説や詩、短歌と異なる俳句の独特さ」に近い。虚子は「俳句はこうあるべき」と唯一の基準や理念で俳句を縛ろうとしたわけではなく、内容はさほど問わないのが虚子の主張の幅広さです。唯一こだわったのは有季定型であれ！というあたりでしょうか。無季や自由律はダメ、それは「俳句」ではないと終生主張し続けました。

俳 そこが碧さんの新傾向と違うところなんですね。でも、分かる気がします。小説をたくさん書いた虚子さんからすると、小説や詩にない俳句の特徴は有季定型なんだからそれを磨けばよい、無理難題を俳句に求めてもムダ、と考えたのかも。醒めた専業俳人の冷静な判断という感じ。

青 そうなんです。もう一つ、虚子は有季定型であえて「写生」を行うことが「俳句」になると気付いていた節がある。碧梧桐の回で触れたように（33ページ参照）、有季定型と「写生」は相性が良くない可能性があり、それを強引に行うことで「俳句」が発生するという特徴です。これは話が長くなるので省略しますが、いずれにせよ虚子は俳句の長所と短所を冷静に見切った専門家でした。

虚子句、その後の人生

俳 虚子さん、凄い方だったのね。それに順風満帆と思いきや、子規さんのように挫折や失敗を重ねて嫌々俳人になったとは……微妙にショックです。

青 その点、虚子は図らずも子規の後継者になったといえるでしょう。虚子は「実作・選句・結社経営」全てを軌道に乗せ、それも巨大な成功を収めた例外的な存在で、あれほどの規模で成功させたのは虚子のみといえます。才能ある実作者が優れた選者とは限らず、作句能力と選句眼はある程度分けて考えた方が良い側面もあったりします。ところが、虚子はそれらが一致し、経営センスやバランス感覚もあった上に超強運でした。昭和初期以降、水原秋桜子が虚子一派を批判して反「ホトトギス」の新興俳句が起きたり、日中戦争や太平洋戦争が勃発しましたが、虚子はひたすら「写生」「花鳥諷詠」を唱え、日本最大の結社主宰として君臨し続けます。その影響力たるや甚大で、まさに巨人ですね。

俳　巨人……あの「進撃の巨人」のような激しい感じ?

青　そう、素っ裸で句を詠みながら街の壁を破壊しようとする風流巨人……街に残された人類の運命やいかに?　と、そんなマンガが売れたら日本崩壊ですよ⑭。いや、逆に教養の高さを示しているかも。

俳　**〈一を知つて二を知らぬなり卒業す〉**（昭和13〔1938〕）とか叫びながら街に突進する風雅なバケモノなんてステキじゃない。そうだ、虚子さんの経歴や選句の凄さは分かりましたが、虚子さん自身は他にどんな句を詠んだのでしょう。

青　そこも重要ですが、昼過ぎから喋り倒してすでに夕暮れなので、お開きにしましょうか。他の虚子句は作品紹介ページをご覧いただければ。

俳　私たちは大学教室で話している設定なのに、そんなメタレベルな内情を告白していいんですか。

青　ありのままの現実を見つめるのが「写生」ですからね。

俳　なるほど……と、納得しかかる妙な理屈をこねないで下さい。もう晩なので、虚子さんのその後や、大正期や昭和期の俳人たちについてはまた後日に教えて下さい!

青　そうしましょう。今日はお話できて楽しかったです。ではまた!

―解説―

①『子規居士と余』―明治後期～大正初期に「ホトトギス」連載。子規との出会いから彼の死に至るまでの交情を綴る回想録で、子規との絆を公表することが俳壇復帰後の正統性を強調することになった。

②明治28（1895）年、病後の子規が虚子とともに東京の道灌山に連れ立ち、自身の文学上の野心を継いでほしいと伝えたが、虚子が断ったという出来事。子規は動揺し、余命のある内に独力で文学革新を断行するしかないと思いつめることになった。

③『子規居士と余』に見える逸話。13ページも参照。

④写生文―子規が提唱した文章運動。和歌や漢詩文等の従来の定型表現に囚われず、眼前の現実を書き言葉で滑らかに記すもので、子規没後も「ホトトギス」の大きな特徴となった。

⑤虚子は明治40年に小説『風流懺法』（京都が舞台）、『斑鳩物語』（奈良が舞台）を発表。漱石は、登場人物の人生を傍観するような虚子の筆致を「余裕派」と評した。

⑥虚子は俳書堂を立ち上げて俳書出版を手がけ、「国民新聞」

文芸部長にも就くなど、生活を安定させるため様々な文学関連の仕事に携わった。

⑦鳴雪以下の俳人たちはいずれも子規在世時から句作に励んだ子規派俳人で、独自の俳句観を持っていた。しかし、大正期に俳壇復帰した虚子は彼らを意に介さず「ホトトギス」編集を続けたため、大正期以降の「ホトトギス」は子規派を代表する俳誌ではなく、虚子主宰の俳誌という性格が強まった。

⑧『進むべき俳句の道』—大正4（1915）年から「ホトトギス」連載（同7刊）。新進俳人の蛇笏、石鼎、普羅等の句を詳細に評した論で、大きな影響を与えた。この本を読んで俳句の魅力を知り、句作を始めた俳人は多い。

⑨『落葉降る下にて』（大正5）の一節。俳句事業に打ちこむ決意を支えるものは宿命の中で黙々と生き続けるのみ、と虚無感に近い信念を披瀝する。

⑩昭和2年発表の俳論『霜を楯とす』より。「自恃」については折に触れて語っており、『俳句の五十年』（昭和17刊行）では子規から最も感化されたのは「自ら恃む」ことだったと回想している。

⑪八つ鹿踊り—愛媛県宇和島市を中心に見られる踊りで、八人が鹿の頭を被り、紅染の布で上半身を覆って太鼓を叩きながら円になって舞う。呪術的要素が強く、宇和島藩時代に広まった。秋の祭礼の踊りなので、俳子は祈祷か何かと勘違いしている。

⑫「選は創作」—虚子が折々述べた信念で、『ホトトギス雑詠全集4巻』（昭和6）序文等に見える。「俳句の選と云ふことは一つの創作であると思ふ。此全集に載つた八万三千の句は一面に於て私の創作であると考へて居る」（序文）。虚子が選句に絶対の自負を抱いたことがうかがえる。

⑬花鳥諷詠—虚子の講演録「花鳥諷詠」（「ホトトギス」昭和4）で披露された俳句観。自然界や四季の循環に親しみ、花鳥風月を悠々と諷詠するのが俳句という主張。隠居老人のような論だが、「天下有用の学問事業は全く私等の関係しないところであります。私達は花鳥風月を吟詠する外、一向役に立たぬ人間であります」（花鳥諷詠）とあり、腹の据え方に凄みがある。

⑭漫画『進撃の巨人』を踏まえた会話。謎の巨人に襲われ続け、滅亡寸前の人類が城壁都市に立て籠もり、生き残りをかけて巨人と戦う話。もちろん、巨人は俳句を詠まない。

—虚子の代表句紹介—

高浜虚子は傑作が多く、句歴も60年強と長いため、今回の会話で取り上げた明治期～昭和初期の句を挙げる。多くは句集『五百句』〔昭和12（1937）〕に収録。

遠山に日の当りたる枯野かな

明治33（1900）年作・冬〔枯野〕／日の射さない荒涼たる枯野に立ち、向こうを見やると遠山に薄い冬日が当たっている……そのほのかな心温かさ。印象派的心象風景の世界。

桐一葉日当りながら落ちにけり

明治39年作・秋〔桐一葉〕／大ぶりの桐の葉がゆったりと、スローモーションのように秋の陽に照らされながら落ちていった。凋落の秋、そして冬の訪れも微かに予感させる。「日当りながら」が絶妙。

金亀子《こがねむし》擲《なげう》つ闇の深さかな

明治41年作・夏〔金亀子〕／家の灯りを慕って飛びこんできた金亀子を捕え、外に勢いよく擲つも落ちる音がしない。そのまま飛んでいったのか、深い夜闇が広がっている。

露の幹静に蟬の歩き居り

大正5（1916）年作・夏〔蟬〕／蟬は鳴くことなく、朝露に濡れる幹をただ歩んでいる。その静けさ、清々しさ。黒々とした両眼や羽根、また幹の質感も漂う。

大空に又わき出でし小鳥かな

大正5年作・秋〔小鳥〕／青空に突如、小鳥の群れが浮かぶように飛びゆき、また次の群れが現われては飛んでいく。大空から湧き出たように言い留めた妙。

雪解の雫すれ〳〵に干蒲団

大正10年作・春〔雪解〕／軒先から雪解の雫が干蒲団すれすれに落ちゆく。その微妙な緊張感が面白く、生活感もある。早春の雪国の風情。

棹の先に毛虫焼く火のよく燃ゆる

大正12年作・夏〔毛虫焼く〕／虚子の花鳥諷詠がいかなるものかを示す句。しげしげと眺めている。

白牡丹《はくぼたん》といふといへども紅《こう》ほのか

大正14年作・夏〔白牡丹〕／たゆたうような中七から軽

く引きしまる下五への流れ、その調べ自体が白牡丹のふくよかさ、品のある艶やかさを醸成している。

大空に伸び傾ける冬木かな

大正15年作・冬〔冬木〕／葉が全て落ち、幹から梢まで露わになった大樹が晴れた空の方へゆるやかに「伸び傾ける」、その寒々とした冬らしさ。作者は見上げているのだろう。

やり羽子《ばね》や油のやうな京言葉

昭和2（1927）年作・新年〔羽子〕／羽子突きを楽しむ京女たち。柔らかく、油のように滑らかで、ねっとりまとわりつくような、洗練された京言葉でやりとりしつつ。

東山静に羽子《はね》の舞ひ落ちぬ

昭和2年作・新年〔羽子〕／京の東山を背景に羽子が高く上がり、ふっと力を失ったかと思うや静かに舞い落ちる……正月の町の静けさ、なだらかな東山の風情も思わせる。

巣の中に蜂のかぶとの動く見ゆ

昭和2年作・夏〔蜂〕／蜂の巣を覗いた時の様子。飛ぶ姿や羽音ではなく、巣穴に蠢く蜂の姿態に遭遇した驚きがある。「動く見ゆ」が力強い。

一片の落花見送る静かな

昭和3年作・春〔落花〕／桜も盛りを過ぎた頃、花片がひとひらのみ散りゆく。花びらの行方を黙って追いつつ春を惜しむ、その静けさ。

流れ行く大根の葉の早さかな

昭和3年作・冬〔大根〕／上流で誰かが大根を洗っていたのか、眼前の川面をちぎれた葉があっという間に流れゆく。省筆の妙と微妙な生活感が絶妙。郊外の農村風景。

箒木に影といふものありにけり

昭和6年作・夏〔箒木〕／箒状に茫々に生え、靄がかったような姿の箒木にも影というものが確かにある、という句。イメージからずれた現実の発見と驚き。箒木は古典和歌でもよく詠まれ、その面影も品よく漂う。

せはしげに叩く木魚や雪の寺

昭和6年作・冬〔雪〕／その寺は普通の間隔と違い、木魚を忙しげに叩いている。周りを雪で囲まれた静寂の中、木魚の音が響く。「ポクポクポク」と想像すると妙に可笑しい。

鴨の嘴《はし》よりたらたらと春の泥

昭和8年作・春〔春の泥〕／鴨が水中に首を突っ込み、水底の泥の虫か何かを銜《くわ》えて水上に首をもたげると、嘴から泥が滴っている。通常の「春泥」は雪解けや春の到来を示す季語であり、かくも汚そうな春泥句は異例。

囀《さえずり》や絶えず二三羽こぼれ飛び

昭和8年作・春〔囀〕／鳥の群れが囀りつつ大樹のあちこちへ、木から木へと、絶えず二、三羽がこぼれ飛びつつ移っている。「こぼれ飛び」が鳥の群れの動きを感じさせる。吟行ではなく、句会時の句。

物指《ものさし》で背《せな》かくことも日短《ひみじか》

昭和8年作・冬〔日短〕／夏から秋へ、そして冬になり、日が短くなった。相も変わらぬ忙《せわ》しない日常を過ごし、物指で背中をかく些事も冬の短日らしく慌ただしい、という。人を喰った花鳥諷詠句。

川を見るバナナの皮は手より落ち

昭和9年作・夏〔バナナ〕／食べ終えたバナナの皮を手に、川を放心したように眺めている。ふと、皮が手から滑り落ちた。日常の無意味な些事の面白さ。「川・皮」の重なりも粋だ。

道のべに阿波の遍路の墓あはれ

昭和10年作・春〔遍路〕／大師堂の道端に「阿波のへんろの墓」とのみ刻まれた古い墓がある。いつの世か、素性も知れぬまま異国の地で行き倒れた無名遍路の哀れさにしみじみと思いを寄せた。「あはれ」が見事。

園丁《えんてい》の指に従ふ春の土

昭和10年作・春〔春の土〕／造園を生業とする園丁の手慣れた指遣いに、春の土も従順に従うかのよう。土を意のままに操る園丁の手つきをユーモラスに描く。土の質感も漂う。

大空に羽子《はね》の白妙《しろたへ》とゞまれり

昭和11年作・新年〔羽子〕／新春の青空に打ちあげられた羽子が落ちようとする一瞬の、静止したような真白の鮮明さ。緊張と柔らかい美感。

大正初期の「ホトトギス」

（ナレーション）

青木先生と俳子さんが大学の教室で再会します。

正岡子規没後の俳句動向

青　この教室、空いているのでここにしましょう。それにしても久しぶりですね。大街道《おおかいどう》商店街（①）で奇声を発しながら近寄ってくる人物がいるのであ然としていたら、俳子さんだったので驚きました。

俳　こちらこそご無沙汰しています。大街道で先生を見かけたので捕獲しようと雄叫びを上げただけなのに、奇声とは失礼ね。以前に子規さんや碧さん、虚子さんについてお話をうかがったのが面白かったので、また大学の教室あたりで俳句史の続きをうかがおうと思いまして。

青　そういえば、以前は明治期の正岡子規や河東碧梧桐、高浜虚子の経歴を確認しながら、近代俳句の「写生」について語り合ったんですよね。明治期に子規たちが俳句界に現れ、「写生」を掲げて活躍した時期を初春と見なすと、その後の大正期は春爛漫といった観があります。

俳　花粉症が大変ね。

青　そうではなく、大正初期には史上の高峰をなす傑作が一気に現れた時期で、「写生」を旨とした俳句像の一つの達成といえるでしょう。俳句史の流れに沿って、子規から始まった「写生」が大正初期にいかなる作品となって実を結んだのか、そのあたりから見ていきましょうか。

俳　了解です。以前のお話によると、子規さんから「写生」を継いだ碧さんが明治後期に新傾向俳句を展開し、大正初め頃に自由律に逝ってしまわれたんですよね。碧さんの句は荒野に佇む謎の建築物という感じでしたが、そこから江戸期と違う傑作が現れた、という感じでしょうか。

青　「逝く＝行く」ですね。大正初期の傑作群は碧梧桐側ではなく、虚子側から出始めたんですよ。

俳　虚子さん！　高校中退して下宿先のお嬢さんを碧さんから奪い、憧れの小説家にもなれず、体調も壊して稼ぐために俳句に戻ってきた冴えない中年ね。

青　そうまとめると、何やら破滅型の私小説作家みたいですね。虚子は子規によって俳人として有名になりましたが、小説家に憧れていたのは前にお話した通りです。明治末期、虚子は編集長兼経営者として携わった「ホトトギス」俳句欄を廃止し、小説専門の文芸誌とします。しかし……

俳　売り上げが落ちて生活が立ちゆかなくなったので、大正初め頃に「ホトトギス」を俳句中心の編集に戻したんですよね。

青　ええ。その際、彼はいくつかの宣言をします。41ページで紹介したように、「ホトトギス」は子規派の俳誌ではなく虚子の個人編集誌として刊行すること、また碧梧桐の新傾向俳句運動と正反対の平明で余韻のある句を目指すことを宣言し、「ホトトギス」雑詠欄に全力を注ぎます。虚子は稀代の目利きとして選句能力が抜群に高かったこともあり、雑詠欄から虚子流「写生」を象徴するような傑作が現れたわけです。

俳　ということは、先ほど仰った「大正初期の傑作は虚子側から出た」というのは虚子さんが詠んだわけではなく、「ホトトギス」に投句した弟子たちが詠んだ、となるんですか？

青　虚子も佳句を多数詠みましたが、離れ業に近い名作を詠んだのは雑詠欄の投句者たちで、そのまま近代俳句史の代表作として今も知られる句が大正初期の「ホトトギス」から続出したんですよ。

■大正初期の「ホトトギス」

俳　興味が湧いてきました。どんな俳人さんが出てきたのでしょう。

青　**村上鬼城《きじょう》**、**飯田蛇笏《だこつ》**、**渡辺水巴《すいは》**、**前田普羅《ふら》**、**原石鼎《せきてい》**。その他もいますが、まずはこのあたりでしょう。

俳　さすがに知っている方ばかり。皆さん、一斉に雑詠欄に投句したんでしょうか。

青　ええ。当時の「ホトトギス」雑詠欄を見ると彼らの作品が並んでいます。42～43ページで紹介した句群をもう一度振り返ってみましょう。

1. 冬蜂の死にどころなく歩きけり　鬼城
2. 死病得て爪美しき火桶かな　蛇笏
3. 樹々の息を破らじと踏む秋日かな　水巴
4. 高々と蝶こゆる谷の深さかな　石鼎
5. 雪解川名山けづる響かな　普羅

俳　ほお……こういうレベルの句が毎号掲載されたんですか？

青　ほぼ毎号に近い。偶然、「～かな」で終える句が並びましたが、傑作揃いです。死すべき時を逃した彷徨う冬蜂の哀れさ（1）、結核の病身にほのかな紅を帯びた爪の美しさ（2）。樹々の生々しい息づかいを感じてしまうほどの張りつめた緊張感や(3)、底が見えないような巨大な谷の闇の深さ、その谷を小さな蝶が渡りゆく静寂（4）。奔馬のように荒々しい雪解川、その怒濤の響きに作者が感じたのは幾万年にもわたって雪解水が「名山」を削り、川をなすという永劫の轟きであり、荘厳さすら帯びた初春の美だった（5）……いずれも大正初期の作品で、虚子選の「ホトトギス」雑詠欄に掲載されました。毎号に近いペースでこういった句が出続けるのは俳句史上、そうはありません。
俳　どの句も迫力が凄いです。自然や虫や人間、そのどれもが宿命を背負いながら生きて、黙って死にゆく感じがあるというか……碧さんの新傾向俳句にはうまく馴染めませんでしたが、鬼城さんたちの句は現代の私でも凄いと感じます。大正初期を西暦に直すと、どのくらいになるのでしょうか。
青　一九一二〜六年あたり。約百年前ですね。
俳　傑作は時代を超える、ということかしら。これほどの作品が「ホトトギス」に集中的に発表されたとは驚き。
青　これらを一手に引き受け、「俳句」というラベルを貼って世に押し出したのが選者の虚子でした。彼が凄いのは、俳壇復帰直後にこういう句群が送られる強運の持ち主だった点でしょう。では、ここから虚子選に投句した俳人たちがどのような人生を送り、いかなる句を詠んだかを一人ずつ見ていきましょうか。
俳　いいですね！　誰からですか？　ワクワク。
青　飯田蛇笏から始めましょう。

―解説―
①大街道商店街―愛媛県松山市の中心となる商店街で、俳句甲子園の地方大会や全国大会予選はこの商店街で行われる。

怪鳥ホトトギス
誕生物語の
はじまりはじまり
ちがいます

飯田蛇笏

・飯田蛇笏《だこつ》（明治18〔1885〕～昭和37〔1962〕）――山梨県出身、本名は武治《たけはる》。数百年続いた豪農の長男に生まれ、文学や詩歌好きで早稲田大学に進学したが、呼び戻される形で実家に帰り、飯田家を継いで俳句に打ちこんだ。江戸期の蕉門に匹敵する句を詠みえた近代俳人と称えられることも多い。その凜とした佇まいは野武士と称された。「雲母」主宰。

経歴紹介／豪農の家に生まれる

俳　飯田蛇笏さん、まず俳号が強烈ですよね。本名ですか？

青　蛇笏はもちろん俳号で、本名は飯田武治。山梨県境川村の大名主《なぬし》の長男で、明治18年に生まれます。名主は地主のことで、多くの田畑を所有する豪農が村の差配を務めることを指します。関東地方でよく使われ、西日本では庄屋と呼ばれる傾向にありました。

俳　地主や庄屋というと江戸時代な感じですが、明治時代にもあったんですね。

青　昭和戦前期までは多かったんですよ。後で紹介する愛媛の芝不器男も大きな庄屋の出身です。山梨の飯田家は江戸期から数百年続く豪農で、名字帯刀を許された身分でした。いわば村のトップで、その豪農の長男として生まれた蛇笏は自活しなくてよかった分、代々の家を継ぐという宿命を背負わされた厳しさがありました。彼が句作をし始めた際、その重みが滲み出るように感じられます。

大学中退まで

俳　働かなくてよかったということは、蛇笏さんが俳句にハマッたのは暇だったから？　若隠居のような暮らしですかね。

青　昔から続く豪農や庄屋は経済的に余裕があり、文芸好きが多いんですよ。飯田家もそうで、蛇笏は幼い頃から父や村の人と句会に出たりしていたらしい。このあたりは不器男も蛇笏に近いところがあります（134ページ参照）。

俳　現代のお金持ちは高級車や投資、海外旅行あたりに勤しむイメージがありますが、昔の財産家は風流ね。

青　明治期の名主や庄屋層に俳諧好きが多いのは江戸期以来の延長で、江戸後期になると各地の農村に俳諧文化が浸透していくんですよ。生活が安定した自作農が俳諧や和歌、絵画や茶道等の趣味を涵養するようになり、一番有名なのは小林一茶でしょう。彼は自分で田畑を耕さなくてもよい自作農だったので、俳諧に打ちこむことができたわけです。幕末の新選組で知られる土方歳三も豪農出身なので句をヒネる趣味を身に付け、発句集をまとめたりしています。それに飯田家のような村の有力者は俳諧や和歌、茶等の教養を身につけて江戸や京の文化人と交わり、村を訪れた芸術家を庇護する人も多くいました。そういう文化の流れがあるので、飯田家に生まれた蛇笏も早くから文芸に親しんだわけです。

俳 そうか、分かってきました。おそらく、名主は村の政治や経済、祭の行事や文化を運営する立場にあるでしょうし、外部の人々との外交的な役割も考えると、文字を知っているのはもちろんですが、教養が必要とされる感じですかねえ。蛇笏さん、文化的にも恵まれた家庭環境だったんですね。

青 その通りで、俳諧は村を訪れた文化人と交流するコミュニケーションとしても役立ったので、名主や庄屋層には俳諧を嗜む風流人が多かったわけです。その点では恵まれた蛇笏は東京の早稲田大学に進学しますが、当時は大部分が小学校卒業後に働きに出た時代でした。大学進学は成績優秀だけでなく、実家が高額の学費や生活費を支払いできるかどうかが大きかったので、蛇笏は特権階級の秀才といえるでしょう。

俳 ご両親、鼻が高かったでしょうねえ。私の親なんて、「深夜に蓑笠姿で突如帰宅するのは心臓に悪いから止めて」とか小言ばかり。吟行で佳句を得るのがいかに難しいか、両親には分からないのよ。（淋しそうに微笑む）

青 どんな吟行ですか。かっこつける前に事前連絡しましょうよ。蛇笏の父は子に政治家を目指してほしかったのですが、蛇笏は幼い頃から句を詠んだり、東京の早稲田大学英文科に入学して小説執筆や詩作に熱中しているので、一族は次第に「家を継がないのでは?」と不安になったらしい。

俳 大事な後継ぎが文学にうつつを抜かし、家を飛び出て都会で暮らすのも困りますし、何の役に立つか分からない文学にハマるインドア派は社会不適合者の香りが立ちこめますよね。一族からすれば、法律や経済を勉強する場合と違う危険な匂いを嗅ぎ取ったのかも。

青 インドア派というより、蛇笏は中学時代にスポーツ好きで腕力も強く、正義漢だったらしいので、文武両道という感じでしょうね。大学の時も周りはラフな格好だったのに蛇笏はきちっと羽織姿で通学するなど、かなり真面目だったらしいです。大学生の頃は小説や詩を雑誌に投稿し、また歌人の若山牧水と親交を結び、国木田独歩の『武蔵野』を愛読しつつ句作にも励むなど文学に浸る日々を過ごしました。

俳　文学三昧！　最高の若気の至りね。蛇笏さんも安酒を呷ってカフェに屯《たむろ》する芸術家気取りだったりして。

青　それは19世紀末に西欧で流行した通俗的な芸術家像で、蛇笏は好きな浪曲を聞きに寄席に通う他は遊ぶこともなく、黙々と文学に打ちこんでいたらしい。俳句方面では早稲田吟社に出入りし、その関係で高浜虚子と知り合い、俳諧散心に参加します。

俳　そこで虚子さんが登場ですか。散心？　俳諧で幽体離脱するんですかね。

青　いやいや、夏の一ヶ月間、無休で一日数十句詠むという鍛錬会で、蛇笏は最年少メンバーとして参加しました。蛇笏は虚子の作品や選句に全幅の信頼を置いていたので、俳諧散心に参加できたのがとても嬉しかったらしいです。ところが……

俳　中年の虚子さんと青年の蛇笏さんが淡い恋心を抱き合った？

青　ＢＬ（①）的な妄想を当てはめてどうするんですか。虚子は俳諧散心の最終日、唐突に「自分は俳句から身を退く」と宣言し、会は解散します。以前に触れたように（40ページ参照）、この時期の虚子は小説家を目指していたので解散は自然でしたが、驚いたのは蛇笏を含む他の俳人たちでした。それが引き金となったかどうかは不明ですが、その翌年に蛇笏は大学を中退し、山梨の村に帰郷します。蔵書全てを売り払って郷里に戻ったらしい。

俳　どうして急に？

青　実家に呼び戻されたのか、自分から戻ったのか、両方なのか。真相は分かりませんが、実家側は蛇笏が東京の大学に進学する時から反対だったらしく、家を継ぐ関係で帰郷させられたのかもしれません。その後、蛇笏は地元の女性と結婚し、飯田家当主として生涯を過ごします。

失意の帰郷後

俳　かわいそう。蔵書を売り払ったのは、心の闇が深そうですね。

青　文学者飯田武治は死んだ、今後は飯田家の長として生きる、という感じでしょうか。ただ、彼は家業や村の政治云々には加わらず、蔵にこもって読書をしたり、養蚕を始めたり、東京から蓄音器を買って皆に聴かせていたそうで、そういう蛇笏の姿を弟が回想しています。

俳　それだけ見ると楽しい若隠居ですが、内心モヤモヤした気がします。

青　ええ、相当葛藤や悩みがあったようです。蛇笏の晩年、弟子が山廬《さんろ》（②）を訪れて文学談義を交わすと、蛇笏は小説や詩の創作の未練を語り続け、「俺をこんな山中に呼び戻し、あんな家内をもたして」と不満タラタラなのを聞いた奥さんが、「どうせそうでしょうよ」と返したとか。その手の逸話がかなり残っています。

俳　生活には困らない、でも地方の昔ながらの村でしたい事もできず、文化や芸術を語り合える仲間もいなさそう。たぶん、村では「飯田の旦那」とかいわれて敬われていそうですが、本人としてはままならない人生を歩まされたという思いが強かったのかも。

青　ただ、郷里に戻った蛇笏が救われたことがあり、それは虚子が俳壇復帰したことでした。蛇笏は虚子が選句を辞めた後も「国民新聞」俳句欄（松根東洋城選）に投句したりしていましたが、虚子復活を聞くや東京にすぐ会いに行き、「ホトトギス」雑詠欄に猛然と投句を始めます。蛇笏は雑詠欄巻頭の常連となり、大正初期「ホトトギス」の最重要俳人の一人となりました。

俳　ふと思ったのですが、蛇笏さんの中で「文学者」と「俳人」は違うのでしょうか？　先のお話では蛇笏さんが晩年に小説の未練を語っていたらしいですが、「ホトトギス」でそれだけ脚光を浴びれば文学者として鼻高々になっていいかと思うのですが……本人的には俳人では満足できなかった、という感じでしょうか。

青　当時、小説家や詩人こそ今をときめく「近代文学」の代表だったのに対し、俳人は封建時代以来の古臭い宗匠や隠居の嗜み事という感じで、全然かっこよくないんですよ。蛇笏や虚子、子規たちは最初から望んで俳人になったのでなく、俳句の道しか残されていなかった……という消極的な選択で俳人になりました。現代の感覚とはかなり違うところでしょう。

俳　明治や大正の頃に文学に目覚めた皆さんはほぼ小説家に憧れますよね。私は俳句甲子園時代から堂々と俳人ラブ！でしたけど。

青　だから彼らは俳句に冷静でしたし、「俳句」らしい先入観に縛られず、ルールを平気で破る傑作も詠めたという見方もできます。蛇笏は代々の豪農を継ぐ宿命を受け止め、大都会の東京から山峡の村に戻り、一帯を治める長として自身を律し、謹厳さと責任感を全身に行き渡らせようと努力した節がある。有季定型をゆるがせにせず、背筋がビシッと伸びた句が多いのも、豪農の家の長男という宿命の重みと対峙するように戦いつつ、一生をその宿命に捧げた人物の気迫が滲み出ている気がします。彼の作品は言葉の重みや言外の空気感が濃密で、凄みのある迫力が漂っているんですよ。村の生活で抑えに抑えたマグマが句に噴き出るような感じです。

作品紹介／著名な作品など

青　評論家の山本健吉は、蛇笏句には元禄の蕉門『猿蓑』に匹敵する格調の高さがあり、「気魄に満ちた格調の荘重さ、個性の異常な濃厚さは、蛇笏調として俳諧史上に独歩している」（『現代俳句』）と称えています。

俳　私も蛇笏調を学んで異常な俳子調を歴史に刻みたいです。早く刻ませて下さい！

青　異常でなくていいので、まず傑作を詠まないと。ところで、どんな蛇笏句をご存知ですか。

俳　フッ、俳句甲子園の四天王と呼ばれた私に愚問を……**〈芋の露連山影を正しうす〉〈をりとりてはらりとおもきすすきかな〉**（以上、③）**〈くろがねの秋の風鈴鳴りにけり〉**。まだあるわ……**〈しろたへの鞠のごとくに竈猫〉**（以上、④）お！（ドヤ顔）

青　（四天王？　と首を傾げつつ）どれも彼の代表句で、凄いですね。全体的にどんな感じがしますか。

俳　現代的というより、古風な感じがありますよね。その点、仰るように格調や荘重さがあるかも。あと、人の気配がない。というより、人間の世界と違う自然界が活き活きしている感じ。こういうのが蛇笏調なんでしょうか。

青　彼の看板句にして傑作、という点ではそうです。ただ、夏の風鈴を「秋の風鈴」と詠んだり、手で折り取ったはずの薄を、触感ではなく「はらりとおもき」と視覚的な擬音語で質感を示したりと実は力業が多い。「くろがね」「しろたへ」も古代的な神秘性云々と評されますが、それは「くろがね」「しろたへ」が一句にもたらす効果や質感を説明したことにはならない。これらを丁寧に考えないと、蛇笏調は意外に分からないんですよ。

俳　真相は藪の中ね。蛇笏さん、いい人だったわ。

青　話を終わらせないように。先の代表句を語り合うのもいいですが、他句の方が実感しやすいかも。例えば、**〈流燈や一つにはかにさかのぼる〉**（③）。お盆の時節に、主に火を灯した燈籠を川や海へ流す「流燈」の句です。

蛇笏句の迫力

俳　流燈が生き物みたいですね。超常現象？　いきなり遡るなんてあるんですか？

青　川の深さや岸辺などで流れが不規則になっている川面に流燈がさしかかったのであれば、ありえると思います。ただ、この句がそれだけで終わらないのは、お盆の時期なので彷徨う魂が「流燈」に乗り移ったかのように感じられる点でしょう。下流へ下りゆくはずの流燈群の中で、一つだけ「にはかに」こちらへ遡ろうとする……まるで人間界に名残や思念が残っているように。

俳　ドッキリ系流燈と称したい感じですねえ。「にはかに」の迫力が凄い。

青　仰るように「にはかに」が重要で、「流燈」の予期せぬ動きを目の当たりにした驚きが濃密に込められている。下五を「～さかのぼる」と現在形を感じさせる動詞で句を終わらせたため、今まさに「流燈」が遡る瞬間を目の当たりにした臨場感が漂っています。人間界と違う異世界の姿がフッと垣間見えたようなお盆独特の風情も濃く、「流燈」の周囲に広がる夜闇の気配や蒸し暑い空気感も伝わってきますよね。こういう「流燈」を実際に目撃したら心臓に悪そうですが……。

俳　黄昏どきに道を少し浮いた感じで歩く人を目撃した時の、あの感じねえ。でも、その浮いている人の気配を蛇笏さんのように示すのは困難ですし、そう考えると蛇笏さんの凄さが分かる気がします。

蛇笏句の濃厚さ

青　夕暮れにそんな人は見たことがないのですが……蛇笏句の生々しさでいえば、**〈雪山を匍《は》ひまはりゐる谺《こだま》かな〉**④も凄い。中七の「匍ひ・まはり・ゐる」と「谺」の動きをここまで描くのは執念じみた集中力といえます。作者の感情や関心が「谺」に注がれ、ほぼ同化したような感じがあり、それも形がないはずの「谺」がまるで生き物のように動きまわっている気配が漂っています。

俳　分かった！　蛇笏さんの「異常な濃厚さ」は、「にはかに」「匍ひまはりゐる」といった措辞にあるのでは？　自身の昂揚感や驚きの感情を直接詠まずに、客観的な「写生」と見える措辞にさりげなく、でもしっかりと主観味を滲ませているので、単に観察しただけの「写生」句と違う仕上がりになったように思います。そう考えると、「写生」を心がけた観察力や注意力と同時に、そういう自身の発見や驚きの感情を表現できる言葉を見つけるセンサーが蛇笏さんは凄い、といえるような気が。

青　極意を会得したようです。私が教えることはもう何もありません。山を下りる時が来たようだ……。

俳　ここ、教室よ。

青　そういうわけで、山本健吉が評した蛇笏の「異常な濃厚さ」というのは、日常の人間社会の埒外《らちがい》にある自然の姿や彼岸、先祖代々の歴史の気配といった質感の濃さにある、といえるかも。例えば、**〈ほたるかごまくらべにしてしんのやみ〉**⑦の夜闇の深さ、濃さもそうですよね。夏に捕らえた蛍を入れて楽しむ「蛍籠」の句です。

俳　シーンとして、夜の闇がとてつもなく深くて、闇全体が息づいているような気配すら感じます。都会の夜ではありえない質感というか……全て平仮名というのも呪文じみて怖い。

青　人間たちが次第に寝入り、世界は「しんのやみ」に覆われる。黒々とした夜闇の中、かそけく、息をするように明滅する蛍……そしてぶ厚く、のしかかるように、じっとりとゼリーのように溶けいる夜闇が呼吸している感じといえばいいでしょうか。都会よりも田舎の夜闇を想像させるのは、「しんのやみ」という措辞が大きいかもしれません。

俳　個人的には「まくらべにして」に脱帽します。すごい省略というか、強引なまとめというか。「まくらに置いて」「まくらべそばに」はダメですし。この曖昧な省略がかえって一句の世界に膨らみを持たせている気がします。

青　「〜にして」と曖昧にすることで蛍籠と夜闇が一つの風景のように感じられるので、蛍の光と夜闇はむしろ対立せず、夜の情趣として互いに溶けあっている感じが出てきますよね。その蛍籠があることで「しんのやみ」全体の気配が生々しく感じられ、生き物のような質感を帯びてくるのが凄い。

■他の句群

俳　蛇笏さんの他の句はどんなものがあるんですか？

青　**〈いき〳〵とほそ目かゞやく雛かな〉**（③）。

俳　魂を帯びたお雛様みたい……二百歳ぐらいかしら。人のいない部屋で雪洞《ぼんぼり》が灯され、その明かりに横顔が照らされている感じでしょうか。人より艶やかな肌、でも冷たい感じ。綺麗なのに怖い。

青　桃の節句にあわせて押し入れや納戸といった置き場から出されたお雛様たちは、それまではごく普通の人形と感じられたのに、設えられた雛壇に飾られ、雪洞が灯り始めると急に生気を帯びたように、まるで本来の姿を取り戻したように活き活きとし始めた……という経緯も漂わせていますよね。次の句は如何。**〈月光のしたゝりかゝる鵜籠かな〉**（⑤）。

俳　中七が凄い！　鵜のしとどに濡れた羽毛の質感がとてつもなく伝わってきます。月の光が透きとおった感じというより、ドロリと黄身がかったような感じで、濡れた鵜の臭そうで獣じみた肌や毛を照らす感じがビンビンします。臭いまで漂ってきそう。

青　**〈夏真昼死は半眼に人を見る〉**（⑥）。

俳　亡くなった直後の薄目が開いている感じですか？　しかも夏の真昼……。

青　**〈鼈《すっぽん》をくびきる夏のうす刃かな〉**（④）。

俳　「鼈の」ではなく、「鼈を」ですか？　スパッと切れた感じ、それも夏に、涼しげな薄刃で……。

青 **〈ひぐらしのこゑのつまづく午後三時〉**⑧。

俳 プッ、蜩の鳴き声を「つまづく」と取るとは。「午後三時」と具体的な時間なのもユーモラス。お昼と夕方のちょうど中間あたりの、一日のエア・ポケット的な時間帯に澄んだ鳴き声の蜩が鳴き始めた途端に失敗する、という感じかしら。ユーモラスなだけではなく、「午後三時」の質感が濃く漂っているのが蛇笏さんらしい。

青 **〈炎天を槍のごとくに涼気すぐ〉**⑦。

俳 先生は蛇笏ボット⑨ですか。ストップ。

青 失礼、つい……**〈乳《ち》を滴《た》りて母牛《ぼぎゅう》のあゆむ冬日かな〉**④。

俳 詰めこみましたねえ。ただの牛でなく「母牛」と具体的に示し、しかも普通に歩むのではなく、「乳を滴りて」歩き、その日は冬の寒々とした一日で……情報過多のはずなのに「～かな」と格調高く終わっているためか、ビシッとした感じがあります。美しくない光景なのに、荘厳な生き物の神秘という雰囲気があるのが凄い。

生涯と重ねて

青 蛇笏句は情報が多めで、表現もしつこいほどにアクが強い。腕力でねじ伏せるような力業の表現も多いのに、格調の高さがありますよね。ビシッとして、一語一語が重く、作品が屹立《きつりつ》している強さが感じられます。それは山梨の村の名主の家長として一生を終えねばならなかった彼の人生と、もしかすると響きあう気息だったのかもしれません。日頃は抑えていた鬱憤のマグマが句作時に噴出しながらも、決して矩《のり》は越えない強靭さがある。文学者として自由に生きる道を断念した凄みが、あの作風を支えているともいえる。

俳 圧が強くて、濃かったです……疲れました。

青 **〈冬瀧のきけば相つぐこだまかな〉**⑤。

俳 「相つぐこだま」が濃すぎる……追い打ちをかけないで下さい。

青 **〈夕虹に蜘蛛のまげたる青すゝき〉**③

俳 綺麗な夕景色なのに、超常現象のような神秘さが濃厚……完敗です。

―解説―

①BL―「ボーイズ・ラブ」の略で、主にマンガ等で若き男達の同性愛を描いた作品。
②山廬―元々あった「草廬」を蛇笏風に言い換えた造語で、彼の境川村の家を指す言葉として有名。
・③～⑧は次の句集に収録。③は第一句集『山廬集』（昭和7）、④は第二句集『霊芝』（同12）、⑤は第三句集『山響集』（同15）、

⑥は第四句集『白嶽』（同18）、⑦は第五句集『心像』（同22）、⑧は第八句集『家郷の霧』（同31）。

⑨主にツイッター等で自動的に呟いたり、会話を行うアカウントを指す。俳句を定期的に呟き続けるボットも少なくない。

原　石鼎

・原　石鼎《せきてい》（明治19〔1886〕～昭和26〔1951〕）―島根県出身、本名は鼎《かなえ》。医者の家系の三男に生まれ、中学校時代から詩歌や文学に親しむ。大正初期「ホトトギス」の旗手で、華やかで壮大な句群は多くのファンを生んだ。精神的に不安定で、関東大震災以後は顕著になり、幻聴等に悩まされた。「鹿火屋」主宰。

経歴紹介／石鼎の身なり

青　次も大正期「ホトトギス」の高峰、原石鼎を見ていきましょう。俳子さんの好きなタイプです。

俳　どんなところが？　ワクワク。

青　社会不適合者にして神経症、パンドポンという麻薬中毒にもなった天才俳人。

俳　キャー、かっこいい！　となりますか！　いっぺんド頭《たま》をぐっと胴にへこましてヘソの穴から世間覗かしたろか！　でも、「天才俳人」はいい感じね。

青　落語家みたいな啖呵がよく出ますねえ。その口の悪さを句作に活かせるといいのですが。

俳　ホホ、口が滑りましたわ。あらいけない、私のブランドシャツの袖口が少しほつれて……。

青　そのシャツ、ユニクロにあった柄と同じですね。

俳　えーと、海の香りが素敵ね。

青　窓の向こうには自転車置き場しか見えないのですが……服装でいえば、石鼎は身なりに頓着しなかったようで、高浜虚子のホトトギス発行所で仕事をしていた頃、白いフンドシを垂らしながら外を歩いたり、独身時代は洗濯を全くせず、汚れた着物を押入に放り込んで放置するので部屋に異臭が立ちこめていたとか。

俳　昔の不精者は凄そう。石鼎さんの実家はどんな感じだったんですか？

出自、青春時代

青　島根県出雲市にあたる塩冶《えんや》村の名家で、曾祖父母、祖父、父と医者を輩出した三男として生まれます。

俳　ということは石鼎さんもお医者さんだった？

青　父は息子全員を医者にしたくて、長男、次男も医学を修めます。石鼎も医者の道が義務付けられましたが、学業が全然ダメ。

俳　先ほど仰った麻薬中毒になったから？

青　中毒は中年になってからで、ハマッたのは芸術。中学生から文学や絵に熱中し、高校や医学専門校に落第し続け、22歳で京都医学専門学校に入学します。勉強は相変わらず放り出して句会に熱中し、翻訳小説を読み耽り、「明星」に短歌を投稿してはパレット倶楽部に入部して絵画制作に明け暮れる。下宿近くの子爵家令嬢との噂が新聞に載り、試験も落第を重ねて放校処分。ちなみに体は柔道で鍛えたので超健康。

俳　自制心が低そう……私も俳句好きですが、さすがにテスト前や大学受験の時は勉強していました。

青　実家は落胆し、石鼎も「俺だけが落ちこぼれ……」と暗澹とします。懺悔の意を込めて坊主頭で帰郷するも相手にされず、徴兵検査も落ち、郷里に居られなくなり上京。歯科医を目指すも諦め、仕事を転々とし、ある時は高浜虚子に「記者になりたいので紹介状を書いていただけないでしょうか」と依頼するも、断られます。折しも次兄が奈良吉野で開業医になるというので赴き、手伝いをするうち吉野が気にいった石鼎は次兄の下山後も留まり、医業のかたわら句作に猛烈に励みます。

吉野時代

俳　知ってる！　**〈高々と蝶越ゆる谷の深さかな〉**（①）などで有名になった時期ですよね。

青　仰る通り。石鼎は虚子の俳壇復帰を知り、「ホトトギス」に投句し始めると、虚子は石鼎句の斬新さに驚いて雑詠欄上位に据え続け、「大正二年の俳句界に二の新人を得たり。曰く普羅、曰く石鼎」②と絶賛しました。後に吉野時代と称えられた時代で、俳句史上の傑作が次々に詠まれた時期です。

俳　よかった。石鼎さんなりに安住の地を得られた感じでしょうか。

青　そこは微妙で、石鼎は世捨て人に近い心境でした。実家や社会から見離され、山奥で世間と隔絶した日々を独り過ごす。周囲は木こりや農夫等、世界の違う人ばかりで文学や芸術、また人生を語り合う人も見当たらず、山を出て社会に戻ることもできない。もちろん、石鼎は人間社会で失敗続きだったからこそ人の居ない深吉野の風光が慰めになり、山々の自然に没入できた孤独感と昂揚感が傑作を生んだ側面はあったでしょう。ただ、吉野はあくまで一時逃れの仮住まいで、安住の地と感じてはいなかったように思います。吉野の暮らしを続けるうちに孤独感が拭いがたいほどに募り、絶望感がせり上がるにつれ俳句熱が高まり、その一切を忘れようと句作に打ちこむ、そんな日々だったのかも。

下山後

俳　なるほど。吉野の山奥には結局どれぐらいいたのでしょうか。

青　2年弱。石鼎は下山後、九州の寺に仮寓して郷里の父の怒りを解こうとするも失敗。しかも寺の和尚が留守中に奥さんと恋仲に陥ってしまい、追放されます。帰郷後も実家に近づけずに網小屋に隠れ住んだとか。最後は放浪した果てに東京のホトトギス発行所で臨時的に働くことになります。

俳　その時期にフンドシ事件が起きたのね。

青　ええ。一般常識ゼロの石鼎は発行所内で無用の長物と笑われたらしい。2年ほど経ったある時、虚子から「他の雑誌社に世話をしよう」と突然言われ、クビ。

俳　エエッ、どうして？

青　虚子の真意は分かりません。後に関東大震災で石鼎が鬱病に陥った時、医学博士が彼を麻痺性痴呆症で余命2年と診断したことがありました。その時、虚子は周囲になぜか吹聴し、石鼎が精神病扱いされたことがあります。虚子は時折こういうことをするので、怖いところがある。

ホトトギス退社後

俳　ブーブー、ひどい！　虚子さんを逆袈裟斬りにしてやりたいわ。

青　石鼎としては、ホトトギス発行所で数年頑張れば末永く雇ってくれると信じていたらしく、虚子の突然のクビ宣言にショックを受け、「虚子先生に裏切られた！」と終生恨んだそうです。傷心の石鼎でしたが、吉野時代の名作を愛する人々が多く、その縁で東京日日新聞の選句や大阪毎日新聞の句会指導の依頼が舞いこみ、生活は安定します。石鼎ファンの女性ともめでたく結婚し、各地句会の招待やガス会社社長の句作指導、また新聞社の後援で大阪三越や銀座松屋で俳画展を成功させたりと、石鼎は文士として暮らせるようになりました。

俳　それは安心。虚子さんの逆袈裟斬りはやめて、座敷牢に放り込んでおくわ。

青　彼の場合、「栄えるのも結構、滅びるのも結構」と呟きながら牢生活で黙々と句作に励みそうで、それも怖い。石鼎は学生時分から好きだった絵の才を活かした俳画が好評で、プロの日本画家より高値で売れたり、新聞社お抱えだったので収入面は安定します。それに、彼に俳誌を持ってほしいと財界人等の後援で主宰誌「鹿火屋」が刊行されたり、石鼎の才を愛する支援者が少なくなかったのは幸運でした。ある人は、「全て面倒を見るから今一度吉野の山中で暮らして句作してほしい」とお願いしたとか。石鼎はもちろん拒否しました。

俳　主宰誌の面倒を見る後援者が現れたり、吉野に強制送還しようとする支援者まで現れるとは。当時の俳句ファンにとって石鼎さんの吉野時代の句がよほど眩かったんですねえ。

青　後で紹介しますが、水原秋桜子や富安風生のように大正後期から昭和期にかけて「ホトトギス」で名を馳せた俳人の多くが、石鼎句に華やかな魅力を感じたらしいです。ただ、石鼎自身は体調や精神面が不安定で、特に関東大震災後は強い神経症に陥り、牡蠣の食中毒治療で使ったパンドポンという薬の中毒になってしまう。幻覚や幻聴に苛まれて虚空に怒鳴ったりするので入院治療したり、煙草の吸いすぎで大喀血したり、躁鬱病に近い感情の乱高下が続きます。日中戦争や太平洋戦争等の重苦しい戦時体制や空襲で気苦労は絶えず、神経衰弱に陥り、句作意欲も減退。最期はリューマチ関連の狭心症で亡くなりました。

俳　うーん……いかにも芸術家ねえ。

作品紹介／吉野時代1

青　ここからは石鼎の作品を見ていきましょう。まずは彼のキャリアで有名な吉野時代から。

俳　知っています！〈**高々と蝶越ゆる谷の深さかな**〉。この句、大好きなんです。最初に読んだ時、短い俳句でここまで巨大な景色を詠めるのか！　と感動した覚えがあります。

青　荘厳な景色と蝶の可憐さが違和感なく溶けこんでいるのも凄いですよね。何より、谷の底がまるで見えない深さが感じられ、自然の霊威のような怖さもある。こういった壮大な自然を高揚した調子で詠みきるのが吉野時代の石鼎句で、次のような句もあります。**〈風呂の戸にせまりて谷の朧かな〉**。

俳　「谷の朧」が生き物のよう……谷底から這い上ってきた巨大な朧が音もなく風呂場に迫りくる感じで、人間の住む家や風呂場を呑みこんでしまいそう。

青　「朧」という季語は春夜のしっとりした情趣を感じさせますが、石鼎句の場合は巨大な生命体のように息づき、人間界を脅かすような迫力がありますよね。吉野時代の彼は、他にも**〈月さすや谷をさまよふ蛍どち〉〈谷杉の紺折り畳む霞かな〉**のように、一般的な「蛍」や「霞」と全く異なる質感を漂わせた句を残しています。畏怖めいた谷の夜闇や深さを目の当たりにして両眼を見開いて驚いているような句ですよね。

俳　「谷をさまよふ」「紺折り畳む」……人間の気配や生活感が見当たらない自然界の怖さがあるような。闇が底知れないほど深く、人の命を何とも思っていないような感じで、癒やしの自然と正反対の生々しい気配が濃厚。

青　この時期の石鼎句が凄いのは、今仰ったような自然界の息吹や霊威が直接伝わる雰囲気がある点で、作者の姿や「私」という主観に彩られた技巧がまるで感じられないのは驚異的に思います。人間社会から逃れるように山深い吉野へたどり着いた石鼎は山中の風光に心底感動したらしい。自分を否定する他者がどこにも居ないし、自然の無償の美に没入できる一方、寂しさは募るばかり。吉野の石鼎句は自然界への畏怖や底知れぬ美、また感動や孤独、よるべなさや鋭敏な感性が渾然一体となっていて、山深い自然の壮麗さと石鼎のまなざしのシンクロ率が異様に高かったといえるでしょう。

俳　他句も知りたいです！

青　**〈山の色釣り上げし鮎に動くかな〉**（①）。

俳　釣り上げられた直後の鮎のピチピチ感がいいですね。ムッチリした感触、水の滴り……おいしそう。

青　生命力溢れる鮎に山全体の「色」を看てしまうなど、よほど高揚していた感じがある。「動くかな」の破天荒さも凄い。俳句甲子園ならばディベートで叩かれまくる箇所ですね。

俳　その前に顧問の先生が添削しそうで、大会に出句されない気が……。

吉野時代2

青　吉野時代の石鼎はとにかく高揚感が凄い。ハッとした瞬間に全神経が一気に膨れるように対象と同化する、というより対象が石鼎の目に飛び込んできた瞬間の強度が見事に表現されている。**〈頂上や殊に野菊の吹かれ居り〉**の上五、**〈蔓踏んで一山の露動きけり〉**の中七等、何かの情景に接した瞬間、作者の感情が爆発的に膨らみゆく速度がそのまま措辞に乗り移った質感が伝わってきます。

俳　例えば、「秋風や」のような季語と切字の上五は定番ですが、「頂上や」は意外な始まりですし、「殊に」の措辞に今仰ったような情感の昂ぶりが漂っていますよね。「蔓踏んで」句は世界中の露が今まさにザアッと動いたような質感があり、露の生命感というより山全体が生きているような気配が濃厚です。

青　そうなんですよね。**〈杣が頬に触る〻真葛や雲の峰〉〈短夜や梁にかたむく山の月〉**あたりもそうですが、作者の石鼎自身というより、山奥での代々の暮らしや自然界そのものが息づき、そこかしこに偏在し、石鼎を囲みつつ浸食してゆくようで、飯田蛇笏の自然の霊威とは異なる濃厚さがあります。

吉野時代の後

俳　でも、石鼎さんが吉野にいたのは2年足らずなんですよね。下山以降は作風も変わったのかしら。

青　吉野時代の後も傑作を詠んでいて、例えば次の句が有名。**〈秋風や模様のちがふ皿二つ〉**。仮に石鼎の人生に即して考えると、彼が親に勘当された後、人妻と関係を持って出奔し、無為無職で不如意な人生をかこつ男のあり様を詠んだと見なすことのできる句で、「模様のちがふ皿二つ」というちぐはぐさが絶妙。虚子や蛇笏、永田耕衣らが感嘆した名作です。

俳　秋風だからより寂しさがありますが、皿の模様が色彩を帯びて少しだけ華やかさもあり、でもそれはちぐはぐな華やぎで、それを発見してしまう神経症的な細かさもあるような。

青　鋭い指摘ですねえ。その通りと思います。あと、見えている風景を病的に把握してしまう鋭さと同時に、内容自体は細かく詠もうとしていないところも見逃せません。日本画のように思いきった様式化というか、情報の捨て方が潔いので日常の些事でありながら人生の象徴を感じさせるような詠みぶりになっています。二枚の皿以外の情報を全てカットするというのが潔い。

俳　日常生活に必要な判断力が作句能力に集まりすぎたのかしら……だから白褌を垂らして歩くことになったのかも。鋭敏すぎる点と、全然気付かないところの落差が凄そう。

青　芸術家にありがちなアンバランスさでしょうか。**〈でゝ虫の腸《はらわた》さむき月夜かな〉**あたりも凄い。

俳　「腸さむき」の俳句的な把握！　青い月明かりが蝸牛の殻や身を透かすようで、妙に質感が伝わってくる上に幻想的。ゾクゾクします。

青　トイレですか？　教室を出て、左に行くと……

俳　芸術的に感動しているんです！

青　それは失敬。**〈切株に鴬とまる二月かな〉**は如何。

俳　不思議な句。普通、鴬は鳴き声を詠んだりしますよね。二月の切株というが妙に生々しいですし、何やらシュールな感じもあれば、とぼけたユーモアもあるような。

■その他の佳句

青　微妙なユーモアでいえば、次の句は如何。**〈蒼天に髻《もとどり》とけし相撲かな〉**。

俳　吸い込まれそうな青空、アッという脱力じみた可笑しさと、空虚な感じもなぜかあります。「蒼天」が見事。

青　**〈白魚の小さな顔をもてりけり〉**。

俳　石鼎さんらしい、といえるかも。白魚のように儚くて小さな魚にまで、人間のような「顔」を見てしまうとは……どこか病的な感じがありますよね。でも、そんな白魚が可愛らしくもあり、顔の発見を楽しんでいる風もあり。

青　繊細な味読ですね。次の句は如何。**〈夏帽やあらゆる顔に濃き影す〉**③。

俳　人の表情が現れる「顔」に、濃く黒い影……しかも「あらゆる顔」に黒々とした影を見出してしまうとは。病的な精神状態が反映されている感じがします。石鼎さん、大丈夫ですかね……いや、大丈夫ではないからこういう現実が見えてしまうのか。

青　**〈青天や白き五弁の梨の花〉**③。

俳　ム、「晴天」ではなく「青天」というのが珍しいですね。それに梨の花を「白き五弁」とまで微細に言い留めるのも稀に感じますし、「青」と「白」が詠みこまれているので強烈に「色！」といった臨場感があります。さっき仰っていたように、石鼎さんは対象を距離をもって眺めるというより、対象そのものがズドンと飛びこんできて、心を占めてしまうような俳人さんに感じます。梨の花が凄い速さで目と心に飛びこんできて、「白き五弁」がクッキリ見えた……といった感じでしょうか。「青天」も色に対する感度が高いからこそキャッチできた情景に感じます。

青　空と梨の花の色彩以外を全て省略することで、日本画のような様式化や色彩感覚が漂っていますし、巧まずして得た傑作という気がします。石鼎は**〈暁の蜩四方《よも》に起りけり〉〈夕月に七月の蝶のぼりけり〉**（以上、③）等々、吉野時代の後にも秀句が多い。スケールの大きさ、傑作の数の多さは圧倒的で、史上屈指の俳人といえるでしょう。

―解説―

①「ホトトギス」大正2（1913）年6月臨時増刊号の雑詠欄巻頭句。深吉野の渓谷と可憐な蝶を取り合わせた傑作。後に自選句集『花影』（昭和12）収録。なお、①以降の番号のない句はいずれも『花影』所収。

②「ホトトギス」大正3年1月号に虚子が寄せた一節で、石鼎は虚子公認の超大型新人として脚光を浴びた。

③を付した句は『花影』未収録句で、「暁の」句は大正15年、「夏帽や」句は昭和12年、「夕月に」句は同25年作。

大正初期「ホトトギス」の三俳人

- **村上鬼城《きじょう》（慶応元〔1865〕～昭和13〔1938〕）―江戸出身、本名は荘太郎《しょうたろう》。鳥取藩士の家に長男として生まれ、耳疾《じしつ》のために仕事で辛酸を舐めたが、多くの俳人に慕われた。晩年は俳句関係の仕事で生活が安定し、その作品は没後も中村草田男らに愛好された。**
- **渡辺水巴《すいは》（明治15〔1882〕～昭和21〔1946〕）―東京出身、本名は義《よし》。日本画家で高名な渡辺省亭の子息で、生涯職に就かずに「曲水」主宰として過ごした。生々しい臨場感や質感と同時に、洗練と耽美さを両立させた稀有な俳人。大胆な省略や発想の句も多い。**
- **前田普羅《ふら》（明治17〔1884〕～昭和29〔1954〕）―横浜出身、本名は忠吉《ちゅうきち》。石油会社に勤めた後、新聞記者として富山支局長となり、同地で「辛夷」主宰となる。飯田蛇笏と親交を結び、山好きも手伝って山梨に幾度となく訪れた。筆鋒鋭く俳壇や「ホトトギス」を批判したが、虚子を終生の師と仰いだ。**

俳子氏の不満

俳 月に吠えらんねえ！

青 わっ、驚いた。月に吠えてはいけません。

俳 何言ってるんですか。萩原朔太郎が主人公の文豪漫画『月に吠えらんねえ』①について物申したいんです。

青 詩集『月に吠える』を踏まえたタイトルの漫画ね。詩人や歌人の他に正岡子規や高浜虚子等も出てきて、面白いですよね。

俳 そこが不満なんです。碧さんその他も出てきますが、チョイ役で残念。もっと活躍させてあげて！　と担当係にメールを送り続けるも改善せず。昨夜からついに藁人形を握りしめて丑の刻参りに。

青 詩人がメインの漫画にムチャな……スピリチュアルクレーマーになってどうするんですか。

俳 その藁人形、先生そっくりに似せたんですけどね。

青 感情の矛先を手近なところで処理しないように。これまで大正期の蛇笏、石鼎を見てきたので、『月に吠えらんねえ』未出演の大正期俳人を見てみましょうか。村上鬼城、渡辺水巴、前田普羅あたりです。

村上鬼城

青 まず年長者の鬼城からいきましょう。鳥取藩士の長男で、江戸に生まれて群馬県の高崎市で育った俳人です。当初は軍人志望でしたが難聴発覚のため断念、その後は裁判官を目指して勉学に励みますが、父が亡くなったり、結婚して子も生まれたために家族を養わねばならず、裁判官の道を諦めて司法代書業（今の司法書士に近い職種）に就きます。裁判官や検察といった法律関係の人々は代書屋の鬼城を歯牙にもかけず、軽蔑したり、小馬鹿にしたそうです。プライドの高い鬼城は腸が煮えくり返る思いでしたが、辞めるわけにもいかず、しかも難聴はひどくなるばかり。屈辱と貧乏に耐える日々でした。

俳 昔は上下関係であからさまな態度を取りそうですし……鬼城さん、かわいそう。その憂さ辛さを俳句で紛らわせた、という感じでしょうか。俳句はいつから詠み始めたんですか？

青 鬼城の弟が俳句にハマっていて、その縁で彼も句作をするようになります。鬼城の弟は俳諧宗匠系の俳句だったのですが、鬼城は宗匠俳句に飽きたらなくなり、当時新進気鋭だった正岡子規の俳句観に惹かれたそうです。

俳 ということは子規派だった？

青 そうですね。虚子や碧梧桐のように著名な子規派というわけではありませんが、子規在世時から新聞「日本」や「ホトトギス」に投句していますし、子規派のアンソロジー『新俳句』にも入集しているので、子規派の一員といえます。子規没後に虚子が大正初期に俳壇復帰した際、雑詠欄に投句し始めたのもその縁で……という感じです。ただ、大正初期に「ホトトギス」に投句した作品は子規在世時の作品と次元が異なるレベルの高さで、雑詠欄巻頭を何度も飾るようになりました。例えば、**〈冬蜂の死にどころなく歩きけり〉**②。越冬できない蜂が死ぬに死ねず、飛ぶこともできずに歩くのみの冬蜂を見つめた句です。

俳　「死にどころなく」が決まっていますよね。それに普通の虫ではなく、強そうな蜂がヨロヨロと一歩、また一歩……と飛べずに歩いているのが痛ましい。どうせ死ぬのに、徒労なのに……それでも生きざるを得ない生き物の姿が哀れで、惨めであり、美しい。

青　川端康成の『雪国』③みたいな味読ですねえ。冬蜂自体は死に場所を求めて歩むわけではなく、生きているから歩いてしまうというのが哀れで、どれだけ惨めで弱々しくとも死ぬことすらできず、生き永らえる他ない宿命を見つめる感じがあります。同時に、その冬蜂を「死にどころなく」と表現したのがポイントで、作者にはそのように蜂の生きざまが切なく迫ってきたという情感がこもっている。実生活で屈辱に耐えながら仕事を続けた鬼城の鬱屈や哀感が滲み出た措辞ともいえますよね。俳人鬼城の特徴は生きる悲哀やペーソスを動物や昆虫に託して詠む点にあり、**〈痩馬のあはれ機嫌や秋高し〉**②もそういう句です。

俳　「あはれ機嫌や」！　強引なのにスッと読めてしまえるのが不思議。「あはれ」なんてストレートな表現をよく使いましたねえ……痩馬ということは、病気か何かで弱っていたけど、すがすがしい秋空の下、機嫌がよさそうなのがかえって哀れを誘う感じでしょうか。

青　農耕馬か、荷物等を運ぶ馬なのでしょう。酷使されて肥ることもできない駄馬が、涼しい秋になると上機嫌になっているのがかえって切ない。弱者や虐げられた存在に共感を注ぎ、この世に生きる桎梏《しっこく》や宿命の悲哀を漂わせるのが鬼城句の魅力で、逆にユーモアや笑いの要素はさほど見られません。

俳　意外にむっつりで、湿度の高いおじさんかも。

青　代書屋の仕事がキツかったのか、異様にへりくだり、お世辞を並べるかと思えば、傲岸な態度で人を見下すような対応をしたりと、距離の取り方が極端だったらしい。代書業の職場がそういう人間関係だったからでしょう。こういう生活面の苦労が句作に昇華されると、**〈生きかはり死にかはりして打つ田かな〉**②といった表現に結晶するわけです。何代もの人々が生まれては死に続け、ひたすら田畑を耕すという人間の業を見つめる句などは彼らしい情を込めた句ですし、一方で**〈大蜘蛛の虚空を渡る木の間かな〉**（②）と情を直接詠まない「写生」句もあります。

俳　「虚空を渡る」が雄大。「大蜘蛛」が人間世界より崇高な自然を感じさせます。癒やしの自然というより、人を寄せつけない怖い感じ。

青　その点、彼のまなざしは優しさとともに厳しさがある。士族出身でプライドも高かった彼が難聴で渡世のつらさを味わい、屈辱に耐えて仕事を続けた辛苦が厳しさをまとわせたのかもしれません。

渡辺水巴

青　次は水巴を見てみましょう。彼の父は日本画家の渡辺省亭で、生粋の江戸っ子として育ちました。10代後半に俳句で身を立てることを決め、本当に職に就かなかった粋人です。

俳　いや、廃人ですよ。あ、俳人だからいいのか。

青　えーと、父の省亭は洗練された花鳥画の名手で、気品と鋭さが渾然とした素晴らしい絵描きだったためか、水巴の俳句にもそれに近い雰囲気があります。例えば、**〈菊人形たましひのなき匂かな〉**（④）。

俳　菊人形は大きな人形に菊の花をまとわせたものですよね。等身大で、菊を服のようにビッシリ付けていくという……その菊人形を見て「たましひのなき匂」とは。そんな匂い、あるんですか？

青　菊人形をそこまで凝視したことがないので分かりません。私の願いはただ一つ、平穏に暮らしたいだけなのです……。

俳　何の告白ですか。人間にも、人形にもなれない「たましひ」が菊人形に宿ってそうで迫力が凄いし、気品を感じるのはただの人形でなく、職人が精魂込めて作った菊人形だからでしょうか。怖い……。

青　等身大で精巧な人形が菊の花で着飾っているのでよけいに迫力がありますし、菊の妙なる香気があたりに満ち、花の生々しい匂いが立ちこめている。それで「たましひのなき匂ひ」という把握になったと思われますが、臨場感と生々しさが凄い。水巴にはこういう句もあります。**〈秋風や眼を張つて啼く油蟬〉**（④）

俳　悽愴すぎるわ！　蟬の黒眼を「眼を張つて」なんて、普通詠めませんよ。鬼城さんとかなり違いますねえ。

青　自身の境涯を弱者に託す鬼城目線と異なりますが、水巴も主観を濃厚に出す俳人としては鬼城に近いタイプです。ただ、水巴は観察力が鋭いだけではなく、眼前の気配や雰囲気を生々しく言葉に整えるのが凄い上に、表現の型がビシッと整えられているので非人情に近い世界が漂っていま す。鬼城が動物や昆虫を有情で捉えたとすれば、水巴は人や植物、人形や世界も等しく非情に眺めるタイプなのかも。

俳 ふむふむ。他にどんな句があるのでしょう。

青 **〈かたまつて薄き光の菫かな〉**④。

俳 繊細で美しい……ルノアールの絵あたりのキラキラした淡い光を感じます。いや、花だけを描いている日本画のような感じもあるかも?

青 余白をたっぷりとった日本画の空気感が淡い光とともに漂っている風情がありますよね。こういう把握ができるのは父の省亭の視線を継承したのかもしれません。**〈朝顔は水輪のごとし次ぎくに〉**⑤も、朝顔の瞬間を捉えた客観写生というより、そのはかない風情を「水輪のごとし」と大胆に見立て、下五で完璧に言い留めている。水巴句の時間は瞬間ではなく、残像に近い幅が感じられるんですよね。

俳 巧い……水巴さん、句作技術がとてつもなく高い気がします。

青 その上、凄みがありますよね。技巧や見立の妙よりも、作者には確かにそう感じられたのだ、という生々しさの方が一句の前面に出てきています。そういう迫力や臨場感で一句を成り立たせた俳人は史上でも多くありません。高浜虚子が「ホトトギス」で雑詠欄を再開した大正初期、彼のような俳人が続々と投句し始めたのは奇跡に近い壮観でした。

前田普羅

青 大正初期「ホトトギス」で活躍した俳人の中で逸することの出来ないのが前田普羅です。10代半ばに両親が台湾に渡ったので東京の親戚に預けられ、早稲田大学に進学するも中退。文学好きで、早くから子規派の句も読んでいたらしい。横浜で石油会社や裁判所に勤め、高浜虚子が俳壇復帰した頃の「ホトトギス」に投句し始めるや頭角を現しました。虚子が次のように称賛したのは有名です。「大正二年の俳句界に二の新人を得たり。曰く普羅、曰く石鼎」。石鼎のくだりでも紹介しましたよね(66ページ参照)。

俳 褌垂らした石鼎さん! 懐かしいわ。

青 ひどい覚え方……石鼎と並ぶ大型新人と称賛された普羅は、例えば次のような句を詠んでいます。**〈春雪の暫く降るや海の上〉**⑥。春の雪が「暫く」海上に降っている……雪が止んだ後の風情も浮かびますよね。春雪は冬の名残のようにチラホラ降って止むイメージがあり、春の気配が濃くなった海上に風に乗って降りゆくひととき、という感じでしょうか。

俳 「海の上」とだけ示され、細かく描かれていないので、イメージ的には広々とした海の上が強く想像されますよね。

静かで人気のない海の上、春雪が降っては消える感じ。

青　そうですね。普羅は大景が得意で、有名なのは**〈雪解《ゆきげ》川《がわ》名山けづる響かな〉**⑥。山国の雪解水が集まり、奔流となった川が名山を削るように轟々と流れる。その怒濤の響きの中に、「名山」を削り続けてきた悠久の時の流れを聞き取っているような気配があります。

俳　「名山けづる」が大づかみで迫力がありますねえ。技巧や措辞のあしらい云々というより、ドン！　と迫力が飛びこんでくる感じ。

青　他も**〈春更けて諸鳥啼くや雲の上〉〈春尽きて山みな甲斐に走りけり〉**（以上、⑥）等、細かい技巧や緻密な描写を意識させないような、自然界の荘厳さや激しい美を高揚感とともに詠むのが普羅の特徴です。

俳　うおお！　分かった！

青　突然の野太い声でビックリ……かつて仲良かった犬を急に思い出して遠吠えする犬みたいで怖いですよ。

■「写生」とは

俳　何言っているんですか。普羅さんたちの「写生」が分かったんです。

青　といいますと？

俳　山や川、鳥や草花は人間社会と無関係なんですよね。人間の栄枯浮沈や感情一切と無縁の自然界を描いた……と見せかけて、「名山けづる」や「山みな甲斐に走り」云々と詠むところに作者の強い心情がこめられている、と。前にお話された飯田蛇笏さんの「写生」も同じで、客観的な描写をきちんと心がけながら、その表現そのものに心情を滲ませるという発想が大事で、心情を直接詠まずにどこまでも描写として読者に示すのが重要なんだ！　しかも、その心情というのは、蛇笏さんから普羅さんまで現実の生々しい質感や臨場感を漂わせた昂揚感や「驚き」の心情が強くて、それをどうさりげなく伝えるかが「写生」なのでは？

青　開眼しましたな。仰るように、虚子たちの「写生」は客観描写を担保した上で主観的な「驚き」の心情を滲ませるのが重要な点と思います。「名山」と詠む時点ですでに主観が滲み出ていますし、「名山けづる」「山みな甲斐に走りけり」には作者の昂揚感が込められている。開眼した気分はいかがでしょう。

俳　朝ご飯を済ませ、茶碗を洗った気分であります。

青　それ、禅問答じゃないですか⑦。知的なのか、的外れなのか……。（人差し指をスッと立てる）

俳　それは一指の禅！　指を切るからお待ち！

青　いや、ノリがおかしい。戻ってきて下さい……でも、「写生」と禅問答は似ているかもしれません。自然を描くと見せかけて主観を滲ませるのが「写生」としても、やはり見えていないとダメな気がします。

俳 あ、分かる。嘘は結局作り物、というか。

青 嘘がダメというより、妙な迫力やこだわりはしっかり体験し、そしてきちんと観察したり、驚いた経験がないと言葉に臨場感を乗せることが難しい気がします。普羅でいえば、**〈雨水は溝を走れり桜餅〉**⑥がそういう例かもしれません。田畑の広がる郊外の茶店あたりでしょうか、雪が降りつのる冬がようやく終わり、春の雨水が溝を走っている。夏の田植えに申し分ない豊かな水の気配、そして春を迎えた喜びを象徴するかのような桜餅をいただく……句には雪に閉ざされた冬がようやく終わり、春が訪れた喜びは一言も表現されていませんが、そういう実感がないと「雨水は溝を走れり」という現実の発見や、それに伴う驚きの感情を抱くのは難しいと思います。強い実感とともに四季のうつろいや現実の出来事を把握し、記憶や身体に刻むことで、客観的な描写がそのまま心情表現となり、ピッタリ重なる「写生」になるのではないでしょうか。

俳 普羅さんの句は、いずれも動詞に力がありますよね。「名山けづる」「甲斐に走りけり」「溝を走れり」等、感情そのものが走っている気がします。

青 単にそういう景色を見た、体験したという話でなく、ズドンと心に飛びこんできた強烈な印象があり、その感情の昂ぶりが動詞に乗り移っている感じですよね。**〈立山のかぶさる町や水を打つ〉**⑥の「かぶさる」も同じでしょう。こういう機微を一言でいえば、「写生」は見えていないと見せられない、となるでしょうか。

大正初期「ホトトギス」俳人の凄さ

俳 そこだけ聞くと禅問答みたいですが、大正初期の皆さんの「写生」句を味読すると分かる気がしました。

青 禅問答風に追加すると、大正初期の「写生」は迫力と臨場感。あれほど臨場感が強いのは、昂揚感や「驚き」の感情がそれだけ濃密だったように感じます。

俳 蛇笏さん、石鼎さん、鬼城さん、水巴さん、普羅さん……確かに濃いですね。濃すぎる。

青 大正初期の彼らを振り返ると、例えば蛇笏。**〈月いよいよ大空わたる焼野かな〉**⑧、「月いよいよ」といきなりの高揚感から始まります。こんな詠み方、普通はできませんよ。

俳 「大空わたる」の張った調子や掴み方もデカい。しかも「焼野」でビシッと情景を定める。プロねえ。

青 「月いよいよ」で高揚感を謳い上げ、「大空わたる」は客観描写に見せかけた主観の把握で、後は季語と切字で「焼野かな」と着地させる。下五がキチッと着地するので、上五の字余りが活きるんですよね。

俳　蛇笏さんなりのバランス感覚がある、と。

青　そう。同じ「〜かな」でも、原石鼎は**〈山川に高浪も見し野分かな〉**⑨。「高波」は一般的に海の荒れ模様に用いる語で、川には使わないと思います。どれだけデカい川なんだと。

俳　吹き荒れる雨風で山中の川が凄いことになってそう。「高浪も見し」、他も何か見た…？

青　台風で山川に高浪が逆巻くように立っただけでなく、山中が凄まじい荒れ模様になり、いつも見慣れた風景が恐ろしいことになったのでしょう。

俳　山暮らしで台風に遭った時、石鼎さんには「山川に高浪も見し」とまで感じられたんですね。それが真実に感じられたから「高浪」という語をあえて用いた、と。

青　仰る通りです。村上鬼城の**〈蚊柱やふきおとされてまたあがる〉**②はいかがでしょう。

俳　鬼城さんらしい弱者への感情移入型写生ね。「またあがる」がきちんとした観察を感じさせますし、「また」に観察だけで収まらない心情の投影が感じられます。鬼城さんが蚊柱をじっと見つめていると考えると、かわいそうになってきました……。

青　鬼城句は「またあがる」が「写生」のキモで、作者の現実の出来事に対する「驚き」や悲哀じみた共感が混じりあっていますよね。渡辺水巴の**〈水無月の木蔭に寄れば落葉かな〉**⑩にも、鬼城句とは異なりますが「驚き」の強い感情が滲み出ています。

俳　現代から見ると、「水無月・落葉」の季語がセットなのも凄いですが、「木蔭に寄れば」にさりげなく主観が滲み出ていますよね。

青　あと、水巴句は樹木の存在感が生々しく感じられるんですよ。樹木の生命感と無常迅速のような季節のうつろいが濃く漂っており、臨場感が強烈。

俳　「すれば」系の表現は作為が見えてしまいがちなので難しいのですが、水巴さんはわざとらしくなく、自然に感じられるのが不思議です……下五「落葉」の強烈な意外さが打ち消しているのかも。

青　たぶん。大正初期「ホトトギス」の俳人の共通点は「驚き」の純度が高く、しかも濃密で、喜怒哀楽の情が深く感じられるのが凄いと思います。「私」自身を振りきるような感情の昂ぶりを丈高い有季定型で謳った彼らは、おそらく近現代で最も濃厚な句群を詠み続けました。

—解説—

①清家雪子氏の漫画。朔太郎や北原白秋、室生犀星ら詩人が中心で、物語は太平洋戦争と詩を巡って展開。子規等の諸俳人も登場。

②いずれも没後の『定本鬼城句集』（昭和15〔1940〕）収録。

③『雪国』（同12）は川端康成の代表作。都会で利子生活者の島村が、雪国の田舎に生きる芸者駒子の健気で短絡的な生き方を徒労の美として慈しむ、という話。

④水巴の第五句集『白日』（同11）収録。

⑤水巴の第六句集『富士』（同18）収録。

⑥いずれも第一句集『普羅句集』（同5）収録。

⑦禅の公案。高僧に入門したての弟子が、真理を教えてほしいと尋ねた。僧が朝飯は済んだかと聞くと、弟子は済んだと答える。僧は、では茶碗を洗っておきなさいと言ったところ、弟子は卒然と悟ったという逸話。俳子が指を切ろうとするのも公案の一つ。

⑧蛇笏の第一句集『山廬集』（同7）収録。

⑨石鼎の第一句集『花影』（同12）所収。

⑩水巴の第二句集『水巴句帖』（大正11〔1922〕）収録。

大正期の自由律

絵か、音楽か

青 俳子さん、絵と音楽はどちらが好きですか。

俳 私は芸術愛好の家庭で育ったためか、幼少時から絵と音楽の神に愛されました。音楽の授業では「縦笛の道祖神」と崇められ、美術の授業では「パレットの寝業師」と異名を取ったほどです。でも、ある午後の放課後、私は……

青 人生には限りがあるので巻いて下さい。

俳 ここからがいいストーリーなのに。要するに音楽の方が好きかな。絵をじっと鑑賞するより、リズムに乗って歌う方が性に合っているかも。

青 なるほど、俳子さんは自由律向きですね。今日から季語も定型も捨てて自由律の海へ飛び込みなさい。

俳 えっ、そんな展開。音楽が好きと言っただけなのに……季節はずれの風がさわぐ海べりを、私ひとり乗せただけのバスが行くような心境です。

青 石川さゆりの「暖流」じゃないですか（①）。古い曲をよく知っていますね。絵や音楽と自由律の話をうかがったのは、俳句史的に理由があるんですよ。

俳　なくてどうしますか。「暖流」は祖父が家で早朝から目覚まし代わりに流していたので覚えたんです。

青　悲劇的な一日の始まりですね……大正初期の「ホトトギス」俳人の話が一段落したので、今回は彼らと違う系統の俳句を考えましょう。それが絵と音楽の違いにつながるわけです。

■自由律の出現

俳　虚子さんや「ホトトギス」と違う系列の俳人、ということですかね。

青　そうです。正岡子規の「写生」を継承した二人の内、もう一人の方です。

俳　碧さん！　斬新さを追い求めすぎた浪費家の健脚ヘイさんね。

青　貯蓄の観念がさほどなかった反面、キップが良いともいえますし、そんな碧梧桐を愛でたパトロンもけっこういたんですよ。その彼が明治後期から推進した新傾向俳句は「写生」を極度に純化した革新運動でした。それは句を斬新にするために実体験の複雑さを短詩に盛りこもうとする発想で、以前の紹介句でいえば**〈カラ梅雨の旅し来ぬこの蚊雷や〉**といった句になります（31ページ参照）。新奇な取り合せ、小説のように複雑な経過を詠みこんだ内容は確かに新しく、磨かれた技量で詠みきるのも凄いのですが、読者側は感情移入しにくい。

俳　空梅雨の長旅から帰宅して、蚊に刺されたり雷が聞こえたりした……と詠まれても、力強い前衛芸術を前にしたような意味不明感があります。

青　子規在世時に革新の舞台だった新聞「日本」の俳句欄を継承した碧梧桐は、革新運動を推進せねば！　と使命感や猪突猛進ぶりが相まって、表現から内容に至るまで類型や月並に陥らないように新鮮さを追求しすぎた結果、読者が付いていけない作風になってしまった。実体験を忠実に詠めば月並のパターンを打破しうるとして、**〈相撲乗せし便船のなど時化となり〉**といったように焦点や意味、美感等に重きを置かない「写生」の理念を極端に推し進めたわけです。

俳　で、自由律が生まれたと。理由も以前仰っていた気がしますが、時間が経ちすぎて思い出せません……。

青　「写生」を徹底すると、有季定型より自分の実感が重要になります。自身の体験を有季定型に沿って詠むより、定型や季語を棄てて「写生」した方が実感に忠実、というわけです（31ページ参照）。

俳　ということは、自由律は碧さんが先頭切って詠み始めたんですか？

青　最初は弟子たちが始めたんですよ。中塚一碧楼《いっぺきろう》（②

や荻原井泉水《せいせんすい》（③）といった碧門の俊英が、師である碧梧桐の句や論にヒントを得て、「この発想を進めると、定型や季感も要らないフロンティアに突き進めるのでは？」と気付いた。弟子たちが文字通り自由に一行詩に近い句を詠み始めた結果、碧梧桐も次第に「これは新しい」と詠み始めるわけです。

俳　思い出しました。**〈曳かれる牛が辻でずつと見廻した秋空だ〉**（大正7〔1918〕）等ですよね。田畑を耕す牛か、食肉用の牛か分かりませんが、哀しい雰囲気のある句でした。

青　そうです。碧梧桐や一碧楼、井泉水ら新傾向俳句の面々が自由律を詠み始めると、それに付いていけない碧梧桐派の俳人が続々と離反し、自由律内でも主張や作風が異なったりで新傾向俳句運動が分裂します。その中で、結社「層雲」を立ち上げた井泉水のグループがやがて自由律最大の勢力になるわけです。

自由律の結社「層雲」について

青　井泉水の句歴を少し紹介すると、彼は学生時分から子規派に惹かれ、子規在世時には有季定型を詠んでいました。子規亡き後は碧梧桐に共鳴し、「層雲」も新傾向俳句の機関誌に近い位置付けで出発します。ただ、井泉水は途中から碧梧桐や一碧楼らと異なるものを感じ、自身の理念や野心を発揮したいと「層雲」を自身の主宰誌にして独自に活動し始めました。

俳　碧さんの統率力のなさというか、自分も弟子も勝手に動いている感じがありますよね。碧さん、組織人ではなかったのね。

青　統率力もそうですが、包容力がなかったのかも。彼が自身と異なる価値観も認める度量があれば、新傾向俳句は簡単に分裂しなかったように思います。井泉水の独自性は、碧梧桐や一碧楼が季感を重視しなくとも季語は手放さなかったのに対し、彼は季語すら不要とし、「自然に触れて自己が動いたる刹那の感想」を「内から脈動する所の生命のリヅム」（以上、「層雲」発表の論）に従って詠めば詩になる、と主張した点にありました。

俳　それ、ほぼ一行詩ですよね。

青　そうです。井泉水は第一高等学校から東京帝国大学に進学したエリート知識人で、西欧の詩やクラシック、印象派絵画、彫刻等に強い関心を抱いていました。そのためか、結社誌「層雲」表紙はオシャレなんですよ（④）。彼がイメージした自由律は「リヅム」や「光の印象」「気分」（彼の俳論によく出る語彙）等で、西欧の短詩に近い。絵画のように一幅の風景を定め、遠近感や配置を構成して「写生」するのではなく、「刹那の感想」に脈打つ「リヅム」を詠もうとしたわけです。印象派絵画のモネやルノアール、音楽のドビュッシーのように、井泉水は「印象」の「リズム」を俳句で詠もうとしたんですよ。

俳　自由律がオシャレだったとは。後で出てくると思いますが、放浪俳人の山頭火さんのイメージが強いので、西洋的な雰囲気があったのは意外。

青　井泉水の句も明るく、軽快なリズムです。**〈みどりゆらゆらゆらめきて動く暁〉〈月光ほろほろ風鈴に戯れ〉**（ともに大正中期）等、リズムを意識したオノマトペで光のうつろいを詠む句は西洋の印象派に近い新鮮さがありました。井泉水の俳句観が興味深いのは、絵画よりも音楽や「リズム」を中心に据えているところです。俳句史的にいえば、子規から碧梧桐、井泉水に至ると、俳句のイメージが絵画から音楽に変遷し始めます。自由律は絵画的な構図や構成をもはや放棄し、「刹那の感想」を「リズム」の赴くままに捉えて詠むという音楽的な比喩で句の世界を語るようになる。それは「私」という人間の内面を直接詠むにふさわしい詩型となり、その結果、人間の一生と自由律をピッタリ貼り合わせようとした俳人が出現し始めます。次にその代表的な俳人を見ていきましょう。

―解説―

①昭和52（1977）年発表、作詞は阿久悠。「津軽海峡冬景色」と同年のヒット作。

②中塚一碧楼（1877～1946）―碧門で、新傾向俳句から自由律へ向かった。新傾向時代は**〈死期明らかなり山茶花の咲き誇る〉**、自由律時代は**〈病めば蒲団のそと冬海の青きを覚え〉**等が著名。

③荻原井泉水（1884～1976）―碧門。「層雲」主宰として一碧楼系の自由律と異なる世界を目指した。結社経営や理論構築、弟子の育成に長じたが、実作はイマイチ。**〈棹さして月のただ中〉**等がある。

④大正初期の「層雲」は西欧美術や音楽、ゲーテの詩を紹介したりと、俳誌と思えない西欧芸術の香り漂う誌面で、表紙絵や挿絵も洗練されている。

尾崎放哉

・尾崎放哉《ほうさい》―（明治18〔1885〕～大正15〔1926〕）―鳥取県出身、本名は秀雄。士族の家に長男として生まれる。中学時代から小説や詩歌好きで、当初は有季定型句を詠んでいたが、後に自由律俳誌「層雲」に参加。東京帝国大学卒業のエリート街道から飲酒癖で全てを失い、小豆島の南郷庵《みなんごあん》で半ば自殺のように世を去った。

経歴紹介／自由律のイメージ

青　酒と放浪はお好きですか？

俳　前回と同じ轍は踏まないわよ！　「好きです」と答えたら「自由律の海へ飛びこみなさい」とか仰るんでしょう。

青　鋭いですね。自由律の二巨頭、尾崎放哉と種田山頭火は放浪と酒のイメージが強いのでうかがった次第です。まずは放哉から見ていきましょう。彼は鳥取県鳥取市の生まれで、尾崎家は両親ともに武家の家柄。父は戊辰戦争に従軍し、維新後は裁判所の書記長も勤めた名士で、晩年は書画や俳句に親しむ教養ある士族でした。母方も著名な医者の家系であり、放哉は恵まれた環境で育ちます。

俳　放哉さん、しっかりした武家のお坊ちゃんだったのねえ。私の父など庭に黙って座り、蟻の列を錆びた包丁で叩き続けるだけの人生なのに。

青　与謝野鉄幹の逸話じゃないですか（①）。晶子ばかりに注目が集まるのでグレた鉄幹の哀愁漂う日常……お父様を妙な嗜好の持ち主にしないように。

俳　バレましたか。しがない環境の私と違い、放哉さんはいいなということよ。

青　確かに放哉は恵まれていました。幼少時から本に親しみ、穏和で成績優秀。エリートコースの第一高等学校から東京帝国大学法学部に進学した秀才で、野球やボートにも熱中するスポーツ青年だったそうです。中学校の頃から文学も好きで、文章や和歌、俳句等の創作に親しむようになりました。

俳　文武両道の秀才！　私も町内で評判の才女ですよ。「道後周辺の戦慄」と噂されています。

青　それは吟行と称して深夜の住宅街をギラギラした眼で徘徊したり、平日の公園に菅笠に脚絆姿で呻吟するからでしょう（4、57ページ参照）。

俳　い、いいのよ。それで放哉さんは帝大に入って、どうなったんですか。

青　酒と厭世気分にハマり、失恋も味わいます。

俳　青春ねえ。

青　ただ、彼の場合は度が過ぎるんですよ。酒浸りになり、流行の宗教や哲学にのめり込み、寺に参禅までする。結婚相手が従兄妹なので周囲に反対されて断念。酒癖は最悪で、いつも大人しいのに酔うと誰彼なく罵倒する。成績は急降下し、卒業も追試合格という体たらくに陥ります。ただ、彼は幸運でした。当時は帝大卒でも楽には良い職に就けませんでしたが、放哉は卒業後に勤めた会社をすぐ辞めた後、恩師にあたる帝大法学部長の穂積陳重《ほづみのぶしげ》らの斡旋で東洋生命保険会社に再就職します。穂積は宇和島藩家老の家柄で、国家を担うレベルの法学者。渋沢栄一とも仲が良かった大物です。穂積の勧めで難なく再就職できた放哉は、伸び代のある保険会社の幹部候補生として超高給取りの名士になれる可能性がありました。

俳　「ありました」。また辞めたんですか？

青　すぐには辞めなかったのですが、勤務態度が最悪。同郷の女性と結婚した後、会社が重要拠点と見なした大阪支店の次長に栄転しますが、朝から酒浸りで、酒の匂いをさせて昼から出社して本を読んだり、茶屋遊びも覚える。奇行も増え、忘年会の会費を通行人にチラシのように配ったとか。保険会社の虚々実々の人間関係が嫌でたまらなかったらしいのですが、あまりの悪行の多さにクビになります。

俳　忘年会の会費、私も何枚か欲しかったなあ。

青　そこに反応しなくても。ただ、放哉が再び幸運だったのが、社会人失格の放哉を心配した帝大時代の友人たちが奔走し、彼に朝鮮の保険会社支配人の話を持ちかけるんですよ。

俳　凄い。酒浸りの友人に支配人を持ちかけるなんて、私だったら躊躇するかも。

青　その友人も保険畑で、朝鮮の会社も渋沢栄一グループでした。第一高校から帝大で培ったエリート人脈は濃い関係なので、それが放哉を救ったわけです。

朝鮮半島から大陸へ

俳　で、また失敗したと。

青　そう。支配人就職の条件が禁酒なのに出発前夜に飲み、朝鮮に渡っても泥酔を繰り返す。放哉は日本時代の借金を連帯保証人の友人に任せ、朝鮮でも借金を増やして友人に払わせ続けます。放哉は案の定クビになり、このままでは日本に戻れぬ！　と満州で事業を興そうとするも肋膜炎で入院。

俳　万事休す。

青　ええ。彼は妻と心中を相談するほど追い詰められますが、関東大震災が起こったために帰国します。

俳 お酒は人生を壊すのねえ。私、毎日の寝酒に五合ほど飲むと目が冴えて困るので少し減らします。

青 もう破綻しかかってるじゃないですか。

堂守に

俳 高知の祖父の血が流れているためか、酒がおいしくて。帰国した放哉さんはどうなったんですか。

青 放哉は妻と別れ、堅気の生活には戻らず、京都の一燈園に入所します。

俳 ム、一燈園というのは？

青 宗教的な奉仕団体で、奉仕活動を通じて懺悔し、無所有の暮らしをすることで心を浄めるというもの。一燈園で放哉は彼なりに半生を懺悔し、真面目に生きようとするのですが……。

俳 やはりダメだった？

青 そう。病身に肉体労働は厳しい、酒を飲む、帝大出身を鼻にかける等で一燈園に居づらくなり、京都知恩院の塔頭に寺男（寺で様々な雑用をする男）として移り住みますが、酒絡みで和尚と喧嘩して塔頭を飛び出す。そして神戸の須磨寺に向かい、堂守に収まったところ、仕事が楽だったので句作の時間が出来たことを喜びます。栄養失調で視力が落ちてきたことを感じつつ句作に励み、〈**一日物云はず蝶の影さす**〉等の秀句を詠み始めますが、寺の内紛に巻き込まれて追い出されます。仕方なく福井の寺に向かいますが、今度は寺が破産して放り出されてしまう。

俳 身から出た錆とはいえ、負の連鎖感が凄い……。

青 ただ、実人生の没落と反比例するように、句が飛躍的に輝きを増し始めます。彼は東洋生命保険の大阪支店で人間関係がこじれ出した頃から荻原井泉水の「層雲」に投句し始め、須磨寺時代には注目の作家となり、最晩年の小豆島時代になると師の井泉水や会員たちが絶讃する句を量産しました。

俳 島に渡ったんですか？

青 福井の寺も追い出された後、放哉は好きな海を見ながら死にたいと願い、「層雲」のツテを頼り小豆島に渡り、西光寺の奥ノ院である南郷庵《みなんごあん》の堂主になりました。ほぼ無収入の庵でしたが、放哉は長生きを望んでいなかった。それよりも煩わしい人間社会や労役一切から解放され、独りで自由に暮らせるのが無上の喜びだったようです。好きな海も見えるし、朝から晩まで句作三昧。しかし、粗食が祟って肋膜炎がひどくなり、自力で起き上がれなくなるほど衰弱したため、師の井泉水が本州の病院への入院を勧めますが、放哉は断ります。自分を詩人として死なせてほしい、好きな海を見て死にたい、と。

俳　さすがにかわいそう。

青　南郷庵に入る時には生活道具一切を用意してもらい、島でも酒で人間関係をこじらせたり、島からの大量の手紙や句稿の費用もほぼ援助によるもので、最期まで放哉らしかったともいえます。彼と会話を交わす人は近所のお婆さんぐらいで、小豆島に渡って約半年で亡くなりました。その短期間に、自由律の最高傑作が量産されたわけです。

■作品紹介／孤独と客観

俳　何とも凄絶な人生ですね。そんな放哉さんの自由律、**〈せきをしても一人〉**あたりは知っています。この句、孤独のどん底感があって大好きです。

青　晩年の小豆島時代の句ですね。病気や風邪といった心細い時、心配してくれる人や看病してくれる人もいない。咳をしない時も独りだったし、咳が出るような弱った時にも独り。これまでも、これからも……と孤独に浸った句です。

俳　聞いていられないわ、酒よ！　マスター、一番濃いやつをお願い！

青　教室の後ろを勢いよく振り向いても誰もいませんよ。確かに絶望感満載ですが、放哉は酒絡みの失敗続きで自業自得に近く、その点、自虐ネタに近い雰囲気がある。こんな境遇なのも自分のせいだ、そんなことは分かりきっている、でも淋しい、独りだなあ……と感傷に浸りつつ、ダメな自分を客観視している節がある。微苦笑気味のユーモアが漂っている感じがあり、孤独だけを詠んでいないのが放哉句の凄いところです。

俳　自虐ネタのヒロシさん②みたいな感じ？

青　なるほど、そうかもしれません。ホスト風の格好でネガティブな一言を呟く芸人さんですよね。「ヒロシです……何もしていないのに手から草の匂いがします」「一日過ごして万歩計が27歩でした」といったネガティブな独り言を呟く雰囲気は、放哉句と似ているところがあるかも。

俳　弱音を吐く男、大好きです。ヒロシさんの『そのまま食べるカルシウム』を噛んだら、歯が欠けました」あたりもステキ。放哉さんの弱音律、楽しみになってきました。他にどんな句があるんですか？

青　妙な趣味ですね。**〈犬よちぎれるほど尾をふつてくれる〉**はいかがでしょう。

俳　いい！　人間社会からのけ者にされた放哉さんにも、犬は無邪気に慕ってくれる。それは嬉しいけれど、尾を振ってくれる犬に喜びを感じる俺って……と微苦笑めいた嬉しさと切なさの美しい交錯。社会不適合者の微苦笑自虐律、ゾクゾクします。

青　昂揚するポイントがずれているような。「尾をふる・ふつた」等ではなく「尾をふつてくれる」に屈折がありますよね。次の句も似ています。**〈何にもない机の引き出しをあけてみる〉**。

俳　ステキ。あまりの暇にすることもなく、机の引き出しに何も入っていないのが分かっていながら開けてみた、と。「あける」よりも「あけてみる」の方が、分かっていながらあえて開けたという悲哀が感じられますし、淡い諧謔味もありそう。

青　「～あけてみた」であれば、そういう自身の動作を感傷的に振り返る感じがありますが、「～あけてみる」は今まさにしている動作がプツッと唐突に終わる感じがある。**〈壁の新聞の女はいつも泣いて居る〉**もそうで、放哉句は作品の内容が感傷に覆われてしまう前に、そういう発見自体をポンと投げ出すような雰囲気がある。**〈畳を歩く雀の足音を知つて居る〉**も孤独感がありますが、同時に「畳を歩く雀の足音」を知っている無内容の発見がユーモラスでもある。孤独な感傷と「雀の足音を知つて居る」こと自体の発見にズレが生じており、その結果、単なる孤独や絶望といった悲劇的な余韻以上に、微苦笑気味なユーモアと淡い悲哀が醸成されています。

ヘンな把握

俳　孤独なのはそうだとして、「だから?」と感じさせる小さな発見の仕方がヘンということでしょうか。

青　ええ。**〈爪切つたゆびが十本ある〉**とか。

俳　ヘンだ……何でそんなものを見つめているんでしょう。ヒマすぎたのかしら。

青　マメに爪を切る生活ではなかったはずなので、爪を切った指が新鮮だったのかも。とはいえ、爪を切った自分の指を眺め、「爪切った指が十本あるなあ」と感慨に耽る孤独感はどこかズレている感じが強い。**〈傘干して傘のかげある一日〉**も妙で、それはそうでしょう、と当然すぎて誰も句にしないような出来事をあえて句にしたような風情があり、そこに微妙なユーモアが生まれています。何でそんな些細な情景をじっと眺めているのだろうと感じさせますし、それを黙って眺めるところに作者の孤独すぎる一日の過ごし方もうかがえます。

俳　性格破綻的鬱中年の独り遊び?

青　そんな感じですね。**〈わがからだ焚火にうらおもてあぶる〉〈道を教へてくれる煙管から煙が出てゐる〉**とか、妙にユーモラスなんですよ。

俳　自分の体を「うらおもてあぶる」と把握したり、道を教えてくれる人間よりも「煙管から煙が出てゐる」ことに注目してみたり……こういうことを発見して面白がる人は、堅気の保険業界とか明らかにムリそう。

青 生活上、全く必要のないことに気付いてしまうタイプだったのかも。このあたり、高浜虚子とも通じるものがありますし、後に紹介する中村草田男や山口誓子にも共通する無意味なまでの観察力の強さが放哉にも感じられます。次の句はいかがでしょう。**〈打ちそこねた釘が首を曲げた〉**。

俳 こういう発見を独り遊び風に楽しんでいる感じもありますが、シャレにならない不吉感が漂ってきている感じがします。

青 **〈蟻が出ぬやうになつた蟻の穴〉〈口あけぬ蜆が死んでゐる〉**。

俳 死に絶えたか、使われなくなった蟻の穴をじっと見つめたり、「口あけぬ蜆」を黙って見ている放哉さん、淋しそう……あと、引っ張られている感じがします。

青 引っ張られている?

俳 風水や四柱推命とかで、よく言われるじゃないですか。掃除の行き届いた部屋や身ぎれいな格好の方が幸運が訪れやすいとか、玄関が暗いと悪い運気が集まってくるとか。放哉さんは見ない方がいいものを次々に見てしまって、悪い運気を集めてしまっている感じがしました。

青 そのスピリチュアル解釈、面白いですね。**〈蛍光らない堅くなつてゐる〉〈山に登れば淋しい村がみんな見える〉**もそうかも。

俳 特に蛍句はそんな感じです。堅くなった蛍に自分の姿を重ねつつ、そういう未来を引き寄せてしまったような。

青 **〈墓のうらに廻る〉**もそうでしょうか。

俳 掃除?

青 話の流れを読みましょうよ。風水云々と仰るのでこの句も不吉な将来を暗示したのかと思い、紹介したんです。墓掃除で裏に回ったとは、軽いなあ。

■抜群の言語センス

俳 あ、放哉さんの凄さが分かった!

青 借りた金を返さない?

俳 そんなことは当たり前すぎます。そうではなく、言葉の見つけ方が凄い俳人だったのかも。**〈墓のうしろに廻る〉**であれば掃除だったり、墓の後ろに由来が書かれているのでは……とふと回った感じがありますが、**〈墓のうらに廻る〉**は一気に負のイメージが膨らみます。墓の裏あたりのぼんやりした空間に負のオーラが漂っていて、そこにスルリと入りこむ感じ。でも無邪気に遊んでいる感じもあり、深刻に不幸で絶望的なのに、そういう状況でも本人はそれなりに楽しんでいる風があるのが真剣にマズイ。それを「うしろ」「うら」の少しの違いで示すのが凄いなあ、と。

青　なるほど。言葉や表現の発見でいえば、**〈とんぼの尾をつかみそこねた〉**も「〜そこねた」が絶妙で、**〈こんなによい月を一人で見て寝る〉**でいえば「〜寝る」の急展開ぶりが凄い、というのも似た感じでしょうか。

俳　ええ。人生はグダグダですが、言葉の使い方や律の整え方が超的確なのかも…さすが東大法学部ね。孤独すぎる絶望と妙なユーモアをこれだけの短さの中で表現できるのはただ者ではないです。友人になりたくないタイプですが……。

青　**〈一日物云はず蝶の影さす〉**の作者ですからね。

俳　無言でうつむいたまま一日作業をしていたのかもしれませんが、個人的には無言の体育座りで一日を過ごしてほしい。現代の引きこもりさんやニートさんの鉄板ソングね。

青　絶望や孤独感だけが表現されているのではなく、ウィットめいた笑いが生じているのが凄い。彼の句はペーソスとユーモアが入り混じっているところが他の自由律と全く違うところでした。あまりに狷介、それも破綻した性格で、気付けば自分の人生は笑えるほど孤独になったなあ、と空を仰ぐ放哉の表情は妙に晴れやかで、眼には涙が浮んでいる……そんな感じでしょうか。**〈肉がやせて来る太い骨である〉**。

俳　こんな状況になっても「太い骨」であることを発見しているのが切なくもあり、滑稽でもあり……凄い。

—解説—

①与謝野晶子の自伝小説『明るみへ』（大正5〔1916〕）に見える話。鉄幹は才能、声望ともに妻に大きく離され、相当荒んでいたらしい。

②ヒロシ（1972〜）—九州出身のお笑い芸人。「ヒロシです…」と自虐ネタを呟く芸風で平成中期にブレイクしたが、極度の上がり症で仕事が激減。一発屋とされたが近年復活しつつある。

・紹介した句群は、いずれも放哉没後に刊行された句集『大空』（昭和2〔1927〕）に収録。

墓のうらのうらは表
一周まわって普通になってます

種田山頭火

・種田山頭火《さんとうか》（明治15〔1882〕～昭和15〔1940〕）―山口県防府市出身、本名は正一《しょういち》。大種田と称された地主の家の長男に生まれたが、母の自殺で精神が極度に不安定になる。「層雲」で注目され、後に尾崎放哉と並ぶ人気俳人になった。一九七〇年代に山頭火ブームが起き、世間一般にまで知られる存在になる。

経歴紹介／大地主の家に生まれる

俳　放哉さんのダメ人生を聞いて、人生を考えました。毎夜の寝酒五合、止めようかな……。

青　大丈夫、俳句史には廃人がたくさん居ますよ。今回は屈指の廃人、種田山頭火を見てみましょう。彼と比べると自分が超健全な生物に感じられます。

俳　全然すっきりしないフォローね。

青　専業俳人を目指す時点ですでに（略）山頭火の実家は山口県防府市の地主で、大種田と称された家でした。彼は種田家の長男として生まれ、下に兄妹が4人います。

俳　今、見逃せない一言を仰りかけたような。それにしても山頭火さん、お金持ちね。心底羨ましいわ。

青　所有地も広く、家は屋敷や蔵が並び、まさに大地主。それを父と山頭火の2代で潰したわけです。

俳　豪勢な親子廃人ねえ。家が潰れるほど遊んだとは、何をしたんでしょうか。

青　父の竹治郎が政治関係に手を出し、料亭等に入り浸り、英雄色を好む的に愛人を数人こしらえる。国を憂う熱血漢でもなく、地元の名士という理由でその気になった感じですね。子どもの山頭火は皆に愛され、学校の成績も良かったのですが、事件が起こります。

俳　子どもながら愛人を山ほどこしらえた？

青　早すぎます。竹治郎が家庭を顧みず、愛人や政治にうつつを抜かす姿に絶望した妻フサが家の井戸に投身自殺したんです。山頭火が10歳の時で、生涯引きずる心の傷を負います。

俳　家の井戸に……最大級の無言の抗議よね。どれほど恨んでいたかと思うと、怖いです。

種田酒造の失敗

青　井戸はすぐ埋められましたが、この頃から種田家は傾き、土地を切り売りし始める。山頭火は早稲田大学に進学しますが、神経衰弱で中退して帰郷。その後、種田一家は屋敷等を売り払い、酒造場を買い取って酒造業を始めますが……。

俳　失敗するんですね。

青　そう。山頭火は父の強引な勧めで見合い結婚し、酒造経営に当たりますが、彼も父も素人で、2年続けて酒を腐らせます。山頭火も家庭や酒造業から逃れるように酒に溺れ、文芸にハマるなど親子揃って無責任。種田酒造は倒産して父は行方不明、山頭火一家も夜逃げ同然に熊本に去ります。

俳　山頭火の奥さん、かわいそう。地主の家に嫁いで安泰と思いきや、道楽親子に振り回されるとは。

青　妻サキノは評判の美人で、忍耐強く働くしっかりした女性でした。山頭火は妻と一子を伴い、熊本で古書店「雅楽多」を開き、絵葉書や写真、雑貨等を売って生計を立てようとします。

俳　失敗する予感満載……。

■俳人山頭火、誕生

青　山頭火は行商に出かけては売らずに酒屋に向かうという情けない日々。そのうちに縁者に預けられた弟が本家破産で離縁され、自殺するという報せが届きます。やりきれない山頭火は独り東京に向かい、図書館に勤めるも神経衰弱で退職。関東大震災では社会主義者と誤認されて投獄されてしまい、東京生活もダメで熊本に戻ります。

俳　その間、奥さんや子どもはどうやって生活していたんですか？

青　山頭火が東京移住後に2人は離婚し、サキノが「雅楽多」で頑張って自活。元夫からの送金は一切なし。

俳　ダメだこりゃ……最悪ね。

青　東京の山頭火は離婚したはずのサキノの下に戻り、熊本で暮らし始めます。しかし、ある時泥酔して市電の前に立ちはだかり、新聞沙汰になるなど問題を起こしたため、知人が彼を寺に連れていきます。山頭火は出家し、僧として懺悔生活を送ることになりました。

俳　どうせ懺悔しないんでしょう。そういえば、自由律はいつ頃から詠んでいたのでしょうか。

青　彼は学生時代から小説や短歌、俳句に親しみ、外国小説の翻訳を発表したこともあります。結婚してから各誌に名が見え始め、明治末期創刊の「層雲」にも参加し、後に選者の1人に選ばれます。自棄気味の境涯を句に漂わせる作風は注目され、熊本でも俳人や文芸好きの学生に知られる存在でした。

俳　分かった！　山頭火さんにとっては酒も文学も煩わしい現実逃避の手段なんですね。それなら最初から結婚しないで独りで放浪すればいいのに。ブーブー。

青　その点、俳人山頭火は周囲の多大な犠牲の上に成立したといえるでしょう。出家後の山頭火は親切な和尚の導きで熊本の観音堂に収まり、近所の人々は彼を偉い学者と勘違いして尊敬し、食べ物を持ってくれるなど良い境遇だったのですが、ある時、和尚や周囲に断りなく堂を捨てて旅に出てしまう。

俳　安定の人でなし感……。

青　この後、放浪俳人のイメージが確立するわけです。笠に眼鏡、墨染姿で各地を托鉢し、あてどない旅を続けて自由律を詠む……そんな彼は40代半ばでした。

漂白の俳人像

俳　托鉢は暮らしていけるほど儲かるのかしら。働かなくて稼げるなら、私も考えないではないわ。

青　止めた方がいいですよ。山頭火は久々に郷里に戻った際、子どもたちに「ホイトウ（乞食）が来た」と笑われて落ち込んでいます。シラミだらけの安宿に泊まり、金がなければ野宿して鼠に米袋をかじられる。体臭も凄いし、歯も抜け落ちるし、托鉢もキツい。店先に立てば水をかけられたりします。

俳　詳しいですね。まさか……托鉢済み？

青　放浪の旅には憧れるのですがふんぎりが付かなくて。山頭火の日記に放浪の様子が書かれているんですよ。彼は日記を丹念に記しており、旅の様子や迷言等が今に伝わっています。

俳　迷言といいますと？

青　「歩かない日はさみしい、飲まない日はさみしい、作らない日はさみしい、ひとりでゐるのはさみしい」（①）とか。

俳　ダメ人間なのにカッコイイ。何だか悔しい。

青　放浪とはいえ、各地で「層雲」の俳人の援助を受けたり、離婚したサキノさんが心配して服やお金を送ったり、彼の面倒を見る人々がいました。しかし、宿《しゅく》痾《あ》だった酒癖の悪さはどうしようもなく、本人が一番自分に嫌気がさしていたようです。それでも彼は酒を止められず、金を借りて温泉と酒、芸者遊び等に使い込んで無一文になり、イヤイヤ托鉢をしてその日の食い扶持や酒代を稼ぐ。「煙草は落ちているが米は落ちていない」と妙な感慨を日記に書き、梅干と白湯の食事を続けたりする。酒が飲みたくて知人の家に押しかけたり、無心した金で泥酔する。懺悔するもその繰り返し。

俳　もう驚かないわ。山頭火だもの。

青　主に西日本を放浪し続ける山頭火はいつしか草庵を結びたいと思い、「層雲」の人々や彼の句のファンが庵を探して贈ります。山頭火は熊本や山口で草庵に住むも、再び周囲に断りなく旅に出たりする。最後は松山の一草庵に落ち着き、歯も全て抜け落ち、犬から餅をもらったり猫に飯を食べられたりして57歳の往生を遂げました。彼は虫や動物のようなコロリ往生が夢だったので満願成就といえますが、自殺説も根強い。熊本の観音堂を出て以来、彼が旅につぐ旅を続けたのは死に場所を求めての彷徨だった節があり、実際に自殺未遂も起こしています。人には様々に背負った業や宿命がある、という感じでしょうか。

俳　屁理屈ね、ムシが良すぎるわ。サキノさんとお子さんが不憫ですよ。

青　サキノさんは離婚後も戻ってきた山頭火を受け入れたり、放浪中の彼に義母（山頭火の自殺した実母）の位牌やお金等を送り、山頭火を号泣させています。俳人山頭火の陰に隠れていますが、偉大な女性でした。

作品紹介／放哉句と比較して

俳　そういえば、山頭火さんの句は放哉さんより知っている句が多いかも。**〈分け入つても分け入つても青い山〉〈うしろ姿のしぐれてゆくか〉**等、学校で習いました。

青　放哉は高校で紹介されるかどうかですが、山頭火は中高校で学ぶことも多く､覚える生徒もいるようですね。ただ、両者の作風はかなり異なるので、今回は山頭火の作品を見てみましょう。

俳　イイネ！

青　SNS的だなあ。これも20年後にはレトロな流行語になるのかも。先ほどの山頭火句に戻ると、放哉句と比べていかがですか。

俳　「分け入つても」句もそうですが、調べが音楽的というか、メロディーのような調子があって軽やかです。一方、放哉さんの句はブツッと切れる面白さがありますよね。**〈こんなよい月を一人で見て寝る〉**とか。

青　鋭い。山頭火句の特徴の一つに、句の調べやリズム感の良さがあると思います。放哉の**〈せきをしても一人〉**のようなドキッとする自己認識ではなく、**〈すべつてころんで山がひつそり〉**のように口ずさみたくなるメロディー感に包まれた独白の雰囲気が強い。**〈つかれた脚へとんぼとまつた〉〈ほろほろ酔うて木の葉ふる〉**等、まさに「律」を帯びた点に彼のセンスが感じられます。

子ども、キャラ化

俳　あと､子どもみたいですよね｡滑って転んで山が静かだったり、歩き疲れた脚に蜻蛉が止まったり、落葉降る頃にお酒で上機嫌だったり……仕事していませんよね、遊んでますよね？　という感じで、その時々の気持ちが素直に出ている気がします。

青　面白いですね。「分け入つても」句も含め、山頭火句は彼の生涯と重ねられることが多いんですよ。あてなき放浪の旅を続け、酒を呑み、懺悔と感傷に浸るさ中の句……とイメージが出来上がっている。先ほどの「分け入つても」句は大正末期に漂泊の旅に出た頃の句で、前書には「解すべくもない惑ひを背負うて」とある。孤独や煩悩に耐えられない山頭火の人間臭い惑いの始まり、と解釈されるのが普通です。青々と茂る初夏の山奥へ進むことが、そのまま尽きせぬ煩悩から逃れられない明るい不安を寓意する云々……といった感じですね。

俳　自業自得でしょうに。奥さんと子を放り出して、自分だけ苦しいと信じこむ自己陶酔型無責任男は嫌いよ。黙って頑張ったり、耐えている人はたくさんいるのに、お坊ちゃまねえ。

青　ダメな男に手厳しいですね。ただ、山頭火句の魅力はそこだったりするので悩ましいところです。彼はダメな自分をキャラ化して詠むのがうまいんですよ。

俳　あ、確かに。**〈うしろ姿のしぐれてゆくか〉**もそうですよね。旅を続ける他ない私の後ろ姿は、冬の冷たい時雨に包まれるように消えゆくのだろうか……。「私は寂しさを背負ったキャラです」という舞台作りがうまい。

青　その割には心情をベタに詠まないのが彼の特徴で、「うしろ姿の」と客観的な描写を心がけつつ、「〜しぐれてゆくか」となだらかに自問自答に近い詠嘆で終えることで「私」の自己劇化を黙って示す。逆に、**〈まつすぐな道でさみしい〉**とストレートに寂しさを打ち出す時はなぜか素直さが感じられるのが彼の句の面白いところです。

俳　「まつすぐな道は〜」だと「そんな風に感じる私を見て！」と取れますが、「まつすぐな道で〜」はそういう状況の中の「私」の独り言、という雰囲気があります。ダメ人間の作家像のはずなのに、チャーミングな気がしてくるのが微妙に悔しい。

青　真っ直ぐの一本道には人気がなさそうですよね。人里離れた路をとぼとぼ歩いている感じがします。

他の著名句

俳　そういえば、山頭火さんの有名句は他にどんな作品があるのでしょうか。

青　**〈鉄鉢の中へも霰〉**。鉄鉢は行乞の旅の最中、家々の前で読経をして喜捨をいただく際に容れる器で、鉢の子とも言います。山頭火にとっては食事や水を飲む際にも使う唯一の所持物に近い存在でした。そこに豁然《かつぜん》と降り始めた霰が転がりこむ……自身の肉体や人生そのものが霰に打たれるかのようで、鉄鉢へも容赦なく降りつのるという句です。「鉢の子の〜」云々ではなく、「鉄鉢の〜」と強い調子で始めたところに自身の宿命や業の持つ粛然とした厳しさが醸し出される、と解することもできるでしょう。

俳　「鉄鉢の中も霰」ではなく、「鉄鉢の中へも霰」が山頭火さんらしいリズムや躍動感ね。あと、自分で働きなさいよ。

青　相変わらず手厳しい。**〈まつたく雲がない笠をぬぎ〉**は如何。

俳　旅の途中ね。暑そう。

青　「〜笠をぬぎ」と連用形で終えるのが巧い。笠を脱ぐ行為そのものを印象付けたいわけではなく、雲一つない青空の下、暑さで笠を脱いだ彼が空を見上げつつ汗を拭く仕草を想像させるように、句末を言い切らずに軽く終えたわけです。目線が空の方、斜め上を想わせて旅のはるかさを醸すのも心憎い。

俳　この句や他もそうですが、措辞はそれなりに計算されて詠まれているのに技巧が鼻につかず、本当に旅の途中の実感に感じられるのが凄いですよね。思ったことを素直に吐いている感じがして、そこがお坊ちゃん育ちの良さなのかも。

青　なるほど、そこに彼の出自を重ねますか。**〈家を持たない秋が深うなつた〉〈月かげひとりの米をとぐ〉**等、孤独で先行きのないアウトローの酒呑みの日々なのに、どこか飄々としている。調べの良さも手伝って、あまり切羽詰まった感じがないんですよね。**〈こんなに痩せてくる手をあはせても〉**あたりも悲惨なのに、彼が詠むと妙にユーモアがある。ガツガツせず、他人や境遇を恨んだり、根に持ったりもせず、「さみしい」と詠み続けるところに品があるのかもしれません。

ユーモアとペーソス

俳　手を合わせる前にすることがあるでしょう、酒を控えるとか働くとか！　とツッコミたくなる可愛いボケを天然でやっている感じがありますよね。

青　ええ。**〈ふつと挙げた手で空しい手で〉**も山頭火がしていると思うと、何だか可笑しいし、切ない。

俳　悲しくて笑えるチャップリン映画みたいな感じ？

青　古い映画をよく知っていますね。永遠の放浪者チャーリーと山頭火は確かに似ているかもしれない。**〈はだかではだかの子にたゝかれてゐる〉**も笑えるけれど、どこかやるせない。

俳　山頭火さんと子どもでは「はだか」の意味が全然違うんですよね。

青　酒呑みで無一文の大人と遊び回る子どもがともに「はだか」で、しかも大人の方が叩かれているのが何とも。**〈へそが汗ためてゐる〉〈水音しんぢつおちつきました〉〈冷飯ぽ**

ろぽろさみだる〉等も妙に余裕が感じられてユーモラスなのに、どこか切ない。

俳　今気付きましたが、汗や五月雨云々と詠んでも、あまり季節感がないですよね。

青　季感云々よりも山頭火という「私」が句の中心に座っていて、その「私」が嫌味なくキャラ化されている。自身への適度な感傷と客観視、そして甘えや開き直り等が渾然一体と調べになり、もちろん季感もある程度漂わせつつ、自由律のリズムに乗って同情よりも共感を誘うように巧く整えられています。「私」と調べが織りなす余情が自由律で上手くいった稀有な例といえるでしょう。

—解説—

①『行乞記』昭和5〔1930〕年のくだりに見える。「行乞記」以来、山頭火は日記を晩年まで付けており、他に「一浴一杯」の素晴らしさを綴るくだりなど迷言集としても愉しめる。

・紹介した山頭火句はいずれも句集『草木塔』〔昭和15〕に収録。生前の彼は七句集を折本形式で刊行後、その全句を『草木塔』にまとめた。

他の自由律俳人

自由律と人生

俳　先生、自由とは何ぞや。

青　哲学的ですね。放哉や山頭火の生きざまに触れて、何か思うところがあったのでしょうか。

俳　俳子　自由はステキと思いきや、逆に自由すぎると束縛が強くなる気がして……それに最後は破滅しそう。

青　興味深いですね。作品に限って言うと、定型や季感を捨てて自分の認識や調べのみで傑作を得るのは確率が低い上、量産も難しい。それに何もかも自由となると、ほぼ何も出来ない自分自身の姿に直面しかねない。かなりキツいと思いますよ。

俳　だから山頭火さんたちは句作と人生をピッタリ重ねたのでしょうか。

青　山頭火は業を背負った漂泊キャラを句の軸とし、放哉は自身の認識そのものを季感や抒情に頼らず超短詩でヌッと示す。どちらも茨の道でしょうね。ただ、彼らのようなあり方が表現として出現しえたのは、荻原井泉水が推進した自由律を抜きには語ることはできません。有季定型を捨て、絵画的な構図や構成も放棄して「私」の実感と作品をピッタリ貼り合わせようとした口語的な「リヅム」（井泉水）の表現が、山頭火や放哉の人生を丸ごと求めた、といえなくもない。

俳　なるほど。有季定型という枠組みがあると人生そのものと距離を感じがちですが、自由律は作者の生活と密着できる気がしてしまいます。そうなると人生や自分自身を目の当たりにさせられそうな気がして、そこにかえって不自由さを感じたのかも。そういえば、自由律俳人は他にどんな方がいたのでしょう。

大橋裸木（明治23〔1890〕〜昭和8〔1933〕）

青　多士済々ですよ。例えば、大橋裸木《らぼく》。大阪の中学校卒業後に家業の鉄工業に就き、後に上京して雑誌編集に携わった俳人です。明治末期の新傾向俳句にも関わりますが、「層雲」で自由律に励みました。晩年は結核で療養し、40代で逝去。代表作は**〈陽へ病む〉**。

俳　短い！「陽へ」でギリギリ成立した感じね。お日様に向かって病む、ということでしょうか。

青　陽光の明るさと「病」の翳りは一見対照的ですが、この句は「病」を抱えた人物が眩しい陽射しを浴びながら、むしろその光の方へ「病」が深まりゆく感じです。陽ざしの降り注ぐ中、透明感を帯びた「病」が光とともに増幅していく気配があり、体内の肺に「病」を抱えた結核患者の末期的な体感が見事に表現されている。他には、**〈はつなつの風のざる売です〉**といった句も詠んでいます。

俳　季節感がある。初夏らしい爽やかな、軽やかな感じ。はっぴいえんどの「夏なんです」みたい①。

青　古い曲をよく知っていますね。「ホーシックツクの蝉の声です／ホーシックツクの夏なんです」という口語調の歌詞と裸木句の表現は確かに似ている。作詞した松本隆は昭和初期の詩や中原中也を読んでいたらしいので、裸木句も同時代の口語詩やプロレタリア文学の影響があったのかも。

俳　小林多喜二あたりの『党生活者』②とか？

青　『蟹工船』を挙げそうなのにシブい作品を出しますね。さすが文学女子。

俳　前の彼氏がプロレタリア好きで散々読まされたんです。黒歴史よ。

青　今どき珍しい文学青年ですね……詳しくお聞きするのは止めておきましょう。裸木の句は、小林多喜二といった小説家よりもプロレタリア詩や俳句の方が近いかも。日用品の笊を行商で売る「ざる売」も不安定な商売ですし、深読みすると生活に疲れた雰囲気があります。

俳　そうか、笊売りさんも労働者なのねえ。

■栗林一石路（明治27〔1894〕～昭和36〔1961〕）

青　ええ。プロレタリア俳句でいえば、栗林一石路《いっせきろ》が有名です。百姓一揆で名を馳せた長野の貧しい村に生まれ、10代から「層雲」に投句を始めます。大正デモクラシーの中、上京して改造社で編集の仕事をしながらジャーナリストとして生計を立て、労働運動に関わりながら「プロレタリア俳句」等を創刊して活躍しました。**〈屋根屋根の夕焼くるあすも仕事がない〉**といったスローガンじみた荒々しさで名を馳せた俳人で、最も有名なのは**〈シャツ雑草にぶっかけておく〉**でしょう。

俳　ロックのストレートな歌詞みたいに迫力がありますねえ。労働現場の空気感を詠んだ？

青　その通り。一石路自身も手応えを感じたらしく、第一句集名を『シャツと雑草』（昭和4）としました。なお、彼は労働者が搾取される理不尽な社会を批判するような句を詠み続けた結果、太平洋戦争前に治安維持法違反で逮捕されてしまいます。釈放後、彼は国家体制に協力的な執筆をせざるを得なくなりました。

俳　俳句で逮捕？　火炎瓶を投げたわけでもないのに。

青　昭和期の新興俳句の時に触れる予定ですが、昭和15～16年に俳人が一斉検挙されたんですよ（③）。プロレタリア文学は労働運動とセットなので、社会主義者や共産党員だった作家が多数いました。小林多喜二の『党生活者』も党員の逃亡生活を描いた話ですよね。

俳　黒歴史の元彼が色々言っていたのを思い出したわ……党員による永久革命とか何とか。カフェで喋り倒して、結局私が二人分払ったのよ。搾取されたのは私です！

青　話を戻すと、政府側が共産党を危険視したのは、彼らが目指す階級打破は社会転覆を狙う革命思想だったというのがあります。既成権益を享受する企業や政府に加えて天皇制も否定する過激な思想だったため、国家体制側からすると共産党員を弾圧する必要があったわけです。治安維持法は共産党員でなくとも嫌疑をかけて検挙することができるので、怖い法律でした。

俳　冤罪じゃないですか。

青　逮捕後に脅迫や拷問で自白させるんです。それに治安維持法は一気に死刑まで持っていけるので、脅されると心底怖かったらしいです。共産党関係者は無論のこと、国家や時局批判をする人々も検挙できるという恐ろしい法律でした。先ほどの一石路や他俳人たちは治安維持法違反者として次々に検挙され、多くが執筆禁止を言い渡されたわけです。

俳　ゑゑゑゑゑゑゑひどい！

青　耳元で鶏が首を絞められたような声で叫ばないで下さ

い……逮捕されても節を枉《ま》げなかった気骨の自由律俳人でいえば、橋本夢道《むどう》でしょう。

橋本夢道（明治36〔1903〕〜昭和49〔1974〕）

俳　鶏が首を絞められる声を知っているんですか？

青　そこに食いつかなくとも。徳島出身の夢道は小学校を出て上京し、肥料問屋に勤めます。後に一目惚れした女性と恋愛結婚して店を辞めさせられ、輸入雑貨店で働きます。しかし、戦時統制等でうまく売れなかったため、夢道はあることを思いつきます。

俳　待って下さい、なぜ結婚するとお店がクビに？

青　丁稚奉公的に勤める彼らの結婚相手は、店の主人が決めた取引先の縁者ということになっていて、勝手に結婚するのはご法度だったんですよ。

俳　ブラックすぎる……。

青　当時はよくあったんですよ。で、輸入雑貨商の仕事が上手くいかない夢道は一計を案じ、銀座に甘味処を出店して「あんみつ」という新商品を売り出します。

俳　みつ豆に餡を盛ったアレですか？

青　ええ。諸説ありますが、あんみつは夢道考案といわれています。彼は電通経由で東京中の市電に中吊り広告を打ち出し、そこに「みつまめをギリシャの神は知らざりき」というたコピーを掲げました。この広告が当たって人気を呼び、お店は大繁盛します。愛妻もいて、仕事も軌道に乗った矢先に、彼もプロレタリア俳句を詠んだ廉で逮捕されるわけです。

俳　どんな句を詠んだのでしょうか。

青　**〈骨壺の弟を抱え母と故郷の海見ゆる峠となる〉〈渡満部隊をぶち込んでぐつとのめり出した動輪〉**等です。「渡満部隊」句は、中国満州へ渡る軍隊を汽車に押しこむように乗り込ませ、大陸へ侵略に向かう帝国の様子を皮肉めいた調子で詠みました。

俳　「骨壺」句にも反戦的なメッセージが？

青　おそらく。こういう句を詠み続けた彼は逮捕され、句作等を止める約束をすれば釈放すると迫られますが、拒否します。勾留中に**〈大戦起るこの日のために獄をたまはる〉**等とひそかに詠み続け、2年強もの勾留から釈放され、太平洋戦争が敗戦を迎えた後、戦時中の獄中句を大量に発表しています。

俳　頑固を通り越した強さというか、凄い意地ね。

青　ええ。それに愛妻家だけあり、妻の句も多い。**〈無礼なる妻よ毎日馬鹿げたものを食わしむ〉〈妻よ五十年吾と面白かつたと言いなさい〉**とか。

俳　愛妻感ゼロ。上から目線の無礼な男じゃない。

青　そういうことを安心して言える相手がいる日常を詠んだともいえるし、照れ隠しでもあり、一家の大黒柱的な亭主関白的なイメージに乗った甘えもあるでしょう。夢道は**〈十万の下駄の歯音や阿波おどり〉**といった句も詠めた俳人なので、単純に受け取るよりは、夢道がなぜ惚れぬいた妻をそのように詠んだのかを考える方が良いように感じます。

俳　そうか、「無礼なる妻」句も粗末な料理ではなく、手の込んだ料理かもしれないし、何に対しての「無礼」か、慎重に考えるべきかも。

青　自由律は作者の人生を重ねると読みが深まる場合が多く、夢道もそのタイプといえるでしょう。今回紹介した自由律俳人の中では夢道が人間的に最もタフで、庶民の生活を味わった俳人かもしれません。

—解説—

①「夏なんです」—アルバム『風街ろまん』（昭和46〔1971〕）収録の曲。はっぴいえんどは、日本語でロックを歌って成功した初のバンドとして後に有名になった。作詞担当の松本隆は、北園克衛の短詩「てふてふが一匹韃靼海峡を渡つていつた」等のモダニズム詩にも親しんでいたという。

②『党生活者』—小林多喜二（1903～1933）の没後に発表された小説で、軍需工場勤務者が戦争反対ビラを撒くもクビになり、それでも非合法運動を諦めずに続けるという話。

③治安維持法違反者の取り締まりは特別高等警察（特高）が担った。その特高が昭和15～16年に新興俳句の同人誌「京大俳句」関係者を一斉検挙した後、他の新興俳句関係者も逮捕し、後に「京大俳句事件」と呼ばれた（193ページ参照）。この事件で新興俳句は壊滅してしまった。

・各俳人の紹介句は次の句集に収録。大橋裸木は第三句集『四十前後』（昭和6）、栗林一石路は第一句集『シャツと雑草』、橋本夢道は第一句集『無礼なる妻』（同29）収録。

大正中期の客観写生句

俳句の型

青　俳子さんは剣道をされていましたよね。以前に話題になったような。

俳　居合ならやっていましたけど。河上彦斎《かわかみげんさい》（①）に憧れて道場の門を叩いたらハマって。

青　幕末の人斬り彦斎。漫画『るろうに剣心』のモデルとも言われる剣客ですね。アブナイなあ。

俳　彦斎先生はかがむように低い位置からの逆袈裟斬りが得意だったみたいですが、実際にやると難しくて、普通の型を習っていました。

青　そうか、居合にも型があるんですね。

俳　流派で異なりますが、刀をきちんと振り抜くにはまず型通りに体の動きを稽古しないとダメなんです。

青　それと虚子の「ホトトギス」は近いかもしれない。

俳　俳句と居合が結びつくんですか？

青　虚子が型の指導者で、雑詠欄は道場。そこに色々なクセや特徴を持った剣士が訪れ、虚子に型や俳句性をチェックしてもらう。

俳　俳句に型があるんですか？　季語の位置とか、動詞の使い方でしょうか。

青　表現の型というより、認識の型というべきかも。客観写生を学ぶことで、個人的な実感やこだわりをうまく読者に伝えるための枷《かせ》、という感じですね。

俳　分かるような、分からないような……。

原月舟（明治22〔1889〕～大正9〔1920〕）

青　そこで今回は「ホトトギス」に戻り、種田山頭火らの自由律と同時期の虚子門下の句を見てみましょう。

俳　大正時代ですね。前に教えてもらった石鼎さんや普羅さんの句の世界は濃厚でしたねえ。普羅さんの〈**雪解川名山けづる響かな**〉も「ホトトギス」なので、客観写生ということになるのでしょうか。

青　そこです。大正初期に脚光を浴びた石鼎や普羅は主観味が濃厚でした。普羅句の「名山けづる響」も大いなる主観ですし、〈**人を殺す我かも知らず飛ぶ蛍　普羅**〉等々、印象派のセザンヌやゴッホのように「俺はこう感じたのだ！」的な「私」の密度が凄い。雑詠欄選者の虚子はそれらを受け止めつつ、主観があまり突出すると句の成功率が低く、量産も難しいと感じ始めます。

俳　成功率が低いというのは、普羅さんのような句でしょうか。一発芸に近い感じ？

青　それもあります。例えば、「ホトトギス」で活躍した原月舟《げっしゅう》を見てみましょう。大正初期の彼は**〈秋風や女子生れし草の宿〉〈春暁の木に倚りて弾く胡弓かな〉**といった句柄でしたが、大正中期には**〈欠《あく》び猫の歯ぐきに浮ける蚤を見し〉〈秋天へ花そりて濃き野菊かな〉**と観察を旨とした客観的な描写句が増えていきます。これには背景があり、「ホトトギス」雑詠欄選者の虚子は大正中期頃になると普羅句のように主観味を前面に出した句よりも、月舟句のような小さく平凡な世界の丹念な観察の方を是とし、会員にも写生を勧め始めたという事情が大きく影響しています。

俳　成功率を高めるための客観写生というのも分かるような、分からないような感じですが、月舟さんの「欠び猫の」句あたりはムリな描写という感じで、短詩の余情や季節感が消えている気がします。月舟さんでいえば、以前の「秋風や」句の方が物語性があったり、「春暁」句もベタながら季感を活かして抒情性を出そうと努力していそうですが、「欠び猫の」句はとりあえず汚い……。

青　今のご指摘は重要で、実は「写生」を推し進めると定型に沿わない無理が生じたり、季感を活かさない方向に行ってしまう可能性があります。これを極度に推進したのが河東碧梧桐の新傾向俳句だったのは前に見た通りです（30～31ページ参照）。虚子門の原月舟はそこまで極端ではありませんが、客観写生を愚直なまでに受け止め、「対象物を正直に、精彩に観察すること、その対象物を具体的に、如何に描写すること」（②）、それが真の俳句につながると主張しました。

俳　写生が大事としても、少し極端よねえ。虚子さん、なぜ推したんですか。

青　虚子の意図はいくつかありますが、一つは客観写生を目指すことが「私」のブレーキになると感じたためでしょう。彼は俳句にヘンな自己主張や感慨の吐露、また句の見せどころや技量の冴えを読者に強調したり、詩のような抒情性ばかり追いかける作品は好ましくない、そういう「私」は小説や詩で描けばよいと考えたことに加え、雑詠欄選者として「私」に満ちた句を見続けると飽き飽きした、というのもあると思います。一見地味であっても、どこか質感や臨場感が湛えられた客観写生句の方が面白い、という信念が大正中期頃に強くなり始めるわけです。

俳　うーん……趣味の文学なのだから、ある程度詠みたいものを自由に詠めばいいのでは、とも思います。例えば、私はうどんやそばに唐辛子や胡椒を相当かけますし、両親に注意されても「これが私の生きる道なので」と後ろを振り向かずに生きてきました。

青　微妙な例え話でよく分からない……無論、麺に胡椒をかけて構わないし、詠みたい句を詠めばいいと思います。ただ、虚子は佳句を得たければ写生を目指すべきで、特に天才以外の凡人は客観写生を涵養した方がかえって詠みたい世界を読者に的確に提示できる確率が高くなる、と選者として説いたわけです。

俳　それを言われるとツライですが、自己表現の世界なのに「私」にブレーキをかけるというのがストレスだなあ。ブーブー。

■島村元（明治26〔1893〕～大正12〔1923〕）

青　大正中期に虚子が目をかけた島村元《はじめ》の句を見てみましょう。**〈蟷螂の終《つひ》に拡げし翅《つばさ》かな〉〈吹けば散る骸《なきがら》なりし蝶々かな〉**。

俳　お、出来ている。虫の死を丁寧に見ていますし、その丁寧さが死を見守る作者の心情を醸していて、余情もあります。「終に」「吹けば散る」が巧い。

青　天才的な発想や取り合せではなく、誰でも目にする昆虫の姿を観察した句です。傑作ではないが、スルメイカのように滋味があり、嫌味もない。この「嫌味がある、ない」というのは、明治期に正岡子規が月並俳句と自分たちの作風の違いを論じた時の表現で、例えば月並宗匠の**〈落てすら花の崩さぬ椿かな〉**には嫌味があるが、碧梧桐の**〈赤い椿白い椿と落ちにけり〉**に嫌味はない、という感じです（17ページ参照）。「俳句らしさ」をなぞった「私」は風流を理解していますよ！」とか、「短詩で上手に表現した「私」の技巧や目線に注目して下さい！」といった主張が強く出すぎる句には嫌味があり、かたやそれが表面に現われなかったり、強調されても読者目線を忘れない句は嫌味が少ない、というわけです。比喩的にいえば、作者は舞台だけを造り、その舞台に読者を招いて自由に踊ったり、演じたりしてもらえればよく、作者が舞台に上がって劇を演じる必要はない、という感じですかね。黒子に徹せよ、ともいえるかも。

俳　なるほど。今のお話を月舟さんと島村さんの違いに当てはめると、月舟さんは「私がどれだけ写生したか」を伝えたがる句とすれば、島村さんは「私の写生や実感を読者がどれだけ受けいれてくれるか」と整えた句の違い、ということでしょうか。客観写生も俳人の受け取り方で違うということ？

青　そこに気付いてくれるとありがたい。島村元は**〈春雷や布団の上の旅衣〉〈囀やピアノの上の薄埃〉**等、表現は読者中心の客観描写を心がけ、どこに注目するかで「私」をさりげなく出す。客観描写が「私」の主張にブレーキをかけた結果、読者が作品世界に入りやすくなり、状況や情景を多様に捉えやすくなる。指導者の虚子は、読者目線を忘れない写生句を佳句と判断したわけです。

俳　客観写生が分かってきました。読者に受けいれられるかどうかをシビアに考える話でもあるんですね。

■西山泊雲（明治10〔1877〕〜昭和19〔1944〕）

青　そうなんです。大正期の虚子が推した客観写生の実践者でいえば、西山泊雲《はくうん》もその一人。**〈灰《あ》汁《く》桶《おけ》の澄みて溢るゝ五月雨〉〈雨だれのしぶき明かに燈籠かな〉**等、季感と日常の写生をバランスよく整えた句を発表しています。

俳　「五月雨」や「燈籠」の季感を描写で示した感じですね。地味ですが、こういう練習を重ねるのは技術の向上に結びつきそう。

青　最初の話に戻ると、「ホトトギス」雑詠欄はいわば道場であり、「私」という多様なクセを抱えた剣士が集い、虚子選のチェックを通じて「私」の実感やこだわりを読者にうまく感じさせる表現の型を学び、修行するわけです。表現上は客観描写を目指しつつ、その過程でどこに注目し、何を取捨選択し、どのように質感や臨場感を湛えた詠み方をすればよいか、いかに有季定型に整えればよいかといった修練を経ることで「私」という個性がさりげなく滲み出るような作品を目指す。ここで最も重要なのは……

俳　虚子先生に渡す菓子折にそっと現金を包む？

青　違う。客観写生で大事なのは次の点でしょう。句の場面の質感や状況だけ読者に感じさせることができればよし、その場面に注目した意義や理由、または前後の状況が読者にさほど通じなくても問題なく、まして「私」の意図や心情も細かく伝えずともよいという認識そのものが客観写生のポイントと思います。それは表現上の型というよりも、認識や表現の方向性と見なすべきでしょう。それを鍛えるのが「ホトトギス」雑詠欄であり、今回紹介した島村元や西山泊雲らの客観写生の実践は、後に四Sと呼ばれる若手俳人その他の傑作を生む土壌となりました。

—解説—

①河上彦斎—幕末の四大人斬りとして名を馳せた志士。逆袈裟斬りを会得したとされ、佐久間象山を白昼暗殺したので有名。勝海舟の回想録にも気味悪い剣客として出てくる。

②「ホトトギス」大正中期に連載した「写生は俳句の大道であります」の一節より。原月舟は**〈リリリリリチチリリリリチチリリと虫〉**という写生句も詠んでいる。

・番号のない各俳人の紹介句は、それぞれ次の句集に収録。『月舟全集』（大正11〔1922〕）、『島村元句集』（同13）、『泊雲句集』（昭和9）。

山口誓子

・山口誓子《せいし》（明治34〔1901〕～平成6〔1994〕）――京都出身、本名は新比古《ちかひこ》。中学時代は石川啄木等の短歌を好んだが、高校時代、日野草城の清新な句に衝撃を受けて句作を始める。東大卒業後は住友本社に就職し、後に肺病で離職。「ホトトギス」で活躍した四Sの一人で、新興俳句に巨大な影響を及ぼした。戦後は「天狼」主宰として活躍。

「四S」とは

青　前回は大正中期頃に高浜虚子が推進した「客観写生」の話をしたので、それがどのように発展したかを見てみましょう。大正末期から昭和初期にかけて、虚子選の「ホトトギス」雑詠欄から「客観写生」の傑作が次々と現われます。その作者たちは「四S《シーエス》」と呼ばれました。

俳　CS……野球のクライマックスシリーズ？　まさか俳句から野球の話になるとは。いいわ、私は稲尾和久①推しで。

青　違いますよ。それに野球CSは現代の話なのに昭和の大投手に憧れてどうするんですか。四Sは昭和期「ホトトギス」雑詠欄で巻頭を競った若手俳人たちで、名前が全員Sから始まるためです。英語風にシーエスと呼ばれたようで、水原秋桜子、高野素十、阿波野青畝、山口誓子の4人です。

俳　近代俳句で有名なヨンエスのことね。さすがに知っています。まさかシーエスと呼ぶとは。

青　当時はモダンな感じでシーエスと呼んでいたようです。昭和3（1928）年に山口青邨（163ページ参照）が「ホトトギス」講演会で語ったのが評判になったとか。「ホトトギス」は他にも有力作家が多々いましたが、それだけ彼らの活躍が目覚ましく、斬新だったのも事実です。

経歴紹介／外祖父の下で育つ

青　四Sの紹介は、まず山口誓子からいきましょう。俳子さん、ご存じの句などありますか。

俳　歳時記に載っていますよね。**〈七月の青嶺《あおね》まぢかく熔鑛《ようこう》爐《ろ》〉**とか今読んでもカッコイイ。ただ、どういう経歴の方かは知らないことが多いです。

青　彼は京都で生まれ育ち、晩年は兵庫県西宮市に住んだので、関西人ですね。

俳　「ちゃいまんがな」「ぶぶ漬けどうどす」とか言い合う文化圏ね。

青　どんな会話ですか。誓子の本名は山口新比古といい、京都市の岡崎で生まれ、すぐ母方の祖父に育てられます。

両親が大阪に引っ越すことになったため、彼のみ京都に残り外祖父の下で過ごしましたが、本当の理由はよく分かりません。外祖父は脇田嘉一といい、政友会幹部となるなど政治家でもあり、何でも平家の末裔だったとか。

俳　いきなり謎めいた雰囲気ですね。

青　政治活動をした脇田宅には花街の芸者等が出入りする中、新比古は普通に遊んでいたりと特殊な環境で育ったようです。謡や剣術を習ったり、祖父の嘉一が近くの洋食店から出前をよく頼んだために幼い彼はビーフカツが好きだったとか。嘉一の仕事関係で一時期東京に引っ越し、樺太にも向かうのですが、樺太行き直前に母が自殺。新比古が12歳の頃でした。両親と離れて育ったにせよ、相当ショックだったようです。

俳　寂しそうな幼少期ねえ。育て親の嘉一さんは裕福そうで、政治活動もしたということはおそらく女性関係も含めて派手な生活をしていた可能性がありそうですし、転校も多いと孤独に慣れちゃいそう。それに実のお母様が……グレてもおかしくない感じがします。

青　後の誓子の句に孤独や陰翳が漂う作品が多かったり、昆虫や蜥蜴を熱心に観察する句が多いのは、幼少期の孤独感が身に染みついたのかもしれません。

樺太から京都の中学、高校へ

俳　そういえば、樺太は北海道の上の島ですよね。そんな寒いところになぜ?

青　京都の政治界で色々あった祖父の嘉一が樺太日日新聞社の社長に就くことになり、誓子も付いていったわけです。彼は小学校から中学途中まで5年ほど過ごし、活字を読み漁《あさ》るようになります。本州から新聞社宛に送られる「中央公論」等の掲載小説を読み、短歌や俳句を詠む先輩と回覧雑誌で作品を批評しあったり、学校寄宿舎関連の定例句会にも参加し、各少年雑誌の俳句欄に投句するなど文学少年になります。短歌好きの先輩の影響で石川啄木や若山牧水に夢中になり、漱石の小説にも親しむなど、当時の人気文学は大体読んだみたいですね。

俳　そりゃそうよ。樺太に親友がいるわけでなし、嘉一さんは社長業で多忙とくれば、何かにハマりたくもなるわ。で、北国で孤独な文学少年の誓子さんはオタクのインドア派まっしぐらだったのかしら。

青　そういうわけでもなく、樺太にも気心の知れた友人と外で遊んだり、京都の中学に戻った時には体格がいいのでラグビー部に入部したりとそれなりに活発でした。何より彼は頭が良かった。京都に戻り、中学卒業後は帝大予備軍の第三高等学校に入学し、そして東京帝大の法学部に入学します。帝大生は現代以上に超エリートなので、将来の地位や名誉を約束された出世街道ですね。

俳　いいなあ。私は俳句にハマッて学業を棒に振ったわ。句作と勉学、私に両方の頭脳があれば……ああ、神は私たちを人間にするために何かしら欠点を与えるものなのね。

青　シェイクスピアの台詞じゃないですか（②）。教養ある一節ですが、誓子は俳句にハマりましたが勉強もきちんとしましたし、彼と同じ四Sの水原秋桜子や高野素十は東京帝大医学部出身ですよ。

俳　分が悪いわね……話を逸らすわ。誓子さんは帝大進学するぐらいだから高校は勉強漬けとして、大学から俳句に開眼したんでしょうか。

青　大学より前で、高校生の時に開眼します。それまでは漱石等の小説家や短歌の啄木等が好きでしたが、ある時、学内掲示板の句会案内に惹かれて参加すると句の清新さに驚きました。特に一年上の先輩が詠んだ**〈葡萄含んで物云ふ唇《くち》の紅《べに》濡れて〉**に衝撃を受け、俳句でこういう新鮮な作風が詠めるのかと驚き、本格的に句作に励みます。俳号も本名をもじり「誓子《ちかひこ》」とし、「ホトトギス」にも投句し始めました。

俳　葡萄の句、品のよいエロスがありますし、素人ではなさそう。その先輩、どんな方なんですか。

青　日野草城です。掲示板の句会案内を書いたのも彼で、高校生や京大生、社会人らによる京大三高俳句会を立ち上げたのも草城でした。誓子はその句会に参加したわけです。ちなみに草城は京都帝大法学部に進学、卒業後は保険会社に就職しました。

俳　草城さん！　同じ高校に草城さんや誓子さんがいて、句会も一緒でそろって帝大進学、しかも俳句史に名を残す俳人になるとは……そういえば、先ほど先生は誓子さんをセイシと呼ばず、チカ何とか？　と仰っていましたが、セイシさんの間違いでは。

青　誓子自身は、「高浜清→虚子」同様に本名をもじって「誓子《チカヒコ》」としたんですよ。ところが、虚子が京都を訪れた時に歓迎句会が催され、誓子も出席した際、虚子が彼を「セイシ君」と呼んだため、誓子本人が「今後はセイシでいこう」と決めたみたいです。その句会で高校生の誓子は虚子選に入り、厳選で知られた「ホトトギス」雑詠欄にも入選し始めたため、誓子は高校から大学にかけて本腰を入れて句作にのめり込みます。

東京帝大入学、住友本社就職

俳　東大に入学したということは、京都から東京に移ったんですね。東大生になった後も勉学と俳句に打ちこんだのでしょうか。俳句甲子園のエリートみたいね。

青　ええ。その頃の東大は俳句会が廃れていたのですが、それを憂えた東大出身の水原秋桜子が復活させ、誓子も日参します。他に富安風生や山口青邨も加わりました。虚子が句会の場所に「ホトトギス」発行所を提供した上に彼も参加したため、誓子は豪華メンバーにもまれて一気に成長します。

俳　誓子さん、幸運ね。特に虚子さんに間近で指導してもらえるのは凄いわ。

青　聡明な虚子は帝大エリート層を句作に誘うことで「ホトトギス」の幅を広げようとしました。京都帝大の草城も「ホトトギス」で好成績を上げていましたし、虚子は才能ある若手育成の意味もあり、東大俳句会に発行所を提供したわけです。現在でいえば凄腕の目利きが俳句甲子園の開成、洛南といった常連チームの若手を直に指導するようなもので、大俳人が育つのも当然でしょう。東大俳句会からは誓子や秋桜子、風生や青邨に加え、高野素十や中村草田男ら錚々たるメンバーが育っています。その点、「ホトトギス」の本丸である発行所を東大俳句会の句会場にサッと提供した虚子の決断力は凄い。

俳　子どもの頃の誓子さんは寂しそうでしたが、俳句に関しては超幸運……周りにいる方々が凄い。

青　その通りで、彼は東大卒業後に大阪の住友本社に就職し、関西に戻った後は保険会社専務等を歴任した浅井啼魚《ていぎょ》の句会に参加しました。そこで啼魚に見込まれ、長女の波《は》津女《つじょ》と結婚します。家庭的にも円満で、経済面も安定した上、仕事面では住友幹部に歌人の川田順がいました。川田は誓子の才能を高く評価したため、誓子は社内外で公然と俳人として活動できるようになります。川田順は住友本社の常務理事兼人事部長で、総支配人になると目された大幹部でした。その彼が誓子を庇護したのですから、出世も句作も約束されるという周囲が羨む環境だったそうです。

俳　お偉方に俳句や人柄が認められ、その縁で結婚し、経済安定し、歌人の上司が社内外の活動を応援し……誓子さん、俳句の神に愛されたとしか言いようがないわ。

青　上司の川田は誓子に句作をさせようと仕事の出張を兼ねて国内各地や満州に行かせ、誓子もそれに応えて旺盛に旅吟を発表します。著名なのが句集『黄旗』（③）に収めた書き下ろしの大作群で、満州出張の折に異国の風土を大胆に詠んだ句群でした。当時、句集には既発表句を収めるのが通例で、書き下ろし作品を大量に収録するのは異例な上、**〈襟高く娼婦横臥《おうが》しぬ炕《かん》の上に〉**等のように破調じみた斬新な句群ばかりだったので大きな話題になりました。特に才気に満ちた都会の若手俳人たちは『黄旗』に心底驚き、誓子流の表現が流行したんですよ。彼らは新興俳句と呼ばれる反「ホトトギス」の俳句運動を推進していたため、誓子は新興俳句の神と仰がれるようになります。

俳　誓子さんは「ホトトギス」だったのに、アンチ「ホトトギス」の若者たちに支持されたんですか？

青　そのあたりはこみいった事情があるため、誓子の作品紹介の折に改めて触れましょう。順風満帆に見える誓子ですが、何度か肺を病み、療養で長期休職をしたり、戦時体制が厳しくなるにつれ作品にチェックが入るので自由に詠めなくなる。彼は暗い心持ちで箱根や伊勢で療養し、昭和17（1942）年に住友を離職して嘱託扱いになります。そもそも、三高時代には学資を祖父の関係者から仰いだり、東大時代は行政官や司法官を目指すも肺の病気で断念しました。そして住友も離職したため、世間的にはエリートでも、内心は挫折や敗北感を抱いた節があります。そのあたりは彼の句に何気なく滲み出ているので、次に作品を見ていきましょう。ただ、彼は平成期まで長寿を保った俳人なので、昭和戦前期を中心に見ていきたいと思います。

■作品紹介／誓子流「客観写生」

青　では、誓子の「客観写生」のありようを見てみましょう。

〈かりかりと蟷螂蜂の皃《かほ》を食む〉④。

俳　「蜂の皃」！　普通、「～蟷螂蜂を食ひにけり」云々で終わりそうなところを「皃」まで詠むとは。それに蟷螂氏、顔からいきますか……怖い。

青　上五も凄い表現で、「かりかりと」が実際に聞こえるものかどうか議論になったりしますが、作者自身はそう聞こえたと断言している。それでいいんですよね。

俳　蜂は「イヤアアア」と叫びたいところでしょうが、昆虫なので無表情。声も立てず、目に表情も現れることなく、身動きが取れないまま「カリ　カリ　カリカリ」と食まれゆく……昆虫界ではよくある食事風景でしょうけど。

青　そういう食物連鎖的な世界を活写した誓子は「冷徹」「非情のまなざし」と評されましたが、句からはむしろ強い高揚感が感じられます。「かりかり」が生々しい現場感を醸し出し、作者がそれだけ見入っていた感じが出ていますよね。次の句はどうでしょう。**〈夏草に汽罐車の車輪来て止る〉**⑤。

俳　有名な句ね。これも「～来たりけり」「止まりたる」で終えるところを「来て止る」と車輪の動く様子を的確に追っていて、よく物の動きを見ていますねえ。

青　ええ。それに「来て止る」は僅か五文字ですが、実際は汽車がホームに入って停止するまでは時間がそれなりに経っていたはずです。その経緯を含めようとせず、巨大な車輪が「夏草」手前に来て停まった、と瞬間に近い時間だけを言い留めると、車輪や汽車全体の質感がかえって生々しく発生します。誓子は具体的な出来事の瞬間を詠むことで全体を暗示させる技術が突出していました。その点、彼は眼前の出来事を的確に分析して表現する言語能力が抜群に高い。雰囲気を大づかみで掴むのではなく、「蜂・皃」「来て・止る」と複数の要素に分節化し、それに合う言葉を定型内に正確に嵌める感性が凄いんですよ。彼が勉強した法律用語は正確さや厳密さが求められる分野ですが、対象を言い留める誓子の的確さはそれに近い言語感覚がある。**〈木蔭より総身赤き蟻出る〉**⑦もそうですが、大体は「赤き蟻」程度で流すところを「総身赤き」と重ねるのが凄い。

誓子句は非情？

俳　あと、誓子さんは非情なんですかね。その句も、小さいはずの赤蟻が「総身赤き蟻」とまで感じられた、つまり木蔭の暗がりからヌッと現われた赤蟻が不穏で巨大な存在として迫ってきたということですよね。「全身真ッ赤アアアウリィィィイイ」⑨みたいな。非情な人というより、ドキッとするものに遭遇した瞬間の感情ドバッ！　という膨らみが感じられますけど。

青　途中でジョジョ化していましたが、鋭いですね。誓子は抑制の利いた端正な文体なので分かりにくいですが、情感の躍動が凄い。「汽罐車」句も「〜来て止る」と下五に二つの動詞を押しこむことで作者が車輪の動きそのものに見入っている高揚感が滲み出ていますし、**〈ピストルがプールの硬き面《も》にひびき〉**⑥は競泳スタート直前の張りつめた緊張感を見事に捉えている。**〈つきぬけて天上の紺曼珠沙華〉**⑦はそれ以外の全てがこの世から消え去り、秋の青空と曼珠沙華だけ存在するような純度の高さがあります。こういう句は遭遇した現場の臨場感と作者の心情がシンクロ率400パーセント⑩あたりにならなければムリ。彼は非情の権化のように評されることもありますが、むしろ雄々しいまでの高揚感や昂ぶりを持っていた俳人に感じます。

俳　途中でエヴァ化していましたが、分かる気もします。それに上五にいきなり「つきぬけて」と持ってきたり、プールの句も連用形で終えるのも見事。ピストル音が鳴った直後の選手たちの飛びこむ様子が目に浮かぶようですし、作者本人がその現場と一体になって興奮している感じね。

青　しかもそういう「私」の心情を冷静に分析して表現できる言語能力が突出している。さらに、彼は切字を使わずに一気に読み下す速度感に満ちた詠みぶりで句を整えました。**〈スケート場沃度丁幾《ヨードチンキ》の壜《びん》がある〉**④**〈手袋の十本の**

指を深く組めり〉（⑥）、あるいは**〈ラグビーのみな口あけて駆け来る〉**（⑤）のように映画を思わせる句や、**〈枯園に向かひて硬きカラァ嵌む〉**（⑥）の自己劇化ナルシストぶり等、どれも斬新で、特に都会の若手俳人は誓子句の表現に熱狂的にハマりました。

俳　いわゆる俳句らしくないですよね。隠居や盆栽、芭蕉さんといったイメージからほど遠くて、モダンさと暴力的な感じもありそう。

青　「ホトトギス」から出発した誓子の作風は、後に反「ホトトギス」の新興俳句を担った若者たちに圧倒的な支持を受けます。仰るように誓子句は従来の俳句らしさと全く異なる上、美しい季節感や抒情云々が句の中心になっていない。**〈街区凍《し》み土管が白き穢《え》をながす〉**（⑥）とか、冬の寒々しい都会の美しくない情景を力強く詠んでいます。抒情を排した都会の不穏な、どこか殺伐とした詩情を散文のように暴力的に詠みきる誓子句に、新興俳句の青年たちはアンチ伝統の好例として拍手喝采したわけです。

俳　大正時代の「ホトトギス」の俳人さんや虚子さんとも違う感じねえ。「街区」の句もそうですが、人間らしいひとときや情緒があまり感じられませんよね。先ほどの「手袋」句も血の通った生命体を詠んだというより、手袋を動くモノとして捉えていそうな。

虫や爬虫類への嗜好

青　今仰ったのも誓子句の特徴で、彼の豊かな情感の躍動は人間同士のコミュニケーションや共感しあえる瞬間等に向かわず、都会の無機物や昆虫、爬虫類に向かうことが多い。**〈蜥蜴照り肺ひこひこと光吸ふ〉**（⑦）**〈爪がかりなく崖の蟹落ちゆけり〉**（⑥）**〈蟋蟀《こおろぎ》が深く地中を覗きこむ〉**（⑧）等、彼が熱心に見つめるのはこういう虫や爬虫類が多い。

俳　もしかすると……孤独な生い立ちやお母様の自裁などが反映している？

青　なるほど、そうかもしれません。他者のいない世界で、独り遊びに慣れた人物ということですよね。誓子は肺の病気で住友を休職し、昭和10（1935）年以降に戦時体制の圧迫で自由に表現できない時期になると、より陰翳を帯びた句を詠み始めました。**〈羽蟻あまた水辺に死す此の一事〉〈獣肉の腑なきを吊るに霧籠る〉**（以上、⑦）とか。

俳　ホラーじゃないですか。抒情性や分かりやすい物語性があるわけでもなく、死骸の羽蟻や獣肉の質感だけが生々しく漂っている……。

青　他にも、**〈夏氷挽ききりし音地に残る〉**（⑦）**〈大根を刻む刃物の音つづく〉**（⑧）といった句も詠んでいます。

俳　何気ない句に見えますが、何だか聞こえてはいけない音が聞こえていそうな感じ。「刃物の音つづく」という把握も病的な気が。

青　こういう世界を感じてしまう芸術家はだいたい夭折型ですが、誓子は90代の長寿を保って大往生しました。例外的ですね。

誓子の代表作

俳　それにしてもこんなヘンで暗い世界をビシッと詠み続けた誓子さんが俳句史的に有名なのは考えると不思議ですね。俳句ジャンルの価値観はヘンなのかしら。

青　キャッチーな句も多いんですよ。青年時代の勉学の孤独を詠んだ**〈学問のさびしさに堪へ炭をつぐ〉**（④）、製鉄所の視察時に熔鉱炉から出た時の感慨を謳った**〈七月の青《あお》嶺《ね》まぢかく熔鑛爐〉**（①）、戦争の特攻隊の姿を重ねたと後に噂された**〈海に出て木枯帰るところなし〉**（⑧）や、**〈炎天の遠き帆やわがこころの帆〉**（⑧）と短歌的な句もあります。

俳　今までの句よりも狙いどころや意味が分かりやすいタイプですね。もしかして、こちらが誓子さんの代表句？

青　ええ。「汽罐車」「ピストル」の句も有名ですが、今紹介した句の方が俳人誓子の看板句といえます。

俳　先に看板句を紹介して下さいよ。

青　そうなんですが、作家の本質は代表句よりも意外な小品に滲み出ることが多いので、それで先に紹介したわけです。

俳　なるほど。でも、本当にそれだけですかね。かなり嬉しそうに紹介していましたが……。

青　もちろん、私の好みもあります。誓子の蟹や大根の句は何度読んでもゾクゾクするんですよ。「病んでいますなあ」と感銘を受けるわけです。

俳　……。

―解説―

①稲尾和久―昭和戦後期、西鉄ライオンズ黄金期を支えた名投手。日本シリーズ7連投で優勝するなど、鉄腕稲尾と讃えられた。

②「神は私たちを～」―シェイクスピア『アントニーとクレオパトラ』の一節で、格言としてよく使われる。

③『黄旗』―昭和10年刊行の第二句集。満州の異国風景を大胆に詠んだ書き下ろし句群に加え、**〈夏草に汽罐車の車輪来て止る〉**等の傑作を収録した句集で、新興俳句のバイブルと評された。「黄旗」は満州国の国旗を指す。

・④～⑧は次の句集に収録。④は第一句集『凍港』（昭和7）、

⑤は第二句集『黄旗』（同10）、⑥は第三句集『炎昼』（同13）、⑦は第四句集『七曜』（同17）、⑧は第五句集『激浪』（同21）。

⑨「ウリィィィィ」―荒木飛呂彦の漫画『ジョジョの奇妙な冒険』の悪役キャラ、ディオの有名な口癖。

⑩「シンクロ率」―アニメ『新世紀エヴァンゲリオン』の主人公、碇シンジが人類の敵を倒すためエヴァ初号機に搭乗した際、シンジとエヴァとのシンクロ率が異様に高まり、エヴァの力が最大限に発揮される場面で使われた表現。誓子自身の昂揚感と現場の臨場感が一致するほど純度の高い情感が確かな表現力と合わさって化学変化を起こした様子をエヴァに例えた。

大根を
刻む刃物の
音つづく
題して
大根だけの
フルコース！

水原秋桜子

・水原秋桜子《しゅうおうし》（明治25〔1892〕～昭和56〔1981〕）―東京出身、本名は豊《ゆたか》。産科医院の家に長男として生まれ、当初は短歌趣味だったが、高浜虚子の著作に感銘を受けて俳句に移る。「ホトトギス」の四Sの一人で、後に「ホトトギス」を脱退して主宰誌「馬酔木」で新興俳句運動を展開した。戦後の主流を担った俳人の多くは「馬酔木」出身であり、現代俳句の潮流を決定付けた俳人の一人。

経歴紹介／医者の家に生まれる

青　俳子さん、自分にどのような教養があるかと質問されたら、どう答えますか。

俳　私は教養人よ。音楽は中国の古箏から清水次郎長伝まで聴きますし、『大菩薩峠』は全巻読破、マズルカも少々、絵画はカラヴァッジオが好きで、お花は嵯峨御流、カメラはニコンF3よ（①）。

青　……ご家族の方針や趣味？

俳　祖父や母が英才教育をしようと色々してくれたんです。早熟の教養人は今や老成した隠居俳人気取りね。

青　芸術好きの水原秋桜子の話の前にお聞きしようと思ったのですが、絢爛たる無節操な教養に困惑気味です。ただ、秋桜子は絵画や骨董等に関心が深く、絵画の展覧会に足繁く通っていたとか。秋桜子は明治25（1892）年に東京の医者の家に長男として生まれ、本名は豊《ゆたか》。医業を継ぐことを求められ、小学校卒業後は獨協中学校に入学しました。医学に必須のドイツ系学校ですが、彼は医者になりたいわけではなく、中学校の国語教師の影響で文学好きになります。

俳　親が将来を決めて、ドイツ語系に進むも文学好きで、勉強に勤しんで趣味も頑張る。山口誓子さんと似ていますねえ。

青　二人とも秀才で努力型。秋桜子は第一高等学校、東京帝大医学部と進学しましたが、小学校の頃は相撲も強くて高校時代は野球漬け。スポーツマンの側面もありました。

俳　東京帝大医学部卒が医業を継いで俳句も有名とは、勝ち組すぎるわ。それに比べ私は……〈**木の間洩る有明の月をながむれば寂しさ添ふる峰の松風**〉、つらいものよのう。

青　西行の和歌とは教養を見せましたね。教室なので月も松風もありませんが、言いたいことは分かります。小旅行に出て人里離れた自然の中で感傷に浸り、かりそめの現実逃避の中でエゴを気ままに肥大させたいんですね。

俳　……夜道には気をつけることね。で、秋桜子はどうなったんですか。

青　第一高校時代の彼は寮生活だったので、のびのびと文学書を読み耽ります。泉鏡花や森鷗外等の小説、若山牧水や窪田空穂、斎藤茂吉らの短歌、北原白秋の詩にハマりますが俳句には惹かれませんでした。

俳　あれ、意外。いつ頃から俳句とかかわるようになったんでしょう。

青　大学時代に試験勉強のため図書館に行った時、たまたま手にした高浜虚子の『進むべき俳句の道』②を読んで驚いたようです。飯田蛇笏らの句を読み、俳句は隠居がヒネる風流韻事ではない、何と斬新な！　と。特に惹かれたのが原石鼎の作品。

俳　ここで「ホトトギス」系ですか。虚子さん、俳壇復帰しようとした時期ですよね。

青　その通りで、小説執筆に行き詰まりを感じた虚子が俳人として再出発した頃の話です。ただ、秋桜子は短歌の方が好きで、窪田空穂の門を叩き、歌の創作に力を注ぎました。

■短歌から俳句へ

青　そんな秋桜子にとって大正8（1919）年は人生の転機で、まずは結婚。そして東大血清化学教室③に入り、知り合った先輩らの勧めで句作を始めたことに加え、その研究所で知り合ったのが高野素十でした。

俳　四Sの2人がそこで知り合ったんですか！　ほぼ俳人化学教室じゃないですか。

青　ただ、素十は野球に打ちこんで俳句には目もくれず、秋桜子たちを「おい、宗匠」とからかったみたいですけどね。血清化学教室の先輩らは「渋柿」だったので秋桜子も松根東洋城宛に投句しますが、どうも合わず、「ホトトギス」に投句するようになります。

俳　東洋城さん、また負けたのね……。

東大俳句会、四S

青　ええ。この時期、秋桜子は俳句の創作熱が高まり、虚子宛に「作家として頑張りたいので指導いただきたい」といった手紙を送ったところ、丁寧な返事が来たので俳句熱がさらに高まり、休会中の東大俳句会を再興するなど精力的に活動します。富安風生、山口青邨、山口誓子、素十らと東大俳句会で腕を競い、先輩の池内たけし、鈴木花蓑の誘いで吟行に赴き、「写生」を鍛えるにつれて雑詠欄の成績も上昇し始めました。

俳　そこ！　誓子さんの時もそうでしたが、周りのメンバーが凄い。

青　当時の「ホトトギス」は優れた俳人が集中した時期ですからね。その頃、ある寺の俳句趣味のお坊さんが「破魔弓」という俳誌を出し、秋桜子に選者を依頼します。それが後に秋桜子主宰の「馬酔木」になるわけです。

生活、仕事の充実

青　今お話ししたのは大正後期頃で、この時期の秋桜子は仕事や生活も充実していました。長男、次男が誕生し、仕事面では血清化学研究を終えて産婦人科教室で研究し、昭和3（1928）年に自宅の水原医院が完成して経営を取り仕切り、昭和医学専門学校教授になる。多忙な時は分娩病棟で一日に30ものお産に立ち会ったりとか。同7年には宮内省侍医寮御用掛も仰せつかる。皇室と関係することにもなり、相当な栄誉です。

俳　凄い……俳人としてしか知りませんでしたが、医院経営的教授で分娩までしながら皇室に食い込むとは。超人ねえ。

青　彼は分娩していませんよ。ちなみに医学博士号も取得し、「ホトトギス」課題句欄の選者となり、他に選者として加わった俳誌「破魔弓」も秋桜子が主宰に近い状態となったため、秋桜子の提案で誌名を「馬酔木」に改題します。「ホトトギス」雑詠欄では巻頭を何度も取り、若手実力者の四Sとして全国にその名を轟かせました。彼が30代の頃です。

「ホトトギス」脱退

俳　若手で仕事も出来る、俳句も出来る、医院も作る、分娩に立ち会う、皇室関係者で選者も任される……同じ医者の家系でも石鼎さんと比べると超優秀。

青　様々な種類の才能がありますからねえ。石鼎や中村草田男は仕事が全く出来ないタイプで、秋桜子や誓子は両方優秀なタイプ。ただ、順風満帆に見えた秋桜子は史上に残る「ホトトギス」批判&脱退を決行した俳人なので、全て順風満帆だったわけでもありません。

俳　「ホトトギス」で虚子さんや先輩にも可愛がられ、認められていたように見えますが、なぜ脱退や批判をすることになったんですかね。

青　真相は謎ですが、ある時期から虚子が秋桜子を冷遇し始めるんですよ。虚子は、秋桜子の友人だった高野素十こそ「写生」の鑑と絶讃したり、秋桜子を暗に批判した記事が「ホトトギス」に載るのを黙認したりしました。秋桜子によると、「ホトトギス」内に自分の居場所がなくなる雰囲気があり、周囲がよそよそしくなったと感じたようです。結局、昭和6（1931）年に「自然の真と文芸上の真」を「馬酔木」に発表して「ホトトギス」を批判して去りました。そこから新興俳句が始まるわけです。

俳　虚子さんが折々見せる謎の地雷ね。黙って何かを判断した後に結論だけ示し、その理由や原因が分からないという。モヤモヤしますよね。

青　秋桜子が「馬酔木」主宰のような存在になったのを虚子が疎んじたとか、性格や作風が合わなかった、あるいは秋桜子句の弱さを見切って虚子が強い態度に出た等、諸説ありますが真実は闇の中。当人同士にしか分からない事情があり、本人もよく分からないその時の状況や流れがあったのかもしれません。秋桜子としては「ホトトギス」に自由な批評や議論の場がないのが不満で、虚子選を絶対視し、入選句数が全てという風潮がイヤだったようです④。それに彼はいわゆる江戸っ子なんですよ。白黒ハッキリして行動に移したいタイプで、虚子のように清濁併せ呑んでノラリクラリとやり過ごすのは我慢できない。結局、秋桜子が「ホトトギス」に本格的に関わったのは約10年でした。

俳　一時期はあんなに熱中した「ホトトギス」を去るなんて、寂しそうね。

青　ええ。それに最大勢力の「ホトトギス」を批判するのは背水の陣で、秋桜子は相当キツかったらしい。ただ、彼の「ホトトギス」脱退以後は「馬酔木」で新風が吹き始め、「ホトトギス」と異なる作品が次々と生まれます。俳句史的には表現の幅広さが一気に拡大した時期で、その点では秋桜子の活動の意義は大きかったといえるでしょう。

作品紹介／抜群の技巧者

俳　では、東大出身の医院経営者にして分娩専門家の宮内省御用掛が「ホトトギス」を離反しながらいかに俳句魔となったか、その句群を拝見しましょう。

青　秋桜子のきらびやかな経歴を妙に縮めないように。**〈寒鯉の美しくしてひとつ澄めり〉**⑦。

俳　ほお……寒中の澄みきった水の中で錦鯉は身じろぎもせず、ゆっくり尾ひれを動かしつつ気品に満ち、透き通るように美しい。「錦鯉」云々ではなく「寒鯉」の語調が冬の厳しさを思わせる水中の凜とした静けさ、冷たさを想わせ、また中七で「美しくして」と心情を吐露するように、しかし明確に美意識も打ち出した後、下五を「ひとつ澄めり」と字余りにしながら「ひとつ」と鯉を個体のモノとして詠むことで中七の心情とバランスを取るように鯉の存在感や質感を示して句を締め括った。下五の字余りが寒鯉の存在感のみならず鯉の周りの静けさ、またそれを眺める作者のまなざしや水面の微かな揺れといったものを連想させつつ、「〜り」の調べがまさに真冬の鯉の凜とした品格を醸しす点に唸らされる。あたかもアタックは弱く、突風のように立ち上がるブーケではないが、抑制の効いた木樽のバニラ香が漂う優雅さで、ビロードのように滑らかで官能的、しかも秋の実りをたっぷり食べた冬の鹿のように厳しさの中の旨味があり、雪解けの水のようにはかない余韻が彷徨うかのよう。熟成された一句である。

青　名解説で聞き惚れていたら途中からワイン講釈じゃないですか。よく言葉が出てくるなあ。饒舌なソムリエ詐欺師という感じで俳句以上に才能を感じました。

俳　母がワイン好きで、居間や屋根の上で呪文のように呟いているのを聞いていたら覚えてしまって。詐欺師とは失礼ね。

初期の頃

青　それにしても的確な句解で驚きました。この句を詠んだ頃の秋桜子は「ホトトギス」を離れた直後で、虚子一派と公然と戦うという緊張感が相まって洗練された佳作を量産しています。ただ、初学の頃から切れ味鋭い整った佳作を詠みえたわけではなく、彼なりの試行錯誤の末に到達点した作風でした。初期でいえば、**〈高嶺星《たかねぼし》蚕飼《こがい》の村は寝しづまり〉**⑤あたりが有名。冬が過ぎ去って蚕を飼う頃は春が深まり、潤むような大気に満ちた頃、朝から蚕飼に勤しんだ村が夜になると静かに寝静まっている。上五に「高嶺星」で高嶺と夜空、星を一気に打ち出し、その下の村全体が寝静まっている雰囲気を「〜寝しづまり」とモノを詰め込まずに流すように詠み、まさに深夜の静けさを醸しつつ、「〜り」という連用形の終え方は夜明けになれば再び忙しなく働き出す村の予感が示され、寝静まる時間がひとときの休憩に近いことを暗示する。どこか洋画の構図を思わせ、童話のような雰囲気もあり、それは朝露に濡れた木の葉のように湿り気を帯びた……いや違う、俳子さんの口調が移ってしまいました。ここからは句をざっと紹介していきましょう。**〈来し方や馬酔木咲く野の日のひかり〉**⑤。

俳　「来し方や」は今まで来た道か、「わが人生は……」的な回想?

青　これは春に奈良を散策した折の句で、うららかな陽ざしを浴びた大和路を逍遙したひとときを明るさとともに回想したのが「来し方や」。馬酔木は万葉集時代から詠まれた花で、古代のロマンと散策の実感を混淆させた句です。

俳　そういう解説をうかがうと、秋桜子さんは自分の伝えたいことをきちんと把握して詠める人ね。まず「来し方や」と打ち出し、次に「馬酔木咲く野」と春の植物と場所を示し、最後を「日のひかり」としてモノを入れずに余韻や明るさを印象付け、しかも自分の伝えたい美感を重ねている。「光」ではなく「ひかり」なのも心憎い。回想のワンシーンな感じがフワッと出ていますよね。プロの作品に感じます。

青　仰る通り、秋桜子は自分が詠むべきものを明確に意識し、読者にきちんと伝えるにはどうすればよいかを把握できたタイプの俳人と思います。次の句はいかがでしょう。**〈コスモスを離れし蝶に谿深し〉**⑤。

俳　巧い。石鼎さんの**〈高々と蝶越ゆる谷の深さかな〉**と違い、オシャレで、洋画な感じがあるかも。展開も完璧。

青　石鼎句には自然の霊威みたいな凄みがありますが、秋桜子句はあくまで人間が意識できる範囲の自然を詠み、安心して鑑賞できる。そこに彼の句の良さがあります。

円熟期の美の気品

青　それに彼は日本画や洋画、工芸品が好きだったこともあり、一句の気品が年々増していくのが凄い。**〈白樺を幽かに霧のゆく音か〉**⑥。

俳　今度はモノトーンな感じで、終わり方が巧い。じっと耳を澄ませている作者の佇まいも出てきます。登山とか好きそう。

青　ええ。実際に彼は山登りや野鳥が好きで多数詠んでいます。今の句は霧を物体のように詠んでおり、それが秋桜子句を成り立たせている。山の世界から「白樺・霧」と美意識に合ったものを抽出しつつ、「霧のゆく音」と霧をモノの動きとして把握できているため、主観味の勝った描写でありながらピンで留めるように句に重みがあります。秋桜子は「写生」の基礎がしっかりして、気品もあるのが長所でしょうね。**〈白菊の白妙甕《かめ》にあふれける〉**⑨等、日本画の気韻を思わせる美の世界を従来の隠居趣味的な風流と異なる詠み方で表現しえたのは彼の大きな功績です。

俳　仰ることは分かりますが、句の上から下まで作者の美観で塗り固められると、どこか辟易する気もします。隅々まで計算された日本庭園に放り込まれ、「美しいでしょう」と押しつけられるような感じが。

青　彼の一長一短はそこかも。ただ、技術的な精度は凄く、自身の詠みたいものを自在に詠める点ではプロ中のプロです。中国文人風の**〈釣人の蘆火けぶらす雪の上〉**⑥、明るい洋画風の**〈向日葵の空かゞやけり波の群〉**⑧、縹渺たる日本画を連想させる**〈鷺来ては生簀に雪を落としけり〉**⑩等々。

俳　構図、展開、措辞の斡旋、美意識等、どれも完璧。「鷺来ては」の余韻とか巧すぎる。ただ、「上手ですなあ」という気もします……怒られるかも。

青　そういう面もあると思います。秋桜子句は作者の答えや結論が前面に出ており、読者に謎のように問いかけてくる奇妙なものや魅力的な破綻はほぼない。有名な**〈冬菊のまとふはおのがひかりのみ〉**⑪**〈滝落ちて群青世界とどろけり〉**⑫も美意識に彩られた「写生」句で、このあたりの詠みぶりは弟子筋の石田波郷や「馬酔木」系の俳人たちが継承しています。今回は詳しく触れませんが、戦後俳句を牽引した俳人の多くは純粋な「写生」ではなく、秋桜子的な自意識を洗練させた作風を表現として追求した節があります。

俳　一物仕立ての美の世界……句を詠んでみると難しいんですよね。私は苦手です。

青　**〈夕牡丹しづかに靄を加へけり〉**⑬あたりもそれに近いかも。「写生」の鍛錬、そして日本画や富本憲吉の工芸品等に親しんだ成果でしょうね。

俳　きれいですなあ。

青　秋桜子が「ホトトギス」にいた頃、友人の高野素十らや他会員たちと吟行に行くと、素十は秋桜子の句帖を覗いて「はあー、美しいですなあ」と大きな声で評してからかっていたらしい。では、秋桜子句の鑑賞を次の作品で締め括りましょう。**〈獅子舞は入日の富士に手をかざす〉**⑤。

俳　素十さんと同じ台詞が出てきます。美しいですなあ……でも、凄い。この格調の高さ、技術の洗練は尋常ではないですね。

—解説—

①俳子の教養—清水次郎長伝は浪曲の定番、『大菩薩峠』は戦前の中里介山の剣豪小説。マズルカはポーランド舞踏、カラヴァッジオはイタリアの画家、嵯峨御流は生花の流派で、ニコンF3はフィルムカメラ。祖父と母の影響のようだ。
②『進むべき俳句の道』—大正7年刊。虚子が飯田蛇笏や前田普羅、原石鼎ら気鋭の若手を評した論で、「ホトトギス」連載。
③血清化学教室—当時最新だった医学で、現在の免疫学に近い分野。
④当時の「ホトトギス」内の雰囲気は、秋桜子が昭和27（1952）年に刊行した『高浜虚子』（文藝春秋社）に詳しい。
・⑤～⑬は次の句集に収録。⑤は第一句集『葛飾』（昭和5）、⑥は第二句集『新樹』（同8）、⑦は第三句集『秋苑』（同10）、⑧は第四句集『岩礁』（同12）、⑨は第六句集『古鏡』（同16）、⑩は『新樹改訂版』（同17）、⑪は第十句集『霜林』（同23）、⑫は第十二句集『帰心』（同29）、⑬は第十六句集『晩華』（同39）。秋桜子は句集刊行ペースが猛烈に速かった。

高野素十

・高野素十《すじゅう》（明治26〔1893〕～昭和51〔1976〕）—茨城県出身、本名は與巳《よしみ》。東京帝大医学部を出て法医学者になる。農家の長男に生まれたが、「ホトトギス」の四Sの一人で、師の虚子に「客観写生」の名手と称賛された。新潟、奈良の医科大学に勤め、「芹」の創刊主宰となる。生涯にわたり虚子に師事し、「写生」を唯一の指針として句を詠み続けた。

経歴紹介／農家の長男に生まれる

青　俳子さんはどんな俳人を目指したいですか。取り合せの妙手とか、質実剛健なタイプとか。

俳　句柄が山のように大きく、そして海のように深く、哀しみと喜びを湛えた悠久の流れに市井の暮らしが絡みあう俳諧味を漂わせつつ、揺るぎない措辞と絶妙な季感で表現し、品格すら漂う句を詠む俳人でしょうか。

青　それに当てはまるのは芭蕉ぐらいでは……〈**蛸壺やはかなき夢を夏の月**〉とか。ただ、俳諧から現代俳句に至る数百年を見渡した理想像という感じでステキですね。

俳　日本韻文を背負うぐらいの意気込みで生きています。近代なんて小さい、私のライバルは柿本人麻呂と近松門左衛門よ。

青　凄い二人を理想に掲げていますね。一方で近代にも魅力的な俳人はいますよ。高野素十あたりは真似のできない「写生」句を詠んだ傑物で、目指そうとしても難しいタイプの俳人です。「ホトトギス」の四Sの一人で、前回の水原秋桜子の親友でした。

俳　秋桜子さんと仲が良かったというのは、美を愛する感じですかね。

青　正反対のタイプだったようです。素十は茨城県の村に農家の長男として生まれ、本名は與巳。東京神田の医院の長男として生まれた秋桜子には粋で洗練された江戸っ子の気風があり、旧制学校に濃厚だった教養主義を浴びたために文芸全般や美術を愛好する気分がありましたが、素十は農村育ちでスポーツ好き。頭が抜群に良かったので第一高等学校から東京帝国大学医学部へ進学しました。絵画等は好きだったようですが、秋桜子のように芸術一般を愛するタイプではなかったようです。

俳　秋桜子さんと肌合いが違うのに仲が良かったのは意外。当時の農家の長男といえば、田畑と家を継ぐ責任がある気がしますが、医学の道に進んだということは自由な家風だったのかしら。

青　そうなんです。本来は長男が継ぐべきところですが、素十が臆病すぎて馬や蛇が怖いので両親は後継ぎを断念した、と彼自身は回想しています。実際、素十は12歳の時に茨城の実家から新潟の叔父の家に預けられ、その後、実家に戻っていません。馬や蛇が怖いという話だけか、別の事情があったのかは不明ですが、何かしら事情があったようです。いずれにしても東京帝大医学部まで進学したのは並の頭の良さではなく、いわゆる地頭が良いタイプ。優等生というより、抜群の秀才という感じですね。

俳　本物の秀才！　学校の成績と別に、頭の中がスッキリ整理されて、本質をパッと見抜けるタイプでしょうか。いいなあ。

青　素十は医学部から研究室に進学するも研究に熱心ではなく、ガリ勉でもなかったらしい。ただ、物事の本質や要点をつかむのがうまく、試験勉強や研究はよく出来たみたいですね。好きなのはスポーツで、陸上短距離走に熱心でしたが足を怪我して野球に転じ、同期の秋桜子とバッテリーを組んだりします。

医学と野球

俳　秋桜子さんの時にうかがった話では、その研究室は血清教室とか何とかだったような。素十さんも産科医系でしょうか。

青　素十と秋桜子が同期だったのは血清化学教室。血液を血漿と血清に分離して、血清の抗体検査等で血液型や病原体、感染症その他を分析する研究です。秋桜子は産科医関連でしたが、素十は法医学でした。法律で判断する領域、例えば事件や裁判等で死因鑑定や解剖が必要な場合に医学的結論を出したり、親子鑑定といった個人情報特定なんかも含む医学です。

俳　事件の匂いが漂う現場にいたのね。毛利小五郎のようなものかしら。

青　当たらずとも遠からずで、『名探偵コナン』の毛利さんは元刑事なので、法医学者と刑事が語り合う状況はありえます。血清化学教室は出来たばかりで、秋桜子と素十は最先端の近代医学の徒だったんですよ。野球も西洋渡来の最新スポーツで、血清化学と野球は近代教育を受けた秀才青年が好みそうなジャンルですね。

俳　医学と野球までは分かりますが、そこに俳句が加わるのが不思議。それにバッテリーでいえば、華やかそうな秋桜子さんがピッチャーで、地味な法医学の素十さんがキャッチャーといった感じですかね。

青　それが逆で、素十が投手、秋桜子が捕手。秋桜子は穏やかで配慮も出来る人で、几帳面でもある。かたや素十は細かいことにこだわらない豪放磊落型秀才で、対照的な性格が二人を近づけたのかも。

俳句にハマる

俳　素十さんの性格が分かってきましたが、法医学専攻の野球好きがなぜ俳句にハマったんでしょうか。

青　当初、彼は俳句に興味が全然なかったんですよ。彼は野球に熱心で、血清化学教室の先輩や秋桜子が俳句をやっていると「おい宗匠、俳句か」とからかったりしていました。ところが、大正12（1923）年頃、秋桜子に突如「俳句を教えてくれ」と言い出したらしい。秋桜子は冗談と思い、最初は取り合いませんでした。ところが、本気らしいので素十に句作の手ほどきを教えることにし、「ホトトギス」の読書や投句を勧めたところ、約半年で厳選の雑詠欄に複数句入選という離れ業を見せます。

俳　（ﾟДﾟ;）

青　素十は「ホトトギス」の西山泊雲作〈**芽立樫しきりに古葉落しけり**〉を見た際、こういう自然の姿を詠むだけで作品になるのかと感動し、また虚子の「客観写生」に腑に落ちるものがあったようで、熱中し始めます。当時、彼は自身の将来や研究に対してモヤモヤしていたらしく、その時に同じ研究室の秋桜子らが句作にハマっていたので、気晴らしに俳句でも……とやってみたら性に合った、といったところでしょう。

客観写生の徒

俳　それで四Sの一員まで登り詰めるとは。地頭が良すぎるのかしら。

青　おそらく。素十は虚子の「客観写生」を信奉し、気付けば雑詠欄巻頭を秋桜子と競うようになり、しかも二人の作風がはっきり異なり始めます。秋桜子は前に見たように作者の理念や美意識を付加して練られた完璧な作品に対し、素十はむしろそれらを排した自然のコアな姿を手づかみで掴むような作風で、例えば**〈おほばこの芽や大小の葉三つ〉**といった句を詠みました。すると、虚子が絶讃するんですよ。秋桜子と比較しながら、素十こそ「客観写生」で、素十句の方がよいといった風に。

俳　それが秋桜子さんの「ホトトギス」脱退につながるんですか？

青　ええ。他にも色々なすれ違いや状況が重なったのですが、秋桜子は「ホトトギス」を離反する際に素十と絶交状態になります。そのあたりは多くの文献が言及していますが、秋桜子からすると素十はいつしか虚子陣営の人物になってしまい、自分を遠ざける雰囲気を作る一人と感じられたみたいですね。

その後

青　素十と秋桜子の仲をギクシャクさせた一つが外科医兼俳人の中田みづほが書いた秋桜子論で、みづほは素十と秋桜子を比較しながら、素十を高く評価しました。しかも虚子がみづほの論を支持したので、秋桜子は何と偏った嫌がらせかとあきれたらしい。中田みづほは新潟大学教授で、素十とは大学時代からの友人であり、素十句に心服していたので、昭和7（1932）年に素十を新潟大学教員に招聘します。素十は赴任後すぐにドイツ留学し、帰国後は定年まで新潟大学教員として勤め、最後は医学部長も務めました。学術論文は書かずに俳句三昧でしたが、一応ドイツ語で執筆した博士論文も提出し、法医学学会等にも出席していまず。俳句方面でも初学時代から戦時中の句までを収めた第一句集『初鴉』（昭和22）は「客観写生」の金字塔と評価され、大学退官後は俳誌「芹」を創刊して主宰となり、虚子から教わった「写生」道を邁進しました。最晩年に「私の心は満足であり、愉快である」（「芹」、昭和45）と綴り、最期は自宅で大往生。彼は俳壇等での地位や名声に関心がなく、ただ「写生」道に邁進するという俳句人生でした。秋桜子とのすれ違いがあったとはいえ、潔い俳人だったといえます。

俳　一本の筋が通っている感じね。それにしても素十さんや秋桜子さん、超エリートだったのねえ。仕事も出来そうですし、それぞれ信念もありますし。

青　ええ。ドイツ語で医学博士論文を書いた人物が**〈方丈の大庇より春の蝶〉**を詠んだというのは凄い。戦前のエリート層の強さを感じます。

作品紹介／生々しい質感

青　ここからは彼の句を見ていきましょう。四Sで最も「客観写生」に忠実とされた作品です。

俳　秋桜子さんと仲違いした法医学者の腕前、とくと拝見するわ。

青　**〈ひまはりの双葉ぞくぞく日に向ひ〉**。

俳　咲いた向日葵ではなく、芽吹き始めた双葉を詠みますか。地味な観察ね……「ぞくぞく日に向ひ」ということは数本ではなく、たくさんの向日葵の双葉が一斉に芽吹く感じかしら。初夏の眩しい陽光に向かって伸びゆく明るさもありそう。

青　季節感を膨らませつつ内容を捉えるとそんな感じですが、ポイントは「ぞくぞく」でしょう。妙な迫力があります。

俳　確かに。初夏になると土からヌッと顔を出した双葉たちが「ぞくぞく」陽光を浴びつつ成長し始める生命力に驚いた感じですかね。それに連用形で終えたのが微妙に不安定で、言い切っていないためか、双葉の生命力のような質感が読後も妙に漂う感じがあるかも。他の句はどんな感じですかね。

青　**〈翅わつてんたう虫の飛びいづる〉**。

俳　歳時記で見たことがあります。この句を知った時はかわいらしい句と感じていましたが、句作をやり始めると不思議に感じたんですよ。なぜ「翅わつて」なんですかね。

青　フッ、気付きましたね……（眼鏡を上げる）この刻《とき》を待っていました。

「写生」の主観臭

俳　素十さんの話、今始まったばかりですよ。上五の「翅わつて」は、客観的な観察をするのであれば「翅われて」あたりでまとめる気がするんです。それに素十さんは「客観写生」と仰いましたが、「翅わつて」は客観というより主観臭がしません？　だって、天道虫が「せいやっ」と背中を割ったということですよね。虫の事情は人間に分からないはずなのに、天道虫的意思を想像して詠んだ気がします。

青　鋭い。「客観写生」という言葉は、「私」という主体が外界と距離を保って観察に徹する印象がありますが、「翅わつて」の主体は天道虫に近く、つまり虫が自らの意思で背中の翅を割ったという印象が強い。「〜てんたう虫の飛びいづる」は、「私」が虫の様子を眺めている描写と見ることができますが、上五「翅わつて」は天道虫の意思を感じさせる表現であり、主観味の強い措辞といえます。

俳 だから「翅わつて」に主観臭が漂うのね。散文風に直すと、「翅が割れた天道虫が飛びいづる」云々となるところを、「翅わつて」と微妙な切れの呼吸を入れたり、「〜の」と曖昧に表現して客観風を装った主観写生という感じにしたのかも。

青 「客観写生」の権化といわれた素十句を見ると、一句内に作者の意思や感情が強く込められた箇所があるんですよ。先の句でいえば、天道虫の視点に立って世界を捉える擬人的な把握というより、背中が突如割れたように感じた驚きを表現した結果、「翅わつて」となった可能性が高い。もちろん、その表現には作者が驚きの感情を入れたいという強い意思が込められているわけです。

俳 それまでかわいい感じの天道虫が突如奇妙な姿に変貌し、無言で飛び去った時の驚きがありますが、天道虫の一瞬の変貌に驚いた作者が可愛いというか、ユーモラスというか。素十さんの作風が少し分かってきました。

驚きとしての「写生」

青 次の句は如何。**〈漂へる手袋のある運河かな〉**。

俳 以前も仰っていましたよね。たぶん手袋は片方だけで、運河の水面にゆらゆら揺れている不気味な感じがするという（46ページ参照）。

青 ええ。この句は、同時代の「運河」や「手袋」句と全く異なる作風でした。虚子はこの句を雑詠欄上位に据えましたが、かなり特異な選句眼だったと思います。

俳 思い出しました。子規さんや虚子さんのところで仰っていましたが、「写生」とは驚きや発見を詠む認識なんですよね（47ページ参照）。素十さんの句も「驚き」が中心？

青 そうです！　先の運河句でいえば、どこが驚きを表現した部分と思いますか？

俳 いきなり「漂へる」から始めたところでしょうか。

青 さすが。**〈食べてゐる牛の口より蓼の花〉〈ひつぱれる糸まつすぐや甲虫〉**もそうですが、冒頭を「漂へる」で始めたという語順自体が、「（手袋が）運河に漂っている！」と作者が現場で抱いた臨場感を伝えているんですよ。措辞は客観的でありながら、語順や助詞一つで作者の強い感情を黙って感じさせるのが「写生」の妙で、素十はそれが抜群に巧い。

俳　「食べてゐる」句の生々しい汚さといい、季語の無雑作な扱い方といい、確かに秋桜子さんとは違う世界ね。「ひつぱれる」句も捕まったカブトムシが逃げようとしている姿を見ながら、ピンと張った糸の方にしげしげと注目するあたり、法医学者的な目線がありそう。

■素十流「写生」の妙

青　それはいえるかもしれません。つまり共感や同情、納得云々ではなく、眼前の驚くべき事実をリアルに認識しようとする感性ですよね。**〈大榾《おおほだ》をかへせば裏は一面火〉〈ばらばらに飛んで向こうへ初鴉〉**等、季語がまとうイメージと相容れない現実を脚色なしに詠もうとするのが素十の真骨頂で、秋桜子ならば季語の喚起力をうまく使いながら内容を破綻なく整えるのに対し、素十は見えたものを見えたままに詠みきる図太さがあります。**〈づかづかと来て踊子にさゝやける〉〈風吹いて蝶々迅く飛びにけり〉**とか。抒情味あふれる詩情を最初から目指していない感じがあります。

俳　踊子句は状況がさっぱり分からないし、蝶々の句も全然ヒネっていない。句作のプロを自任する詠み手は、うまく言い留めようとあれこれ工夫しそうですよね。大榾句や初鴉句も、選者によってはバカみたいな句、と除外しそう。

青　素十が高浜虚子の「写生」から学んだ一つに、**見えたものをそのまま詠んでも俳句になる**というのがあり、つまり玄人らしい整った句よりも、バカのように素直に詠むことで俳句が成り立つ、という認識です。これが素十の物事の本質を見抜く地頭の良さと重なると化学変化を起こしたわけです。**〈桔梗《きちこう》の花の中よりくもの糸〉**、これも素人のようなそっけなさで、全然美しくもない。その代表例が**〈方丈の大庇より春の蝶〉**で、京都龍安寺の石庭で詠んだとされている句です。

俳　春の季語に「春の」を足すとは……デタラメすぎるわ。普通の句会に出したらアウトでは?

青　たぶん。よくお笑いの世界で言われる「緊張と緩和」に近い世界で、ビシッと重厚な方丈の大庇から春がこぼれるようにふと蝶が現われ、石庭のモノトーンの世界に色彩がひらひらと舞い広がるようなユーモアが淡くあり、しかも情景がかっこいい。こういう風に素十句を見ると、例えば「写生」は主観か客観かとよく議論になりますが、どちらでもいいんですよ。**「写生」とは、季語らしさや俳句らしさといった美意識や出来上がったイメージを揺るがす現実に遭遇した時の驚きを、臨場感をもって興がりながら詠もうとする認識なんです。**秋桜子と比較すると、秋桜子句には「作者がこう感じた」という明確な答えがありましたが、素十句には「こういう現実に出会った」という驚きの臨場感しか描かれていない。だから作品が強く、ユーモラスなんですよ。

俳　素十さんの頭の良さと人柄、というのが分かった気がします。目の前の本質や驚きの中心を的確に、しかも簡潔に詠み、他は一切消してしまう。テスト勉強で要点だけ掴んで無駄な勉強はしないとか、その頭の良さと「客観写生」は通じ合っているのかも。

青　ええ。「簡素・驚異・勁烈」、これが素十句の「写生」で、真似が出来ないという点で最高峰でしょう。素十が幸運だったのは、自身の資質や嗜好と合った「客観写生」に出会っただけでなく、虚子という名伯楽がその価値観にお墨付きを与えた点でした。素十は虚子先生の「客観写生」だけを信ずればよく、その他に煩わされずともよい。俳句の価値観は虚子先生にすっかり預けるという潔さが純度の高い「写生」句を発生させたわけです。近代俳句でも稀に見る師匠と弟子の幸福な出会いといえるでしょう。

―解説―

・素十の引用句はいずれも第一句集『初鴉』に収録。「写生」の傑作が揃った金字塔。

阿波野青畝

・阿波野青畝《せいほ》（明治32〔1899〕～平成4〔1992〕）―奈良県高取町出身、本名は敏雄。高取藩士族の橋本家に四男として生まれ、厳しく躾けられる。耳疾《じしつ》で進学を諦め、銀行で勤めた後、大阪の阿波野家に婿養子として入った。「ホトトギス」の四Sの一人で、若くして「かつらぎ」主宰となり、作句意欲は最晩年まで衰えなかった。戦後、前衛俳句の高柳重信が四Sの中で青畝を最も評価したのは有名。

経歴紹介／武士の家柄に生まれる

青　今度は四Sの最後の一人、阿波野青畝を取り上げましょう。

俳　了解。セイホさんも本名をもじったんですかね。それとも本名？

青　彼の本名は敏雄で、なぜ「青畝」かは本人がはっきり述べていないので謎です。奈良県高取町の士族の家柄に生まれ、母の晩年の子で五男でした。高取町は奈良の南の方で、吉野近辺の町です。城下町として栄え、青畝が生まれた明治期は武士の気風が濃く、幕末の天誅組が高取城を攻めた時の話が生々しく伝えられたりした時代です。

俳　青畝さん、士族ですか。子規さんたちと同じですね。

青　ええ。武士の家風でしつけは厳しく、オネショをした日は生きた心地がせず、裏藪へ逃げたとか。幼い頃から数キロの道を母に背負われずに一緒に歩いたり、中学校の頃は片道18キロの通学をこなすなど、しつけの一つだったそうです。中学校からの帰宅は暗くなるので提灯を携帯したらしい。

俳　18キロ……オリンピック選手を育成するつもりですかね。凄い。

青　没落したとはいえ侍の矜持を抱いた両親の下で育った青畝は、小学生の頃になぜか難聴になってしまいました。特に左耳が悪く、医者に通いますが原因不明。

俳　スピリチュアルに考えると、顔周辺に変調が起きるのは前世からの因縁らしいわ。ちなみに私は鼻の左側が異様に利くんです。いつかの前世で大型犬だったのかしら。

青　右側が詰まり気味なだけでは……青畝の耳は結局治りませんでした。後年、「ホトトギス」で医者の俳人が青畝を診察した際、鼓膜の奥にある槌のような骨が全部取られていて、インチキ手術を施されていたことが発覚しますが、後の祭り。

俳　ひどい！　人様の耳穴を適当に扱った報いとして、その医者を蛇がうじゃうじゃいる樽に放り込んでフタをして、蛇責めにしたいわね。蛇は穴に入りたがる習慣があるので（以下略）

青　ス、ストップ！　怖い、どこで学んだのやら……。

「ホトトギス」俳句に魅了される

俳　夢に色々な処刑が出てくるんですよ。私は家臣的な人たちとその効果を検証しているんです。前世は女帝だったのかも？　で、青畝さんはいつ頃から俳句に興味を持ったのでしょう。

青　密度の濃すぎる夢ですね……中学生の頃に「ホトトギス」に惹かれ、それで句作を始めます。友人たちは詩や短歌に熱中しますが、青畝のみ俳句に惹かれたので「芭蕉翁」と冷やかされたとか。青畝は中学生の時点で、隠居がヒネる句は月並、「ホトトギス」雑詠欄の句こそ文学と感じたらしく、早々に「ホトトギス」一本槍に決めたらしい。中学校の先生で著名な俳人がいて、その教師は「写生」や「ホトトギス」を批判したらしいのですが、生徒の青畝は動じずに別の中学校の教師だった「ホトトギス」俳人に師事しようと訪ねます。当時の「ホトトギス」は飯田蛇笏や原石鼎、前田普羅が活躍した黄金期ですね。

俳　中学生の時点で月並句と「ホトトギス」の違いを嗅ぎ

青　……取った上に、別の中学の先生を訪ねるなんて実行力が凄い。青畝さん、肝が据わっているわ。

青　まさに侍の気合ですよね。その決意をさらに固めたのが、中学五年生の時に高浜虚子と初対面した時でした。別の中学校の「ホトトギス」俳人が虚子歓迎句会を催し、青畝も参加したところ、虚子は彼を温かく励ましたらしい。「村上鬼城という俳人はあなたより難聴ですが、日本一立派な句を詠んでいます。あなたも勉強なさったら立派な作家になります」と。青畝はその時の感激を生涯忘れませんでした。

俳　さすが虚子さん！　青畝さんは耳の病気で心がふさいでいたでしょうし、そういう時期に**〈冬蜂の死にどころなく歩きけり〉**の作家を例に励まされたら、人一倍頑張りますよ。人たらしねえ。

青　虚子は繊細で聡明ですからね。若き青畝は虚子との初対面の後、しばらく経つと虚子が提唱した「客観写生」に納得がいかなくなります。そこで虚子に不満の手紙を出したところ、意外にも丁寧な返事があり、「あなたの芸術を大成するために「写生」の錬磨はいつか役に立つでしょう。合点のゆく日が来ると思います」としたためられていました。青畝は再び感激し、「写生」道に邁進します。

俳　虚子さん、難聴に苦しみながら句作に熱心な青畝さんを励ましたかったのかも。

青　おそらく。青畝は中学卒業後、高校には進学せずに地元の銀行に勤め、郷里の定例句会や「ホトトギス」投句で「写生」を磨き、原石鼎に憧れることもありました。大正12（1923）年、24歳の時に大阪の阿波野本家の一人娘、貞と結婚して養子に入り、大阪に移住します。小売業を営む商店の若旦那になりますが、何事にも厳しい養祖父母が健在で、青畝は息苦しい上に退屈な日々。句作が唯一の心の慰めという感じで、**〈これといふ今日の用来ず金魚見る〉**と窮屈で可哀想な句を詠むなどしました。

俳　微妙な問題ですが、青畝さんの耳は養子縁組の時に大丈夫だったのでしょうか。

青　ええ。貞さんが病気がちだったことや、家業は養祖父母や番頭が切り盛りするので若旦那の青畝が責任を負うことはなかったことも大きかったようです。ただ、貞さんは結局結核に罹り、入退院を繰り返した後に30代で病没します。青畝は分家の阿波野秀さんと再婚しますが、その彼女も昭和20（1945）年に亡くなってしまう。青畝は12歳の時に母を亡くし、10代後半に兄たちを流行病で喪っています。当時のこととはいえ、近しい人の死が続いた人生でした。

四Sの一人に

俳　先生、分かっていますよ。そういう苦しい人生を歩んだ分、青畝さんは俳句で輝き出すんですよね。そうでなかったら許しませんよ。ハツカネズミがたくさんいる壺に先生を入れた後、壺を熱して……

青　ス、ストップ！　その妄想力は句作に活かして下さい。青畝についてはその通りで、結婚後の彼は「ホトトギス」で頭角を現し、**〈さみだれのあまだればかり浮御堂〉**（①）等の傑作を詠み始めます。昭和初期には四Sの一人と目され、全国に知られる注目俳人となるわけです。青畝が幸運だったのは、結婚して奈良から大阪に移った点でした。というのも、彼は移住後に大阪の「ホトトギス」系で知られた「山茶花」の句会にも参加するようになります。その集いには曾根崎出身の後藤夜半ら粋人の他、大阪で勤めていた若き日野草城や山口誓子も加わり、やがて彼らは同じ「ホトトギス」系の若手俳人として「無名会」という句会を設けて研鑽し合います。そこで才気溢れる若人たちが色々挑戦するんですよ。万葉調や、「キャムプ」「定家忌」等の詠みにくい題で呻吟したりする。「無名会」で彼らはいかに言葉を駆使し、いかに詠む対象に見合った言葉を探しあてて独自色を出すかといった技術を磨いたわけです。集うメンバーが凄いので、互いに刺激を受けつつ句作に励んだ結果、句のレベルが劇的に上がるわけです。青畝は奈良から大阪に引っ越したおかげでハイレベルな同世代俳人と膝を交えて競争しあう幸運に出会えたんですよ。**〈なつかしの濁世《じょくせ》の雨や涅槃像　青畝〉〈流氷や宗谷《そうや》の門波《となみ》荒れやまず　誓子〉**等は同時期の「ホトトギス」入選句ですが、20代でこの作風を完成させたのは凄い。

俳　まだ20代！　青畝さんの句、この世に生きていられる喜び感があって、怖ろしい老成ぶり。

青　「濁世（現世）」で苦労続きだった青畝らしい句ですよね。彼は高校進学を耳の病気で諦めたのが屈辱的で、後々まで悔しかったそうです。その代わり、句作は凄かった。奈良の俳人たちに擁される形で30歳直前に「かつらぎ」創刊主宰となり（昭和4〔1929〕）、当時は珍しい個人句集『万両』（同6）も刊行します。印刷製本を手がける店主が「歌集は売れるが句集は売れない」と勝手に印刷部数を減らす時代に青畝は句集を刊行し、まずまずの売れ行きを見せる。「ホトトギス」の中で山口誓子と並ぶ関西の若き雄として、全国にその名を轟かせたわけです。

作品紹介／東京と上方の違い

俳　そういえば、先生は落語の趣味がありましたよね。私も祖父が落語を嗜んでいたので好きになり、最近のマイブームは東京と上方の噺家《はなしか》の聞き比べです。

青　ステキな時間の過ごし方ですね。同じ噺を東と西の噺家さんで聴き比べる感じですか。

俳　ええ。桂米朝と柳家小さん、桂吉朝と立川談志の組み合わせとか。以前は東京の噺家の方がテキパキして好みでしたが、最近は関西弁の柔らかい調子で語る上方落語の良さも分かってきたんですよ。

青　米朝師匠の「胴乱《どうらん》の幸助」とか、いいですよね。竹を割ったような江戸っ子気性と異なり、メリハリや鋭さを表面に出さずに柔らかくボケたりツッコミを入れつつ、アホらしい噺を堂々とアホらしくじっくり話す芸は腰が据わっていないと難しい。それでいえば、意外かもしれませんが、「ホトトギス」の四Sにも東西落語のような違いが感じられます。関西。中でも青畝は上方落語に近い雰囲気があります。水原秋桜子と高野素十は関東で、山口誓子と阿波野青畝は関西。中でも青畝は上方落語に近い雰囲気があります。有名な**〈葛城の山懐《ふところ》に寝釈迦かな〉**①を見てみましょう。奈良と大阪の境に聳える葛城山は記紀以来の一言主神伝説や修験道で知られ、「寝釈迦」は釈迦入滅の様子を描いた涅槃図。二月に寺院で涅槃会を行う際、涅槃図を掛けて皆でお経を唱えたりするわけです。青畝句は葛城山麓の寺での涅槃会を詠んだものですが、葛城山の懐に抱かれるように釈迦が安らかに横たわるイメージがあり、スケールが大きい上に不思議なフィクションのような手触りがあります。

俳　実際の情景と句の印象が違いますよね。涅槃図に描かれたお釈迦様というより、山麓に大きなお釈迦様が横になっていらっしゃって、それを歴史ある山が懐深く包みこむ感じがします。**〈葛城の山の麓に寝釈迦かな〉**だと出ない雰囲気ですね。

青　ええ。今一つのポイントは**〈葛城の山懐の寝釈迦かな〉**云々でなく、「葛城の山懐に」です。この一字で「山の懐に抱かれるように」という情調が生まれている。ちなみに、この句は青畝が故郷の奈良を離れ、大阪の阿波野家に婿養子として入った後の作品で、脳裏に浮かぶ郷愁めいた景色が重なったのかもしれません。

俳　「山懐に」が大胆。お寺の場所や涅槃図云々といった視覚情報を全カットすることで春の田舎の風情や葛城山が聳える情景がふわっと漂い、温かい雰囲気とともに思い出される感じです。そういう山や涅槃会は地元の人に親しまれ続け、昔から続く生活の中の信仰という感じもあります。

青　ステキな鑑賞ですね。次の句はいかがでしょう。**〈さみだれのあまだればかり浮御堂《うきみどう》〉**。浮御堂は琵琶湖の仏堂で、湖上に突き出るように建立されたお堂です。近江八景の「堅田の落雁」でも知られた名所で、青畝はその浮御堂を五月雨の風情として詠みました。浮御堂は樋がなく、屋根瓦から湖に雨だれがそのまま落ち、周りは琵琶湖の朦朧とした景色が広がっている。聞こえるのは雨だればかり……という句。

俳　五月雨に雨だれを重ねるとは！　こんな近い言葉、よく続けますねえ。私なら不安になり、つい他のモノと組み合わせてしまいそう。それに「〜ばかり」と世界を雨だれの音だけにして、「浮御堂」で琵琶湖全体が雨にけぶる様子も想像させるとは。

青　「さみだれのあまだればかり」と濁音や「だれ」の繰り返しの響きを利かせることで、何だかジメジメした梅雨の気分が出ていますし、近江八景を新しい角度で「写生」した野心作ともいえるでしょう。

■青畝流俳味

青　青畝らしい飄逸味のある句でいえば、**〈傀儡《かいらい》の頭がくりと一休《ひとやすみ》〉**（①）。「傀儡」は年始にからくり人形を舞わせてお祝いをする季語で、獅子舞や神楽で新年を祝う門付けの一つです。ある家の人形廻しを終え、次の家に向かうまでの「一休」という感じでしょうか。

俳　「一休」がチャーミングで、「がくりと」には魂のない人形の雰囲気が出ています。青畝さんは中七で見せ場を作るのが上手い。「山懐に」「あまだればかり」「頭がくりと」と中七に主観味濃厚なソースをふって、下五は「寝釈迦」「浮御堂」「一休」と名詞系で終える。青畝さん流のスタイルですかね。

青　面白い。**〈眦《まなじり》を波にしづめし河鹿かな〉**（①）も似た表現法ですよね。一般的に、河鹿蛙は澄んだ鳴き声が注目されがちですが、青畝は目や頭のあたりが小波にふと沈んだ様子を把握したのが俳諧らしいズラシで、「蛙感」ともいうべき臨場感がある。その「眦」は波が去った後も前と変わらずじっとしていて、蛙の無表情さに何ともいえない飄逸味が漂っています。

俳　前に河鹿蛙を大量に飼っていたから分かりますが、他の蛙より眼が大きめでクリッとしているんですよ。それを「眦」と大仰に捉えたところに温かいユーモアがあるのかも。青畝さんは目の前の出来事を鋭く切り取るというより、情感を湛えて柔らかく掴み、でも大胆に詠んで質感を伝えようとするタイプなのかも。これまで見てきた四Sの切れ味の鋭さと違いますね。

青　なぜ河鹿を大量に……仰るように、青畝は鷹揚なユーモアを漂わせた句が抜群に巧い俳人でした。**〈けふの月長いすゝきを活けにけり〉**（①）もそうですが、「名月・薄」の取り合せでこれほど無雑作かつ単純に詠める俳人はそういない。月見のために近所の薄を手折り、壺に挿すとけっこう長かったのですが、「ま、これでええわ」と鷹揚に構えて月見の風情を愉しむ。やや長すぎる薄のどこか不格好さが生活感を漂わせ、ユーモラスでもある。「名月や」ではなく、「けふの月」というのも適当感があってよろしい。

俳　月に薄……秋の代表的な季語を重ねるとは怖ろしい取り合せですね。「季重なりのお銀」と近隣句会で怖れられた私でも詠めないです。

青　水戸黄門の忍者、「かげろうお銀」にあやかった名でしょうか。微妙なあだ名だなあ。

俳　一緒に句会荒らしをしていた仲間同士で呼び合っていたら広まったんです。他の仲間のあだ名は「字足らずの弥七」とかありました。

青　えーと、青畝に戻ると、こんな句もあります。**〈あをぞらに外套吊し古着市〉**（②）。

俳　外の古着市の雰囲気が出ていますねえ。冬空の下、外套が黙って吊されているのがペーソスというか、ユーモアも漂っています。

青　あるいは、こんな句も。**〈水ゆれて鳳凰堂へ蛇の首〉**（②）。

俳　迫力がある。上五をいきなり「水ゆれて」で始め、何が？と思わせながら、最後は「蛇の首」。「写生」の力ね。

青　彼は飄逸味溢れる句や「写生」の迫力ある句、それに**〈山吹の三ひら二ひら名残かな〉**（③）といった句も詠めた俳人でした。下五が素晴らしいですよね。

俳　山吹の花がほろほろ散る感じがうっすら漂っていて、ステキ。「二ひら、三ひら」を逆にしたユーモアもいいですね。

青　**〈冬を待つ馬頭観世音一かたまり〉**（①）**〈牡丹百二百三百門一つ〉**（②）**〈畳踏む足浮きあがる野分かな〉**（④）等、対象にシャープに迫るのではなく、ゆったり詠みながら、季感やモノの質感をしっかり漂わせる技術に長けた俳人でした。しかも格調があり、それでいて柔らかく、大らかな調子を保ちながら単純化された強さのある句ばかり。先の東西落語の比較でいえば、東京の落語のように切れ味のある噺というより、上方落語の桂米朝師匠のように飄々とトボけた味わいを崩さない詠みぶりで、しかし腰の据わった認識で眼前の世界を厳しく見据えた俳人といえるでしょう。

―解説―

・①～④は次の句集に収録。①は第一句集『万両』（昭和6〔1931〕）、②は第二句集『国原』（同17）、③は第三句集『春の鳶』（同27）、④は第四句集『紅葉の賀』（同37）。

芝不器男

・芝不《ふ》器《き》男《お》（明治36〔1903〕～昭和5〔1930〕）―愛媛県出身、本名も同じ。庄屋の五男に生まれ、長兄らが生花や俳諧等を嗜む風流人だったために早くから読書家になり、夏目漱石や虚子句集、短歌に親しみ、「アララギ」会員になる。東京帝大から東北帝大へ転入するが中退し、帰郷して結婚。万葉集を愛読し、期せずして水原秋桜子や山口誓子とともに万葉調の清新な句を詠んだ。突然発病し、20代で夭折。

■経歴紹介／庄屋の五男に生まれる

青　これまで紹介した四Sは「ホトトギス」雑詠欄のスターでしたが、この時期の「ホトトギス」は彼らの他にも名作を量産した俳人が続々と現れました。例えば、芝不器男もその一人です。

俳　フッキー！　**〈永き日のにはとり柵を越えにけり〉**の大俳人よ！

青　昔の地下アイドルみたいな微妙なニックネームですね。

俳　身の回りの世界を愛くるしいものにするため、周囲のヒトや虫にあだ名を付けているんです。例えば、蚊は「かー君」、ゴ○○リは「ゴッキー」。そうするとイヤな存在も許せるようになるじゃないですか。

青　ということは芝不器男が嫌いだからフッキーと名付けたんですか？

俳　不器男先生はわが愛媛が誇る大俳人です！

青　話がメチャクチャ……仰るように不器男は愛媛出身で、高知県にほど近い松丸（現・松野町）という山村で代々の庄屋を務める芝家の五男に生まれました。家は街道沿いに立派な門構えを連ね、明治期には養蚕を手がけて大いに栄えます。芝家は趣味を解する人が多く、特に彼の長兄は当時珍しい写真機に凝ったり、お茶や花の免状も持ち、尺八や将棋も得意といった趣味人。俳諧も嗜む風流人でした。

俳　資産家の余裕という感じでいいですねえ。そういえば、不器男さんは俳号？　まさか実名でしょうか。

青　本名なんですよ。論語の「子曰、君子不器」から採られ、一芸や才能だけに優れるのではなく、広く何事にも対応できる君子のような人格者であれ、と付けられました。不器男は大庄屋の末っ子として愛されながらのびのびと育ち、趣味や読書に耽りながら何不自由なく暮らします。

■句作、結婚、そして……

俳　人生の機微を知り尽くした私によると、ボンボンのいいところは妙にガツガツした攻撃的競争心がない人が多いものよ。不器男さんもそんな感じね。

青　ええ。おっとりと静かで、鷹揚そのもので、威張るような素振もなく、近所の子どもたちともよく遊んだとか。勉強家の彼は宇和島の中学、松山の高校に進学し、当時はモダンだったテニスや登山の愛好者になります。舶来のピッケルや登山靴、ズック等を身につけて渓谷や山々に行ったそうですよ。

俳　そこで一句ヒネったりしたんですかね。句作はお兄さんの影響で子どもの頃から詠んでいたんですか？

青　真剣に詠み出したのは東京帝国大学農学部に進学してから。高浜虚子の句集はよく読んだらしいのですが、短歌が好きで「アララギ」会員になっています。ただ、長兄が俳句好きだったので、句作に打ちこむ前から俳句は生活の近くにあったようですね。

俳　「アララギ」、たらちねの茂吉グループね（①）。

青　歌語の「たらちね」は「母」の枕詞なのに、斎藤茂吉の枕詞みたいですね……不器男が句作を始めたのは姉の勧めでした。帝大生の頃、帰省中に関東大震災が起きたので再上京せず、地元の松丸で暇を持て余していたことも句作を始めた理由だったようです。彼はやがて東京帝大を中退して東北帝国大学機械工学科に入学し、その頃は句作に励むようになり、複数の俳誌に投句し始めます。それまでの読書体験や天分が活きたのか、ほどなく福岡の俳誌「天の川」で巻頭を取り、厳選で知られる「ホトトギス」にも入選し始める。この時すでに作風が確立し、四Sに匹敵する名作を詠み始め、しかも「ホトトギス」の高浜虚子が不器男句を称賛したために全国的に注目される若手俳人として名を馳せます。実生活の方では東北帝大も中退した後、郷里に戻り、結婚して若旦那に収まりました。

俳　いきなりの展開。できちゃった婚？

青　家同士の取り決めで松丸から近い三間の太宰家の婿養子になったんですよ。芝家は養蚕がダメになって家運が傾き、不器男は太宰家に学資を仰いでいました。太宰家も庄屋で、不器男は早くから養子に見込まれていたんでしょうね。彼は三間に移り住み、若隠居のように過ごしながら句を詠みますが、突如睾丸肉腫（精巣癌）を発病して一年も経たずに逝去。結婚して二年弱でした。

俳　さらに予想外の展開……不器男さん、かわいそう。残された奥さんも。

青　妻の文江さんは後に再婚しますが、晩年、人生で一番楽しかったのは優しい不器男と過ごしたひとときだった、と述懐していたそうです。

作品紹介／永遠を想わせる作風

青　彼が俳人として活躍したのは実質数年ですが、その期間に名句が集中しています。次の句から見てみましょうか。**〈向日葵の蘂《しべ》を見るとき海消えし〉**。

俳　面白い！　秋桜子さんの**〈向日葵の空かゞやけり波の群〉**より意表を突いた感じ。

青　例句がパッと出るのはさすがですね。意外な展開でいえば、**〈白藤や揺りやみしかばうすみどり〉**も凄い。「白藤の」ではなく、「白藤や」と切字を入れたあと、「〜うすみどり」の着地が決まっています。

俳　ある初夏の夕暮れ、晩春の名残のように風が吹き起こる時、藤が気怠そうに揺れるや花房の白色が鮮やかに目に入ったが、風が収まるにつれ藤も静かに垂れ下がった。花房の先に咲く白い花は夢幻のように脳裏に浮かびつつ、まだ咲ききらぬ藤の房全体は静かに薄緑色に戻りゆき、次第に暮色に染まりゆく。気怠げな情緒、歓楽と哀愁のいりまじった風情は明るく、侘しげで、妖しくも虚ろに美しい……。

青　（聞き惚れる）ステキな味読ですねえ。他の句もうかがいたいです。**〈夕釣や蛇のひきゆく水脈《みを》あかり〉**。

俳　夕暮れの妖しい美！　以上！

青　え、終わり……**〈人入つて門のこりたる暮春かな〉**は如何。

俳　ある人物が、どことなく夕暮れに春を惜しむような心持ちで路を歩いていると、前を歩いている人がふと門に入り、急に居なくなってしまった。目の前には自分と無縁の門だけが残っている……春の柔らかな、甘美な哀歓といった詩情が濃厚でありながらも感傷に流れないのが凄い。展開が見事だからでしょうか。「あ、人がいなくなった」「……（門だけがある）」と、ふと抱いた驚きの感情から無言の春の静けさへと移りながら、心情の動きが過ぎゆく暮春の抒情と重なる感じ。何やら永遠の春の時間に触れたような風情すら感じられます。

青　調子が戻りましたね。**〈永き日のにはとり柵を越えにけり〉〈麦車馬におくれて動き出づ〉**もそうですが、農村の日常世界の小さな驚きを発見した後、それがあっけなく消えゆき、無言の静けさが永遠の時間をまとって薄れゆくような抒情がある。これは不器男が短歌に深く学びながら、しかも抒情に流れないように虚子や「ホトトギス」の「写生」眼を鍛えたのが大きいと思います。

俳　フッキー、動詞と助詞のまとめ方が正確な観察眼に裏打ちされている感じがします。「揺りやみしかば」「門のこりたる」「蛇のひきゆく」とか、対象をきちんと把握し、分析して言語化できているのが彼の「写生」の確かさですよね。

青　ええ。同時に、**〈残雪に挽きこぼしたる木屑かな〉〈ふるさとや石垣歯朶に春の月〉**等、不器男は郷里の風景を多々詠みましたが、こういった句群は松丸固有の情景というより、郷愁の念に彩られた農村や郷里の普遍的な光景に感じられます。それは彼が故郷を出て中学から大学まで進学し、志を得ずに戻ってきた人物だからこそ故郷の何気ない日常を詠むべき世界として発見できたのではないでしょうか。虚子が称賛した**〈あなたなる夜雨の葛のあなたかな〉**②等、郷里を離れた人間が心象風景のように故郷を詠みえたのは、一つは「アララギ」の万葉ブームに刺激されて彼も万葉集を読みこんだのが大きい。自分には身近すぎる郷里の風景を古代の万葉世界のように見つめ、「ここではないどこか」に近い郷愁の情景として再発見する感性ですね。その老成した抒情を20代前半の若さで詠みえた不器男は、やはり不世出の俳人だったといえるでしょう。

―解説―

①「アララギ」歌人の斎藤茂吉は、**〈のど赤き玄鳥《つばくらめ》ふたつ梁にゐて足乳根《たらちね》の母は死にたまふなり〉**の連作等で一躍有名になった。俳子の発言はこの歌を踏まえたもの。

②虚子は「ホトトギス」の句評会で「あなたなる」句を絵巻に例えて鑑賞した。絵巻の長い部分には漆黒の闇が続き、やがて少し明るく茂る山がかった郷里の光景が描かれ、そこでは葛が夜雨に打たれている。そして絵巻は静かに漆黒の闇に戻る……と味読。その黒々とした箇所は望郷の念やはるかさが温かく籠もっており、その想いの中で夜雨に濡れる葛の葉が心象風景のように浮かんだのだろう、と虚子が解釈したところ、句評会に参加した水原秋桜子はその鑑賞を通じて驚き、「自分たちの及ばない境地の句」と嘆息したという。

・紹介した不器男句は、いずれも没後刊行の『不器男句集』（昭和9〔1934〕）に収録。

杉田久女

・杉田久女《ひさじょ》（明治23〔1890〕～昭和21〔1946〕）——鹿児島県出身、本名は久《ひさ》。父の仕事で琉球、台湾で暮らした後に東京に引っ越し、結婚後は小倉に永住。大正期の小倉時代に兄の手ほどきで句作に目覚め、「ホトトギス」で頭角を現した。「花衣」を創刊し、「ホトトギス」同人になったが、後に突如同人を除名され、精神的に不安定になった。生前に句集を刊行できなかったため、没後に長女が句集をまとめている。

経歴紹介／南国に生まれ育つ

青　「ホトトギス」率いる高浜虚子は雑詠欄で四Sや芝不器男といった俊英の句を発掘して上位に据え、「何をもって俳句とするか」という価値観を黙って示しました。虚子が凄いのは、彼ら男性俳人の他にも優れた女性俳人を発掘しようと積極的に働きかけた点です。江戸俳諧はもとより明治期や大正期の俳人は大部分が男性で、四Sや不器男のように大活躍する女性俳人は寥々たるものでした。そういう状況の下、「ホトトギス」雑詠欄で頭角を現した女性俳人の代表が杉田久女でした。

俳　〈**谺《こだま》して山ほとゝぎすほしいまゝ**〉！

青　多くの歳時記に載る句ですよね。坂本宮尾氏の労作『真実の久女』①を参考に、久女の波瀾万丈の人生を見てみましょう。

俳　波瀾万丈の女性の真実……ワクワク。確か久女さんは大金持ちと望まぬ結婚を強いられた後、好きな人と駆け落ちして新聞紙上で夫に絶縁状を公開したんですよね。

青　それは歌人の柳原白蓮②。白蓮や久女は九州に長くいましたし、短歌と俳句も韻文ですが、久女はそういった人生を過ごしたわけではありませんでした。また、白蓮の方は伯爵家ですが、久女の父の赤堀廉蔵は官僚で、母は華道教授。その三女として久女は鹿児島で生まれます。白蓮が上流階級とすれば、久女は中流階級の上といったところでしょうか。久女の父は大蔵省に勤めたりと税制関連の職に就き、琉球や台湾に赴任します。久女は南国出身であることを強く意識していました。色彩豊かな南国で育ち、多感で情の濃い女性という感じですね。久女は成績優秀で、名門の東京女子高等師範学校の附属高女（お茶の水高女）に進学します。高女時代の久女はテニスや社交ダンスを嗜み、華道教授の母の影響で華道、茶道、書道を学び、まさに才媛でした。「お茶の水高女卒＋官吏のお嬢様＋教養も抜群の美女」と当時の女性としては非の打ち所のない存在で、縁談も多かったようです。

俳　そして淡雪の降る中、ある貴公子と馬車に乗って接吻を交わすのね……素敵。

青　三島由紀夫の小説じゃないですか（③）。久女は多分そんなことはなく、洋画を学んだ中学校教師の杉田宇内と結婚します。宇内は東京美術学校出身で、九州の小倉中学校に勤めていました。二人は小倉で新婚生活を始め、長女、次女が生まれます。そこにある時、彼女の次兄が小倉を訪れました。軍港として栄えた小倉に仕事を探しに来たのですが、次兄の趣味が「ホトトギス」の俳句だったんですよ。

俳　久女さんの句作はお兄さんの影響？

青　そう。久女は次兄から手ほどきを受けて句を詠み始めます。当時は虚子が女性俳人を増やそうと「ホトトギス」で「台所雑詠」（④）を始めた時期で、久女はそこに投句するわけです。短歌には女性作家が多数いましたが、俳句は男性がほとんどでした。ただ、大正期には新時代の近代高等教育を受けた女性たちが数多く現れ、彼女たちを読者層とする婦人雑誌が爆発的に売れ始めます。「内面」を有する一人の「個」であることを教育や芸術を通じて学んだ女性たちの中から、自身の心情や感慨を自分なりに表現したいと願う人々が雑誌に文章や韻文を投稿するようになります。しかし、彼女たちは結婚すれば主婦として家事や育児に奔走し、夫を一家の主人として支えねばならなくなる。「個」であることが何ら考慮されず、自己表現の場がない主婦層に虚子は着目し、「ホトトギス」の俳句へ誘ったわけです。

句作にのめり込む

青　こういった経緯で久女は大正5（1916）年頃から句を詠み始め、**〈鯛を料るに俎せまき師走かな〉**等を発表するようになります。東京の実家の里帰りの折に高浜虚子や他の女性俳人と会ったり、「ホトトギス」や新聞に随筆や小説を発表し、次第に創作に熱中し、同8年には**〈花衣ぬぐやまつはる紐いろ〱〉**の傑作を発表。虚子に評価されるなど、一気に才能を開花させます。

俳　句作3年で！　天分ありすぎ。

青　それは彼女自身も確信したはずです。ただ、久女は不運だった。まず、夫の宇内が妻の自由な創作活動を簡単には認めない。家事をおろそかにするほど文芸にうつつを抜かす妻などもっての外、お前は家庭を顧みず、自分を蔑《ないがし》ろにすると批判するわけです。

俳　夫はシベリアのラーゲリ送りに決定。そこで再教育（以下略）

青　ソ連の思想犯扱い……久女の方も夫に幻滅していまし

た。彼は洋画家として活躍しようとせず、中学教師の職務をこなすのみ。久女の知り合いは華やかな暮らしをしているのに、自分は地方の中学教師の妻として質素な生活に甘んじ、創作活動も認めてくれない。折悪しく久女が慕った実父の廉蔵が亡くなり、自分も腎臓病になり、鬱々とした久女はもはやこれまでと離婚を切り出します。

俳　そんな夫は埋め立てゴミの日に出して、ゴミ捨て場で多くの鼠にかじられるがいいわ。

青　微妙に怖いですね。宇内は同意せず、逆に離婚を考えた久女を妻失格と責めます。彼女は何もかも嫌になり、句作から遠ざかって教会通いを始めました。最初は教会の活動に熱心に参加しますが人間関係が煩わしくなり、止めてしまう。久女は何事も完璧主義で、やるとなったら周囲の目を気にせず猪突猛進的に徹底するタイプでした。例えば、小倉の裕福な家の主婦（後の橋本多佳子）に俳句の手ほどきを依頼されたところ、久女はその家に通いづめで熱心に教え、夕食の時間になっても弁当持参で帰らないので家の人々は辟易したらしい。

俳　なるほど。そういう久女さんだから、俳句も家庭もほどほどに……とはならず、俳句も家庭も完璧にこなそうとして頑張りすぎたり、果ては俳句か、家庭かと究極の二択まで思いつめてしまうのかも。

青　久女は家事も子育てもしましたが、創作のハマリ方が尋常ではないんです。自己を主張し、自信もあり、自身の理念を正義と信じ、実現するために何もかも注ぎ、周囲もそれに同調して当然という情熱タイプは、ウヤムヤな協調性と和を重んじる日本社会では好かれない。まして男尊女卑が当然とされた大正時代、それも地方都市であれば一般的な男女観や常識を有する人々と久女が軋轢を生むのは無理もありません。激しい情熱と天分を持ったまま女性に生まれ、周囲への配慮を欠いた性格で市井の主婦になってしまったのが彼女の不幸で、久女は地域や俳句の集まり、また家庭でも衝突を繰り返しては孤立していきます。

句作の筆を折るまで

俳　似た人がいたなあ……中学校の頃の演劇部長。全国大会優勝を目指して狂った練習量を私たち部員に強要し、私たちはそこまで部活をしたくないと喧嘩になって。すると部長が「私をバカにしているから批判するんだ！　皆のためにこれほど身を粉に働いているのに」と号泣して……話が通じず、疲れ果てたことがあります。

青　近いかも。久女は地方中学校教師の妻というコンプレックスが強く、それをはねのけようと創作に打ちこみました。久女は努力と才能が噛み合う稀な天分を有した俳人でしたので、例えば昭和6（1931）年には「帝国風景院賞」を受賞します。これは東京と大阪の新聞社が各地の名勝や観光地を俳句で顕彰しようと虚子を選者に迎えて催された大々的な企画で、久女は九州の英彦山《ひこさん》を詠んだ**〈谺して山ほとゝぎすほしいまゝ〉**で賞を得ました。約10万句中20句のみに授けられる栄誉で、久女の名は全国的に知られるようになります。翌7年には「ホトトギス」雑詠欄巻頭を飾り、主宰誌「花衣」も創刊した後、「ホトトギス」同人にも選ばれる。知名度、実力ともに一流俳人となった久女は句集出版を願い、師の虚子に序文を貰おうとしました。しかし、虚子はいつまでも序文を送らず、久女が催促してもダメ。業を煮やした彼女は大量の書簡を送り続けますがダメ。上京しても虚子は会ってくれず、しかも久女は昭和11年に前触れなく同人を削除されてしまい、心底打ちのめされます。

俳　虚子さん、なぜそんなひどいことをするんですかね。何かあった？

青　その辺は坂本氏の『真実の久女』に詳しい。虚子は句集序文の件で久女があまりに強引で身勝手な要望を強いたと感じ、他にも不快に感じたことが多々あったらしい。その頃、虚子は次女の星野立子を俳人として押し出そうと「玉藻」を創刊させた時期であり、久女は立子を敵対視する恐れがあったために虚子は嫌悪感を抱いたのも一因といわれています。他にも複数の要因が重なって同人削除になったようです。ただ、久女からすると青天の霹靂《へきれき》で、理由も分からず、会ってもくれず、雑詠欄でも採られなくなる。久女は抜け殻のようになり、句作も止め、最期は精神病院入院中に腎臓病で逝去。最晩年に久女は長女に「死後に句集を出してほしい」と願いを託して亡くなったため、長女は戦後に必死で句集を刊行しました。

俳　宇内も虚子も、いや戦前の大体の男たちはラーゲリ送りで再教育！　戦じゃあぁ！（憤怒の表情）

青　ス、ストップ、暴れないで下さい。「ホトトギス」同人除名に至るまでは当人でなければ分からない摩擦やすれ違いがあったはずで、虚子だけが悪者とはいえない側面があります。例えば、久女は初対面の相手に家計のやりくりの大変さや様々な愚痴を延々と語ったり、ある俳人に息子の就職についての配慮等を凄まじい長さの手紙で連綿と綴ったりと、自身の関心事で頭がいっぱいになると相手への配慮や常識その他が全て飛んでしまう人物だったようです。頼まれた短冊を完璧に仕上げようとかなりの数の短冊をムダにして納得のいく書を書き続けたために夫と喧嘩になったという逸話も残っています。そして久女が不幸だったのは、良妻賢母であろうとしたこと、虚子を師と仰ぐことを捨てられなかった点です。彼女は現代のフェミニズムのように女性の権利主張や男性社会批判、またジェンダーに縛られない自分らしさを獲得しようと宣言したわけではなく、当時の主婦像に沿おう、虚子の良き弟子であろうと必死で努力しながら、その激しすぎる努力が周囲にかえって摩擦を起こし、自身の鬱憤も溜めてしまった点です。しかも、彼女の才能や教養はそれらの枠組みに収まらないレベルだったのも結果的に不幸を招いたともいえなくもない。

作品紹介／気品と格調

青　では、ここから久女句を見てみましょう。彼女の作品には独特のヒリヒリするほどの気品と格調があります。例えば、**〈羅《うすもの》に衣通《そとお》る月の肌《はだえ》かな〉**。羅は夏の涼やかな着物で、あえて目を粗くした絹織物。その羅を透かすように月光が肌を照らすという句です。

俳　大胆！　夜中にマッパで羅一枚を羽織って月光を浴びているのかしら。気分はエマニエル夫人ね（⑤）。

青　それは洋服文化の感覚で、久女句の場合は襦袢（昔の肌着）に羅を重ねた姿と見た方がいいかもしれない。肘から指にかけての肌や、襦袢からちらりと覗く足首の艶やかさを謳う句でしょうね。それにしても古い映画を知っていますねえ。

俳　台湾語を映画で学ぼうと思い、「エマニエル夫人」字幕版を友人が貸してくれたので何度も観たんです。

青　凄い勉強法……「衣通る」は古代に美女と称えられた衣通姫のイメージに通う措辞で、その美しさが衣から洩れ出るように眩かったという伝説も喚起させます。現実には着物から覗く肌の艶やかさを詠んだにせよ、作品からはさえざえとした月光に全身が照らされ、輝くばかりに美しい光を放っている風情もある。

俳　古代浪漫の天女感があるだけではなく、実感もきちんとありますよね。残暑が厳しい昼の暑さがようやく薄らぎ、月夜の涼しい清らかな空気が肌を撫でる秋の季感も濃厚ですし、何より気品が漲《みなぎ》っている感じがします。

迫力と美

青　久女句の大きな特徴は、気品と格調を帯びていながら実感と迫力が宿っていることで、これらが両立している俳人はそうはいません。**〈鶴舞ふや日は金色《こんじき》の雲を得て〉〈鶴の影舞ひ下りる時大いなる〉**あたりは素晴らしいの一言に尽きます。

俳　「日は金色の雲を得て」！　朝靄を破るように日が射す中、鶴の群れが舞うように飛んでいる情景でしょうか。「鶴の影」句も凄い。臨場感のある迫力と格調の高さが両立するとは……脱帽。

青　清々しい朝日が雲を金色に染めあげる情景を「日は金色の雲を得て」と示すことで、日射しや雲そのものが、飛び交う鶴の群れと共演するように美を競いあう質感が出ています。「鶴の影」句も久女らしい美意識の作品で、空で翼をのべて飛ぶ鶴は線のような細さを感じさせますが、地上に降りる直前に両翼を広げた時の意外なまでの大きさや迫力を「写生」したといえるでしょう。飛んでいる時は均整の取れた鶴の姿が、着地の際に突如翼を広げ、乱舞する一瞬の動きをスローモーション映像のように捉えており、序破急でいえば「破」の美しさに満ちた一句です。

久女句の傑作

青　久女の代表句は**〈花衣ぬぐやまつはる紐いろ〳〵〉**ですが、以前に紹介したので他の傑作も見てみましょう。**〈谺して山ほとゝぎすほしいまゝ〉**。

俳　（居住いを正す）このクラスの優品になると私の手には負えないので、以前に修行したイタコの術を使って久女さんらしき霊にうかがいながら味読してみますね。（狼狽する青木先生をよそに俳子はすでに瞑目して印を切り、何やら誦した後、静かに両眼が開き、喋り始める）……日中の山深い処で、突如ホトトギスの鳴き声が鋭く響いた。その声は山中に欲しいままに反響し、遠くまで響きわたりつつ消えゆく。その鳴き声を、私はまさに「ほしいまゝ」に味わっている。声の反響に身を委ねるように、浸りきって……下五「ほしいまゝ」の朗々たる主観の吐露は、まるで作者がホトトギスの声と一体になり、ともに山中に鳴き声を響かせる昂揚感や喜びに満ちているかのようだ。また、「谺」は反響という意味だが、「谺」「山」の漢字はそれこそ山中の谷や山の連なりを連想させていよう。加えて、「とゝ」「まゝ」の繰り返し音や、幾度も使われる「ま」「し」「ほ」音は、まるで鳴き声が「谺」していくような風情を代弁しているともいえよう。

青　す、凄い。いいですね。どんどん喋って下さい。

俳　（虚空を見つめながら口を動かし続ける）元来、伝統的な詩歌のホトトギスは夜更けか夜明けに鳴き、その鋭い声は哀切で不吉とされたが、久女句は日中の山深い静けさに響き渡る晴れ晴れとした声としてホトトギスを詠んだ点が斬新で、そこに作者の眼目があり、また和歌以来の伝統的なホトトギスの季感や情趣を更新しようとする意気込みも感じられ……（ふと目に意識が戻る）先生！　ストップして下さいよ！　長時間やり続けると意識が戻りにくくなるんです。

青　そうなんですか。つい名解説で聞き惚れてしまって。凄いですねえ。**〈紫陽花に秋冷《しゅうれい》いたる信濃かな〉**はいかがでしょう。

俳 （目から意識が消え、口が静かに動き出す）……梅雨どきに色を変えつつたゆたう紫陽花は夏に枯れるが、山に囲まれた信州では初秋に至ってなお碧紫色を留め、大きな鞠のように咲いている。山国の短い夏が終わり、早くも秋の冷ややかな空気が満ち始めた昨今、その涼気は紫陽花にもようやく至り、しかもそれゆえに秋の紫陽花の色がひときわ濃く感じられるのだった。まるで紫陽花の萼《がく》の一つ一つに秋冷が至りつつあるかのようである。加えて、梅雨の風情漂う紫陽花を、山国の涼気の中で凜と咲く花として発見した新鮮さに加え、「秋冷いたる」の音は清爽たる涼やかさを響かせており、また「信濃かな」と堂々たる締め括りは……

青 パチパチ、凄い！

俳 （拍手の音で意識が戻る）そうだ、止めてもらう一言をお伝えしていませんでした。俳句好きの御霊さんがかかると、作品について嬉しくて喋り続けるのでストップをかけてもらわないとマズイんです。

青 どうやって止めるんですか。

俳 「やめ」。自分から言い出したとはいえ、疲れました……修行が足りないので、私の場合は短時間で止めないと。

久女句の美質

青 それにしても素晴らしい鑑賞でしたねえ。久女は先ほどの鶴の句や「谺して」「紫陽花に」句等、いずれもそうですが、通底する感性が見られます。それは、今この瞬間の美の絶頂を捉えようとする意識が強く、その美は崩壊や消滅の予感をそこはかとなく漂わせた気配が濃い。絶頂に至った瞬間の緊張を孕みつつ、その危うい美を臨場感や迫力とともに詠むという離れ業をやってのけた俳人だったと思います。**〈群れ落ちて楊貴妃桜房のまゝ〉〈朝顔や濁り初めたる市の空〉**もそう。月の肌や舞うように飛ぶ鶴、秋冷いたる紫陽花が見せる美は永久に続くことはなく、その後はやがて訪れる崩落に向かってあえなく消えゆくのみ。「山ほとゝぎす」の谺を欲しいままに味わえるのも瞬間に近い時間ですし、しかもそれは山深く、他者がほぼ存在しない空間で初めて獲得できた自分だけの充溢感といった雰囲気がある。それは山を下りればあっけなく消えゆく充実感であり、久女句は「歓楽極まって哀情多し」といった故事に通じる淡い哀しさがあるんですよね。張りつめた格調の高さと気品は緊張感を帯びており、脆さと崩壊の予兆を手繰り寄せる感じもあり、そこに久女の人生を重ねると感慨深いものが……

俳 あれ、先生の目がいつもと違う……私のところにかかった御霊さんがまさか先生に移った？　ヤバい、いや、いいか。

青 （目は虚空を眺め、口が動き続ける）ですから久女は

……（延々と喋る）

—解説—

①坂本宮尾氏『真実の久女』（藤原書店）—現行の評伝で最も詳細で、久女を知る上での必読書。

②華族の柳原白蓮が九州の鉱山王と再婚後（初婚は家同士の取り決めで失敗）、労働運動の活動家と出奔し、スキャンダルになった事件。

③三島由紀夫の最期の小説『豊饒の海』四部作の第一部、『春の雪』（昭和44〔1969〕）の一場面。主人公の清顕と聡子が許されぬ恋に突き進む契機となった。

④台所俳句—大正期は主婦が気軽に外出したり、他の男性らと会うことが困難だったため、周囲に波風が立たないように主婦の生活圏の家事を詠みましょう、と虚子が提案した企画。長谷川かな女、中村汀女らも参加。

⑤「エマニエル夫人」は一九七〇年代のフランス映画。退屈を持て余した主婦が退廃的な性を物憂い雰囲気とともに享受する物語で、多くの女性ファンを獲得した。

・紹介した句はいずれも没後刊行の『杉田久女句集』（昭和27）に収録。

中村汀女

・中村汀女《ていじょ》（明治33〔1900〕～昭和63〔1989〕）—熊本県出身、本名は破魔子《はまこ》。庄屋の一人娘として生まれ、18歳の頃に拭き掃除中にふと俳句が浮かび、句作を始める。結婚後は一時中断したが、再開後は星野立子とともに「ホトトギス」で活躍する女性俳人として秀句を詠み続けた。戦後に「風花」主宰となる。

経歴紹介／庄屋の家に生まれて

青 高浜虚子が「台所俳句」等で女性俳人層を意識的に増やそうと働きかけた結果、杉田久女と並ぶ存在が現れました。久女と同じ九州出身の中村汀女です。熊本市の江津湖近くの村に生まれ、本名は斎藤破魔子。当時は珍しい一人っ子で、庄屋の家柄でした。

俳 現代のキラキラネームに近い感じですねえ。

青 丈夫に育ってほしいという意味だったとか。家の近くには江津湖があり、父とともに舟で出かけ、釣りが好きだったりと野外で遊ぶのが好きな子どもでした。家では気丈でしっかり者の母親に育てられ、特に母は拭き掃除と洗足に厳しかったとのこと。

俳　せんそく？　洗濯？

青　下駄や草鞋の時代なので帰宅時に足を洗ったり、手や顔を水で洗うことですね。良家の子女は身ぎれいに保つという母の教えです。汀女のお母様は常に身だしなみがこざっぱりとして、掃除も余念がなく、黒光りするほど拭き掃除を徹底したらしい。汀女の家に限らず、明治期のきちんとした家は掃除が行き届き、ビシッとした空気感が漂う家が多かったらしいですよ。

俳　それに教養もありそう。芝不器男さんの家のように、汀女さんのお父様は俳諧好きで、家族で句会をやっていたとか。

青　中村家の場合はそういうことはなかったみたいです。ただ、汀女は小説が大好きで片っ端から乱読しました。新聞小説や浄瑠璃本、翻訳小説、泉鏡花等を読み耽ったようです。小学校卒業後は高等女学校に進学し、深窓の令嬢というよりは釣り好きだったり、阿蘇山に皆で登ったりと野外の遊びも好きな女学生だったようです。性格的には本人によるとおっとりしたところがあり、良家特有の鷹揚な空気感があったとか。同時に、九州女性らしいというと一般論に傾きますが、キッパリした芯の強さや気の強さもあったようですね。

俳　フムフム。確か、明治の頃は女学校に通う女子は珍しかったんですよね。

青　ええ。当時は男女ともに小学校卒業後は働くのが普通で、優秀で生活に余裕のある男子は中学校、女子は高等女学校に進学しましたが、稀です。汀女は庄屋の家柄で、勉強も出来たので進学できたんですよ。

俳句との出会い

俳　小説好きな汀女さんが、俳句に親しむようになったのは何かきっかけがあったんですかね。

青　偶然の出来事だったようです。汀女は高等女学校に通いながら家では拭き掃除に励んだり、また花嫁修業で母に針仕事を仕込まれ、生花も習います。ある日、玄関を掃除していると前庭の菊が目に入り、**〈吾に返り見直す隅に寒菊紅し〉**と文句がスラスラ浮かんだらしい。五七五のリズムになっていますし、何となく興がった汀女は、次に庭の池の向こうの景色を**〈いと白う八手の花にしぐれけり〉**とまとめてみた。他にも詠んだ短い文句が、俳句に値するかどうか確かめようと地元の新聞に投句すると選者から称賛の手紙が届いたので驚いたそうです。これをきっかけに汀女は句を詠んでみたくなったというので、俳句史でも「寒菊の誘い」と知られる汀女の著名な逸話になりました。

俳　句会に誘われたわけでもなく、自ずから句が浮かぶとは……俳句の神様に背中を押されるような感じね。確かに有名な逸話になりそう。分かるわ。

青　俳句史で著名というのは今作った話ですが、汀女は身の回りの風景を季節感とともに何気なく詠めるのが気に入り、句作を始めます。お花で「明瞭雲斎花汀女」と斎号をもらっていたので、それを俳号に応用して汀女と名乗り、句を詠み始めたというわけです。

俳　作り話を盛らないで下さい！　信じかけましたよ……それにしても汀女さんの俳号は生花からの応用とは。お花もきちんとしているあたり、さすが庄屋さんの一人娘ねえ。

青　ええ。汀女はやがて「ホトトギス」を知り、他の俳誌ともども投句し始め、多くの女性俳人や小倉の杉田久女とも知り合います。そして20歳で同郷の中村重喜氏とお見合い結婚し、熊本を離れました。

結婚後

俳　ここで久女さんが登場。そうか、同じ九州だからですかね。

青　ええ。汀女は新郎の中村氏と門司で落ち合うために列車で向かう途中、小倉で久女と会います。汀女にとって久女は「ホトトギス」で活躍する憧れの先輩だったので会ってみたかったわけです。ただ、久女は熱烈歓迎状態で新婦の汀女を引き留めて饗応に励んだので、汀女は断りかねて約束の日に間に合わなかったとか。

俳　きちんと断ればいいのに、と現代の私たちは考えますが、汀女さんの時代だと自分から切り出すのは憚られたんですかねえ。

青　それはあったと思います。また、久女は自分がこうと思ったら周囲が見えなくなり、他人の都合を配慮できなくなりそうなので、汀女の様子を察することができなかったのかも。一方、汀女の方にはそういう逸話はほぼ見当たらないので、人付き合いが普通に出来た方みたいですね。夫の中村氏は税務局に勤める転勤族で、東京、仙台、名古屋、大阪、横浜と目まぐるしく引越します。その間、汀女の句作は10年ほど中断するんですよ。新生活が始まり、子も生まれ、慣れない土地で暮らしながらの育児や家事で句を詠む気が起きなかったのかも。

俳　昔の新婚女性は大変そう。知り合いもいない不慣れな土地で、妻に家事全般と子育てを任せっきりの夫など現代ならアウトですが、昔は当たり前だったんですよね。

青　そうなんです。ただ、汀女は横浜に移り住んだ頃に育児に一息ついたのか、ふと句作を再開したいと感じたらしい。折しも杉田久女が俳誌「花衣」を創刊し、句の依頼があったので、汀女は自然の流れで句作を再開します。**〈さみだれ**

や船がおくるゝ電話など〉（②）等を詠み、「花衣」に送りました。

俳　ちょいとお待ち。今の句、10年ぶりの句作にしてはよく出来ているような……それだけのブランクがあってよく詠めましたねえ。

青　**〈とゞまればあたりにふゆる蜻蛉かな〉**（②）も同年。横浜で詠んだ句です。

俳　秀句すぎますよ！　10年間、何をしていたんですか？

青　子育てと家事の他、泉鏡花と探偵小説を読み耽ったらしい。本人の回想なので、実際は分かりませんが。

俳　句作をしばらくやめたらレベルが上がった……そんなこと、あるんですか？

青　傑作を得ようとガツガツする人はひたすら実作の世界にのめり込み、一読者の視点が薄れた結果、分かりにくい作品になることはあるかもしれませんね。汀女は世間の苦労を人並みに経ることで俳句や表現との距離の取り方を結果的に学べたのかも。で、句作を再開した昭和7（1932）年、汀女は東京で高浜虚子と初めて会います。虚子は次女の星野立子を俳人として育て、押し出そうと考えていた矢先だったので、汀女と会った際、立子の俳句仲間にピッタリと感じたらしい。その後、汀女と立子は句会や銀座吟行等に連れ立って行くようになります。汀女は立子や虚子と一緒に句作に励む環境に身を置くことができたので、さらに句に磨きがかかりました。

俳　お話をうかがっていると、俳句の神様が節目ごとに汀女さんを後押ししてくれる感じねえ。

青　ただ、当時は主婦が趣味にうつつを抜かすのはもっての外で、汀女は家事や子育てとの両立に苦労したようです。晩年、娘に「俳句にばかり時間を費やしてしまい、すまないねえ」とこぼしたとか。そういう社会で汀女は妻や母として勤めあげ、「私たちは台所俳句でよろしいではないか」（①）と芯の強さと柔らかさを漂わせるあたり、傑物だったと思います。よくある論調で、汀女は封建主義の女性像に違和感のない幸運な主婦で、かたや久女は封建社会に潰された天才という評がありますが、二人は怒ると思いますよ。汀女は夫とかなりぶつかり、奔放な面もあった方ですし、また久女は前に触れたように彼女なりに妻や母として一生懸命勤めようとした女性でした。現代の価値観で過去を早急に判断する前に、当時の彼女たちが置かれた環境下でのそれぞれの苦労をまず思いやるべきでしょう。母として家庭をきちんと守り、句作にも励んだ汀女は戦後、「風花」主宰となり、句だけではなく随筆にも才を発揮したので、俳壇以外のメディアでも人気を集めるようになります。「週刊文春」「暮しの手帖」等の商業誌でも多数執筆し、テレビ番組にも出演。園遊会では昭和天皇と謁見し、紅白歌合戦に審査員として招かれたこともありました。そういう彼女が常に気にかけていたのは故郷に独り住む老母の存在で、郷里の情景と母が後々まで心の支えになったようです。

作品紹介／吾子俳句

青　では、汀女句を見ていきましょう。「台所俳句」を堂々と謳った彼女なので、母親像を詠んだ句が著名です。**〈咳の子のなぞなぞ遊びきりもなや〉**②。

俳　確かに母親らしさを感じさせますね。風邪を引いた子どもが家に休んでいて、でも高熱というほどでもなく、退屈なのでお母さんに暇つぶしをねだる感じですかね。お母さんが謎々遊びで応じると、子は何度もせがむ。お母さんは風邪で弱っている子を不憫に思い、甘えてくるのを厭わずに遊んであげますが、いつまでも終わらないので仕方ないな……と持て余し気味だったり。下五に心情を吐露して句をプツッと終わらせた思い切りのよさが素敵ですね。

青　お母さんは、普段はそこまで子の求めに応じないのかも。当時の主婦業は忙しく、電化製品もない時代なので家事を色々せねばならない。でも、風邪を引いた子は心細く感じているかもしれず、しょうがないねえ、と溜息まじりに子の甘えを許している風もある。わが子の可愛さと同時に、個人としての心情がさりげなく滲み出ているのが汀女句の魅力です。彼女は他に**〈咳をする母を見上げてゐる子かな〉〈ここにまた吾子《あこ》の鉛筆日脚伸ぶ〉〈泣いてゆく向ふに母や春の風〉**（以上、②）、子の句をよく詠んでいます。

俳　「私の子、かわいい！」だけではない良さがありますよね。母と子の人生は違う、という距離感がきちんとあって、その上で愛情とともにわが子を眺める温かさもあるような。

青　明治の厳しい教育を受けた人物には、何というか自他の截然《せつぜん》とした区別があるんですよね。家族同士でもベタつかず、それぞれが凜と佇む気配があります。**〈夫《つま》と子をふつつり忘れ懐手〉**②というひとときもありながら、家庭で母としての役割を全うしつつ愛情もあり、しかも一人の人間として立っている雰囲気が汀女句の良さでしょう。

汀女の身体感覚

青　加えて、汀女句は身体感覚が素晴らしいんですよ。**〈とゞまればあたりにふゆる蜻蛉かな〉**はその代表例といえます。

俳　いい句ですねえ。初秋に蜻蛉が急に増える時期でしょうか。歩いている時はさほど気にならなかったのか、立ち止まると周りに蜻蛉が飛んでいることに気づいた。それも一匹や二匹ではなく、蜻蛉が群れをなすように秋空を思い思いに飛んでいるのが目に入り、まるで湧き立つように感じられ、それが立ち止まるまで気付かなかったことに驚いている風もある。蜻蛉の軽やかな感じが秋らしい涼しさを漂わせていますし、その向こうに広がる空の澄んだ秋の空気感も漂う……実感を伴った秋の季感の広がりが凄いです。

青　「とゞまれば」と歩みを止める身体の動作がそのまま「あたりにふゆる蜻蛉」という発見につながるのが巧い。機知もありますし、驚いている風もある。「〜すれば」は汀女の得意技で、**〈ゆで玉子むけばかゞやく花曇〉**②も素晴らしい。桜が咲く頃に曇りがちな空模様の「花曇」の下、カラをむくとつるりとした茹で卵が現れた。お花見でも、家の中でもいいと思います。

俳　曇り空だからツルっとした茹で卵が輝くのね。カラが付いた茹で卵は生彩がないというか、地味ですが、むくとツヤツヤして美味しそうな白身がパッと目に飛びこむ。その一瞬の驚きや喜びを「むけば」で絶妙に表現していますし、「花曇」だからこそ茹で卵がより美しく輝くという設定も心憎い。しかも「花曇」は、曇り空ではありますが、やっぱり桜の時節なので華やいだ風情も漂っている。茹で卵は他のおかずに比べて大きいので、ごちそうに近い感じがありますし、それと「花曇」に漂う春らしい華やかさが微妙に共鳴している気がします。「花曇」の合わせ方が絶妙。

青　特に汀女の時代の茹で卵は、現代よりもご馳走に近いでしょうし、仰る通りと思います。汀女は「とどまれば」「むけば」等、何か動作をすることで前後の状況がフッと変わる、その推移と一瞬を平易な措辞で言い留める才能が傑出していました。

水気と柔らかさ

青　加えて、汀女は身の回りで起きた一瞬の驚きを身体感覚を軸にしながら季感とともに伝える表現力が優れていたんですよ。**〈あひふれしさみだれ傘の重かりし〉**②とか。

俳　「さみだれ傘」！　演歌に出てきそうなフレーズね。連れ立って歩いているか、道で誰かとすれ違ったかは分かりませんが、「あひふれし」一瞬に雨で濡れた傘の重さを感じた、と。

青　五月雨の鬱々と湿った空気感を、傘の重たさで表現した的確さ。夏の夕立や冬の時雨であればこうはいきませんよね。傘という日常の道具が、梅雨独特の質感を湛えて読者に伝わってくるのが見事です。この種の汀女句で最も有名なのが、**〈外《と》にも出よふるゝばかりに春の月〉**③でしょう。

俳　春月の名句！　歳時記その他でよく見ます。春の夜空に潤むように輝く月は丸々と大きく、手を伸ばせば届くよう。あまりに瑞々しいので家の中にいる人々に「外にでも出ていらっしゃいな、大きな月が出ていますよ」と弾むように呼びかける……秋や夏の月だと届きそうにないし、冬は寒々しくて触りたくない。春月だから「触るるばかりに」なんですね。

青　上五も素晴らしい。「外に出よ」だと命令口調ですが、「外にも出よ」であれば柔らかい呼びかけになる。その語感が春月のしたたる輝きと響きあうようです。敗戦後の昭和21（1946）年の句で、汀女のたくましい明るさや無邪気さが遺憾なく発揮された名作です。

俳　柔らかい表現が春らしさと響きあうのかしら。

青　おそらく。**〈春月や雨一日に田の濡れて〉**④もそうかもしれません。一日たっぷりと春雨に降りこめられて水を豊かに湛えた田の面と、晴れ上がった夜空には月がおぼろにかかっている……田おこしの後に水を張った田か、レンゲ草を蒔いたれんげ田かは分かりませんが、春月も雨上がりの田も潤むように夜を過ごしている。汀女は江津湖そばで生まれ育ったためか、水や湿り気を帯びた世界の質感を詠むのが巧い俳人でした。夏の句ですが、**〈夜濯のしぼりし水の美しく〉**②もそう。汀女の時代の主婦にとって家事と水は切っても切れない存在でしたが、こういう風に詠みえたのは彼女のみでしょう。

俳　「夜濯」は、暑い昼を避けて夜に洗濯するんですよね。水でジャブジャブ洗い、絞り終えた後に洗濯ものから滴る水や、地面を流れる水も美しく感じられた……夜なので実際に見えたかどうかではなく、洗濯を終えたサッパリ感がそう感じさせたのかも。それにしても「美しく」で終えるとは大胆。私には怖くてムリ。

中庸の「写生」句

青　「ホトトギス」には下五を「美しく」で終える類型が割合あったので、汀女の独創というより「ホトトギス」流の一句と見なした方がいいかもしれません。ただ、汀女の時代は洗濯機がありませんし、夜濯は手間のかかる重労働でした。そういう日常の俗なひとときを「美しく」と詠みえたのは、何より「俳句らしさ」や「文学らしさ」に縛られずに実感や景を素直に捉える資質が彼女に備わっていた点が大きいと思います。**〈さみだれや船がおくるゝ電話など〉**のように、有季定型に無理をさせずに取捨選択するバランス感覚がとにかく自然で粋ですし、**〈秋風の通ふ机に膝入るゝ〉**③のように生活の中に季感を見出しつつ実感を湛えた句もあれば、**〈雨粒のときどき太き野菊かな〉**③といった写生句もある。**〈蜩や暗しと思ふ厨ごと〉**②のように主婦の淡い孤独、また**〈冬すみれたまの墓参も一人きり〉**⑤と老境を迎えた寂寥感の句もあったりします。いずれも中庸を得た作品で、このあたりは汀女が虚子から学んだ点でしょう。

俳　「写生」を学んだ、ということでしょうか。中庸を得た「写生」？

青　ええ。虚子が強調した「写生」で重要な点はいくつかありますが、汀女句でいえば、仰るように中庸を得た「写生」というのが最大のポイントでしょうね。

俳　分かるような、分からないような……中庸を得た「写生」は、普通の「写生」と違うんですか？

青　かなり違います。そのあたりはいつか機会があればお話ししましょう。汀女句は分かりやすく、共感もできる上に作者の心情や臨場感、質感がきちんとあり、季感も漂っている。しかも「とゞまれば」「外にも出よ」句のように作家を代表する看板句がいくつもあり、そのどれもがバランスの取れた素直な表現に仕上がっている。彼女が戦後に俳壇外のメディアでも知られる存在になり、女性俳人のスターになったのは当然といえるでしょう。

—解説—

①杉田久女の項で紹介した「台所俳句」は、女性俳句に対する批判としても使われたが、戦後の汀女は自身が「台所俳句」であることを堂々と肯定し、特徴として主張することもあった。このあたりに汀女らしい芯の強さがうかがえる。

・②～⑤は次の句集に収録。②は主要句集としては第一句集『汀女句集』（昭和19〔1944〕）、③は主要第二句集『花影』（同23）、④は主要第三句集『都鳥』（同26）、⑤は主要第四句集『紅白梅』（同43）。

台所俳人
改め
リビング俳人
それも改め
ソファ俳人になる

星野立子

・星野立子《たつこ》〔明治36〔1903〕～昭和59〔1984〕〕——東京出身、本名も同じ。高浜虚子の次女に生まれ、結婚後に父虚子に勧められて句作を始める。虚子が子に句作を勧めたのは立子のみだった。虚子は立子の天稟に驚き、句作開始から約5年で彼女の主宰誌「玉藻」を創刊させるなど全面的に支援した。父虚子の「写生」に全幅の信頼を置いた大胆な句作が特徴。

経歴紹介／虚子の次女として生まれる

青　戦前の「ホトトギス」が育んだ女性俳人で三人挙げるとすれば、これまで紹介した久女と汀女に加え、星野立子でしょう。ご存じのように高浜虚子の次女で、虚子がわが子の中で唯一句作を勧め、その才を愛でたという人物です。

俳　立子さん、歳時記によく出てきますよね。**〈花火上るはじめの音は静かなり〉**①とか、最初に読んだ時にびっくりしたのを覚えています。そこに注目するか！　と。

青　「はじめの音は」とあるので、その後、花火の大音響が聞こえるであろうことが連想されますよね。僅かな時間の微妙な緊張感がそのまま夏の晩の蒸し暑さや、空を見上げているであろう人々の目線を感じさせる……。こういう立子の才を父の虚子は愛したようです。立子は虚子の三番目の子で、姉の真砂子、兄の年尾の次に生まれました。虚子が30歳の時に生まれた子なので、論語の「而立」に重ねる形で立子と名付けたそうです。

俳　ム、なぜに……？

青　論語に、人は30歳にして自立する云々という話があるんですよ。虚子の「而立」の年に生まれた子なので、この子も「而立」できる人間に育ってほしい、という願いをこめての命名とか。

俳　なるほど、論語から来ているんですね。虚子さんの願い通り、立子さんはすくすく育ったんでしょうか。

青　そこは微妙で、立子は幼い頃から病弱でした。早世するのでは、と両親をヒヤヒヤさせたらしい。病気続きで、普通の子が遊ぶようには遊べず、どこか現実離れした感じや空想癖もあったようです。立子が小学校低学年の時に虚子一家は東京から鎌倉に引っ越しますが、その理由の一つが立子の病弱と虚子の体調不良にあったらしい。鎌倉は冬が温暖で静かな土地のため、体調も良くなるのでは、と判断したそうです。

俳　虚子さんといえば鎌倉のイメージが強いですが、そうか、まだ虚子さんが東京にいた頃に立子さんが生まれたんですね。

青　そうですね。虚子が「ホトトギス」を松山の柳原極堂から譲り受け、東京で編集を手がけた頃に立子が生まれたので（37ページ参照）、一家はしばらく東京で暮らしていました。その頃は「ホトトギス」発行日になると一家総出で準備し、乳母車に山のように積んで郵便局に持っていくこともあったようです。で、一家が鎌倉に移って暮らし始めた時、虚子にとって印象的な出来事が起きます。鎌倉に引っ越した立子は東京の小学校が懐かしかったらしく、ある時、鎌倉で東京の小学校の遠足を見かけた際、帰宅してから両親にこう話したらしい。母校が鎌倉に遠足に来ていて、元担任の先生にも久しぶりに会うことができたよ、と。

俳　そういう偶然、いいですね。立子さん、寂しそうなので良かった。

青　ところが、それは東京の学校の懐かしさあまりに口を衝《つ》いて出た嘘だったことが判明します。母は立子を諭しますが、父の虚子は叱る気になれなかったらしい。立子はいつも病気がちで、他の子と同じ遊びもできず、寂しさが募るあまりに空想の中で自分を慰めるようになったのではないか、と虚子はしみじみ不憫に感じたそうです。ただ、学校は順調に卒業でき、鎌倉の女学校から東京女子大学高等部まで進学しました。

俳　立子さんが急にかわいそうになってきた……それにしても東京女子大学進学とは凄い。そういう女性、当時は珍しかったのでは？

青　仰る通り。女子大学進学には親族から批判があったり、父の虚子は大学より立派な家に奉公した方が勉強になるのでは、と勧めたらしい。立子は「奉公」が古臭い感じなので進学を選んだとか。虚子は子のしたいことをさせる方針だったこともあり、無事進学できました。女学生の立子は当時の言葉でいうとハイカラで、洗練されたオシャレさんだったらしい。

俳　虚子さんが奉公を勧めたのも、立子さんがオシャレだったというのも意外。

青　虚子は明治初期に士族の家に生まれた人物ですし、立子との時代の違いでしょうね。あと、立子は晩年までハイカラで知られ、コートの袂を短くして洋服風に着たり、ニューヨークで縁の両端が尖ったタイプの眼鏡を求め、帰国後に立子がかけると日本でそんな眼鏡をかける人はいないので誰もが驚いたらしい。ファッション好きで、和洋を混ぜ合わせたオシャレさんだったようです。

父に句作を勧められる

俳　虚子さんのお嬢さんという先入観からか、何だか地味なイメージを抱いてしまいました……水原秋桜子さんのお子さんは洗練されてそうな気がしますが、**〈鴨の嘴《はし》よりたら〱と春の泥〉**（52ページ参照）の作者のお子さんなので、垢抜けないイメージがしてしまって。

青　立子はモダンな都会の女性だったように思います。煙草もスパスパ吸いましたし、戦後の逸話では車に乗ると助手席や後部座席から「今の車、追い越しなさい！」と速度を上げるように指示したりとヤンチャな面もあったとか。両親と住んでいた頃は母の家事や食事を手伝いましたが、結婚後にほぼ専業俳人になると食事その他の家事は家政婦さんにお任せ。当時の主婦としては自分の時間を持てた方なので、例外的な女性と見た方がいいかも。銀座も好きで、よく吟行と称して散策に励んでいます。

俳　そういう娘を虚子さんは目を細めながら「よかった、元気に育ってくれて……」と喜んでいそうですねえ。そうだ、今専業俳人云々と仰いましたが、立子さんはいつから句作を始めたんですか？

青　女子大学高等部を卒業して結婚した後です。明治期に北村透谷や島崎藤村と雑誌「文学界」を担った星野天知の子息との恋愛結婚で、これも当時珍しい自由恋愛でした。虚子は立子の結婚後に句作を勧めたらしく、彼女が詠み始めるや抜群の天稟を示したので虚子は驚いたらしい。句を詠み始めてから5年ほど経ち、立子の長女（後の星野椿）も無事生まれて一段落付いた頃、虚子は立子に主宰誌を持たせて地位を確かなものにしようとし、「玉藻」を創刊させます。他にも虚子は「ホトトギス」の中村汀女を立子に紹介し、二人で句会や吟行に連れ立って行けるように促したり、第一句集『立子句集』には立派な序文を付すことで箔を付けるなど全面的に支援しました。虚子は『立子句集』序文で、立子句から「写生」を改めて教わったと絶賛したんですよ。

俳　虚子さんの子煩悩が全開ですね。汀女さんのように独自の表現を確立した方なら立子さんも句作の刺激になるはずですし、それに天下の虚子さんがそういう風に褒めたら、「ホトトギス」の会員はハハーッ、と畏れ入りそう。子の特権ねえ。

作品紹介／技巧を凝らさない「写生」

青　立子が凄いのは親の七光りだけではなく、作品の質が突出していた点です。それも他俳人に真似の出来ない句が多く、例えば……**〈梅白しまことに白く新しく〉**（②）。子どもが詠んだような表現で、下五「新しく」が斬新。

俳　面白い！　普通は咲いた花を「新しく」なんて捉えないですよね。白々と咲く梅が洗いたてのシャツやシーツのように見えたのかも。そう考えるとオシャレな句？

青　ええ。梅を少し離れた場所から眺め、枝ぶりを含めて愛でる風情ではなく、花を間近に眺めている感じがあります。しげしげと見つめるとその名の通り真白で、発見の喜びや感情の高まりが「まことに白く」に素直に示されている。とはいえ、取り合わせを全くせずに「梅白し」だけで一句を詠みきる度胸は凄い。立子にはこの種の句が多く、**〈ハンカチを干せばすなはち秋の空〉**③も「白梅」句に近い度胸の良さを感じます。洗ったハンカチを竿に干すと、ふと空が目に入った。気付けば夏は過ぎさり、秋の空が高く澄みわたっている……という句です。「すなはち」を俳句で使うとは、という感じですよね。

俳　俳句は短いのでムダと思える表現はできるだけ削ろうとするのが普通ですが、逆に句をスカスカにするような方向に舵を切るような感じがあります。それに「すなはち」は斬新なだけではなく、干す際にふと秋空が目に入った臨場感が感じられるのが凄い。あと、ハンカチは白くて薄い方がいいかも、と思いました。涼しげに風にそよぎ、向こうには秋空が爽やかに広がっている。そういえば日々のあれこれに紛れて暮らすうち、空を眺めたり、秋の訪れを感じることもなかった……秋の空はしみじみと青く、澄んでいるなあ、とじっと眺めている気がして、そういう状況に合うのは薄くて白いハンカチかな、と。

青　同感です。どこか寂しげな感じがするのもこの句の魅力でしょうね。

大胆な省略と質感

青　一句に素材を詰めこまず、表現も凝らず、内容を大胆に省略した「写生」句は立子の独壇場で、**〈美しき緑走れり夏料理〉**④はその好例です。ガラスや白磁といった涼やかな皿に盛られた夏料理なのでしょう。魚や野菜等、とにかく緑一色がさっと走った料理がいかにも涼しそうなことよ……という句ですが、抽象画のような趣がある。

俳　具体的な食材に触れなくとも、「夏料理」の季感を活かせばよい、という判断ですかねえ。それにしても大胆。でも、暑い夏のさなかに料理の色合いに清涼感を見出した喜びや驚きが「走れり」に込められているように感じますし、それに「美しき緑」は生い茂る緑の鮮やかさや、もしかすると草花の緑色が美しい雨の質感まで連想させているかも。「美しき緑」が夏の季感も漂わせていてステキです。

青　仰るように「緑」は夏の複数のイメージを湛えていると思いますし、立子は季感を全面的に信頼して余計なことは詠まず、抽象的といいたいほどの簡素な「写生」を心がけた句が多い。ただ、立子句のような省略は俳句に慣れるほど難しくなる気もします。**〈電車いままつしぐらなり桐の花〉**（①）**〈篝目の集まつてゐる焚火かな〉**（④）とか、句作に自負を抱くプロ俳人にはかえって詠めないのでは。

俳　電車が「いままつしぐらなり」とか、焚火に注目しないで落葉をかき集めた篝目に関心を注ぐというあたり、ユーモラスですよね。仰るように一句の内容がこれほどスカスカで、修飾を凝らさずに日常語のような言葉で詠みきってしまうと、普通は不安に感じるかも。もう少し取りあわせたり、表現に凝った方がいいのでは？　と私でも思ってしまいそう。

青　それでいながら、立子句にはモノの質感がきちんと感じられるのが凄いところ。「篝目の」句でいえば、焚火を中心に放射状に広がる篝目を読者に意識させることで、地面の存在感が強く出てきます。そのため、盛り上げられた落葉等の焚火が立体感を伴ったイメージとして立ち上がり、焚火は今まさにパチパチと爆ぜながら煙を出している臨場感も出てくる。この点、立子は父虚子の「写生」や「花鳥諷詠」を信頼して詠んだ結果、超大胆に省略を利かせた表現をしながら、質感や臨場感を湛えた秀句を量産できた、といえるかもしれません。

俳　お話をうかがっていると、高野素十さんと似た「写生」の力強さを感じますが、どうなんでしょう。俳句とは何かといったことは虚子先生に全て任せて、ひたすら先生の説く「写生」や「花鳥諷詠」に没頭すると凄い句が出来ました、といった感じがします。

青　なるほど、そうかもしれませんね。俳句観や読者層といった一切を師の虚子に委ね、「写生」を実直に行った結果、他俳人であれば怯むような表現と内容の簡素さが生まれる。それが俳句として成り立っているか否かは虚子の選句や寸評に任せておけばよい。ただひたすらに「写生」や「花鳥諷詠」に従い、虚子選を指針に励んだ結果、強靱な「写生」句が誕生したという点で立子と素十は双璧でしょう。

―解説―

・①～④は次の句集に収録。①は第一句集『立子句集』（昭和12〔1937〕）、②は第二句集『続立子句集第一』（同22）、③は第三句集『続立子句集第二』（同年）、④は第四句集『笹目』（同25）。

富安風生

- **富安風生《ふうせい》（明治18〔1885〕～昭和54〔1979〕）―愛知県出身、本名は謙次。農家の四男二女の末っ子に生まれ、逓信省次官まで昇進した高級官僚。「ホトトギス」で活躍し、作風は穏健で常識的だが、独特の威厳や緊張感を漂わせていたという。「若葉」主宰。**

経歴紹介／代官の家柄に生まれて

青　これまで「ホトトギス」で活躍した女性俳人たちを見てきましたが、彼女たちが傑作を量産した昭和初期の「ホトトギス」が凄いのは、作家の層が幅広いところにありました。町内の俳句愛好者や帝国大学のエリート、企業の社長に加えて歌舞伎俳優等も虚子選を仰ぎ、当時珍しかった女性俳人も大量に投句している。社会の多様な階層から句が集まる俳誌は「ホトトギス」ぐらいでしょう。その様々な立場の投句者のうち、今度は富安風生を見てみましょう。

俳　**〈まさをなる空よりしだれ桜かな〉**（②）の方だ！　歳時記でよく見る名前です。

青　その句、風生を知らなくてもどこかで見かける有名句ですよね。春の青空から降りかかるように垂れ下がる枝垂れ桜を見上げる作者、視界には桜と真っ青な空のみ……彼の代表句です。風生は愛知県の代官を務めた家に末っ子の四男として生まれ、本名は謙次。母は家付き娘でそれなりに自由に振る舞い、養子の父親は我慢一筋の人生だったとか。

俳　針の筵を抱えて薄氷を踏み抜く一生ね。五里霧中の養子の父たちに幸あれ。

青　故事成語の使い方がおかしい……風生の両親は草花が好きで、特に父が植木市で色々買って庭で育てたらしい。風生が後に花好きの俳人になったのは父の影響かもしれません。風生は学校の成績が抜群で、中学校を首席で卒業して東京第一高校に進学します。中学時代から読書好きで文芸雑誌を読み耽り、高校生には与謝野晶子らが好きだったとか。高校卒業後は東京帝大法科に入学。山口誓子や尾崎放哉の先輩ということになります。

俳　誓子さんや放哉さんも帝大法科でしたねえ。そう考えると放哉さんの転落ぶりが凄い……学生時代の風生さん、俳句にも親しんでいたのでしょうか。

青　興味を持ち始めたのは大学の頃だったらしく、勉強の余暇の句作が趣味になったようです。ただ、あくまで趣味の一つという感じですね。大学卒業後は逓信省（⑥）の官僚になり、順風満帆な人生と思いきや喀血して結核が判明し、療養を余儀なくされます。結核というと不治の病のイメージがありますが、療養次第で持ち直すことも多く、風生は仕事を離れて療養に専念した結果、無事快復することができました。療養中は文学雑誌を乱読し、数年後に官界に復帰します。

俳　意外。結核といえば子規さんの印象が強く、全員が仰臥漫録状態に陥る気がしていました。

青　子規の脊椎カリエスは結核の中でもひどい病状なので、風生はそこまで至る前に慎重に療養した感じですね。彼は官界復帰後に福岡に為替貯金支局長として赴任した際、学生時代の仲間らが福岡の鉱山監督局や三井銀行に勤めていたので彼らとよく遊びます。その仲間たちが俳句を趣味にしていたので風生も句会に誘われ、やがて本格的にハマるわけです。折しも高浜虚子の『進むべき俳句の道』（大正7〔1918〕）が出た頃で、風生はこの本に感動して虚子への師事を決めたらしい。ちなみに風生は原石鼎の絢爛たる作風にシビれたとか。

俳　虚子さんが俳壇に復帰して書いた本ですよね。確か、秋桜子さんも『進むべき俳句の道』で石鼎さんに惹かれたような（114ページ参照）。

青　そうそう。当時、虚子の本を通じて俳句に目覚めた青年はかなり多く、特に石鼎句は人気がありました。風生は東京に戻った後、「ホトトギス」「土上」等に投句し始め、やがて秋桜子が再興した東大俳句会の一員になります。彼は虚子や誓子、高野素十、山口青邨らと句座を囲んで句作に励みました。

作品紹介／飄々とした作風

俳　いつも思いますが凄いメンバーですよね。そんな風生さん、どんな句を詠むようになったんでしょう。

青　例えば……**〈よろこべばしきりに落つる木の実かな〉**①。

俳　可愛らしい。実りの秋を迎えて喜ぶ人間の情に対し、木々が応えるようにしきりに木の実を落としてくれる、と。

青　ええ。こういう句もあります。**〈母人は浄るり本を夜半の春〉**①。

俳　春の夜に老いた母が寝られず、読み慣れた大きな字の浄瑠璃本を枕元で読んでいる感じですかね。作者の母に対する温かい想いと「夜半の春」が響きあっています。「冬の夜」だと凄絶すぎますし。

青　風生句は季語と句意を過不足なく響きあわせる特徴があり、平易で分かりやすい。一方、次のような句も詠んでいます。**〈退屈なガソリンガール柳の芽〉〈何もかも知つてをるなり竈猫〉**（以上、②）。ガソリンスタンドで暇なモダンガールと、炭火を落とした竃の暖かいところにうずくまる猫を詠んだ句です。

俳　春の都会の気怠げな情景、あるいは冬の厨にいる猫の様子をユーモラスに品よく詠む。確かに分かりやすいですね。

青　**〈ハンケチ振つて別れも愉し少女らは〉〈本読めば本の中より虫の声〉**（以上、②）等、常識的で中庸を得た内容と軽妙さが彼の作風といえるでしょう。ただ、これを逓信省次官まで上り詰めた高級官僚が詠むのだから、周囲は驚いたと思いますよ。

俳　次官？　それに風生さん、いつの間にか高級になっていますね。出世魚？

青　次官はナンバー2の役職で、各大臣と日常的に会ったり、国会で答弁するような地位。昭和11（1936）年の二・二六事件ではクーデター鎮圧にも関わっています。東京の交通や通信網を管轄したのは逓信省なので、彼も叛乱軍の動向を把握する立場にありました。ただ、彼は次官を約1年で辞め、官界を早めに引退して句作三昧の生活を始めます。実直で温和な仕事ぶりは官界で評価されましたが、俳句にのめり込むに従い、彼自身は俗世と距離を置きたくなったのかも。

俳　凄い勝ち組じゃない。それを途中で擲《なげう》つとは……俳句に頭がやられたのかしら。

青　当たらずとも遠からずで、風生は逓信省内の職場俳誌「若葉」選者になり、職場その他で盛んに「俳句は面白いぞ」と句作に誘ったそうです。当時、俳句趣味は隠す方が普通でしたが、風生は堂々と魅力を語り、それも次官まで出世した官僚が公言するものだから人々も耳を傾け、「若葉」は大所帯になります。風生自身も懸命に句作に励み、軽妙というだけではない句を詠むようになりました。**〈夕顔の一つの花に夫婦かな〉**（③）**〈掌《てのひら》にのせて子猫の品定め〉**（④）等、還暦あたりから滋味溢れる句が増え始めるんですよ。

俳　戦前は俳句趣味が憚られる感じだったんですか？　現代とだいぶ違いますね。

青　当時は俳句など日陰の古臭い余技に過ぎず、真剣に打ちこむものではないと見なされがちでした。そういう時代に風生は俳句趣味を隠さず、また批判されないように仕事を人一倍こなすなど、温和な中に強い信念を持った人物といえます。彼は古稀前後に風格のある大景も詠み始め、**〈赤富士に万籟《ばんらい》を絶つ露の天〉**（⑤）等、張りのある心境を想わせる瑞々しい優品を得ています。九十歳を過ぎても現役で、足取りも確かで元気だったとか。

俳　いい年の取り方をしたのねえ。本当の意味で聡明な方だったのかも。

―解説―

・①〜⑤は次の句集に収録。①は第一句集『草の花』（昭和8）、②は第二句集『十三夜』（同12）、③は第五句集『村住』（同22）、④は第六句集『母子草』（同24）、⑤は第九句集『古稀春風』（同32）。

⑥逓信省―電気や交通、郵便、通信等を管轄する官庁。戦後の日本郵政やNTTの前身にあたる組織で、そこで次官まで昇進した風生は超エリートだったことがうかがえる。

山口青邨

・山口青邨《せいそん》（明治25〔1892〕〜昭和64〔1988〕）―岩手県出身、本名は吉郎《きちろう》。東京帝国大学工学部教授として選鉱学を研究した。盛岡藩士族の家に四男として生まれ、「夏草」主宰。句作や文章はあくまで余技と位置付け、生前に全集等の刊行を認めなかった。

経歴紹介／賊軍の士族出身として

青　原敬《たかし》をご存じでしょうか。

俳　暗殺された首相ですよね。テロリストに「話せば分かる」と諭しますが、暴漢は「天皇陛下に熱い握り飯を奉らねばならぬのだ」とピストルを発射したとか。

青　立て板に水のごとく語りますが、「話せば分かる」の逸話は犬養毅首相で、握り飯云々は三島由紀夫の『豊饒の海』の話ですよ（⑦）。カオスな国粋妄想ですね。

俳　伝説はそうやって作られるものよ。そういえば原敬、歴史の授業でやったような。

青　爵位を持たない初の平民宰相で、学校では大正デモクラシーを象徴する政党内閣の首相と学ぶことが多い人物です。彼は明治維新で賊軍とされた盛岡藩出身で、薩長閥に刃向かった東北出身初の首相でした。原は正岡子規や高浜虚子のように、賊軍とされた藩出身であることを忘れず、強い反骨精神を抱いた人物だったといわれています。これが山口青邨の雰囲気と通底する点が多いんですよ。青邨は明治25（1892）年に原敬と同じ盛岡藩士の家に四男として生まれます。本名は吉郎。母を早く亡くしたため叔父の家で育てられ、仙台の第二高校から東京帝国大学工科大学に進学しました。超エリートですね。

俳　もしかすると、賊軍の松山藩出身だった子規さんと似た心境かしらねえ。勉学に励んで立身出世せねば！　という。

青　ええ。東大で彼は選鉱学⑧を専門とし、卒業後に古河鉱業に就職して足尾銅山採掘等に関わった後、農商務省の鉱務監督官として鉱山局に勤務します。国内のみならず満州等の調査に行くなど充実した仕事ぶりで、やがて東京帝国大学工学部助教授に着任。これは推測ですが、青邨が研究の道を歩んだのは盛岡藩出身であることが影響していたのかもしれません。政治経済等の社会の中心は薩長土肥の官軍側が握っているため、賊軍の士族は実力がある程度評価される学問や専門分野で出世するしかない、と。

俳　子規さんの時も感じましたが、明治期の士族が抱く官軍と賊軍の違いというか、賊軍側の屈辱感は凄いんですねえ。そういえば、忙しそうな青邨さんはいつから俳句や文学が好きになったんですか。

青　士族なので早くから漢詩文に親しみ、詩をよく詠んでいました。号は湫邨、後に泥邨から青邨に改め、そのまま俳号にします。高校でドイツ語教師だった登張竹風《とばりちくふう》（ドイツ文学研究者）にも影響を受け、海外文学等に親しんだようです。高校では野球部主将を務め、三塁手の花形選手。まさに明治生まれの文武両道なサムライですね。

俳　フムフム……あれ、俳句は？

青　農商務省にいた頃にたまたま「ホトトギス」を読み始め、俳句に関心を持ったらしい。元から文章を書くのが好きで、文芸誌にドイツ文学の翻訳を発表していました。折しも水原秋桜子や富安風生らが高浜虚子と一緒に句会や勉強会を行う東大俳句会の企画があり、工学部にいた青邨も誘われます。彼は快諾し、その会で揉まれて一気に句作の力を付けるわけです。

俳　素十さんや誓子さん、草田男さんも参加した俳句会ですよね。それは力が付くのも当然。

青　青邨は「ホトトギス」に句や文を旺盛に投稿し、雑詠欄にも入選します。昭和初期には「ホトトギス」同人に推薦され、押しも押されぬ俳人になりました。彼は社会的名士で文章家としても知られ、「四S」の命名者でも有名だったんですよ。

俳　そうだったんですか？　以前のお話だと、シーエスというモダンな響きで雑詠欄巻頭の常連若手組を指したんですよね（105ページ参照）。

青　そう。青邨が講演会で「東に秋素の二Sあり！　西に青誓の二Sあり！」（⑨）と言及したのが「四S」の始まり。ただ、この頃は秋桜子と素十らに気まずい空気が流れており、青邨は関係修復を願って彼らを「ホトトギス」の有望俳人としてまとめた、という事情もあったようです。

作品紹介／海外詠、独特の語感

青　青邨は仕事で幾度も満州その他の海外出張に赴いただけではなく、ナチス統治下のドイツにも2年ほど留学して欧州を旅行しています。満州の特急アジア号を詠んだ〈**瓜《うり》番《ばん》は「あじや」驀進を見送りつ**〉（②）、ドイツの除夜祭をスケッチした〈**雪の上にジルベスターの仮面《マスク》捨つ**〉（②）、中国の長江の雄大さを描いた〈**たんぽぽや長江濁るとこしなへ**〉（②）等、海外詠の佳句をよく詠んでいます。彼の代表句で有名なのは、東大構内を詠んだ〈**銀杏散るまつたゞ中に法科あり**〉（③）、また〈**実朝の歌ちらと見ゆ日記買ふ**〉（①）や、明治生まれのダンディーさを醸した〈**外套の裏は緋なりき明治の雪**〉（③）〈**月光が革手袋に来て触るゝ**〉（③）、郷里の雰囲気を詠んだ〈**みちのくの町はいぶせき氷柱かな**〉（①）あたりでしょうか。

俳　怒濤の紹介ですね。偶然にも中七に青邨さんらしさが感じられます。「まつたゞ中」「ちらと見ゆ」「革手袋」「町はいぶせき」とか。主観というか、外界描写に心情をさりげなく溶けこませるのが巧い。でも、洗練というよりゴツゴツした言葉の手触りがありますし、朴訥な響きや窮屈そうな感じをあえて詠もうとしている気がします。「ちらと」「緋なりき」「いぶせき」とか。

青　鋭い。青邨は擬音語も独特で、〈**蛍火やこぽりと音す水の渦**〉（②）〈**きしきしと牡丹蕾《つぼみ》をゆるめつゝ**〉（⑥）等、俳味とでも言いたいユーモアがあるんですよね。比喩も独特で、〈**朴の葉のブリキの如く秋風に**〉（⑤）と不思議な質感や調べの句も多い。先ほど仰った「ゴツゴツした言葉の手触り」はまさに青邨の特徴で、彼は洗練を拒み、アマチュアらしい闊達さを手放さなかった点が魅力といえます。

俳　プロにならないように気を付けた？　表現者であれば洗練されたプロ感を身につけたがるのでは……天邪鬼？

青　そこが俳句というか、大きくいえば日本文化の面白いところで、結論だけ述べると「素人らしさ」は強い魅力になりえるんですよ。青邨は松本たかしのような洗練や水原秋桜子のような美の理念を目指さず、上手く詠みきってしまわないようにどこか無防備に見える措辞を入れることが多い。謹厳実直で仕事も学問も出来た帝大教授が、退職後に悠々と**〈めちゃくちゃに手を振り蝶にふれんとす〉**④と詠む。本業の選鉱学や大学教授としてはプロを目指し、趣味の俳句では自由闊達なアマチュアリズムを忘れずに精進する。どちらも本気ですが、方向性が違うんですよ。一般的な意味での洗練を拒む彼のあり方は、賊軍とされた盛岡藩の「いぶせき」ありようを自覚し、それこそ我なり、と矜恃を抱き続けたことも影響したのかも。一種の反骨精神ですね。

俳　玄人らしい巧手に陥らないように意識的に句作を続ける、という感じですかね。それを俳句で堂々と出来たのは青邨さんだからかも。学問や社会で認められた名士なので、俳句は自由にアマチュアリズムで詠めた、という感じでしょうか。

青　おそらく。あと、彼の句調は日本語的にはゴツゴツしたものが感じられますが、ドイツ語的な響きがあるように感じます。青邨はそれを半ば意識的に詠むことで独特の語調を作ろうとしたのかもしれません。彼自身は清廉潔白の士だったらしく、いつも背筋を伸ばし、謹厳で一徹な人柄は士族特有の筋の通った雰囲気が感じられたそうです。政界人の原敬とは異なる道を歩んだ青邨ですが、盛岡藩士族として汚名を雪《すす》がん、という意識は強かった気がします。彼は「夏草」主宰として多くの弟子を育てながら、いかにも俳句らしい整った句を積極的には詠もうとしませんでした。虚子から直に「写生」を学んだ盛岡藩士族の面目躍如、といったところでしょう。

俳　それにしても青邨さんは戦前の帝国大学教員、前回の風生さんは逓信省の高級官僚……社会的名士ですよね。そういうお歴々が「ホトトギス」の虚子選に選ばれようと毎月苦吟して投句し、選に一喜一憂するという状況はよく考えると凄い。虚子さん、恐るべし。

青　「ホトトギス」雑詠欄は社会の多様な階層からの投句を一手に引き受けた稀な選句欄でした。そういう状況を子規没後から30年ほどで作りあげた虚子は一見淡々としていますが、まさに怪物的俳人といえます。

—解説—

・①〜⑥は次の句集に収録。①は第一句集『雑草園』(昭和9(1934))、②は第二句集『雪国』(同16)、③は第三句集『露団々』(同21)、④は第七句集『乾燥花』(同43)、⑤は第八句集『粗餐』(同48)、⑥は第九句集『薔薇窓』(同52)。

⑦犬養毅は昭和7年に軍人のテロで斃れ(五・一五事件)、三島

由紀夫は小説『豊饒の海』の第二部『奔馬』（昭和44）で握り飯云々のくだりを書いた。俳子はこの二つを暗殺された原敬の話と混同した、という内容。

⑧選鉱学―現在の資源処理工学に相当し、採掘した鉱石から不純物を分離させ、品位を向上させる学問。各地の鉱山に訪れており、北海道から九州まで出張でよく訪れている。

⑨四Sの発祥―昭和3年、「ホトトギス」が企画した講演会で青邨が登壇し、「どこか実のある話」と題して話した際の一節。後に有名になった。

川端茅舎

・川端茅舎《ぼうしゃ》（明治30〔1897〕～昭和16〔1941〕）―東京生、本名は信一《のぶかず》。異母兄は画家の川端龍子。画家を目指したが、結核のため俳句に打ちこむ。「ホトトギス」で茅舎浄土と称された世界観を築き、高浜虚子に「花鳥諷詠真骨頂漢」と言わしめた。子規と同じ脊椎カリエスに冒され、早世。

経歴紹介／粋人の家で生まれ育つ

青　昭和期の「ホトトギス」雑詠欄に集った多士済々の中でも天才的な句群を量産した俳人を見てみましょう。川端茅舎、松本たかし、中村草田男の三人で、彼らは実際に仲が良く、芸術全般に対する関心の高さや互いの俳句観を通じて理解しあえるものを感じていたようです。「ホトトギス」で四S時代の後に最高峰の句群を詠んだのはおそらく彼らで、まずは茅舎から行きましょう。彼は東京日本橋蛎殻《かきがら》町生まれの江戸っ子で、本名は信一。同町出身に小説家の谷崎潤一郎や歌手の藤山一郎がいます。

俳　「丘を越えて」の藤山先生！　「青い山脈」と並んで私の持ち歌の一つです（①）。

青　藤山一郎を朗々と歌う大学生、凄いですね……。茅舎が生まれた蛎殻町はかつて武家町でしたが、明治期に料亭が建ち並び、株式や金融の中心として繁栄しました。川端家は花街にあり、茅舎の父は町内の世話役や煙草の小売を商ったり、後に母は芸者の置屋を経営して暮らします。置屋は芸妓等を抱え、お呼びがかかれば芸妓を料亭や茶屋に出向かせる家ですね。芸妓は置屋に住み込み、女将から芸事や躾を教わるというもので、茅舎は何人もの芸妓さんと家族同様に生活したわけです。

俳　何やら退廃的な世界ね。溝口健二の『赤線地帯』②な感じかしら。

青　いえいえ、違います。現代からすると「花街＝遊郭」と思いこみがちで、戦後に公認された売春地域の「赤線」とも混同しがちですが、全く違うんですよ。芸妓さんは歌舞音曲やお座敷芸その他の芸事をきちんと身に付ける商売で、一通りの教養や人付き合いの良さ、座を盛り上げる芸もないと勤まらない。溝口映画でいえば、『祇園囃子』あたりでしょうか。

俳　あの映画もいいですよね。私も大好きで、『雨月物語』……

青　茅舎の父は紀州藩士の生まれで、市内の呉服屋の家督を嗣ぐために婿養子になり、そこで長男が生まれます。この父親は道楽者で身代を潰してしまい、一家は東京日本橋の医院で働く弟を頼って上京。ほどなく離婚し、父は医院の看護師さんを後妻に迎えた後、生まれたのが次男の茅舎でした。

俳　溝口話を振り切った後、道楽者が現れましたか。山頭火さんやその他、俳句界に折々顔を出す不届き者ね。

青　ただ、山頭火の父と違って茅舎パパは趣味性の高い道楽にハマッたんですよ。

俳　独楽回し？

青　そんな脱力するような芸事ではなく、粋人といった方がいいかも。父は寿山堂と号して書画骨董を好み、漢詩文や狩野派の絵の嗜みがあり、写経や仏像に関心を寄せ、如意輪観音像も彫るといった徹りようでした。遊芸にハマる多趣味な風流人という感じですね。置屋経営の奥さんも芸事諸々を知らないとムリですし、茅舎の両親は世間の裏も表も味わった粋人コンビといえます。茅舎が句作を始めたのは中学生の頃で、粋人の父と一緒に句会に赴いたのが機縁でした。

江戸俳諧に親しむ

俳　なるほど。茅舎さんの〈**ぜんまいののの字ばかりの寂光土**〉とか、珍しい仏教語を使うのはお父様の影響ですかね。

青　おそらくそう思います。それに茅舎は趣味人の父とともに子どもの頃から俳句に興じた体験が大きかった。父は俳諧宗匠と面識があり、子の茅舎も一緒に江戸俳諧の流れを継ぐ句座に出入りします。宗匠や久保田万太郎、籾山梓月《もみやましげつ》といった江戸っ子が嗜む俳諧に茅舎は10代から親しんでおり、「ホトトギス」と異なる世界から句作を始めたんですよ。

俳　意外。茅舎さん、月並野郎だったとは。「ホトトギス」の有名人なので「写生」俳人とばかり思っていました。

青　江戸後期以来の月並句には魅力的な作風も多く、例えば久保田万太郎はその旨味を活かした俳人でした（240ページ参照）。後年、茅舎は〈**蜂の尻ふわふわと針をさめけり**〉といった江戸俳諧の面影が濃い秀句をよく詠んでいます。

俳　月並俳諧に旨味があったとは……小馬鹿にしていましたが、いつか勉強しようかな。早くから俳句に親しんだ茅舎さんは、お父様と一緒に俳人の道をそのまま歩んだのでしょうか。

その後の人生

青　そこは意外と紆余曲折で、両親は茅舎を医業に就かせようと独逸学協会学校に通わせました。その学校は第一高等学校への進学率が高く、それに当時は医学の基本がドイツ語なので、両親としては息子に高学歴エリートの道を歩んでほしかったのでしょう。しかし、茅舎は第一高校を受験したのですが落第してしまい、進学を諦めて絵描きを目指します。京都の東福寺で質素な生活に徹し、精神を涵養する生活も始めました。

俳　絵と仏門もお父様の影響が感じられますが、気持ちよく方向転換したのねえ。結局、高校や大学には進まなかったんですか？

青　その後は芸術と仏門の道をまっしぐらですね。茅舎は洋画家の岸田劉生に憧れ、劉生も加わった白樺派の「新しき村」の思想に賛同して会員になったり、禅僧生活と精神修養に励みます。

俳　岸田劉生？　あの麗子像の？　③

青　ええ。劉生は洋画の他に中国絵画や浮世絵にも造詣が深く、それらが混淆した独自の絵を描く画家で、武者小路実篤たちの文学雑誌「白樺」創生期のメンバーでもありました。茅舎は劉生に師事し、東福寺の庵で粗食に甘んじた生活をしながら絵に励む日々。実は、茅舎の異母兄の龍子《りゅうし》は本格的に画業に励み、すでに日本画家として知られていました。弟の茅舎も兄と同じ道と歩もうと心に決め、寺に住んで絵画に打ちこみますが、その前後で結核を患ってしまう。これが彼の寿命を縮めることになります。

俳　子規さんを苦しめた例のヤツね。

青　そう。しかも、茅舎は子規と同じ脊椎カリエスになり、晩年は業苦に喘ぐ日々だったようです。発病するまでの茅舎は絵画修行に打ちこみ、劉生や梅原龍三郎が所属した春陽会にも入り、絵画展に入選したこともありました。同時に彼は句作も続けており、「ホトトギス」雑詠欄で巻頭を取り始める。ちょうど四Sが活躍し始めた大正後期から昭和初期にかけてですね。実は、茅舎は以前から俳諧宗匠系の雑誌や飯田蛇笏の「雲母」、そして虚子の「ホトトギス」にも折々投句していたのですが、絵画修行と同時に句作が急激に深化し、独自の作風を完成させて諸俳人を驚かせるほどの俳人になります。

俳　で、結核も本格的になった、と。

青　そうなんですよね……彼のような人生を見ると、運命や神の存在を信じたくなります。茅舎は「ホトトギス」の実力派と認められた矢先に発病し、絵画を断念することになります。折悪しく失恋の憂き目にも遭い、母や父も亡くしてしまい、結核の病状も悪化し続ける。それと反比例するように句境はいよいよ冴え、「ホトトギス」の中村草田男や松本たかしが畏怖を感じるような傑作を詠み始める。**〈白露に阿吽の旭さしにけり〉**のように、日常風景を超常現象に変容させるような才を発揮しましたが、脊椎カリエスで昭和15（1940）年に亡くなります。太平洋戦争直前でした。

俳　芸術方面でたまに現れますよね。この世に役割を持って生まれたような感じで、集中的に天才的な作品を作り、あっという間に去る人間。

青　ええ。茅舎は花街で育ち、芸妓と一緒に生活したためか、女言葉を自然に使ったり、風貌は柔和でおとなしい雰囲気だったそうです。ただ、芯は相当強く、芸術家としての自負も強かった。芸術に対して潔癖な精神の持ち主で、芸術性を求める激しさや純粋さが草田男やたかしと肝胆相照らす仲になった要因と思います。

作品紹介／強烈な臨場感

青　ここからは茅舎の句を味わっていきましょう。彼の作風は、例えば次のような句です。**〈寒月や穴の如くに黒き犬〉**（④）。

俳　面白い。冬の夜に黒い犬が寒くて丸まって寝ている情景でしょうか。「穴の如くに」、憎いほど手際の良さを感じさせます。巧いし、面白い。

青　寒月の冴えた光が照らす明るみと対照的に、月光の射さない夜闇は真っ暗で、しかもその一部がさらに黒々と穴が空いているように見えた。ギョッとしながらよく見ると、黒犬だった……人々が寝静まった夜更けの町の情景と想像してもいいかも。犬でいえば、茅舎は**〈雪の原犬沈没し躍り出づ〉**

⑤〉という句も詠んでいます。

俳　いいですねえ。銀世界を前に犬が楽しそう。躍動感も凄く伝わりますし、茅舎さんの情感が犬と一緒に躍り出ているような臨場感もあります。

青　茅舎は動物や昆虫を見つめる時の好奇心が並外れて強く、観察眼も正確な上に臨場感が強烈です。例えば、**〈とび下りて弾みやまずよ寒雀〉〈まひまひや雨後の円光とりもどし〉**（以上、⑤）とか。

俳　季感も濃厚ですよね。飛んできた雀が地面に着地した際、トッ、トトッと弾むように進むことがありますよね。しかも冬に丸々と肥えた雀だから「弾みやまずよ」がいかにも寒雀らしい風情を感じさせます。マイマイの句もステキで、灰色の雲の下で雨をたっぷり浴びた蝸牛がやがて雨上がりに射しこんだ陽光に照らされ、キラキラした雨の湿り気とともに殻が光り、輝きや色彩を取り戻す風情は梅雨らしい風情が濃い。言葉の職人ねえ。

青　ともに日常の風景ですが、茅舎が詠むと雀や蝸牛がそれぞれの生態とともにこの世で生きているという不思議さや驚きが強烈に伴うんですよ。この傾向にユーモアを足すと、**〈露の玉蟻たぢたぢとなりにけり〉**（④）あたりになります。

俳　ディズニーアニメみたいで可愛い。蟻さんが進もうとする先に大きく丸々とした露の玉が据わっていて、まるで聳えるかのよう。蟻さんはタジタジと怯み、慌てる感じもあり、でも露は厳として動かず、リンリンと輝くばかり。「露の玉」の張ったような、白々とした質感が凄い。

青　句の世界で蟻はいきいきと慌てふためき、露は神秘的なまでに凜とそこに在る感じがありますよね。彼は「露の茅舎」と称されており、有名なのは**〈金剛の露ひとつぶや石の上〉**（④）。金剛は仏教語で、不壊の硬さと尊い輝きに満ちた存在という意味です。

俳　はかないイメージの露を「金剛」と見なすとは！　意外な措辞なのに秋の朝の爽やかで清らかな空気感や石上の堅くてひやりとした感触も伝わってくる。作者が露に魅入られるように凝視している雰囲気もあって、まさに作者には一粒の露が「金剛」に思えたのだろう、という実感が伝わってきます。

言語発見能力の高さ

青　句に詠まれた露には世界の神秘すら感じさせる荘厳さがありますが、句意自体は一粒の露を詠んだという単純さが強烈です。驚くなかれ、初案は**〈石の上一つぶ露の玉光る〉**でした。

俳　！　初案は目の前のスケッチという感じですが、「金剛」が加わることで全く別の句に仕上がってます。初案は単なる観察だったのが、完成句は「世界の発見」に近い驚異的な質感が宿っている気が。

青　そうなんです。茅舎が凄いのは、石上に宿る露の質感や季節感をいかに詠むかと考えた末、「金剛」という言葉を発見できた点です。彼は観察眼の確かさに加え、その内容や情感を言葉に翻訳する際、見慣れた日常を見知らぬ世界に変貌させる言葉を見つける能力が異常に高い。

俳　？　「言葉に翻訳」と仰いましたが、「言葉で表現する」と違うんですか？

青　「言葉で表現する」というのは自分の感情や体験を自身の言葉で表現できると信じる感性が濃いのに対し、「言葉に翻訳」という感覚は、自分の心や体験等と日本語の間には溝があり、それぞれ別系統に近い世界を有しているが、それでも言葉で表現せねば他者に伝わらないので、いかに言葉に置きかえ、質感を立ち上げるかという認識に近い。茅舎の初案句は実体験を素直に「言葉で表現」したとすれば、最終案の「金剛の」句は実感を「金剛」という日本語に翻訳したことで他者にまで届く臨場感を発生させている、といえるでしょう。

俳　なるほど。私たちは日本語が身についているので、言葉を透明な道具のように考えがちですが、日本語そのものに実世界と違う質感や体系が備わっていて、そこに意識的になるのが「翻訳」という感じですかね。

青　ええ。例えば、句作に必要な能力を二つに分けて考えてみましょう。一番目は、眼前のものをいかに捉え、体験するかというレベルの問題。二番目は、日本語という言語にいかに自分固有の体験を置きかえ、増幅させるか、そして有季定型に整えられた措辞から立ち上がる臨場感や質感をどう発生させるかというレベルの問題。一番目のレベルに終始すると「私はこう思ったから、このように言葉を使います」の段階で止まりがちなのに対し、二番目のレベルまで意識すると、「自分と無関係の他者にいかに自分の体験や心情を伝え、しかも自分を消して言葉の世界を立ち上げるか」といった風に表現を練るので、日本語そのものや有季定型の特殊さ、また読者目線をきちんと想定した句作りを心がける。茅舎は二番目のレベルが魔術のように巧みで、表現された世界の質感や躍動感が作者自身の体験以上に鮮やかに表現できたタイプと思います。だからあれだけ平凡な日常世界から傑作を立ち上げることができたんですよ。**〈木蓮に瓦は銀の波を寄せ〉**⑥**〈蝶の空七堂伽藍さかしまに〉〈白露に鏡のごとき御空かな〉**（以上、④）あたりもそうで、認識の確かさ、好奇心の躍動もさることながら、それらを曲芸師のように日本語に翻訳することで実体験を超えた臨場感を発生させた点が凄い。屋根瓦の春光を「銀の波」と見立て、蝶の目線を「七堂伽藍さかしまに」と言いきり、極小の白露には「鏡のごとき御空」が映っていたり……平凡な風景を超常現象じみた真実に変貌させる言葉の錬金術師といっていい。

俳　奇を衒ったスレスレのところで臨場感が迫ってくる句ばかり。錬金術師とは言い得て妙ね……日常世界を劇的に変える「言葉」を見つけるや、それを有季定型で職人芸のように大胆に整える。「巧い俳人」と「凄い俳人」がいるとすれば、茅舎さんは「凄い俳人」という気がします。

青　**〈ひらひらと月光降りぬ貝割菜〉**⑤もそうで、月光が「ひらひら」降りてきて、その先には可憐な貝割菜が畑にズラッと並んでいる……誰もが目にできそうな情景に「ひらひら」という措辞を当てはめて唯一無比のファンタジーが発生する。しかも独りよがりではなく、読者という他者に伝わる臨場感を有季定型で立ち上げた名人でした。

―解説―

①藤山一郎（1911～1993）―戦前から戦後にかけて活躍した国民的歌手。「丘を越えて」は昭和6（1931）年、「青い山脈」は昭和24年のヒット曲。

②溝口健二の『赤線地帯』（昭和31）は赤線で働きながら人生に翻弄される女性達を描いた映画で、彼の遺作となった。『祇園囃子』（同28）は祇園の芸妓と舞妓が花街で生き続ける姿を描いた映画。

③麗子像―岸田劉生が娘の麗子を描き続けた連作シリーズ。「デロリとした下品な美」を追い続けた劉生らしい筆致で描かれている。

・④～⑥は次の句集に収録。④は第一句集『川端茅舎句集』（昭和9）、⑤は第二句集『華厳』（同14）、⑥は第三句集『白痴』（同16）。

松本たかし

・松本たかし（明治39〔1906〕～昭和31〔1956〕）――東京出身、本名は孝《たかし》。江戸幕府お抱えの宝生流座付能楽者の松本家長男に生まれる。病弱で能楽師を諦め、23歳で「ホトトギス」雑詠欄巻頭を飾る。川端茅舎、中村草田男と肝胆相照らす仲で、茅舎はたかしを芸術の貴公子と称した。

経歴紹介／能楽の名家に生まれる

青　「ホトトギス」の四S以外の俳人たちを紹介してきましたが、松本たかしも外せない俳人です。

俳　元はっぴいえんどの松本隆さんと同姓同名（97ページ参照）！　「風を集めて」は私の愛唱歌なので、きっといい俳人のはずでは。

青　たかしは茅舎や草田男と仲が良く、虚子もその才を認めた俳人でした。それにしても古いグループを知っていますね。私は「夏なんです」あたりが好きです。

俳　先生もたまにはいい趣味ね。俳句の方のたかしさんはどんなかしら？

青　驚くなかれ。彼は能楽のシテ方宝生流、松本長《ながし》の長男として生れ、本名は孝。名伯楽と謳われた父の下で幼少期から能楽を学んだ御曹司なり。

俳　戦後民主主義的アメリカナイズ世代なので驚くことができない……あの唸るような低い歌声は聞き取れませんし、はっぴいえんどの方が心に沁みます。

青　現代だとそうなりますよねえ……松本家は徳川幕府お抱えの宝生流座付能役者の家柄で、たかしの祖父の金太郎も名人の誉れが高く、父の長は明治の三名人と称された宝生九郎も認めた名手。たかしは幼い頃から舞台に立ちますが、14歳の頃に身体に違和感を覚えて診察を受けると肺尖カタルが発覚。結核の初期段階ということで療養生活に入ります。

俳　名家の長男ということは相当期待されたはずなので、本人はもちろん、周りの落胆も大きそう。

青　おそらく。ただ、療養中に「ホトトギス」を詠んで俳句に関心を抱き、やがて高浜虚子とも会い、句作に励み出します。療養が俳人たかしを生んだともいえるんですよ。

俳　お能の方はどうなったのでしょう？

青　療養第一で、能楽からは徐々に離れます。後年のたかしは薬好きで、ビタミン剤を注射で打ったりと何種も常用していたらしいですが、この頃から神経衰弱で不眠に悩まされ、催眠剤を愛用し始めたようです。

俳人として生きる

俳　悩んでいたのね……分かるわ。私だって敗戦後に生きていたら坂口安吾さんのようにヒロポン打って原稿を書きまくったわ。

青　何の話ですか。ヒロポンは麻薬なのでビタミン剤とかなり違いますし、原稿依頼も来ていないのでは……たかしに戻ると、厳しい稽古から離れて療養に専念した後は小鼓を打つのが趣味で、体の調子のよい時は鼓を打って慰めとしたみたいですね。しかし、ノイローゼが嵩じて静養を余儀なくされたため、一度は芸道を志した情熱のはけ口と現実逃避も兼ねて俳句に打ちこみます。瞬く間に「ホトトギス」雑詠欄の常連になり、23歳の若さで同人に推挙されました。

俳　「ホトトギス」雑詠欄は厳選で有名だったんですよね。たかしさん、簡単に雑詠欄に載り始めたみたいですけど、どんな句が採られたのでしょうか。

青　例えば……**〈十棹《とさお》とはあらぬ渡しや水の秋〉**（①）。郊外の幅の広くない川には橋がなく、地元の人を乗せるような渡舟があるのみ。ゆっくり棹をさし、十回ほども繰り返すと向こう岸に着く……周囲は静かで、浅い川の水は澄み、底の水草も見えるようで、川面は空の青さを映して爽やか。まさに水の秋であることよ……という句です。「十棹には足らぬ」ではなく、「十棹とはあらぬ」が何気なく凄い。

俳　「十棹」に足らないかどうかを言いたいわけではなく、そういう幅の狭い川を渡舟がのんびり通うこと自体に興を覚えたから「〜とは」なんですね。「水の秋」の季感を描くのも巧いですし、整っています。何歳の作品ですか？

青　20歳。句作に真面目に打ちこみ始めて2年ほどです。

俳　その若さで老成した洗練ぶり……雑詠欄に載るわけねえ。

青　虚子がたかしを厚遇したのは宝生流の名家出身だったという贔屓目もあるでしょう。虚子の父は下掛宝生流の嗜みがあり、虚子も能が大好きでした。その点、たかしは恵まれていますが、彼はとにかく句が素晴らしかった。たかしは「ホトトギス」同人になった頃に雑詠欄巻頭も取り、茅舎や草田男、高野素十らと親しく交わるようになります。

俳　確かに、そのクラスの俳人と語り合えるのでしたら互いに認め合わないと難しいかも。他の句、教えて下さい。

青　**〈流れつゝ色を変へけり石鹸玉《しゃぼん》〉**（①）。

俳　言葉にムリをさせずに臨場感を出せている。何より石鹸玉を「流れつゝ」と言い留めるのが巧い。

青　**〈ゆたかなる苗代水の門辺かな〉**（①）。

俳　これも上五の妙！　稲の苗床に引き入れる水を「ゆたかなる」と見立て、「門辺」でやはり豊かそうな農家を連想させながら場所もさりげなく示すのは手練れですな。

青　たかしはこういう句を量産できる技量を早くに会得しただけでなく、確かな質感や前後の余情を感じさせる秀句も詠みえたのが凄い。**〈仕《つかまつ》る手に笛もなし古雛〉**（①）。

俳　脱帽の域に入ってきました……雛壇に飾られた五人囃子の一体ですかね。その雛は昔から内裏雛に仕り、横笛を吹いて囃子をする役目を仰せつかっていた。時は経ち、幾年も経ていつしか古びたが、今も両手は笛を吹こうとしている。しかし、笛はどこにもない。それなのに、手はそのままの形で静止しながらも内裏雛に仕っている。古びたまま、笛もなくし、手もそのままで……「笛もなし」が何気なく冴えています。

青　笛を持った五人囃子の風情ではなく、笛が欠けた古雛を捉えるまなざしは意外なモノへの発見と驚き、そして俳句らしいズラシの把握があり、淡いペーソスや微かなユーモアも漂っている。こういった「写生」のまなざしに微妙な心情のあわいを漂わせるのはたかしの特徴で、**〈秋晴の何処かに杖を忘れけり〉**（①）も絶妙です。

俳　茅舎さんや草田男さんは「奇!」という感じで好きでしたが、たかしさんは王道ながら作家の特徴が出ている。整っているのに、作り事というより作者の実感を感じさせるのは凄いわ。こういう俳句の良さもあるんですねえ。

他の秀句

青　たかしは中村草田男や川端茅舎と比べると目立たない作風ですが、凄い俳人なんですよ。**〈打ちとめて膝に鼓や秋の暮〉**（②）**〈青天にたゞよふ蔓の枯れにけり〉**（①）等、音の調べや運びで質感をこれだけ端正に表現しうる俳人は稀です。

俳　草田男さんたちの方が目立つのは分かるなあ。「芸術は爆発だ!」的に、分かりやすいクセや偏りがある方がいかにも芸術という感じですよね。

青　ええ。クラシック音楽でいえば、ショパンやモーツァルト等の個性豊かな作曲家が好まれ、宮廷音楽のハイドンやヘンデルの天才的な構成力が注目されないのと似ているかもしれません。

俳　イカやヒラメの淡い味は人生の悲哀すら感じさせる味わいがあるのに、アナゴやトロの分かりやすい味が好まれる感じね。

青　寿司の通人めいたコメントですが、イカとハイドンは違うような……たかしに戻ると、能楽等で鍛えた格調の正しさや様式美、それに「写生」が溶けあうことでたかし流の俳句が出来上がったといえるかもしれません。**〈眼にあてゝ海が透くなり桜貝〉**（④）**〈包丁を取りて打撫《うちな》で桜鯛〉**（③）

も情調豊かな季節感の中に「写生」の臨場感が込められています。〈羅《うすもの》をゆるやかに着て崩れざる〉（①）あたりも季感と臨場感をバランスよく醸す表現の運びが見事。

俳　分かった。たかしさん、一句の中の緩急が巧いんですよ。上から下まで一本調子にまとめるのではなく、「眼にあてゝ」「包丁を取りて」「ゆるやかに着て」等、身体感覚をゆったり字数を使いながら一句の中で展開している。それも「私の実感を感じて！」と読者に押しつけるのではなく、「私」を消して実感を追体験させるための緩急のさじ加減、という感じ。

青　言い得て妙ですね。能楽や鼓で鍛えた呼吸や間合の緩急が、一句の運びにも活きたかもしれません。〈とつぷりと後ろ暮れゐる焚火かな〉（①）〈影抱え蜘蛛とゞまれり夜の畳〉（②）あたりもそうで、たかしは定型の中で詠むべきポイントと詠まなくともよい余白の選別能力が抜群に高い。彼は〈篝火の火の粉が高き無月かな〉（①）等のように典雅な情調を濃く湛えた佳句を縷々吐いたので、同時代の俳人たちに芸術上の貴公子と称されたぐらいでした。ところが……

俳　俳壇を引退して煎餅屋を始めようとしたら弟子に止められた？

青　それは晩年の河東碧梧桐。たかしは女性関係が乱脈すぎたんですよ。盲目的に女性を追い続け、逢瀬や別れ話で愛弟子に無理難題を押しつけたり、非常識な点が相当あったらしい。名家のお坊ちゃん気質が抜けなかったのかも。

俳　こやつもシベリアのラーゲリで再教育ね。無事帰国できた暁には現代詩でも書くがいいわ。

青　またムチャな……詩人の石原吉郎ですか（⑤）。たかしは病弱で能役者を諦めたというやるせなさや鬱屈が、もしかすると私生活でのわがままにつながったのかもしれません。〈夢に舞ふ能美しや冬籠〉（④）、太平洋戦争の年の句です。

俳　世間や常識の埒外で戯れる貴公子、という感じねえ。

—解説—

・①～④は次の句集に収録。①は第一句集『松本たかし句集』（昭和10〔1935〕）、②は第二句集『鷹』（同13）、③は第三句集『野守』（同16）、④は第四句集『石魂』（同28）。

⑤石原吉郎（1915～1977）—満州（中国の東北地方）でソ連軍に連行され、8年間のシベリア抑留から復員後、その時の体験を元に詩作を始めた。詩集『サンチョ・パンサの帰郷』（昭和43）など。

中村草田男

・中村草田男《くさたお》（明治34〔1901〕～昭和58〔1983〕）——清国生、松山で育つ。本名は清一郎。神経衰弱で休学を繰り返し、気晴らしに句作をすると精神が安定し、「写生」に目覚める。やがて昭和の芭蕉と称されるほど俳壇の耳目を集め、人間探求派と称された。敗戦後に主宰誌「万緑」を創刊し、社会性俳句を促す句群を発表した。

■経歴紹介／士族の長男に生まれる

青　以前に紹介した芝不器男は20代前半で急逝しましたが、今度は二百歳まで生きようとした俳人を紹介しましょう。中村草田男です。

俳　尊敬する郷土の大先輩、草田男さん！　福禄寿を目指していたんですか。

青　30歳過ぎまで学生生活を送った方なので、そういう年齢感覚なんですよ。

俳　大学院に進学して何か研究に打ちこんだとか、助手歴が長かったとかですかね。

青　いや、受験失敗や休学につぐ休学で、単に学部卒業が延びたという人生です。

俳　それはまた悠久の時の流れねえ……何か事情があったのでしょうか。

青　そのあたりに注目しながら彼の人生を見てみましょう。父が外交官だったので草田男は清国福建省で生まれます。清で生まれた長男なので本名は清一郎。両親ともに松山藩士の家柄で、草田男は三歳の時に日本に戻り、祖先の地である松山に引っ越します。

俳　士族で外交官。いかにもエリートですな。

青　そこは微妙で、中村家は賊軍の松山藩なので出世コースを歩めなかったんですよ。何より草田男の父は文学好きでしたが、家族を養うため法律を志した人物で、自分は果たせなかった文学への想いが子に継がれたともいえます。父は仕事柄、海外在住が多かったことに加えて母も途中から海外の父に同行したため、草田男は祖母に育てられました。松山や東京で小学校を過ごし、14歳の時に松山中学校に入学します。そこで多くの親友に出会うわけです。

俳　漱石さんも教師をした中学ですね。

青　そう。彼が英語教師として勤め、子規や虚子も通ったエリート校です。草田男は早くから芸術方面に親しみ、ドイツの画集や大人が読む雑誌「改造」を読み耽ったとか。校内にはそういう芸術愛好の徒が集う回覧雑誌があり、草田男も参加して創作や論を発表し始めます。そこには本物の才能を有した青年たちがいて、後に映画監督になる伊藤大輔や伊丹万作、画家の重松鶴之助等、凄い面々がいたんですよ。彼らの共通の趣味は絵画で、岸田劉生に心酔していたそうです。

教養と神経衰弱

俳　劉生氏には川端茅舎さんもハマっていましたよね（167ページ参照）。そんなに人気が？

青　劉生は志賀直哉らの「白樺」派にも属するなど、いわば近代日本の洋画を体現する存在だったんですよ（①）。当時、中学や高校に進学した草田男たちエリートは人生の真実を実感したいと願い、人間性を高めるために芸術を愛することを是とする気風がありました。草田男は他にレンブラントやデューラー、ムンクの画業やドストエフスキーやチェーホフ、ヘルダーリンといった文芸に親しみます。芸術の教養を深めることが人生の意義を探り、人間性を磨くと信じたわけです。

俳　資格勉強にハマる現代とは違いますねえ。

青　ええ。ただ、草田男はあまりに芸術や人生の意義等を思いつめるタイプで、浮世離れした存在だったようです。彼は学校生活がうまく行かずにノイローゼに陥り、ついに休学します。

俳　鋭敏すぎる若者がハマる道ですな。私は思春期にいくら芸術に触れても大丈夫でしたよ。鈍感力というやつ？

青　ここで頷いたら西方浄土に送られそうなのでスルーしましょう。神経衰弱に陥った草田男は仲間の伊丹万作やニーチェの『ツァラトゥストラ』を読んで救われたらしいです。特にニーチェは生涯にわたり何度も読み返し、原語で読むほどだったとか。

俳　「神は死んだ」の哲学者ですよね。その人の本に救われるとは不思議。

青　彼とニーチェの関係は興味深いのですが他の機会に譲るとして、草田男は7年かけて松山中学を卒業して松山高校に入学し、しばらく平穏でしたが、母親代わりだった祖母が亡くなった後に異常な体験を経て、再び強度のノイローゼに陥ります。

俳　夢の中で豚にさせられた祖母が「飛べない豚はただの豚さ」と呟きながらメーヴェで去りゆく……そんな初夢を見た？

青　ジブリのヘンな混ぜ方をしないで下さい。永遠を垣間見たらしいんです。

俳　先生、頭大丈夫ですか？

青　私じゃなくて草田男。彼曰く、修学旅行の帰りの汽車で突如天地の分厚いカーテンに両断させられるような死の恐怖に貫かれ、久遠とも思える死の時間を実感したとのこと。その後、高校を卒業して東京帝国大学ドイツ文学科に入学しますが、再び極度の神経衰弱に襲われまくって休学を重ねます。死という永遠を見てしまったために……。

句作を本格的に開始

俳　あまりに芸術家的なエピソードで実感が湧きませんが、本人的には大変そうねえ。

青　日常生活が困難になり、疲れはてた草田男は現実逃避しようと句作をふと始めたそうです。それまでの彼は、俳句のような短詩は人生の複雑な事象を詠みえないと半ば軽蔑していたのですが、何も表現できないほどの短さと「写生」が彼のノイローゼを中和するのにピッタリだったみたいですね。

俳　そういえば草田男さんは松山の中高校で文学にハマっていたのに、句作はしなかったんですね。それに草田男という俳号もよく考えるとヘン。何か由来が？

青　西洋芸術の絵画や哲学、小説は人間の複雑極まる内面や自我と社会の相剋等を表現できると信じられましたが、俳句は短すぎて思想も何も盛り込めない。だから近代人が真剣に向き合う芸術ではなく暇つぶしの余技だ、と若き草田男は感じていたようです。その彼からすると、「人生いかに生くべきか」と真剣にあがきながら哲学や芸術等に傾倒したつもりですが、親族からすると無能なダメ長男にしか見えず、ある時「お前は中村家の長男なのに何をしているのだ、腐った男め」と面罵されたそうです。草田男は内心「その通りだ、しかしそう捨てたものでもないぞ」と反抗心と矜恃を込め、その屈辱をバネに俳人として真剣に生きようと付けたのが「草田男」だったとのこと。屈辱を忘れるな、と自分に言い聞かせる気概も込めたのでしょう。

俳　周りからしたら「どうでもいいから早く卒業して仕事してくれ！」ということね。

青　ええ。32歳で大学を卒業した彼は成蹊高校の教員になり、真の愛を求めて10回ほど見合を経た後にピアニストの福田直子と無事結婚。俳句の方でも急激に才能を発揮し、結婚した頃には「ホトトギス」の看板俳人になっていました。

俳　ちょいとお待ち。草田男さんが句作を本格的に始めてから何年ほどで看板になったんだい？

青　10年弱でしょうか。本腰を入れて詠み始めてから数年以内に**〈校塔に鳩多き日や卒業す〉〈降る雪や明治は遠くなりにけり〉**（以上、①）等を量産しています。

俳　天才じゃねえか！

青　草田男の母方の一族が虚子と交流があり、その縁で虚子は同郷の草田男を目にかけたという幸運もありました。ただ、それだけで草田男句の凄さは説明できない。昭和10年代には俳壇全体から「昭和の芭蕉」と目され、「ホトトギス」と新興俳句双方から称賛されるという稀有な存在になります。同時に、草田男は真の近代人として妻とともに家庭生活を築こうと心がけますが、あまりに真面目な上に互いに芸術家肌なので意味不明な喧嘩を繰り広げたみたいです。

俳　例えば？

青　ある時、直子夫人が「近頃のあなたは急速に濁ってきましたよ」と宣告すると、それを聞いた草田男が「そんなことはない！」と真剣に怒ったりとか。昔の日本的な夫婦関係とおよそ異なり、西洋芸術を深く学んだ個と個の対決といった様相を呈していたみたいです。大体は草田男がウジウジして負けたみたいですけど。

俳　名は体を現わすのね。腐った男……。

青　草田男は日常生活も教師業もまるで出来ない事務能力ゼロの破綻型だった反面、異様に鋭い観察眼をよく発揮したそうです。例えば、お嬢さんの弓子さんが部屋で海外小説を読んで大きな感動と調和に満ちた心境で部屋を出ると、その表情を見た瞬間、父の草田男が「お前は今、非常に調和していますね」と指摘してお嬢さんを仰天させたりとか、そういう逸話が多々残っています。映画俳優の物真似が異常に上手かったり、人物評が超的確だったりと、やはり「写生」眼は並外れていたらしい。それに加えて混沌とした死生観やユーモア等が俳句上で混じりあった時、傑作群が量産されたわけです。

作品紹介／迫力と臨場感

俳　草田男さんの特徴は異様に的確で細かい写生眼と独自の世界観にある、と仰っていましたよね。代表句の**〈降る雪や明治は遠くなりにけり〉**あたりにはあまり感じませんが、他にどういう句があるのでしょう。

青　**〈世界病むを語りつゝ林檎裸となる〉**②。

俳　凄い展開。「世界は病んでいる！」とか熱く語りながら林檎を剥いていると、気付けば剥き終わった林檎が丸裸でシンとそこにある……という感じかしら。「裸となる」と詠まれると林檎の立体感が妙に際立ちますが、それにしても「世界病む」から林檎に行くとは。聖書の読みすぎ？

青　読みの可能性としては、誰かが語りながら林檎を剥く様子をじっと見ている……とも取れますが、自分で自分のしたことに驚いたと取る方が面白いかも。「裸になる」であれば驚きの心情はありませんが、「裸となる」という表現には「！」と驚いている風が強い。林檎を剥きながら我を忘れて語りつつ、ふと林檎を剥き終えていることに気付いて驚き、しかもその林檎は迫真性を持ってこちらに迫ってくる……という感じでしょうか。あと、仰るように草田男は西洋文化に親しんだ俳人なので、「世界・病・林檎・裸」の連なりはキリスト教の原罪に関連した物語や知識が背景にあるかもしれない。

俳 なるほど。でも、普通は皮を剥いた林檎を「裸となる」とは詠まないですよね。しかも世界の何が病んでいるのか、一体誰と誰が語り合っているのか……状況がよく分からないのに、迫力だけはドスンと来る。

青 草田男句の特徴の一つはそこなんですよ。彼は状況や人間関係を誤解なく伝えようと注意を払うタイプではなく、ある種の雑さとともに現場の臨場感や質感を有無を言わさず訴える句が多い。**〈朝ざくらみどり児に言ふさやうなら〉**②は朝の出勤風景かもしれませんが、こう詠まれると永遠の別れのような不思議な情感が迫ってきます。

俳 詳しい説明がないですよね。優しい表情で「行ってくるね」という調子なのか、厳しい顔で独り言のように告げているのか。

真剣味と笑い

青 状況が謎でありながら、作者の真剣な様子や本気印の臨場感だけは読者に伝わるという作風は彼の独断場でした。**〈金魚手向けん肉屋の鉤に彼奴《きゃつ》を吊り〉**②**〈父となりしか蜥蜴とともに立ち止る〉**②**〈厚餡割ればシクと音して雲の峰〉**⑤等、作者は大真面目なのでしょうが、状況の詳細が分からない。それなのに一つ一つの行為の本気度は伝わる上に、いずれも夏の季感が活きているのも凄い。

俳 真剣なのにどこかユーモラスですよね。怒っている「彼奴」に手向けようとするのがなぜか金魚だったり、蜥蜴と一緒に立ち止まったり歩いたりする行動を通じて父となってしまった自分を今さらながらに自覚したり。薄皮饅頭のように餡がしっとり詰まった甘味をテイッ！と気合とともに割って空には入道雲とか、その本気度が何だか独りコントみたい。

青 純度の高い感情の昂ぶりがそのまま笑いを醸す点も草田男句の特徴です。当人は本気でも、他人から見ると喜劇じみたふるまいになっていることが多いんですよ。**〈妻抱かな春昼の砂利踏みて帰る〉**②も真剣かもしれませんが、そんなことを春の昼に思いつめている方がおかしい。一体何があったのか、追い詰められたのか、と。そもそも春の昼のどこに居るんだ、とツッコミたくなる。

俳 そうか、妻の想いや状況に配慮せず、勝手に「妻抱かな」とか思い決める男だからこそ「妻抱かな」と思い詰めるような状況に陥ったことに気付けない、と。しかも「砂利踏みて帰る」の意志に満ちた細かい描写が「妻抱かな」の重大決心とズレていますし、こういうズレやら妙な力みやら読者に伝わるように詠まれているから、当人の真剣味が増すほど読者は笑えるんですかね。

写生眼の確かさ

青　ええ。〈**蟷螂は馬車に逃げられた馭者のさま**〉④〈**尺《しゃく》蠖《とり》虫の炎逃げんと尺取りつつ**〉⑤もそうで、蟷螂や尺蠖虫は自らがそうであることに気付いていない。背負わされた宿命を意識せず、当人は一生懸命に生きている。その様子を冷静かつ辛辣なまでに観察する力と表現力が草田男は凄いんですよ。〈**枕木を五月真乙女一歩一歩**〉②〈**手を口にあげては食《くら》ふ枯野人**〉③〈**伸びる肉縮まる肉や稼ぐ裸**〉④とか。

俳　確かに。把握の仕方も表現もヘンなのに、質感がビシビシ伝わってきます。「真乙女」「枯野人」「稼ぐ裸」……何かアレね、ピカソの奇怪な人物画とかの妙なリアル感に近い感じねえ。人間がデフォルメされまくって真実が露わになる感じというか。

青　言い得て妙ですね。そのデフォルメに「写生」の確かさが加わると次のような句になります。〈**大試験了《お》へたる双児の爪伸び居り**〉②〈**林檎の柄《え》林檎に深し仏燈下**〉③〈**寒の暁《あけ》ツイーンツイーンと子の寝息**〉④……日常の景色のはずなのに、どれも驚異的な出来事のように詠まれている上、目の付け所が微細で精確という。

俳　双児や林檎や子の寝息が、まるで出会ったことのない生命体のように迫りくる感じね。しかも現場の臨場感が凄い。爪が伸びているのは「大試験」の雰囲気がありますし、仏燈下の暗がりを帯びた灯が林檎の柄のところをほのかに照らしている質感が感じられます。同時に、「林檎の柄が林檎に深く射しこんでいるゾ」などと日常生活ではまず認識しませんし、わが子の寝息を「ツイーンツイーン」と認識するとは……。

青　草田男は場の状況や雰囲気を掴むのが鋭い上、それらに遭遇した自身の驚きや感動を言葉で示すのが天才的に巧い俳人でした。松山の藩時代の面影を詠んだ〈**夕桜あの家《や》この家《や》に琴鳴りて**〉①は郷愁に満ちた町の美しさが示されていますし、〈**冬の水一枝《いっし》の影も欺かず**〉①は冬ならではの凛烈とした寒さや水面の張りつめた緊張感が見事に表現されている。

俳　「あの家この家」みたいにリズミカルな把握や、「影も欺かず」のように強い否定を活かす作品はよほど大胆で力強くないと詠めない気がします。「夕桜」句は他句より端正に見えますが、相変わらず大胆な詠み方ですねえ……巧く詠もうとする意識ではなく、体験した出来事の質感を表現しようとした結果、大胆になったという感じ。

他の代表句

青　ところで、今までの句の多くは彼の代表句というより、やや脇に置かれる句群なんですよ。有名なのは次のような句です。**〈オリオンと店の林檎が帰路の栄〉**①**〈万緑の中や吾子の歯生え初むる〉**③**〈白鳥といふ一巨花を水に置く〉**⑤。

俳　有名な「万緑」句も今までの話の流れで聞くと、何だか超常現象みたい。歯が生えてきたことを素直に喜ぶというより、桃色の柔らかい歯ぐきから白くて硬い歯がヌッと出てきたことに驚いている感じねえ。

青　「万緑」句は、学校教育ではわが子の成長を喜ぶ生命賛歌みたいな風に解釈されがちですが、そういう心情と同時に、ある時期になると歯が生え始める子どもという生命体への驚異の念や、今まさに生え始めてきていることを発見した驚きもある。草田男が凄いのは、こういう「驚き」を手放さなかったところにあるんですよ。

俳　といいますと?

青　彼には**〈冬空をいま青く塗る画家羨《とも》し〉**①といった理想家や夢想家の側面もありますが、そういう自分の観念や感情を自己愛的に愛でずに、必ず自分と異なる他者の世界、つまり外界と接触した時の「驚き」を句に詠みこむ強さがあった俳人でした。先の句でいえば「いま青く塗る」の箇所だったり、**〈晩夏光バットの函《はこ》に詩を誌す〉**②でいえば煙草の箱の「バットの函」だったり。「驚き」がなぜ句の強さとなり、読者を立ち止まらせることができるかは機会があればお話したいところですが、草田男は純度の高い喜怒哀楽や理念と同時に、自分を揺さぶるような外界との手触りをセットで詠みえた稀有な俳人だったといえるでしょう。

―解説―

・①〜⑤は次の句集に収録。①は第一句集『長子』（昭和11〔1936〕）、②は第二句集『火の島』（同14）、③は第三句集『万緑』（同16）、④は第四句集『来し方行方』（同22）、⑤は第五句集『銀河依然』（同28）。

日野草城

・日野草城《そうじょう》（明治34〔1901〕～昭和31〔1956〕）—東京生、朝鮮の京城で育つ。本名は克修《よしのぶ》。中学生で句作を始め、大正期に20歳で「ホトトギス」雑詠欄巻頭を飾る。昭和期には洗練されたモダニズム俳誌「旗艦」を発行したが、無季句を推進したため「ホトトギス」同人を除名された。戦後は「青玄」主宰となり、関西で多くの門人が活躍した。

経歴紹介／上流階級の家系に生まれる

青　これまで四Sその他の昭和初期「ホトトギス」の俳人を紹介してきましたが、彼らの中でもいち早く注目され、華々しく活躍した俳人がいました。日野草城という俳人で、後に関西の新興俳句の巨頭として活躍した才人です。

俳　桂信子師匠の師匠ですか?

青　よくご存じですね。彼女は草城主宰の「旗艦」「青玄」で句作に励み、師の草城の存在を終生大事にした俳人です。お好きなんですか?

俳　**〈ゆるやかに着て人と逢ふ蛍の夜〉**から**〈ごはんつぶよく噛んでゐて桜咲く〉**まで詠む自由な作風に憧れ、心中で師匠と慕っているんです。桂信子の自由さは草城門下だったのが大きいかも。

青　いいですね。草城の本名は克修、明治34年に東京で次男として生れます。日野家は由緒正しい上流階級で、和歌を嗜む家系でしたが、零落したため父の梅太郎は家の再興を願って苦労して働いたようです。梅太郎は日本鉄道会社に勤め、後に朝鮮の京釜鉄道会社で働くことになり、草城が4歳の時に京城に引越します。

俳　お家の再興とは時代劇みたい。草城さんの時代にそんな意識があるとはビックリ。

青　現代人には分かりにくいでしょうね。梅太郎に育てられた草城は背筋をシャンと伸ばし、何事もきっちりして勉強も出来る。趣味は文学。同級生によると知的で眉目秀麗、洗練された風があったらしく、特に文芸関連の趣味はセンス抜群だったとか。

俳　落ちぶれたからこそ品格を磨いて勉学に励みなさい、という感じかしら。草城さんの雰囲気から、お父様の教育方針が分かるような。

青　その父の影響で草城は俳句に興味を抱きます。梅太郎が京城から離れた土地に転勤になり、家族も引越す際、草城は京城中学に通っていたため京城に残りました。その後、父が俳句を添えた葉書を京城の家族によく送ったらしく、草城はそれで俳句に関心を抱いたようです。父は句作が趣味で、やがて子の草城も父とともに「ホトトギス」系の句会に参加したり、草城も「ホトトギス」に投句を始めるなど、父子ともに俳句趣味を養うようになりました。

京都帝国大学へ

俳　仲も良かったのね。京城に残った草城さんはそのまま朝鮮の高校や大学に？

青　高校から日本に戻り、大正7（1918）年に第三高等学校に合格して下宿生活を始めます。受験時に肋膜炎に罹って以来、菌を怖がって病的に潔癖症になったらしい。菓子も手でつまむことは絶対にしなかったりとか。

俳　コロナ禍に生きていたら防護服で生活しそう。

青　確かに……環境が許せば完全引きこもりになったかも。高校入学の年には厳選で知られた「ホトトギス」雑詠欄に掲載され、また京都の市井の「ホトトギス」俳人たちとも知り合います。その頃に上洛した高浜虚子の歓迎句会で初めて虚子と面会するなど、草城は次第に俳句にのめりこみました。やがて彼は三高生や「ホトトギス」俳人らと句会を始め、後に三高俳句会として発展させます。これには背景があり、虚子が草城や京都の俳人に手紙をマメに送り、俳句会を促したのが大きいといわれています。当時の京都には「ホトトギス」派が少なく、虚子は関西にも拠点を作ろうとエリート学生の草城たちを支援し、また虚子自身も京都によく足を運んだために三高俳句会は活発になったという経緯がありました（44ページ参照）。

俳　よく批判される経営者としての虚子さんですね。

青　それもありますが、彼は結社経営が本業なので、当然ともいえます。草城はやがて京都在住の鈴鹿野風呂と出会い、俳誌「京鹿子」を創刊して運営等に携わるようになりました。当時、三高に在籍していた山口誓子は短歌好きでしたが、校内に貼り出された告知に惹かれ、句会に参加すると草城の**〈葡萄含んで物云ふ唇《くち》の紅濡れて〉**に衝撃を受け、句作に打ちこみ始める出来事もありました（107ページ参照）。草城はその後、京都帝国大学に進学し、「ホトトギス」雑詠欄巻頭も飾るなど京都の若手俳人として名を馳せます。この時期の虚子は草城の才気を高く評価し、関西「ホトトギス」の代表選手として遇していました。

「ホトトギス」との関係

俳　「この時期の」、何やら引っかかりますね。虚子さんと草城さんの間に、後に何か起きたのでしょうか。

青　草城は昭和期に同人を除名されたんですよ。

俳　ワケを聞かせてもらおうじゃないの。

青　20歳前半の草城は、大正中期の「ホトトギス」のスターでした。**〈春の灯や女は持たぬのどぼとけ〉**等の清新な作風は多くの俳人を驚かせましたし、三高俳句会の中心人物でもある。東京帝大出身の水原秋桜子は、関西の草城たちの活躍に刺激され、休会中の東大俳句会を再興して誓子や山口青邨らと研鑽を積むことになりました（115ページ参照）。京都帝大生の草城が先陣を切ったために、後に東西の帝大出身者が「ホトトギス」で頭角を現わすきっかけになったわけです。新興俳句で名を馳せた京大の藤後左右や平畑静塔、また四Sの東大の高野素十や誓子、そして中村草田男等、最高学府出身の若手俳人の嚆矢が草城だったんですよ。

俳　それだけ輝かしかったのに、なぜ除名に？

青　明確な理由は謎。ただ、ある時から雑詠欄成績が急降下し、第一句集『花氷』も厳選せずに約二千もの句群を大量に収めたので玉石混淆と評され、賛否両論を招きました。京都帝大卒業の草城は、句会で一緒だった浅井啼魚《ていぎょ》に見込まれ、啼魚が専務を務める大阪海上火災保険会社に入社します。啼魚は娘の梅子の結婚相手に草城や山口誓子を考えたようですが、草城は大阪の商家のお嬢さんと結婚。啼魚は草城に社内句会の指導等をさせようと仕事が楽な課に配し、彼の机上にはいつも選句稿がドッサリ積まれていたという伝説があります。

俳　そういう生活が虚子さんのヘンな地雷を踏んだんですか？　まさかねえ。

青　真相は不明ですが、草城には三高や京大に濃厚な「自由」を愛する気風がありました。東京の秋桜子は関西の草城たちが楽しそうに見えたらしく、学生や社会人も自由闊達に忌憚なく意見や批判を言いあう彼らの雰囲気が羨ましかった、と述懐しています。昭和期の草城は総合誌「俳句研究」で経営者虚子の側面を指摘したり、また無季句を詠み始めたことに加え、俳誌「旗艦」を創刊して関西の新興俳句の巨頭となります。その「旗艦」で草城はじめ富澤赤黄男や西東三鬼らが無季句を立て続けに発表したこともあり、昭和11（1936）年、「ホトトギス」同人を除名されます。草城自身はやはり、という思いだったとか。

俳　虚子さんを批判したり、主宰誌を持ったことも理由かもしれませんが、無季推進者になったのが決定的な気がしますねえ。有季定型を軸とする「花鳥諷詠」を唱えた虚子さんが無季句を認めると、結社が成り立たなくなりますよね。

戦時下、戦後

青　仰るように、除名の主な原因は無季句にあったように思います。草城の「旗艦」はモダンかつスタイリッシュなデザインで知られ、都会の風物を詠んだ無季句が毎号掲載されていました。戦後に活躍する若き桂信子は「旗艦」の洗練されたデザインや句の清新さに驚き、草城を師と仰ぐようになります。ただ、戦時色が濃くなると「旗艦」の自由主義は時局批判と取られるようになり、昭和15（1940）年には「京大俳句」関係者が特高警察に逮捕されたため、草城は身の危険を感じて俳句から手を引きます。太平洋戦争が勃発した後、戦争末期になると会社が住友と合併して草城が人事部長や神戸支店長になったため、神戸と大阪を行き来して現場に出向いたり、仕事に忙殺された上に空襲で家が焼失。流亡の生活を余儀なくされ、しかも敗戦という混乱の中、殺人的な混雑列車に乗って仕事に追われるうちに急性肺炎になり、病臥の身になってしまいます。

俳　高校受験時の肺病がぶり返したのかしら……敗戦後は草城さんのようなエリートでも苦労を強いられたんですね。

青　都会から疎開できる縁者が地方にいるかどうか、また疎開できる仕事かどうかも関係しますし、何より資産がなければ簡単に疎開できないので、草城のような都会のサラリーマンは働き続ける必要がありました。肺病になった草城は会社を休職し、結局は復帰できずに退職します。その退職金を全額はたいて大阪の池田市に風呂付きの自宅を購入し、病床の晩年を過ごしました。敗戦後のインフレ等で生活は厳しく、例えばお嬢さんの一人は大学進学を諦めて事務員の仕事を勤めています。そのさ中でも彼を慕う俳人らが草城を主宰とする俳誌を立ち上げようと「青玄」を創刊し、彼の生活を助ける後援会を結成したんですよ。やがて敗戦の混乱が落ち着くと有名な草城に俳句関連の仕事が舞いこむようになり、草城一家の生活が安定し始めました。病臥の草城に対し、虚子も「ホトトギス」同人復帰を認め、草城宅には全国から俳人が見舞いに訪れるようになります。

俳　よかった……どうなることかを気を揉んでいました。俳句や文学その他の芸術方面で身を滅ぼす人は多そうですが、草城さんの場合は俳句が身を助けたんですねぇ。

青　そうなんです。何より病床の草城が恵まれていたのは、奥さんの政江さんが早朝から深夜まで献身的に介護し、夫のために句作も始め、病気回復を祈って姓名診断で「晏子《やすこ》」と改名するほどの熱の入れようでした。最晩年の草城は句集で晏子さんに謝辞を捧げたり、亡くなる数日前には身体をさすってくれる晏子さんの手のひらに「アリガトウ」「カンノンサマ」と指で書き、ニッコリ笑ったそうです。草城の下には戦後関西で前衛俳句を担った多くの俳人たちが集い、現代の私たちが想像する以上に大きな影響を与えた俳人でした。

作品紹介／ポップな作風

青　ここからは草城の作品を見ていきましょう。軽快でオ気を感じさせる作風です。例えば……**〈しら玉の雫を切つて盛りにけり〉**（①）。

俳　ぜんざいですかね、おいしそう。盛られた白玉のプルンとした感じや鮮やかな白色がイメージに出てきます。それに「雫を切つて」に臨場感があり、まさに出来上がった感じもいい。

青　この句は大正期半ばの句で、昭和期には**〈七月のつめたきスウプ澄み透り〉〈みづみづしセロリを噛めば夏匂ふ〉**（②）等の洋食風景を多数詠んでいます。暑い夏ゆえの涼味や爽やかさがうまく出ていますよね。

俳　スープから透けて見えるお皿のひんやりした質感もあり、セロリを噛んだ時の音も聞こえてきそう。確かに的確。

青　**〈春の夜や檸檬に触るゝ鼻の先〉〈サイダーのうすき香りや夜の秋〉**（以上、①）等、海外文化の香り漂う飲食物を触感や嗅覚とともに軽快に詠み、その洗練された都会生活の雰囲気を漂わせた作風は多くのファンを生んだものです。

俳　詠みぶりも凝らず、分かりやすいですよね。オシャレで無駄もなく、軽やか。「触るゝ鼻の先」「うすき香り」のように肌で感じたであろう作者の実感もきちんと宿っていますし、上質なポップソングみたい。

女性を物語風に詠む

青　言い得て妙ですな。草城句は軽快さとほどよい臨場感が持ち味で、新しいものを率先して詠むセンスはずば抜けていました。高校時代の彼が**〈葡萄含んで物云ふ唇《くち》の紅濡れて〉**と詠んで若き山口誓子が驚嘆したり、大正中期の「ホトトギス」で草城が注目され出した時は**〈春の灯や女はもたぬのどぼとけ〉〈人妻となりて暮春の襷かな〉**（①）等の艶冶な句で人々を驚かせたり。

俳　ベタついたいやらしさではなく、男性目線のさらりとしたエロスを抑制を利かせて詠んでいますねえ。現代なら読者によってはジェンダー的にアウトかもしれませんが、大正期には新しかったのかも。そういえば、草城さんの句は以前の石鼎さんや蛇笏さんと一緒の時期に掲載されたんですかね。それとも後？

青　原石鼎らの少し後、という感じです。草城が「ホトトギス」に投句した時期にも彼らは雑詠欄にいましたが、石鼎らの登場は大正初期なので、その後に清新な作風とともに出現したのが草城、と見なすと雑詠欄の流行を把握しやすい。石鼎の**〈風呂の戸にせまりて谷の朧かな〉**といった自然の霊威を思わせるスケールの大きな世界観の後、都会的な草城句が現れたので新鮮だったんですよ。草城は小説も書いていたので男女の恋愛を物語風に描くのが上手でした。**〈初蚊帳のしみじみ青き逢瀬かな〉**①とか。

俳　「しみじみ」にそれっぽい実感があり、下五に種明かし的に「逢瀬」が詠まれたり、詠み方を知っている気がします。蛇笏さんたちが野暮で怖い世界とすれば、草城さんは渋谷系ポップス⑦の洗練ですかね。

■新し物好き

青　懐かしい。90年代に都会的なおしゃれサウンドで一世を風靡したJ―POP、ありましたねえ。仰るように、草城は技巧と洗練と才気で新しい流行を軽快に詠めた俳人でした。例えば、マンドリン・オーケストラの様子を次のように連作形式で詠んでいます。**〈マンドリンやさしき膝に載りそろふ〉〈うごかんとして静かなる銀の指揮棒《タクト》〉〈コントラバス白き腕《かひな》をまきて弾く〉〈マンドリン哭きつむせびつ女《め》の指に〉〈ひしひしと楽を鞭《むちう》つ銀のタクト〉**④。他句は略しましたが、映画の一シーンを連ねるように臨場感たっぷりに詠む技量の高さとともに、いずれも無季で詠むという度胸の良さもある。勇気ある軽率さ、といえるかもしれない。

俳　洗練の度合が並ではないですねえ。一句の重みはありませんが、その軽さが連作だと活きるように思います。オシャレねえ。

青　無駄がなく、品の良い感じは彼自身の佇まいと似ているかも。日中戦争勃発後は戦場をヴァーチャルに詠んだ句も率先して詠み、**〈きのふ火を噴きしトーチカ青麦に〉〈爆撃機爆弾《たま》を孕めり重く飛ぶ〉**⑥等を発表しました。こういった作風、つまり従来詠まれなかったフロンティアに颯爽と足を踏み入れる草城の才気を如実に示すのが、新婚初夜を詠んだ「ミヤコホテル」連作でしょう。かいつまんで紹介すると、**〈枕辺の春の灯は妻が消しぬ〉〈妻の額に春の曙はやかりき〉〈うらゝかな朝の焼麺麭《トースト》はづかしく〉〈湯あがりの素顔したしく春の昼〉**③等を連ねることで初夜を迎えた若き二人の情趣を詠んだわけです。この連作は俳壇内外で物議を醸し、例えば文学者の室生犀星《むろうさいせい》は絶賛しましたが、中村草田男は激怒しました。

俳　出た！　偉大なる永遠の野蛮熱血青年。草田男さんのことだから、昼の連ドラみたいな草城さんの句を「神聖なる愛をナメておる！」とか憤怒しそう。

青　鋭い。いや、一本気な彼だから分かりやすいのかも……草田男は、こういう内容を軽佻に発表する草城の人間性が許せぬと猛批判します。草田男にとって近代人の結婚や芸術表現は人生を賭して成就すべきで、こんな軽いものではない、芸術や人生をナメとんのか！　とお怒りになったんですよ。それに対し、草城は大人の態度で対応し、芸術が厳粛や深刻だけとは限らない、自分は全力を挙げて創作することだけが表現とは思わぬ……と受け流してウヤムヤにしました。

俳　今から考えると面白いわね。**〈妻抱かな春昼の砂利踏みて帰る〉**の草田男さんが草城さんを批判……どっちもどっちな気もしますが、二人の俳句観が違っていたわけね。

青　ええ。草城は山口誓子に85点主義と評されるなど、自己の存在を賭して句を練り上げるといった力みは見せない俳人でした。いうなれば、才気で詠めるものだけを量産する姿勢だったからこそ、モダンな内容や無季句を多様に詠めたんですよ。草城の作風は軽薄という批判も受けましたが、束縛を捨てた自由なあり方は若者を魅了し、俳句文芸の豊かな可能性を感じさせたものでした。例えば、**〈手をとめて春を惜しめりタイピスト〉**②は草城の特質が活きた句で、都会でタイプライターを打つのを仕事とした若き女性の職場のひとときを詠んでいます。

俳　お昼を過ぎた午後か、夕方あたりですかねえ。ふと手を止めた腕や窓の方を見ている顔が一瞬浮かびますし、周りの職場の様々な音も聞こえてきそう。こういう句を見ると、草城さんに若い皆さんが憧れたのは分かる気がします。隠居の風流な趣味といった俳句世界から完全に切れていて、まさにモダニズムの詩、という感じです。

晩年の病床句

青　ところが、戦後に肺結核で倒れた後は雰囲気が一変するんですよ。彼は軽やかなモダニストぶりから淡い陰翳の漂う句を詠むようになりました。**〈春の夕厨の妻を遠くおもふ〉〈きこゆるや秋晴妻のひとりごと〉**⑤あたりは病床に臥せる彼の心境を想わせますし、右眼を失明した後の**〈見えぬ眼の方の眼鏡の玉も拭く〉**⑤には哀切さと微かなユーモアが入り交じった余情があります。

俳　重みが加わったというより、仰るように陰翳が漂うようになった気がします。それが重石代わりになり、淡々とした詠みぶりに奥行きを与えているような。タイピストの句とかなり違いますね。

青　ええ。彼の晩年の傑作が**〈高熱の鶴青空に漂へり〉**⑤でしょう。「高熱の鶴」が寒々しい青空を漂っているのか、「高熱」にうなされる時、鶴がよるべなき青空を彷徨う様子を幻視したのか等、読解が揺れる句ですが、読みの揺れをはらみながらまさに不安定な心象風景を感じさせます。

俳　鶴だから冬？　でも、「青空」が冬っぽくない……春や秋でもいけそう。無季に近くもあり、不思議に実感もこもっていきます。「ミヤコ・ホテル」連作のような明快な意図や句意の分かる句と比べると別人に近いですね。

青　ええ。**〈小走りに妻の出て行く冬至かな〉〈永劫の如し秋夜を点滴す〉**⑤等、晩年は滋味溢れる平淡な句を多く詠みました。草城は石鼎や蛇笏、四Sのような傑作を量産したわけではありませんが、85点主義の表現世界を広げるとともに、無季も厭わない自由で洗練された詠みぶりは多くの若者を惹きつけ、戦後の関西前衛俳句を担う俳人を育てました。その影響力の大きさも含めると、やはり傑出した俳人といえるでしょう。

俳　50代で亡くなったので若くして……と感じますが、句歴のキャリア自体は相当長く感じますよね。若い時にすでに脚光を浴びていたからでしょうか。

青　そうなんです。四Sよりも早い大正中期に20歳前後で注目され、昭和10年代の30代の頃は新興俳句を牽引する存在になり、戦後の50代には病臥の佳句を詠むなど、近代俳句史上でも濃密な時代の変遷を若くして歩んだ俳人なので、人生が短かった印象が意外にないんですよね。

俳　確かに。それに水原秋桜子さんや山口誓子さんの時もそうだったんですが、草城さんが牽引したという新興俳句はどんな運動だったのでしょうか。虚子さんの「写生」や「ホトトギス」の皆さんの俳句観はこれまで紹介下さったので想像できるようになりましたが、新興俳句の皆さんについては知らないことが多いと想いまして。

青　そうですね。「ホトトギス」にも多様な俳人や「写生」観があったように、新興俳句を担った人々も様々で、多くの俳句観や作風がありました。次からは新興俳句を見ていきましょう。

―解説―

・①～⑥は次の句集に収録。①は第一句集『花氷』（昭和2〔1927〕）、②は第二句集『青芝』（同7）、③は第三句集『昨日の花』（同10）、④は第四句集『転轍手』（同13）、⑤は第七句集『人生の午後』（同28）。⑥は「俳句研究」昭和13年5月号。

⑦平成時代に渋谷パルコ文化を象徴する都会的なサウンドで脚光を浴びたポップスで、ピチカート・ファイヴやフリッパーズ・ギターが有名。

新興俳句

■新興俳句の発端

青　では、新興俳句の話に移りましょう。これまで「ホトトギス」の四Sや川端茅舎、中村草田男等を紹介しましたが、彼らが活躍した昭和前期は「ホトトギス」と異なる作風の秀句が多数詠まれ、それを担ったのは新興俳句の俳人でした。きっかけは、昭和6年の……

俳　前に仰っていた先生の話、覚えていますよ。原石鼎さんが反旗を翻したんですよね。

青　いや、水原秋桜子。その頃の石鼎は痛み止めの薬を飲みすぎて中毒になり、叛旗どころではありません。四Sの一人だった秋桜子は俳論「自然の真と文芸上の真」を発表し、虚子の「写生」観は文学ではない、単なる自然観察に過ぎぬと批判したんですよ（116ページ参照）。すると、客観写生に飽きたらない若者たちが秋桜子に賛同し、「ホトトギス」流「写生」と異なる発想の句を詠み始めたわけです。

俳　秋桜子さんでしたか。アウトローの石鼎さんならやりかねないと思いこんでしまって。思い出しましたが、秋桜子さん的には俳句を他芸術や文学と同じようにしたい、という思いがあったんですよね。

青　そう。秋桜子は虚子の独断が無条件に称賛される状況を嫌い、俳句や芸術について自由に議論できる場を求めたわけです。

■「馬酔木」の新機軸

青　当時の秋桜子は〈**囀や日の面《も》を飛んで高枝に**〉等、明るい洋画を思わせる作風で、彼を慕う若者が多かったんですよ。客観写生と称賛された高野素十の〈**おほばこの芽や大小の葉三つ**〉のように、何の変哲もない自然の姿を記録しただけに見える描写と異なり、秋桜子句は作為が分かるように詠まれていますし、一句の中にドラマがきちんとありますよね。

俳　巧いですし、一句の見せどころも読者的にはきちんと受け取ることが出来ますが、同時に「私にはこういう風に見えました！　それをこんな風に詠みました！」と主張が出過ぎているような……。

青　ええ。秋桜子は、「私」という個性を有する作者が工夫した表現を読者に伝えることが文学、と信じた節がありました。そのため、彼は作者個人の芸術観を尊重し、「馬酔木」で独自の企画を打ち出しました。例えば、優れた句や論を発表した会員を表彰する馬酔木賞の制定、そして同人が主宰選を通さずに自句を発表できる同人自選欄を設けたりしました。当時の俳誌の常識からすると革新的なアイディアで、通常の俳誌は主宰選が絶対だったのですが、作者が自句を管理できる場を設けたのが自選欄でした。同時に、何が良く、何が悪いのか分かりにくい主宰の選句だけではなく、受賞という形を与えることで、優れた創作者が公平かつ明確に称賛される基準を作ったわけです。「ホトトギス」は賞を設けず、栄誉とされた雑詠欄巻頭も暗黙の了解なので公式の賞ではないんですよ。秋桜子はそういう不透明な基準を一掃し、作者自身の理念で作品をコントロールできる俳句観を主張したわけです。これは俳句史上、大きな出来事でした。

俳　それまでは自選欄がなかったんですか？　今だと普通ですよね。

青　当時は主宰選が基本で、普通の会員が自由に発表できる場はほぼなかったんですよ。「馬酔木」には後に山口誓子も参加するなど、新興俳句の牙城と目されるようになります。

「京大俳句」などの新興俳誌

青　秋桜子が「馬酔木」自選欄を設置した際、直後に20代前半の高屋窓秋が〈**ちるさくら海あをければ海へちる**〉を発表するなど清新な句が続々と発表されました。また、同時期に京都帝国大学の学生らが同人誌「京大俳句」を創刊します。彼らは「ホトトギス」や日野草城が関わった「京鹿子」等で励んだ後、自由にやるには主宰誌ではなく、同人誌を設けようとしました。若き藤後左右が〈**大文字の大は少しくうは向きに**〉を発表したり、編集長だった医学部出身の平畑静塔が有為な俳人に積極的に声をかけたりして活動の場を広げます。彼らの多くは20〜30代の若者でした。

俳　若人は頭の上から押さえつけられるのを嫌がりますしねえ……私も若いので、そうなんですが。虚子さんの有無を言わさない大家ぶりを老害と感じたんですかね。

青　そんなところです。若き編集長の静塔が「京大俳句」に外部から勧誘したのは、東京の西東三鬼でした。「京大俳句」に加わった三鬼は〈**算術の少年しのび泣けり夏**〉等を発表しつつ、想像で戦場を読む戦火想望句にも熱中し始めます。日中戦争が始まり、戦時色が濃くなる中、〈**パラシウト天地ノ機銃フト黙ル　三鬼**〉等のように前線の戦場をヴァーチャルに詠む作品群が「京大俳句」にほぼ毎号掲載されました。これは新興俳句陣営で流行した表現法で、例えば渡辺白泉は〈**鼻を顎を膝を天空へ向けし戦死**〉〈**繃帯を巻かれ巨大な兵となる**〉等を発表し、日野草城も主宰誌「旗艦」で多くの戦火想望句を詠んでいます（188ページ参照）。当時18歳の三橋敏雄が〈**そらを撃ち野砲砲身あとずさる**〉

とゲームのように整った戦場句を詠み、山口誓子に称賛されるという出来事もありました。これらは不謹慎という批判もありましたが、俳句として問題だったのが……

俳　分かった！　今の句群、季語がないですよ。無季、いいんですかね？

青　その通りです。秋桜子は無季などもっての外と猛反対しました。そのため、「京大俳句」等の俳人は「馬酔木」や有季定型派と袂を分かち、無季句を率先して詠み始めます。このあたりから新興俳句初期と違う作品が現れるんですよ。「京大俳句」では三鬼の他に〈**射撃手のふとうなだれて戦闘機　仁智栄坊**〉といった戦場句が多々発表され、先ほどの白泉は〈**街に突如少尉植物のごとく立つ**〉等を詠む。従来の俳句界が詠まなかった戦場や戦時下情勢をドライに詠むことがフロンティアと目され、新鮮さを獲得できると考えたわけです。しかし、それは体制批判と見なされる危険もありました。昭和15（1940）年に特高（特別高等警察）と恐れられた思想犯関係の警察に「京大俳句」関係者が逮捕される事件が起き、新興俳句運動は壊滅します。草城や誓子らも危険を感じ、表舞台から身を潜めるようになりました。

■人間探求派

俳　京大俳句事件ですよね。

青　ええ。〈**渡満部隊をぶち込んでぐつとのめり出した動輪**〉等を発表した自由律の橋本夢道らも検挙されます。この時期、中村草田男ら人間探求派も脚光を浴びていましたが、京大俳句事件以降は彼らも沈黙しがちになりました。人間探求派は主に草田男や石田波郷、加藤楸邨に名付けられた呼称で、「俳句研究」編集長の山本健吉が難解と賛否両論あった彼らの作風を命名したものです。〈**銭《せん》の憂ひ細身の蝿の玻璃《はり》に生れ　草田男**〉〈**鰯雲人に告ぐべきことならず　楸邨**〉〈**冬日宙少女鼓隊に母となる日　波郷**〉等、「ホトトギス」雑詠欄には現れなかった種類の難解な人事句が彼らの特徴でした。波郷、楸邨は秋桜子門、また草田男は「ホトトギス」で異端とされながら虚子を師と仰ぐなど師系は異なりますが、彼らの作風は従来の「写生」と異なる世界を詠んだ点で広義の新興俳句だった、といえるでしょう。

俳　虚子さんの「写生」は基本的に自然描写ですよね。〈**流れ行く大根の葉の早さかな**〉とか。それと比べると、新興俳句は人事句好みだったんですかね。

青　それは新興俳句の特徴の一つですね。「ホトトギス」にも〈**娘等のうかうかあそびソーダ水　富安風生**〉といった人事句は多数ありますが、新興俳句側は異なるんですよ。〈**子を殴《う》ちしながき一瞬天の蝉　東京三**〉〈**絶巓《ぜってん》へケーブル賭博者を乗せたり　平畑静塔**〉等、どこか不穏で劇的な一瞬を詠もうとする傾向がある。人事句ではないですが、後に新興俳句の代表俳人と目された富澤赤黄男は、**〈蝶墜《お》ちて大音響の結氷期〉**と高屋窓秋のような現代詩に近い世界をより尖鋭的に発展させました。新興俳句は一度きりの決定的な出来事を詠む傾向にあり、「私」という個人の内面を滲ませた句も少なくない。「ホトトギス」の虚子が是とした「写生」観と対照的な作風で、秋桜子が虚子らの「写生」を「自然の真」に過ぎないと批判し、「文芸上の真」を謳った結果、新興俳句は「私」という存在を中心に据えて発展しました。それは結果的に、虚子の選句と異なる新しい作風を打ち立てることができたわけです。

俳　話は分かる気がしますが、「私」を中心にした句云々が具体的に想像できない……。

青　俳句において「私」とは何か、というのは大きな問題ですが、まずは新興俳句の各俳人の経歴や作風を見ていきましょう。

石田波郷

・石田波郷《はきょう》（大正2〔1913〕～昭和44〔1969〕）――愛媛県出身、本名は哲大《てつお》。農家の次男に生まれ、10代から「馬酔木」で頭角を現す。長身で丈夫な身体だったが、召集後に結核が悪化し、戦後は療養所に入って大手術を受けた。病床の日々を詠んだ句群は境涯俳句の金字塔と高く評価される。西東三鬼と親友で、また多くの俳人に慕われており、例えば渡辺白泉は波郷を最も慕ったという。

経歴紹介／貧しい農家に生まれて

青　では、生粋の新興俳句出身者からいきましょう。石田波郷です。

俳　波郷先生！　**〈バスを待ち大路の春をうたがわず〉**等、憧れの俳人です。

青　一八〇センチほどのスラリとした長身で寡黙、物に動じない雰囲気があったとか。彼は大正時代初めに愛媛の松山で生まれました。海近くの垣生《はぶ》の農家の次男で、場所は現在の松山空港あたりですね。本名は哲大。家は貧しく、父は彼が小学校を出たら家で働かせようと考えていました。

しかし、学業優秀だったために祖父らが説得して中学校に通わせます。

俳　それは特に波郷さんの家が貧しかったから？

青　当時の農家ではよくあることでした。波郷が中学校に進学できたのは周囲が驚くほど優秀だったのでしょう。松山中学に進学した彼は、そこで俳句と出会います。

俳　俳句甲子園はまだないし……学校の先生が俳句好きだったとか。

青　近い。俳句趣味の友人に誘われたのがきっかけでハマったんですよ。誘った友人は俳句熱が冷めましたが、哲大は他の友人とともに句会を続けます。

俳　以前からの先生の話をうかがっていると、中学生が俳句に熱中するのは珍しそう。隠居の嗜みぐらいに思われていた時代なんですよね。

青　そうなんです。哲大に最初に俳句に誘った友人は、時代劇のスター俳優になる大友柳太朗でした。彼は早熟で、あの時代に映画俳優を目指すぐらいですから、芸術や文学に明るかったんです。

中学校卒業後

俳　『快傑黒頭巾』（①）の俳優！　時代劇好きの祖父と観たことがあります。

青　戦後の古い映画をよく知っていますねえ。哲大は卒業後、家で農作業の手伝いをしながら句作を続けます。その頃、彼は近くに住む五十崎《いかざき》古郷《こきょう》と出会い、哲大が俳句を深く学ぶ契機となりました。古郷は哲大より年上で、また「ホトトギス」「馬酔木」を愛読していたので哲大に「写生」や水原秋桜子の清新な句調を教えます。哲大が「波郷」と名乗ったのも、古郷が「君は海のそばの農村育ちだから私の一字とあわせて波郷」と呼んだのがきっかけとか。

俳　漢詩文あたりと思いきや、造語とは。

青　古郷は結核で療養しながらの句作で、真面目で一途な性格ゆえに俳句に没頭し、哲大の才能に早くから気づいたようです。二人は水原秋桜子を師と見定めた頃、秋桜子が「ホトトギス」を脱退した時期だったために両人は投句を「馬酔木」に絞りました。この時、古郷は思いきった行動に出ます。

俳　阿波踊り？

青　話の流れを読んで下さい。古郷は秋桜子に長大な手紙をしたため、「波郷を指導して下さい」と涙ながらに連綿と訴えたんですよ。波郷は次男なので農家を継げず、家を出て働かないと食べていけません。波郷のように貧しい家の出身者はキツい仕事しか就けない可能性が高く、働き始めたら句作は途絶えるだろう、と古郷は心配したわけです。この才能を埋もれさせるのは惜しい……縋《すが》るように古郷は秋桜子に手紙を出したわけです。波郷本人は働く気がなく、句作に耽る日々を過ごしていましたが、いつまでも遊んでいるわけにはいきません。そこで古郷は助け舟を出したわけですが……凄いのは、古郷からの手紙が秋桜子に届くとほぼ同時に波郷本人が松山から上京して姿を現したため、秋桜子は仰天したそうです。

俳　俳句のために上京したんですか？

青　そう。秋桜子の庇護の下、波郷は句作を磨くために単身上京します。本人が来てしまったので秋桜子は断るわけにもいかず、波郷は「馬酔木」発行所で働くことになりました。

俳　発行所勤務は給料制？

青　発行所に勤める形にして、秋桜子が波郷の生活の面倒を見たんですよ。実家からの仕送りもあったらしい。波郷は働きますがすぐ辞め、明治大学にも秋桜子の援助で通いますが中退。彼は「馬酔木」の編集に従事しながら句作の日々でした。

新興俳句のスターに

俳　超ラッキーともいえるし、現代でも若気の至りですまない無謀さのような……それに波郷さんの実家は貧しかったのでは。

青　波郷は肝が据わっていて、働こうとせず、実家を助けず、市中彷徨と称して飲み歩きます。「馬酔木」の高屋窓秋や石橋辰之助と仲が良く、後に西東三鬼ともよく遊びました。波郷は「馬酔木」最年少の同人で、先ほどの「バスを待ち」句や**〈あえかなる薔薇撰《よ》りをれば春の雷〉**等を次々に詠み、新興俳句でも脚光を浴びる若手になります。

俳　巧いなあ。才能を買われるほどだから当然としても、句に独特の雰囲気がありますよね。こういう作品の雰囲気というのは、努力して得られるものではないような気が。

青　なるほど、実作者として感じるものがあるんですね。彼は芯に強いものを秘めた青年で、意に染まないことはしないタイプでした。彼も自身の資質が俳句と相性が良いと自覚したのかもしれず、仕事その他に関心がなかったのかも。波郷は俳句方面では有季定型を守りつつ、次第に難解な、意味深長な句を詠み始めます。**〈冬日宙少女鼓隊に母となる日〉**は秋桜子に「分からない」と評されたり、**〈英霊車去りたる街に懐手〉**といった句も詠み始める。「英霊」は戦死した軍人の遺骨で、時局批判に取られかねない作風でした。

俳　あ、だから人間探求派と呼ばれたのか。虚子さんたちの句と違う複雑なことを詠んだ中村草田男さんのようなタイプ、という感じですかね。

青　そうなんですよ。波郷は草田男や加藤楸邨らと人間探求派と称され、戦時下の鬱屈した不安定な状況を体現する俳人としてさらに注目されます。しかし、昭和15（1940）年に新興俳句陣営が特高警察に捕まり、波郷もスレスレで逮捕を免れたりと危険が迫ったため、秋桜子を慮って「馬酔木」を辞退し、自分の俳誌「鶴」で句を発表したり、芭蕉等の古典俳諧を研究し始めました。

俳 「鶴」は波郷さんの主宰誌？ いつから？

青 「馬酔木」の若手同人が関連俳誌をまとめて「鶴」として再出発した際、彼らの多くが波郷の選句を希望したので波郷が選者兼主宰になります。昭和13年、24歳頃ですね。波郷は20代で句集を出したり、主宰を務めたりと異例の若さで俳句活動が発展していきました。この時期、彼は生涯の友となる石塚友二《ともじ》と出会い、また友二経由で小説家の横光利一とも知り合うことになり、波郷は強い影響を受けます。波郷が上京した頃は新興俳句が熱気を帯びていた時期で、彼はその渦中で句作を磨き、石塚友二のような小説家志望の文学青年や横光利一と知り合うなど、時期が良かったんですよ。その中で幸運な出会いがいくつもあり、彼の才能を認める人々が周囲にいたりと、波郷は強運の一言に尽きます。

俳 でも、戦争が激しくなって新興俳句がダメになったんですねえ……残念。

戦中から戦後へ

青 確かにそうなんですが、波郷は新興俳句壊滅後に芭蕉の『猿蓑』を読書会で研究しています。そこで彼は江戸俳諧と出会うんですよね。古典と向き合い、しっかり勉強したのは生涯の財産になりました。しかし、太平洋戦争が悪化するにつれ、結核症状が出始めていた波郷すら召集されるようになり、彼は中国大陸に渡ります。そこで肺病を悪化させてしまい、危篤状態に陥ったので兵役免除で復員することができました。やがて戦争が終わり、休刊した「鶴」も復刊して句作活動を再開します。

俳 結核のおかげで日本に生きて戻れたので、それはそれで良かったのかも？

青 微妙なところで、ひどくなった結核は彼を最期まで蝕み、失われた健康は結局戻りませんでした。敗戦後は清瀬の療養所で過ごし、大手術を何度も行い、退院後も要注意の身体なので奥さんはいつもハラハラしたそうです。肋骨を何本も除去し、背中と胸に凄い手術跡が残っていたとか。ただ、波郷は開き直ったところのある人で、西東三鬼と質の悪いカストリ酒を日夜痛飲したり、戦後は自分たち若い世代で俳句界を担おうと現代俳句協会設立に奔走しては酒を飲み歩くなど健康にほぼ気を使わず、病状悪化を招いた一因でした。

俳　そんな刹那的な生き方では家族がかわいそうじゃない。ブーブー。

青　敗戦後はそれが当たり前のところもあり、生き急ぐように敗戦後の混乱を過ごす人が多かったんですよね。波郷は療養所の日々や結核手術を詠んだ句で俳壇中に知られる存在となり、境涯俳句の第一人者として知られます。敗戦後の「鶴」復刊号で、彼は「俳句は生活の裡に満目季節をのぞみ、蕭々又朗々たる打坐《ただ》即刻《そっこく》のうた也」と宣言し、俳句は庶民の詩にして私小説である云々と主張することもありました。それに感動した若い人々が波郷に憧れ、「鶴」を中心に境涯を切々と歌うタイプの作風が流行します。戦後の波郷は昭和29（1954）年に全句集で読売文学賞受賞、同34年には高浜虚子亡き後の選者として朝日新聞俳句欄を担当するなど、俳壇で揺るぎない地位や名誉を得ただけではなく、不安定だった経済状況もようやく安定します。ただ、結核は良くならず、晩年は手術や入退院を繰り返して56歳で病没しました。

■作品紹介／小説の一場面のような句

青　今度は波郷の作品を見てみましょう。**〈朝顔の紺の彼方の月日かな〉**（④）**〈雁《かりがね》やのこるものみな美しき〉**（⑤）等、彼の代表作を味わうのも楽しいですが、一句にこだわることで人間探求派とされた彼の特徴を考えるのもいいかも。**〈女来《く》と帯纏《ま》き出《いづ》る百日紅〉**（④）、こちらはいかがでしょう。

俳　夏の暑い日、部屋でだらしなく過ごす男が「暑くてダルいなあ」と思っている感じですかね。「女が来たよ」と言われたので物憂げにそこらの着物を引っかけて帯を巻きながら部屋を出て、そのまま玄関に向かう……と想像してみました。外はギラギラした夏の陽ざしの下、百日紅が赤い花を咲かせ、その暑さや花の紅色が気怠い気分を漂わせていそう。男は青年でも中年でもよくて、老年ではない感じがします。

青　いいですね。この句の面白いところは何かしら男女関係を示唆する状況を「女来と帯纏き出る」とのみ描き、住まいや男、「女」の具体的な情報や両者の関係、また「百日紅」がなぜ取り合わされているか等に触れていないため、かえって想像を誘う点でしょう。仰るように、男は暑いので帯もまかずにダラダラした格好で暑さを凌いでいる節がある。汗臭く、風呂も入っていなさそうで、部屋に体臭が漂っていそうな雰囲気でしょうか。

俳　立派な屋敷より、下町のアパートとか、そんな感じですかね。

青　ええ。身だしなみのきちんとした暮らしより、「○○荘」

といった安普請のアパートがいいかも。一軒家ではない方がよさそうなのは、「女来て」ではなく、「女来と」のためでしょう。

俳　いきなり会ったというより、一呼吸置いた感じ？

青　おそらく。誰かが取り次いで男に伝え、それを聞いた男は身支度しながら向かう……という経緯が「と」に感じられます。また、「女」としか示されていないのは、取次の誰かが「女が来たよ」といった調子で男に伝えた雰囲気もある。安アパートとすれば住人の誰かが取り次いだ、とか。

俳　「女」が曖昧ですよね。母や姉、妻、恋人だと具体的な関係が分かりますが、曖昧なのでかえって想像が膨らみます。

青　男の方も初めて会うのか、見知った相手かは不明で、「女」は幾度も訪ねているのかどうかは分からない。男は見当が付いているかもしれませんが、いずれにせよ「女」が来訪したという出来事を受けて帯を巻き始めた、としたのが上手い。それに「百日紅」が意外な取り合せに見えながら、両者の関係や季節感を絶妙に漂わせているんですよ。

俳　百日紅は白い花も咲きますが、「女」とあるから紅の花をつい連想しますし、それに百日紅の幹はスベスベしていて艶めかしい感じがありますよね。

青　ええ。他の樹木と違い、百日紅の幹の滑らかさは「肌」を連想させます。女性の肌の柔らかい質感、また部屋にいた男が肌をはだけて寛ぐ風情を連想してもいい。夏の気怠い暑さの中、ごく微かな艶めかしさを醸しつつ花を咲かせる百日紅は、男と「女」の関係をほのかに暗示させ、しかも二人は互いに見知った仲かどうかは分からない微妙な距離感も含まれているのが面白い。戦前の波郷はこういった人間関係の機微や、生活の中での「私」の佇まいを盛りこむ特徴があり、小説の一場面を彷彿とさせる人間のありようを巧く描いています。**〈夏すでに兄妹懶《たゆ》く叱りあふ〉**④**〈寒椿つひに一日《ひとひ》の懐手〉**⑤**〈初鰹夜の巷《ちまた》に置く身かな〉**③とか。

俳　「夏すでに」「つひに一日」は理由や事情がありそうなのに謎というのがイイですね。それに「夜の巷に置く身かな」とカッコよさげな台詞を詠んでいるのに嫌味な自己顕示が感じられないのは、自分自身をキャラクター的に距離を置いて詠んでいるためでしょうか。

「私」の佇まい

青　そこは大事なところで、彼は句に滲ませる「私」の描き方を知っていた俳人、といえるかもしれません。例えば、**〈朝刊を大きくひらき葡萄食ふ〉**②。朝の食後でしょうか。パリッとした新聞を大きな音を立てて開き、悠々と詠みながら葡萄を食べている……個人的には休日の朝より、平日の午前に無職の若い男が秋の葡萄を愉しみながら新聞をゆっくり読んでいる、と読みたいところです。これは波郷の面影を前提とした読み方かもしれませんが。

俳　描かれていないところですが、仰ることも分かるような気がします。休日の朝にはよくあることでしょうが、平日の方がその人物のユッタリ感が妙に誇張されて、とぼけたユーモア感もありますよね。普通は仕事や家事で慌ただしいところを、その人物は遅めに起きて、新聞をセカセカ読むのではなく、鷹揚に大きく広げ、時間をかけて読みながら優雅に葡萄を食べていたり。社会的地位のある人より、堂々とダメな庶民の方が状況的に面白いかも。

青　大きく広げられた白黒の新聞紙があるために葡萄の艶やかな色合いが際立ち、なぜか美味しそうに感じられますよね。新聞のパリッとした質感やめくる時の音の響きが秋らしい空気の澄んだ気配も微かに漂わせている。そうやって新聞を読みながら葡萄を食べる「私」の生活感が濃厚に漂っていながら、しかも「私」の具体的なことは分からない。波郷句の特徴といえるでしょう。

戦後の波郷

俳　波郷さんは病気後も活躍していたんですよね。結核や胸の手術で大変そうですが、句の雰囲気は変わったりしたんでしょうか。

青　手術前後は身辺の小さなことや病気関連の句が多く、**〈たばしるや鵙叫喚す胸形変《きょうぎょうへん》〉〈七夕竹惜命《しゃくめい》の文字かくれなし〉**（以上、⑦）等が著名。病気の人生を正面から詠む波郷の姿勢は、敗戦後の混乱を象徴する境涯俳句と称されました。その中でも出色の句は、**〈綿虫やそこは屍《かばね》の出でゆく門〉**⑦でしょうか。予備知識なしでも読めますが、結核患者の療養所と考えた方が味読できるかもしれません。当時の療養所には遺体を運ぶ裏門があり、霊柩車が出入りする粗末な造りでした。綿虫は綿のようなものを身にまとって飛び、晩秋から初冬にかけての虫です。

俳　「そこは」に迫力というか、生々しい実感がありますよね。自分も早晩そこから……という思いがあるのかも？　門のあたりに飛ぶ綿虫が死者の魂みたいで、はかなさと不気味さがあります。

青　沈鬱な雰囲気を醸しつつも、寒々しく、枯れはてた初冬の季感がその世界を支えている上、「私」の心情が濃く滲み出ている。波郷は季語や季感のあしらいがとにかく巧いのですが、それを技巧と思わせない「私」の実感を示しえた稀な俳人でした。戦後の句には**〈西日中電車のどこか掴みて居り〉**⑥**〈鰯雲甕担がれてうごき出す〉**⑧**〈雲の峰静臥の口に飴ほそり〉**⑨等の佳句があり、いずれも「私」

という人間がある状況や生活下に居るという臨場感が濃い。こういった波郷句について、高浜虚子は我々とたまたま縁がなかったが作品のあり方は同じだ、と評したという逸話が残っています。

俳　それは驚き。波郷さんは新興俳句だから「ホトトギス」と反目しあっていると思いきや……意外。お互い異なっていそうで共通しているところもある、という感じでしょうか。

青　波郷が新しかったのは、「私」という人間の佇まいを濃く滲ませた「写生」句を詠みえたからで、そこが人間探求派なんですよ。虚子たちの「写生」は、実際は偏りのある世界観で、弱いところもあるのですが、波郷は「写生」の弱い部分を積極的に詠みえた果敢さと才気を持ちえた俳人でした。

―解説―

①「快傑黒頭巾」―昭和28（1953）年公開の東映映画。大友柳太朗は他にも「丹下左膳」「右門捕物帖」等のヒットを飛ばし、東映時代劇の看板俳優になった。波郷とは中学時代を通して同じクラスだったこともあり、後年、波郷についての思い出話を綴っている。

・②〜⑨は次の句集に収録。②は第一句集『鶴の眼』（昭和14）、③は『行人裡』（同15、再録句が多い）、④は第二句集『風切』（同18）、⑤は第三句集『病雁』（同21）、⑥は第四句集『雨覆』（同23）、⑦は第五句集『惜命』（同25）、⑧は第六句集『春嵐』（同32）、⑨は第七句集『酒中花』（同43）。波郷は他にも句集も刊行しており、刊行ペースが非常に速い。それだけ最新句集を望まれた俳人だったことがうかがえる。

30分待ってもバスが来ない場合は自分をうたがった方が良い
ヤバ 乗り場ちがってた

加藤楸邨

・加藤楸邨《しゅうそん》（明治38〔1905〕～平成5〔1993〕）――東京出身、本名は健雄。父が詐欺に遭ったために高校進学を諦め、代用教員として働く。「馬酔木」で句作に励みながら「寒雷」を創刊し、彼の下に多様な俳人が集った。戦後は骨董や書の趣味も育み、猫好きでも知られる。負けず嫌いで頑固でもあり、弟子は師の強情を諫めながらも、その強情を「楸邨の暴走」と愛したという。

経歴紹介／父の影響で短歌好きに

青　石田波郷や中村草田男、そして加藤楸邨を加えると人間探求派の俳人が揃います。波郷の回で紹介したように、人間探求派の命名が生まれた「俳句研究」座談会では篠原梵《ぼん》という俳人も呼ばれたのですが、俳句史では先の三者が代表俳人と目されることが多いですね。楸邨はご存じでしょうか。

俳　もちろん。金子兜太さんや森澄雄さん、今井聖さんや石寒太さんの師匠ですよね。

青　楸邨門下の俳人名がスラスラ出るのはさすが。楸邨の弟子は多士済々で、戦後に社会性俳句を牽引した兜太や沢木欣一、田川飛旅子《ひろし》らは楸邨の「寒雷」出身ですし、楸邨が現代俳句に及ぼした影響は大きいと思います。彼は鉄道関係に勤める父の長男（推定）として明治38年に生まれます。日露戦争の年ですね。読書家の父は楸邨が産まれた記念に高額の百科事典を購入し、勉強して大成してほしいと期待したそうです、ところで、楸邨の後に弟2人と妹2人が生まれるのですが、不思議なのは楸邨の各種年譜や評伝に「長男として生まれた」と書かれていないんですよ。

俳　長男は当たり前なので省略したとか、ご両親に何かあった、とか。

青　そこが分からないんですよね。父は転勤族で、一家も東京や福島、岩手、新潟、金沢を転々とします。晩年の楸邨はその頃を振り返り、「自分は根なし草だ」と感じていたようですが、幼少時の転校生活が大きかったのかもしれません。父は読書家で、シェイクスピアや碧巌録、内村鑑三全集や小説、短歌等が家の書架に並び、楸邨は中学生の頃から父の本を乱読したそうです。特に惹かれたのが石川啄木で、独学で短歌を詠み始めます。

俳　最初は俳句じゃないんですね。意外。

青　ええ。学生時代の楸邨は読書趣味を育む一方、柔道や剣道で身体を鍛えるなど文武両道で、父がクリスチャンだったので教会に通っていたこともあり、楸邨も受洗しました。

俳　ザ・明治！　という感じねえ。現代にはまずいなさそう。

青　明治期は文武両道を通じて精神を涵養する風潮が強く、そこにキリスト教が加わるのが明治の知識人といった雰囲気がありますよね。父が鉄道官吏を退職した後、一家は母の郷里の金沢に引っ越しますが、父は病気で倒れ、家族の生活が苦しくなります。楸邨は憧れの金沢第四高等学校進学を断念し、中学校卒業後に小学校代用教員（無免許の教員）として働くことになりました。ここから楸邨の苦労が始まり、後の俳句人生にも影響する日々を過ごします。

▒俳句と出会う

俳　昔は福祉が充実してなさそうですし、誰か病気になったら厳しそう……そういえば楸邨さん、俳句はどこで縁が出来たのかしら。お父様の本棚からですかね。

青　中学校に就職してからで、20歳を過ぎてからでした。病臥の父は楸邨が20歳の時に亡くなり、楸邨一家は金沢から上京し、楸邨は家庭教師等で学資を稼ぎながら教員養成所で免許を取り、昭和４（1929）年に埼玉の粕壁中学校の国語教員になります。その頃、新潟出身の女性（後の加藤知世子）と結婚し、また昭和６年頃に学校の同僚で俳句趣味の人々がいて、彼らに誘われてイヤイヤ作り始めた……というのが俳句に触れたきっかけなんですよ。それまでの楸邨は啄木や斎藤茂吉、北原白秋らの短歌を愛好し、俳句には関心がさほどありませんでしたが、職場の句会に投句してみたところ、「これは俳句ではないな」と笑われたのが悔しく、今度は笑われないように身を入れて詠みだしたらハマった、というわけです。

俳　現在だと心が折れるところを、逆に奮起するのは昔の人らしいですね。

青　そこは楸邨の特徴でもあり、乗り越えるべき困難があると燃えるタイプだったようです。頑固というか、根性がある性格で、自己を成長させるチャンスと言わんばかりに困難や抵抗を正面から受け止め、訥々《とつとつ》と取り組む。彼は高校進学を諦めて働きながら教員免許を取り、中学教師になって苦労を重ねる日々を過ごしたこともあり、少々の批判でへこたれる人物ではなくなっていました。楸邨が幸運だったのは、粕壁中学校で句作をし始めた最初期に村上鬼城と水原秋桜子を知りえた点でしょう。

俳　**〈冬蜂の死にどころなく歩きけり〉**の鬼城さん！　まだご存命だったんですね。

青　実際には会えませんでしたが（鬼城は昭和13年まで健在）、鬼城の句群に感銘を受けたんですよ。鬼城は群馬県の高崎に住んでいたので北関東に弟子が多く、中学校の俳句趣味の同僚たちも鬼城門でした。それで楸邨は『鬼城句集』を知ることになり、読んでみるとズシンと来たらしい。**〈痩馬のあはれ機嫌や秋高し〉**等が楸邨の短歌趣味と合ったのでしょう。楸邨は鬼城句を通じて俳句の奥深さを感じ、句作に励むようになります。ちょうどその頃、水原秋桜子が本業の医業関連で粕壁に定期的に来ていることが分かり、楸邨や同僚らは彼に会いに押しかけるわけです。

秋桜子に師事

俳　「ホトトギス」のスターが自分の町に来ていると知ったら、俳句にのめり込んだ人たちが会いたがるのは分かる気がします。ただ、楸邨さんが句作を始めた昭和６（1931）年頃は秋桜子さんが「ホトトギス」を批判した時期だったような。楸邨さん一派が鬼城句を尊敬していた話からすると、「ホトトギス」を批判した秋桜子さんについてはどう感じていたのでしょう。粕壁軍団は秋桜子さんと距離を置いたのか、意識せずに接した？

青　鋭い。その通りで、粕壁の俳人集団は秋桜子が虚子を批判し始めた前後に彼と知り合ったので、やがて「ホトトギス」の「写生」と秋桜子の俳句観が異なることに気付き始めます。楸邨は一も二もなく秋桜子に師事し、新興俳句側の「馬酔木」に身を投じたんですよ。この点、楸邨は石田波郷と似ていて、「ホトトギス」の「写生」を経ずに「馬酔木」への投句を始めた俳人なんですよね。人間探求派と呼ばれた俳人間でも、波郷、楸邨句と草田男句のあり方が異なるのは「写生」の有無と関係すると思います。同時に、楸邨が草田男や波郷と違うのはまず短歌趣味があり、鬼城、秋桜子ら主観味を押し出す俳人に師事する形で俳句生活を始めた点でしょうね。

俳　そうか、だから楸邨さんは**〈蟇誰かものいへ声かぎり〉**あたりを詠めたのかも？　何か俳句と違う感じがありますよね。

青　同感です。楸邨は色々なタイプの作品を詠んだ俳人ですが、「蟇」句のような作風は彼独特のものがあり、いわば楸邨は波郷以上に「写生」と異なる原理で句作を詠もうとした節がある。**〈鰯雲人に告ぐべきことならず〉〈木の葉ふりやまずいそぐないそぐなよ〉**等のように描写を放棄したような句を「俳句」として発表しえたのは、彼の俳句観が「写生」と異なる文脈に示唆を得た点があったことに加え、あえて苦難の道を歩もうとした楸邨らしさの現れ、と見なすこともできそうです。俳句で描写を捨てて詠もうとするのは成功率が低いですからね。

俳　ム？　描写と「写生」は同じではないんですかね。あと、描写と成功率云々とは具体的にどういうことでしょう。何だか意味深長で、面白そうですが。

青　そのあたりは話すと半年ほどかかりそうなので、ひとまず楸邨の経歴に戻りましょう。彼は生活のために小学校代用教員から中学校の国語教師になりましたが、本当は高校や大学へ進学して学問に打ちこみたかったようです。楸邨は生活と理想の乖離に煩悶し、はたから見ても気の毒になるほど苦しんだらしく、見かねた秋桜子が東京遊学を勧めたため、楸邨は退職して東京文理大学国文科に入学します。すでに30代で三児の父でしたが、彼は大学生として勉強に励み、また「馬酔木」発行所に勤めながら研究に打ち込みました。

上京後

青　秋桜子だけでなく妻の勧めもあり、楸邨は東京文理大学国文科に入学して年下の学生たちと勉強に励みます。指導教官は中世や近世文学研究者の能勢朝次《のせあさじ》で、能楽や芭蕉研究で著名な学者でした。後に楸邨は後鳥羽院や芭蕉に傾倒しますが、文理大時代に古典を研究した経験が大きい。

俳　三児の父が退職して苦学生とは……妻の知世子さんもよく受け入れましたねえ。よほど惚れていたのかしら。

青　当時は珍しい恋愛結婚ですし、それに楸邨は一度決めたらテコでも動かない性格なのを知世子さんは承知していたのでしょう。それに秋桜子が彼を「馬酔木」発行所勤務として庇護したため、楸邨一家は何とか生活が出来たんですよ。だから教員の仕事を辞めて上京できたわけです。

俳　なるほど。秋桜子さんは「馬酔木」を新興俳句の拠点として頑張っていた時期だから、若手の有望株を応援したんですね。松山から上京した波郷さんも「馬酔木」発行所で働いていましたし（196ページ参照）、秋桜子さんとしては二人を支援しながら新興俳句運動を盛り立てていこう、という考えがあったのかも。

青　おそらく。楸邨は秋桜子に経済面で支えられながら作風を培い、以前の粕壁中学教員時代とは句調が変化し、市井の暮らしの憂さや辛さを詠み始めます。**〈山茶花のこぼれつぐなり夜も見ゆ〉**といった自然観照が薄れ、**〈道問へば露地に裸子充満す〉**と俗塵の生活のありようを盛りこむ句が急増しました。人間いかに生くべきか、という問題意識を句作に持ちこもうとしたわけです。

「人間の探求」と戦時下

俳　なるほど、その作風の延長が人間探求派につながるわけですね。

青　ええ。上京以後の楸邨や波郷は、師の秋桜子が首をひねるような晦渋な句を詠み始めており、それに注目した「俳句研究」編集者の山本健吉が座談会に彼らと中村草田男、篠原梵を招いて座談会を催し、昭和14（1939）年の「俳句研究」で彼らの発言を掲載します。座談に同席した山本健吉は、「ホトトギス」や新興俳句だけに収まらない彼らの作風を「人間の探求」ゆえに難解な句調になったと総括したため、人間探求派と称されたわけです。

俳　**〈後ろにも髪脱け落つる山河かな〉**といった永田耕衣的な難解さですかね。

青　何だか残念な人間探求派ですね……少し違うかも。例えば、波郷の**〈椎若葉さやぎさはぐは何念《おも》ふか〉**や、楸邨の**〈英霊車冬木は凭《よ》るにするどき青〉**あたりですかねえ。秋桜子が難解とこぼした彼らの句は若手に人気で、楸邨は句集や評論集を次々と刊行し、昭和15年には「寒雷」創刊主宰に推されるなど、急速に知られるようになります。文理大学では談林俳諧の卒論をまとめて無事卒業し、東京府立の中学校で再び国語教員として働くようになりました。折しも日中戦争が深刻化する重苦しい世相の中、楸邨は「寒雷」創刊号巻頭言で「俳句の中に人間の生きることを第一に重んずる。生活の真実を基盤としたところの俳句を求める」云々と宣言し、「真実感合」を目指して句作や論に励みますが、国家総動員的な時流と抵触するようになり、苦悶が深まるわけです。

俳　太平洋戦争の直前……京大俳句事件が起きたり、イヤな感じの時期ですよね。

青　まさにその頃です。太平洋戦争勃発後、楸邨は波郷とともに「馬酔木」を脱退しました。人間探求派は自由主義的な危険分子とマークされたので、秋桜子に迷惑をかけないように表舞台から去ったわけです。

俳　太平洋戦争後は草田男さんも沈黙させられたみたいですが、楸邨さんも？

青　楸邨は微妙で、開戦の報に強く感銘を受けています。「四年も支那《しな》と戦って来た間の数々の抑えがたかった憂鬱が拭い去られているのに、胸を張って歩くのである。ずっと強大な敵を前にして、却って落ち着く心、のびのびと苦しみに耐えようとするこの心は、（略）日本自身が自分を賭けて戦いきる力のやりどころを得た緊張であろう」云々と決意を新たにし、**〈十二月八日の霜の屋根幾万〉**と詠んでいます。この楸邨の存念は、平和教育の下で戦争関連の歴史をほぼ習わない現代人には想像しにくいかもしれません。

俳　フッ、私はマレーの虎こと山下奉文《ともゆき》大将の面影を求めて高知の大杉を訪ねた程度には関心を抱いていますよ。個人的に太平洋戦争の要点は満州事変や南部仏印進駐ではなく、近衛声明の「国民政府を対手とせず」あたりにもあったかな、と。

青　ヘンな人を相手にしてしまいました。で、戦時中の楸邨は芭蕉を慕って佐渡旅行に赴いたり、後鳥羽院ゆかりの隠岐旅行にも出かけています。改造社及び大本営報道部嘱託として北京や山西省、モンゴルや満州、上海等の大陸旅行も敢行しました。ペンで御国の役に立とうという「真実感合」の実践でしたが、こういった楸邨の言動が敗戦後、草田男に猛批判されるんですよ。戦時下の草田男は弾圧に近い形で沈黙させられたので、楸邨のことを時流に乗った卑怯者と面罵したわけです。

戦後の活躍

俳　楸邨さんの性格的には国民として真面目に協力しようと真剣に考えた結果で、戦争讃美云々とは違うような。あと、ヘンな人とは心外ね。北千島の占守島《しゅむしゅ》守備隊に飛ばしますよ。

青　富澤赤黄男が従軍した島じゃないですか（231ページ参照）。イヤですよ、そんな寒い所……楸邨としては危機を迎えた祖国を懸命に応援しようという認識だったのですが、敗戦後は価値観が真逆になったので反論できず、黙々と耐えながら自己批判を重ね、「真実感合」を追求しながら戦後を生き続けます。彼にはそういう愚直じみた一本気なところがあり、太平洋戦争中に「寒雷」に集った若者たちはそんな楸邨に惹かれたようですね。沢木欣一や金子兜太、田川飛旅子など、いつ徴兵されるか分からない青年たちが「寒雷」に集い、「人生いかに生くべきか」といったことを議論しあったらしい。沢木欣一が回想していますが、年長の楸邨は偉ぶらずに年下の青年たちの煩悶を真面目に受け止め、ともに悩みながら考えてくれたので多くの若者が彼を慕って集まったとか。

俳　少し分かってきました。不器用な真っ直ぐさや強情さと、他者を受け入れる器量が同居している感じですかねえ。

青　ええ。敗戦後の有名な逸話を紹介しましょう。敗戦の混乱で無理が祟った楸邨は肋膜炎で病臥の身に陥りますが、歩ける程度に回復した時のことです。屋外で次男が食事の準備に火を熾そうと枯木等を集め、筒がないので息を直接吹きかけますが燃えたたない。楸邨は近くに焼夷弾の空き殻が転がっているのを見つけ、この底を抜けば筒になると次男に教えたところ、やっても抜けないんだよ、と答えたそうです。それを聞いて楸邨も金槌で叩いてみたがビクともせず、むしろ彼に抵抗するように感じられたらしい。彼は次第に本気になり、「この底が抜けないから我々はかくも苦労するのだ」と薪割まで持ち出して全身全霊で叩いた結果、高熱が出て絶対安静の身に陥り、療養が一年以上延びたらしい。

俳　焼夷弾の殻の底は抜けたんですか？

青　全くダメ。楸邨は人生の折々で頑なに初志貫徹しようと暴走することがあり、「寒雷」の弟子たちは「楸邨の暴走」と称して師匠を諫めつつも愛したとか。

俳　そういう凸凹な頑固さや不器用も含めて魅力だったのかしら。

青　おそらく。情に厚いところとウルトラエゴイストの側面と、頑固すぎる強情さや他者の批判等を真摯に受け止める生真面目さもあり、ユーモラスと思いきや瞬間湯沸かし器型激情タイプだったり、人間らしい凸凹した人物だったようです。本業では戦後に高校の国語教員から青山学院短大に移り、大旅行によく出かけました。芭蕉の足跡を辿って東北地方を徒歩で巡り、シルクロードや中央アジアの大旅行にも出かけたり。困難な旅に出たいというのが楸邨の願望で、彼らしい旅程ですよね。

俳　そのあたりは草田男さんや波郷さんとも通じるような。本気度の純度が高く、困難な環境ほど燃えるタイプで、超頑固な信念とともに真剣に打ちこむ感じとか。

青　大きな括りになりますが、戦前の教育や社会では戦後と比べものにならないタフさが求められたということでしょう。戦後の楸邨は骨董や書にも目覚め、その趣味は彼独自の句調を醸成する助けになり、やがて唯一無比の俳句世界の開花につながります。

■作品紹介／人間探求派的作風

青　では、ここから楸邨の作品を見てみましょう。彼の句はまさに人間探求派なんですよ。**〈かなしめば鵙《もず》金色《こんじき》の日を負ひ来〉**①は30代の代表作ですが、上五を「かなしめば」で始めるのは「ホトトギス」系の「写生」ではあまり見ない詠み方で、楸邨が粕壁中学教師時代に人生に悩んでいた時期の句です。

俳　肉食系で鳴き声の騒がしい鵙が、金色の太陽を背負ってやってくるというのは禍々しいような、神々しいような。作者が何かの悲しみに沈んでいると、その状態から目覚めさせるように鵙が発止と現れた感じもします。その眩しい情景に作者がハッとしながら、どこか嬉しそうな雰囲気もあったり。それにしても何で悲しんでいるんですかね。

青　それが句からは分からないんですよ。「鵙金色の日を負ひ来」は、仰るように鵙が劇的な恩寵そのものとして出現した感じがありますよね。これが人間探求派的なのは、「かなしめば」の説明がなされていないところ。草田男もそうですが、彼らは読者に心情や状況説明を筋道立てて語ろうとせず、「かなしめば」という状況に理屈抜きで読者を巻きこもうとする場合が多い。楸邨の初期の代表句である**〈つひ**

に戦死一匹の蟻ゆけどゆけど〉〈**墓誰かものいへ声かぎり**〉（以上、②）も同様で、なぜ主体が「つひに戦死」「誰かものいへ声かぎり」とまで強く思ったのか、理由は分からないままです。ただ、分からないながらに作者の逼迫した状況や心情、何より切迫感や本気度が読者に伝わるような句が楸邨に多いんですよ。

俳　蟻の句でいえば、おそらく蟻は眼前にいて、それをジーッと見つめながら戦死した知り合いのことを思っている、という感じですかね。兵隊と働き蟻は連想しやすい感じはありますが、「つひに」と「ゆけどゆけど」の繰り返しが意味深長で、分からないながらに作者の心情をあれこれ考えたくなります。読者を作品世界に有無を言わさず連れこもうとするのが人間探求派の特徴？

青　そうかもしれません。今の楸邨句は中村草田男の〈**世界病むを語りつゝ林檎裸となる**〉あたりと近いですよね（179ページ参照）。「世界病む」と「林檎」がアダムとイヴの神話の面影でつながりつつ、別々にも感じられる句作りと似ていますし、なぜ「世界病む」を語りながら林檎を剥いているのか、理由が分からないながらも迫力だけは感じる点も似ています。

俳　場面や設定を説明する気がない、という感じですかね。「ホトトギス」の四Sと比較すると、例えば素十さんの〈**翅わつててんたう虫の飛びいづる**〉みたいにフォーカスを小さな場面にピタッと定めたり、秋桜子さんの〈**馬酔木より低き門なり浄瑠璃寺**〉のようにきちんと整えることで読者と作者が同じ場面に立って風景を眺められるように構成するのが四S的とすれば、人間探求派たちはそういうのをスキップして、「これは言わねば！」みたいな主張を優先して詠んでいる感じ。不器用な駄々っ子の主張ともいえますし、そこまでして心情を直接詠もうとするのは、楸邨さんが短歌出身だからでしょうか。

巧く詠もうとしない

青　四Sとの比較、面白いですね。楸邨が短歌出身なのも間違いなく影響していると思いますし、同じように短歌から出発した秋桜子と作風が違うのも興味深いところです。楸邨と四S的世界との違いでいえば、楸邨は巧く詠むことを目指していないんですよ。〈**雉子の眸**《め》**のかうかうとして売られけり**〉〈**夾竹桃しんかんたるに人をにくむ**〉（以上、③）〈**虹消えて馬鹿らしきまで冬の鼻**〉（④）等、練達の玄人であることを目的とせず、むしろ巧者であることを避けるように句調を整えようとした節もある。

俳　先ほどの「つひに戦死」句もそうですが、ザラザラした手触りというか、チマチマした工夫を抜きにしたぶっきらぼうな表現や、定型の押し込み方の強引さはそうかも。でも、言葉に作者の実感が強く宿っていますねえ。今の三句、どれも中七に楸邨さんの声が言葉に乗って響くような臨場感がありますし、「雉子の眸」句の「かうかう」あたりは、雉子も実際に「カウカウ」と叫んでいるような。

青　楸邨句の「声」の強さや、雉子の句はまさに仰る通りで、雉子がわが身に背負わされた宿命の中でもがきつつ、「カウカウ」と心中で叫んでいるような質感もあります。作者は雉子の運命に心を揺さぶられつつ、人間を含む生き物の宿命を直視しながら共感しているといった深読みを誘う句でもある。有名な**〈鮟鱇の骨まで凍ててぶちきらる〉**④も、雉子の句と近いかもしれない。厳冬に氷りきった鮟鱇を鉤で吊り、割いている様子を詠んだ句です。

俳　冬の季語の「鮟鱇」を出して、さらに冬の「凍てて」を重ねるとは濃いですねえ。グニャグニャの鮟鱇がグロい姿のままカチンコチンに固まって吊され、強烈に寒々しい感じもありますし、何より「ぶちきらる」に季重なりを吹き飛ばす迫力がこもっています。「ぶちきらる」なんて受け身、普通だったんですかね。

青　いや、当時の俳句でもまず見当たらない。それに「〜骨まで凍てて」と音をこれだけ重ねるのも稚拙に感じられる表現で、楸邨句はそのあたりを物ともせずに読者を巻き込む腕力が強い、といえるでしょう。

俳味の妙

青　同時に、楸邨句で忘れてはならないのは滑稽味というか、妙なユーモアがあるところ。彼には**〈昆虫のねむり死顔はかくありたし〉〈死ねば野分生きてゐしかば争へり〉**（以上、③）等の「人生いかに生くべきか」的な句を多々詠みましたが、**〈おぼろ夜のかたまりとしてものおもふ〉**⑥といった句も多数詠んでいます。

俳　こんな「朧夜」の詠み方があるとは！　夜にジーッと黙って座り続け、何か考え続けているんですかね。身体全体がぼんやりした思索の塊になっている感じ？

青　おそらく。傾向は違いますが、こんな句も詠んでいます。**〈春休みの運動場を鵜があるく〉**⑤。

俳　ハハッ。夏の鵜飼のイメージが強い鵜が、運動場を歩いている上に季節が春。ここまで来るとシュールな可笑しさがありますねえ。

青　楸邨句は現代俳句そのものというイメージがありますが、俳味ともいうべき遊び心と真剣さを持ち合わせた句が多い。**〈ひとつひとつの栗の完結同じからず〉**⑤**〈梨食ふと目鼻片付けこの乙女〉**⑥とか、認識した出来事を言葉で表現する際の飛躍というか、言葉の見つけ方に俳味を漂わせることのできた俳人に感じます。

俳　「乙女」の表情や雰囲気の変化を「目鼻片付け」とざっくりしたまとめ方をしたり、「栗の完結」は実って落ちた栗ですかね。きちんと実り、イガも立派に身に付けた後に地面に落ちて、ようやく「栗の完結」となるが、よく見るとその一つ一つに個性があったりする……楸邨さん、いいなあ。こんな風に無意味ともいえる些事の観察に時間を費やして過ごす人だったとは。親近感が湧いてきました。

青　この手の句は戦後以降に増え、**〈いとけなき陽炎のぼる象の尻〉**④とか、晩年には**〈天の川わたるお多福豆一列〉**⑦といった句も詠んでいます。年を重ねるにつれて闊達な句を詠めるタイプの俳人がたまに現れますが、楸邨はその典型といえるのでは。お盆の精霊馬を詠んだ**〈ぽこぽこと暗渠出できし茄子の馬〉**⑥や、芭蕉の「奥の細道」を引き合いにした**〈百代《はくたい》の過客《かかく》しんがりに猫の子も〉**⑧等を70代以降に詠んでおり、これは人間探求派的な真面目一辺倒の世界だけでは出てこない。

俳　「蟇」句の頃と相当違いますね。還暦あたりで「栗の完結」句や「象の尻」句を詠むとは……楸邨さん、晩年まで柔軟な発想の方だったんですね。

青　彼は従来の自己像を乗り越えようと努力し続けましたし、同時代俳人たちと主張をぶつけあい、結社「寒雷」で弟子たちと切磋琢磨しながら向上心を忘れませんでした。彼に器用さがないのが良かったのかもしれません。何より、自己肯定を安易にすれば堕落する、そういう気概で自身を批判に晒しながら句作を磨き続けた強い俳人でした。

—解説—

・①〜⑧は以下の句集に収録。①は第一句集『寒雷』（昭和14）、②は第二句集『颱風眼』（同15）、③は第七句集『野哭』（同23）、④は第八句集『起伏』（同24）、⑤は第十句集『まぼろしの鹿』（同42）、⑥は第十一句集『吹越』（同51）、⑦は第十二句集『怒濤』（同61）、⑧は第十三句集『雪起し』（同62）。石田波郷以上に句集刊行ペースが速く、生前に14句集を刊行している。

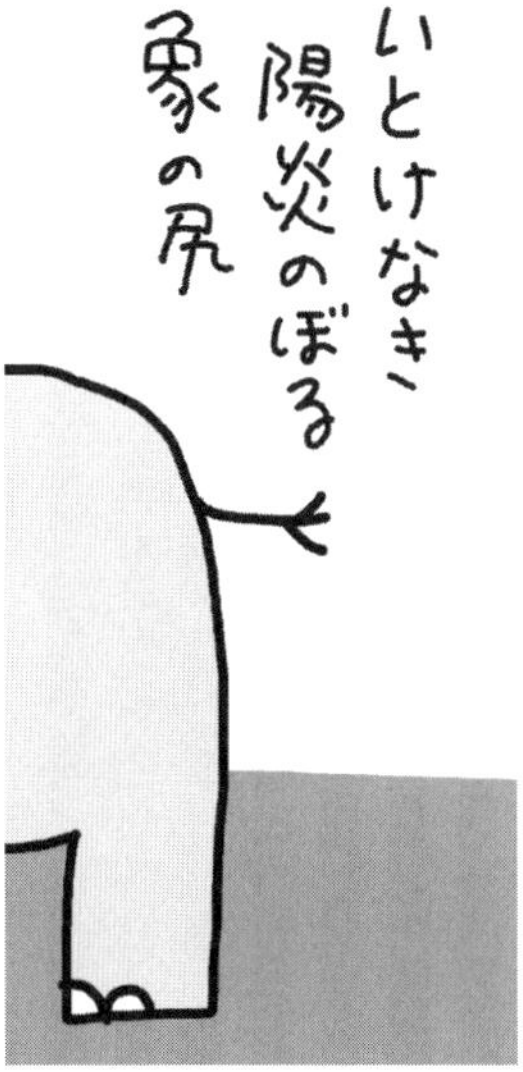

西東三鬼

・西東三鬼《さいとうさんき》（明治33〔1900〕～昭和37〔1962〕）—岡山県出身、本名は斎藤敬直《けいちょく》。両親没後、兄たちの援助を受けながら過ごした。30歳過ぎに句作を始め、新興俳句の旗手として名を馳せる。歯科医を辞めた後の仕事は謎めいており、数多くの女性と浮名を流した。有季、無季を問わずに斬新な句を詠み、言葉の奇術師と評される。

経歴紹介／士族出身で成績優秀

青　新興俳句を担った中でも、「ホトトギス」雑詠欄で「写生」を鍛えた後に新興俳句に身を投じた俳人と、最初から「ホトトギス」に関係せずに句作を始めた俳人がいて、これまで紹介した石田波郷や加藤楸邨は「ホトトギス」の「写生」と異なる感性の代表俳人といえるでしょう。彼らは水原秋桜子の「馬酔木」で句作に励みましたが、新興俳句の中には「馬酔木」のような大きな主宰誌と関わらずに出現した俳人たちもいました。その代表選手が西東三鬼で、言葉の奇術師と称された俳人です。彼は明治33年、岡山県津山の斎藤家に6人兄姉の末っ子として生まれました。両親ともに士族で、母は城代家老を勤めた家柄の長女です。父は知識人で知られ、津山一帯の各郡の学校を指導する立場にあった郡視学を勤めました。並の士族の家ではなく、それなりに格式のある家柄だったといえます。

俳　いわゆるボンボンね。

青　そんな感じです。末弟の敬直と長兄は20歳ほど年が離れ、次兄も10歳ほど離れており、敬直が物心ついた頃に兄たちは社会人として働いていました。兄たちはすでに家を出ており、また父が9歳の頃に亡くなったため、敬直は母と二人暮らし。小学生時代は首席になるほど成績優秀だったそうです。

俳　意外。三鬼さんといえば、**〈算術の少年しのび泣けり夏〉〈手品師の指いきいきと地下の町〉**（以上、①）といったように、ニヒルでアウトローな感じが強いですが、士族で成績優秀者とは。

青　彼の風貌には夜の街が似合う妖しい雰囲気がありますよね。しかし、子どもの頃は真面目で頭が良かったらしい。それに文学好きの早熟でした。今の句は彼が句作を始めて数年で詠んだ句ですが、センスが抜群で句作も巧かったのは幼少期からの頭の良さと文学好きが大いに役立った感じがあります。

俳　ということはエリート街道まっしぐらですかね。帝国大学とかに行ったのかしら。家も裕福そうですし。

青　ところが、尋常小学校6年生の時に病気に罹って中学校受験を断念し、深く傷付くんですよ。それもギョウ虫の寄生で虚弱体質に陥るという残念な病気で、彼は泣く泣く高等小学校に進学します。当時の優秀な児童は尋常小学校卒業後にそのまま中学校進学というコースが一般的でしたが、敬直は高等小学校に一年間在籍した後、中学校に入ります。すると、昔の同級生が一年上の先輩ということになり、敬直は憂鬱に陥るんですよ。学校生活が苦痛になった彼は文学に逃避して自分の殻に閉じこもり、夏目漱石を読み耽るなどして過ごしたらしいです。

俳　ギョウ虫で受験断念……モヤモヤしますね。肺病や骨折なら納得できそうですが、あのウネウネした虫に人生を曲げられたと思うと怒りをどこにぶつければ、という感じはあるかも。

青　ウネウネとか、あまり想像しないように……敬直青年は挫折感とともに中学校を過ごしますが、18歳の時に母がスペイン風邪で急逝します。父と母を亡くした彼は津山に身寄りがいなくなったので、東京で働く長兄の下で暮らすことにしました。青山学院中学部に入り、そのまま高等部に進んだ後、日本歯科医学専門学校に入学します。

俳　歯科医？　なぜに……？

青　友だちに「不安だから一緒に受験してほしい」と頼まれたので試験を受けると合格し、そのまま入学したとか。ギョウ虫事件や歯科医専の進学理由は本人の弁なので信じるしかないのですが、ありそうな話ながら煙に巻かれた感じで、どこまで本当か分かりません。とにかく友人の誘いで歯科医専に進学したらしい。

歯科医業と俳句開眼

俳　ということは歯医者になったんですか？

青　そう。専門学校時代は乗馬部で乗馬を楽しんだりしながら卒業した敬直は、すでに20代半ばだったので結婚し、シンガポールに行きます。長兄が勤め先の日本郵船会社で出世し、シンガポールの支店長を勤めていたので弟に歯科医をさせようと呼び寄せたんですよ。

俳　行き先が海外の南国とは意外。シンガポールで開業した後はどんな感じだったんですか。

青　遊興に浸る日々。日中はゴルフ、夜は友人や女性たちと酒杯を交わし、空き時間には日本から取り寄せた古典や小説を乱読する。歯科業は全然やる気がなく、酒とイギリス流レディーファースト、そして社交術と文学の教養を身につけました。

俳　そういえば、当時のシンガポールはイギリス領ですよね。それにしても清々しいまでの遊びぶり……。

青　3年ほど遊び呆けた後、チフスに罹って医院を閉じ、不況その他が重なって日本に帰国します。帰国時にお兄さんにこっぴどく怒られたらしい

俳　お兄様は金銭面でもかなり援助してそうですし、ダメ弟という感じねえ。

青　帰国した三鬼は、再び兄たちの援助を受けて歯科医を開業しますがそこも閉院し、診療所の歯科部長を勤めたりします。そこで俳句開眼に結びつくわけです。

俳　微妙に紆余曲折の人生ですね。適当というか、何というか……歯科医がヒマすぎて俳句の本を読み出した、とかですか？

青　やや近い。敬直が勤めた病院の患者に俳句好きがいて、句作を勧められたんですよ。敬直は三鬼という即席の号で患者らと詠み始めますが、三鬼と患者たちでは作風が異なってしまう。そこで俳句好きの患者は、自分の弟がやっている俳句の方が三鬼先生の作風と合うように感じ、弟を紹介するわけです。その患者の弟は新興俳句に熱中しており、そこで三鬼は新興俳句と出会います。相性はバッチリで、三鬼は句作にのめりこみ、歯科医業も放り出して夢中になりました。

俳　「三鬼」には由来とかあるんでしょうか。かなり珍しい俳号ですよね。

青　これがまた人を喰った理由で、本人は「サンキュー」をもじったというんですよ。歯科医専の進学時の逸話といい、微妙な話です。

俳　三鬼節、という感じですかねえ。それにしても、三鬼さんは俳句を始めたのがかなり遅い気がするのですが、年齢でいうと何歳ぐらいになるんですか。

青　33歳頃。山口誓子や石田波郷は10代、水原秋桜子や高野素十は20代から句作を始めていますし、誓子や秋桜子は俳句の前に短歌を詠んだりしている。他の有名俳人も20代あたりから打ちこむ場合が多いので、三鬼は遅い方です。ただ、その後の発展が凄く、彼は2年後に「京大俳句」に招かれて同人になるなど大活躍し、「算術の」句等を量産し始めました。

新興俳句のスターとして

俳　「京大俳句」は新興俳句でも有名ですよね。招かれたということは、三鬼さんの作品が魅力的だったからでしょうか。

青　ええ。「京大俳句」編集長の平畑静塔が三鬼句に惚れこみ、ぜひ同人に迎えようという流れだったようです。「京大俳句」は新興俳句の中でも無季俳句の大本山的な俳誌になり、嬉々として無季句を詠みまくったのが三鬼でした。それ

もニュース映画を観て戦場を想像で詠む戦火想望句と称された作品を量産し、結果的に京大俳句事件に巻きこまれることになります。

俳　特高警察に捕まった事件ですよね。三鬼さんも捕まったんですか?

青　もちろん。**〈弾道下裸体工兵立チ擼《コ》ゲル〉**（①）といった無季句は戦意高揚というより、戦場をシニカルに眺めた雰囲気があるので当局に睨まれたわけです。ただ、彼は大量の検挙者を出した事件当初はなぜか逮捕されず、終盤にようやく拘束されたので、後にスパイ説が流れるほどでした。三鬼は牢獄には入れられませんでしたが、釈放後は句作の筆を折り、どうも軍需物資の横流し的なブローカー稼業で生計を立てたりしたようです。太平洋戦争中の彼が何で生計を立てたか、謎なんですよね。

俳　お兄さんの援助がありそう。

青　それもあったと思います。あと、三鬼はとにかく女性好きで、その遊興費をどこから捻り出したのかと思うくらいに同時並行で複数の女性と付き合い、よく遊んでいるんですよ。女性心理に通暁していたらしく、シンガポールで鍛えたレディーファーストで多くの女性と恋に落ちたようです。太平洋戦争勃発後は神戸で水兵相手の娼婦に加えて亡命白系ロシア人やらトルコ人といった外国人が雑居する館で暮らしたりとか、謎めいた生活をしていました。

■作品紹介／言葉の奇術師

青　では三鬼の句を見てみましょう。先ほど紹介したように、彼は句作を始めて約2年で**〈算術の少年しのび泣けり夏〉**（①）等の傑作を詠み始めます。この句は「京大俳句」初掲載時の一句で、ある夏に「算術の少年」が何かの理由で忍び泣いている……夏休みの宿題を溜めてしまい、休みの最後の日あたりに泣きながらこなしている情景でしょうか。あるいは、何か辛い出来事に遭い、人目のつかないところで忍び泣いているのかも。

俳　「算術の少年」がステキですね。「算数の〜」「数学の〜」は勉強の数学が出来る印象がありますが、「算術の〜」は計算高かったり、ずる賢そうな感じがあります。普段の生活ではうまく立ち回ったり、ちゃっかりしてそうな少年が、気付けば忍び泣くという状況に追い込まれたのが味わい深いです。

青　シニカルですよね。それに少年が泣く時は声を出したり、シクシク泣くイメージがあり、忍び泣きは大人の方が似つかわしい感じがある。少年が大人のように嗚咽をこらえながら忍び泣いているというのがシニカルで、それに「算術・少年・夏」が組み合わさると夏休みの宿題の気配が濃くなる。

宿題を放り出して遊んだのは自業自得で、また泣いてどうなるものでもなく、忍び泣きながら何とか宿題を終わらせようとしている、という感じがありますよね。三鬼は「京大俳句」に初登場した際、この句とともに**〈緑蔭に三人の老婆笑へりき〉**①も発表しています。やはり彼らしいブラックユーモアと不穏さを湛えた句です。「緑蔭」は夏の陽ざしが強くなった頃に若葉が茂り、木蔭になったところですよね。同じ夏の木蔭を指す「木下闇」よりは緑の明るい気配や生気を感じさせる季語ですが、その「緑蔭」に「三人の老婆笑へりき」と薄気味悪い状況を取りあわせたのが意外で、「三人」が絶妙です。

俳　確かに……なぜ笑っていたのかはもちろん分かりませんが、「二人の老婆」だと孤独感が強くなりますし、「二人の老婆」は会話している人数として平凡な気がします。「四人の老婆」やそれ以上になると不自然で、賑やかすぎる。「三人の老婆」が一番不穏というか、何か悪だくみでもしているのでは……と不気味な気配が強いです。

青　この句は西洋的な雰囲気があると言われており、例えばシェイクスピアの『マクベス』冒頭の三人の魔女がヒントなのでは、という指摘もあります。三鬼本人は井の頭公園で実見した景色と解説していますが、彼は学生時代からシンガポール時代にかけて国内外の文学書を読み漁った人なので、『マクベス』の魔女のイメージや実景に接した体験が混じりあって出来た句かもしれません。

■無季句の巧手

青　三鬼は言葉の奇術師と評されるほど意表を突いた作品が得意で、同時に狙いどころもキチンとしている。**〈雨の中雲雀ぶるぶる昇天す〉**③**〈露人ワシコフ叫びて石榴打ち落す〉**②等、「雲雀」「石榴」の季感からはみ出た突飛な状況を取り合わせるとともに、「雲雀」や「石榴」の質感と臨場感を読者に伝える表現力に長けていました。その三鬼が力を注いだのが無季句で、例えば**〈手品師の指いきいきと地下の街〉**①あたりはかなり巧い。

俳　「手品師」らしい胡散臭さが漂っていますねえ。「地下の街」は東京や大阪の大きな地下街より、いかがわしい場末の雰囲気をイメージした方が「手品師」と合いそう。「手品師」は溌剌とした感じよりもうらぶれた風采で、手品を披露する指だけがしなやかにいきいきと動いている感じがあります。無季句ですが、「手品師」が様々な連想を促す言葉なので、季語のような感じで一句内に成り立っているのかも。

青　「手品師」が季語のように働いているという指摘は同感。それに「指いきいきと」と指にスポットライトが当たっているため、逆に顔や表情その他がぼんやりしている気配が濃く、怪しさを漂わせています。彼が地下街の通路にいるのか、店内で手品を披露しているかは分かりませんが、どちらでもいいでしょう。日の当たる地上ではなく、人工灯に照らされた「地下の街」で手品を披露するというのがポイントで、堅気の商売と異なるいかがわしさがありますよね。こういう風に、三鬼は読者に豊富なイメージをかき立てながら臨場感を湛えた無季句に長けていました。**〈広島や卵食ふ時口ひらく〉**⑤はその代表例でしょう。

俳　ほお……「広島や」と市名に切字ですか。原爆のイメージ？

青　ええ。現代に生きる私たちにとって、他の街と異なる「広島」のイメージといえば原爆でしょうし、「卵食ふ時口ひらく」は死者を連想させる表現といえます。ゆで玉子か、生卵かは判断が分かれますが、いずれにせよ卵を食する時は大きく口を開けますよね。カパッと空いた口の奥は暗く、そして無防備に空いた口は何かしら被爆した死者たちの空虚に開いた口を想像させます。夥しい死に埋め尽くされた街で滋養のある卵を食するのは生者の特権ですし、死者は卵を口に入れることは出来ない。その「広島」で卵を食するというのが逆に原爆の死者群を想起させますし、そして卵を食べる時に生者は死者と同じように口を空ろに開ける……「広島や」とあるため、そういった連想を働かせたくなります。

俳　下五が「～口あけ﹅る﹅」ではなく、「口ひ﹅ら﹅く﹅」なんですよね。「口あける」には卵を食べようとする意思が感じられますが、「口ひらく」だとうつろに空いている感じがするので死者のイメージと重なるのかも。池や堀にいる鯉がパカッと口を開けるような虚無的な感じもします。鯉は生きてますが、あの口の開き方は人間のような意思をまるで感じさせないので……口に入るものであれば何でもいい、みたいな。

青　鯉の開いた口のように、意思のない感じが「広島や」と組み合わさることで被爆者のイメージが増幅されるのでしょう。この句は敗戦後の作ですが、三鬼は戦前から大量の無季句を詠んでおり、多くが戦争ニュース映画を参考にして詠んだ前線の戦場句群でした。**〈機関銃熱キ蛇腹ヲ震ワスル〉〈戦友ヲ葬リピストルヲ天ニ撃ツ〉**（以上、①）等を「京大俳句」等で盛んに発表し、新興俳句を牽引していました。**〈パラシウト天地ノ機銃フト黙ル〉**①とかもそうですね。

俳　昔の句というより、現代の戦場ゲームを詠んだような句ね。ひたすらゾンビを倒し続けるゲームでもアリかも。それにしても「パラシウト」句は巧いなあ……耳をつんざく両軍の銃撃音がふと絶え、空から白いパラシュートが静かに降下してくるのを両軍が見上げている感じ。「フ﹅ト﹅黙ル」が絶妙です。

■芸達者の巧さ

青　三鬼はとにかく巧い。不穏で思わせぶりな作品世界を臨場感豊かに示す技術はピカイチで、他にも**〈湖畔亭にヘアピンこぼれ雷匂ふ〉**（①）**〈炎天の犬捕り低く唄ひ出す〉**（③）**〈薄氷の裏を舐めては金魚沈む〉**（④）等々、いずれも明快で分かりやすく、読者に劇的な一瞬と不穏な状況を的確に伝える句を量産した俳人でした。

俳　芸達者とも、エンターティナーともいえそう。商品として完成していて、読者に負担を強いないタイプの句を巧く詠めた俳人さんかも。

青　仰る通りで、彼の句は商品として整えられているので、実作をしない文学好きにも人気があります。晩年も**〈暗く暑く大群衆と花火待つ〉〈秋の暮大魚の骨を海が引く〉**（以上、④）等の佳句を量産するなど、新興俳句系のスターとして活躍し続けました。

—解説—

・①～⑤は次の句集に収録。①は第一句集『旗』（昭和15）、②は第二句集『夜の桃』（同23）、③は第三句集『今日』（同27）、④は第四句集『変身』（同37）、⑤は『三鬼百句』（同23、発表句を再編した自註句集）。

渡辺白泉

・渡辺白泉《はくせん》（大正2〔1913〕～昭和44〔1969〕）—東京出身、本名は威徳《たけのり》。裕福な家の一人息子に生まれ、学生時代から新興俳句運動に身を投じる。特高警察に検挙された体験がトラウマになり、戦後は俳壇と距離を置いた。生前に個人句集がなかったために評価されなかったが、没後に三橋敏雄らの尽力で句集が刊行され、脚光を浴びるようになった。

■経歴紹介／裕福な慶應ボーイ

青　大きな主宰誌で句作修行をさほど経ずに新興俳句を牽引した俳人でいえば、渡辺白泉を逸するわけにはいきません。白泉は当時珍しい一人っ子で、父の実家は地主の家柄だったこともあり、裕福な家で生まれ育ちます。エリートが集う小学校を卒業後、慶應義塾大学普通部に入学しました。現代の中高校に当たり、白泉はそのまま同大学に進学します。家は経済的に余裕がありましたが、父がなぜか8、9回も離婚しては結婚するという妙な人生を歩んでおり、家庭的には不安定だったようです。

俳　139ページでも発令しましたけれど、そういうバカ男はラーゲリ送（略）当時の慶應に入学できるのは裕福な家庭の子息だけだったんですよね。

青　そうなんですよ。白泉は読書好きで、普通部在籍の16歳頃に『子規俳話』を通じて蕪村句に関心を抱き、句作するようになったとか。白泉によると、第一作目は〈**白壁の穴より薔薇の国を覗く**〉だったそうです。

俳　すでに巧い……土蔵か何かの白壁の穴から庭の薔薇を覗いた、という内容でしょうか。「薔薇の国」に詩情が漂っていますし、最初から「ホトトギス」の「写生」句と違いますねえ。

青　ええ。当時の白泉は興味の赴くままに詠んだと思われますが、後の彼の作風を暗示した興味深い一作目といえます。その後も我流で句作を続けましたが、方向性が決定的になるのが20歳の頃でした。白泉はその年に慶應義塾大学に進学し、水原秋桜子の評論集『俳句の本質』に強い感銘を受け、「馬酔木」に投句し始めるんですよ。

俳　それは秋桜子さんが新興俳句運動を始めた時期ですか？

青　鋭い、ちょうどその時期です。白泉は「馬酔木」の他にも新興俳句系の「句と評論」の句会に参加し始めます。新興俳句がまさに勃興しつつある頃で、白泉はいきなりその運動に身を投じる形になり、しかも「句と評論」で瞬く間に頭角を現しました。〈**街燈は夜霧にぬれるためにある**〉等を大学在籍中に発表して注目され、大学卒業後は三省堂に勤め、辞書編纂の仕事に就きながら句を発表し続けるうちに新興俳句の雄と目されます。

無季句の世界へ

俳　先の「街燈」句も「ホトトギス」とだいぶ異なる発想ですねえ。抒情味もあり、現代詩のような雰囲気が感じられます。

青　ええ。社会人になった白泉は石田波郷や西東三鬼たちとも知り合い、交流会等を通じて頻繁に俳論を交わすなど、新興俳句運動の中核を担う人々と切磋琢磨するようになります。白泉句に惹かれた若き三橋敏雄が私淑し、師と仰ぐのもこの頃。昭和13年に白泉は「俳句研究」に戦争俳句関連の評論を発表し、同誌の座談会にも参加しました。この年には〈**銃後といふ不思議な町を丘にみた**〉等も発表し、また戦場をヴァーチャルに詠んだ〈**繃帯を巻かれ巨大な兵となる**〉〈**鼻を顎を膝を天空へ向けし戦死**〉といった連作を多数発表するなど、注目をさらに集めます。この戦場句は日中戦争の前線を想定した戦火想望句の大作で、「広場」という同人誌に発表されました（昭和13年6月号、238ページも参照）。白泉はこういった連作を同人誌を中心に発表し続けたわけです。

俳　ちょいとお待ち。無季？　「馬酔木」の投句とか、大丈夫だったんですかね。秋桜子さんは反対しそうですが……。

青　ム、そのあたりの説明がまだでした。当時の新興俳句陣営は連作を盛んに発表しており、これらの白泉句も連作中の一句です。秋桜子や山口誓子は連作にも季語を必ず入れましたが、白泉や三鬼たちの戦争関連の連作は多くが無季句で、これが昭和13（1938）年以降の新興俳句の特徴となるんですよ。秋桜子や誓子、波郷たちは無季に反対し、特に秋桜子は強く批判しましたが、白泉や三鬼たちは無季句こそフロンティアとばかりに戦争関連の無季連作を詠み続けます。白泉は「馬酔木」に投句しなくなったため、「馬酔木」の修行期間は短いものでした。昭和14年には「京大俳句」にも参加し、戦時下の生活をシニカルに詠んだ**〈街に突如少尉植物のごとく立つ〉**等を同人誌に発表し続けました。白泉や三鬼たちは連作を数多く発表したため、いわゆる主宰が選者の雑詠欄等には投句しなくなります（連作についてはページ以降を参照）。

俳　フムフム。確かに白泉さんの句は「ホトトギス」や「馬酔木」とも違う斬新な感じがしますが、大丈夫だったんですかね？

青　といいますと？

俳　「銃後といふ不思議な町」とか、戦争を皮肉っているように見立てたりとか、「少尉」を「植物」のように見立てたりとか、戦争を皮肉っている感じがしますよね。三鬼さんも特高警察に捕まっているので、白泉さん、もしや……と思いまして。

青　お察しの通り、昭和15年の京大俳句事件の折に検挙され、五ヶ月にわたって収監されて膨大な反省録を書かされた後、執筆禁止を条件に釈放されます。

俳　やっぱり……かわいそう。太平洋戦争が始まった後は沈黙したままだったのでしょうか。

青　執筆を禁止された白泉でしたが、どうしても句作から離れられず、変名で石田波郷の「鶴」に投句していたらしい。選者の波郷は気付いたようですが、何食わぬ顔で選句をし続けたとか。やがて戦争末期になると白泉は横須賀海兵団に召集され、敗戦を迎えます。彼は「京大俳句」に加入した昭和14年に結婚しており、家族を養う必要があったので仕事は続けましたが、戦時中は白泉の名で句を発表せず、密かに句作をし、仲間と勉強会をして過ごしたそうです。

戦後の生活

俳　敗戦後は特高もいなくなり、ようやく創作活動再開ですね！　白泉さん、意気揚々と句を発表し始めたのでしょうか。

青　ところが、そうはいかなかったんですよ。白泉は特高に検挙された恐怖を忘れられず、何より俳壇を憎んでいました。再び時代が変われば検挙されるかもしれない恐怖に加え、俳壇の態度の豹変ぶりが我慢ならなかったようです。京大俳句事件の折に関係者と一切関わろうとせず、戦後はそういう出来事をなかったことにする俳壇への怒りとともに、新興俳句の人々が敗戦後に華々しく活躍し、自分たちこそ新興俳句を引き継ぐ者とアピールし、俳壇で注目されていることを猛批判しました。白泉は俳壇関係者に強い不信を抱き、意識的に距離を置いて独りで句作を続けます。

俳　特高の逮捕で心底傷付き、人間不信に陥った感じがしますねえ。そういえば、生活はどうやっていたのでしょうか。

青　戦後は高校の社会科教師を勤めて生計を立てていました。一時は岡山に移住したのですが、奥さんの地元だった静岡県の沼津に落ちつき、そこで亡くなるまで高校教員を勤めます。温厚で優しい教師でしたが、麻雀と酒に溺れるようにハマったらしいです。大酒を呷《あお》るので生徒にも心配され、何度も忠告されたらしいのですが、飲まずにいられるか、と答えていたらしい。時間が空くのを怖れるように職場の人々や雀荘で麻雀に耽り、毎晩酒を呷り続けたのは、特高の検挙の恐怖から逃れたかったのかもしれません。

俳　明らかに飲みすぎな感じですが……高血圧の病気で亡くなった？

青　仰る通り、50代半ばで脳溢血。白泉は戦前の京大俳句事件等で個人句集を刊行する機会がなく、戦後しばらく顧みられなかった要因になったのですが、晩年に自筆稿本の句集を出そうと2年ほどかけて準備し、出来上がったその日にいつものように飲んで帰宅しようとバスに乗りかけた時、脳溢血で倒れ、病院に運ばれて急逝してしまいました。

俳　想像以上にかわいそう……白泉さん、現代の方が当時より知られているのかも。

作品紹介／最も有名な句

青　おそらくそうだと思います。というのも、次の句が白泉の代表句として広く知られるようになったのが大きい。

〈戦争が廊下の奥に立つてゐた〉。

俳　薄気味悪いですよね。軍人が立っていたのを比喩的に詠んだのかもしれませんが、不気味な迫力があります。「廊下の奥」は薄暗く、淀んだ空気が立ちこめていて、暗がりに「戦争」がぼんやり佇んでいることに気づき、ギクッとした……そんな風に取ってみました。

青　「立つてゐた」とあるので、誰かが立っている気配が濃いですよね。それも上半身や顔の部分が暗がりに溶けこみ、表情その他がぼんやりしている印象がある。何より、「戦争」の不気味さが戦場ではなく、日常生活の「廊下の奥」に佇んでいたというのが凄い。戦前の白泉句が新興俳句の中でも輝いていたのは、時代や社会、組織に対する批評精神が洗練された形で表現できた点にあったと思います。彼は戦争末期に海兵団で訓練に従事した際にも、**〈夏の海水兵ひとり紛失す〉**と佳句を残しました。

俳　「紛失」が残酷……敵軍との戦闘状態のさ中に命を落としたというより、海軍の日常的な日々の中で「紛失」した、という感じでしょうか。海兵一人の生命など何の問題にもならない非情さがありますねえ。

青　おそらく海に浮かぶ艦艇の出来事なのでしょう。何かの事故か、自殺かは分かりませんが、太陽がギラギラ照りつけて影一つなく広がる海に浮かぶ艦艇から水兵が一人居なくなった。人間の生命が失われた出来事でありながら、その理由は追究すべきことのほどでもない雰囲気があり、物がなくなった時のような「紛失」に過ぎない、と。艦艇は水兵の「紛失」に何ら頓着せずに「夏の海」の航海を続け、夏の海原は陽光に煌めきながら広がっている……白泉は個々の人間性に一切の価値を認めない戦争組織や生活の非情さをシニカルに詠みえた稀な俳人でした。

—解説—

・紹介した白泉句は、没後に刊行された『渡辺白泉句集』（昭和50〔1975〕）に収録。白泉は生前に個人句集を持たなかったため、没後に弟子筋の三橋敏雄らが先の句集や全句集、アンソロジーを刊行することで顕彰に努めた。

富澤赤黄男

・富澤赤黄男《かきお》（明治35〔1902〕〜昭和37〔1962〕）――愛媛県出身、本名は正三《しょうぞう》。宇和島藩御典医の家柄に長男として生まれ、新興俳句の俳誌「旗艦」で頭角を現した。現代詩や絵画等の芸術に関心を示し、近代俳句の可能性を極限まで広げた。膨大な読書量で、敗戦後の困窮時に布団を売って詩集を買った話が伝わっている。愛煙家のため肺癌で亡くなった。

経歴紹介／宇和島藩御典医の家柄

青　今度は新興俳句の最高峰を見てみましょう。富澤赤黄男です。

俳　巨匠が出現しましたね。**〈蝶墜ちて大音響の結氷期〉**①等、俳人としても敬愛する方ですが、愛媛のお酒の京ひなに関係したらしいことを知って以来、私の中の英雄となりました。七星剣あたりはやめられません。

青　内子町の酒六酒造が手がける日本酒の銘柄ですね。赤黄男と結婚した菊池清さんの実家が内子の酒造会社なので赤黄男はその会社に勤めた時期があり、それが「京雛」を売りだそうとした頃で、彼が俳句仲間に「京雛」の話をしたことが伝わっています。それにしても細かい地元話をよくご存じですね……しかも七星剣は一番高級で、あれを愛飲したら家計が崩壊しますよ。

俳　京ひな好きの方からうかがったことがあるんです。でも、なぜ赤黄男さんが酒造会社で働くことになったのかは知らないので、そのあたりも教えてほしいです。

青　で、七星剣は……富澤赤黄男は保内《ほない》の川之石村に富澤家の長男として生まれます。現在の八幡浜市ですね。富澤家は代々宇和島藩御典医で、藩士の中でも上士の家柄でした。父の岩生《いわお》の代まで津島の岩松④にいましたが、正三が生まれる前に川之石村に移住して父が開業医となり、今も建物が残る白石家の紡績工場の嘱託医になります。明治期後半にペストが流行した時には父の岩生が工場その他の防疫に努めたようです。ただ、息子の正三は医業がイヤで、家業を継ごうとしませんでした。彼は川之石尋常高等小学校卒業後、宇和島中学校に進学。一級下には芝不器男がいました。

俳　各地から富裕層エリートが集う感じでしょうか。不器男さんは庄屋のお坊ちゃん、赤黄男さんも位が高そうな武士の家柄……中学進学でモメた農家の波郷さんとだいぶ違いますねえ。

青　ええ。正三は終生、家柄や血筋を自慢することはありませんでしたが、心中は宇和島藩上士の誇りを抱き続けた節があります。ただ、彼は実生活でどうも不運なんですよ。鹿児島の第七高等学校に進学する予定が、試験前日に仲間と腕相撲して骨折して受験に失敗したり、大人になっても仕事面で出鼻をくじかれる出来事が続きます。

俳　利き腕を折ったんですか？

青　詳細は不明ですが、受験がダメになったということはそうなのでしょう。彼は仕方なく実家に戻りますが、父の医業を継ぐのがイヤで、大正10（1921）年に早稲田高等学院に進学し、早稲田大学政治経済学部に入学します。興味深いことに、彼は大学時代に宇和島藩城代家老の家柄だった松根東洋城を訪問し、「渋柿」に投句し始めたそうです。

俳　実家にいると医業を継ぐプレッシャーがかかるので、東京に高飛びしたのね。それよりも東洋城さんと面会したのは驚き。同じ宇和島藩出身だからでしょうか。大正時代にもそういう感覚が残っていたんですねえ。

青　藩への帰属意識や階級意識は明治以降も強く、特に士族は誇りを抱いていましたが、現代人には分かりにくいところでしょう。それに富澤家は松根家に仕えた身分でした。東洋城の母は宇和島藩主の三女ですし、正三はいわば表敬訪問をしたわけです。ただ、会ったのは一度と言われているので、形式的なものだったのでしょう。

東京から地元へ

俳　東洋城さんの「渋柿」に投句したのは、すでに俳句に関心があったんですかね。

青　真剣にハマったわけではありませんが、興味はあったようです。最初から短歌よりも俳句が好みだったらしく、何より文学一般に親しむという感じですね。彼は早稲田大卒業後に東京で通運会社に勤め、一年ほど軍隊に入隊した後、昭和3（1928）年に大阪に転勤になります。同年に内子出身の菊池清さんと結婚。ところが、翌年に会社を辞め、なぜか運転手になろうと運転免許を取りますが両親の反対で断念し、昭和5年に帰郷します。郷里の父が目を病んで医業をやめ、木材会社を経営することにしたので手伝いに戻ったんですよ。

俳　運転手事件も謎ですが、お父様、医者をやめて木材会社とは……イヤな予感。

青　お察しの通り、数年後に破綻します。ただ、正三は経営に関わったわけではなく、川之石の第二十九銀行に定期預金係として勤めることになり、袴姿で出勤していたらしい。この時に地元の美名瀬《みなせ》吟社という俳句の寄合に参加し始め、定期的に句作をするようになります。

俳　その吟社の名前、確か町を流れる川にかかる橋と同じですよね。川之石に旅行した時に川そばに赤レンガの建物があって、そこへ渡る時に通ったんですよ。町の中心だったとか。

青　それはステキな旅行ですね。当時の川之石は鉱山や養蚕、紡績や廻船等で栄えた町で、正三が勤めた銀行は愛媛初の銀行ですし、四国初の電灯が灯ったのも川之石でした。赤レンガの建物は東洋紡績会社の遺構で、川之石には他にもモダンな建物が多数残っています。一時期、川之石近辺の鉱山は愛媛の中で別子銅山に次ぐ出荷量を誇り、それで川之石は南予地方（愛媛南部）でも最新の文明が入ってきたんですよ。その町で正三は父を助けるために働き、長女の潤子も生まれ、子の成長を楽しみにしながら俳句を趣味とし、句会に参加する日々を過ごしました。

俳　フムフム。趣味ということは、まだ本気になったわけではない感じですかね。

青　以前よりは打ちこむようになりますが、私たちが知る赤黄男像、つまり**〈爛々と虎の眼に降る落葉〉**①といった句を最初から詠んだわけではなかったようです。昭和7年頃の川之石時代の彼は、**〈船寄する港々や鯉幟〉〈春めくや筆作る家並びゐて〉**といった作風で、「ホトトギス」にも投句しますが全没。大阪の「泉」という「ホトトギス」系俳誌にも投句しながら、**〈氷砂糖かりかり噛んで風邪の妻〉**等の句を詠み続けました。

俳　普通すぎる句……カッキー、最初は平凡だったんですね。そういえば、俳号は初めから赤黄男だったのでしょうか。変わった名ですよね。

蕉左右から赤黄男へ

青　美名瀬吟社にいた頃、赤黄男は「蕉左右《しょうさう》」と号していました。本名の正三を旧仮名でもじった俳号で、「蕉」は芭蕉のイメージなのでしょう。蕉左右時代は**〈流潮やちらりほらりと花海月〉**といった従来の俳句らしさに沿った詠みぶりで、彼にしか詠みえない世界観を獲得したわけではありません。ただ、美名瀬吟社の俳人たちと日々句会をする中で句は巧くなり、俳号も「赤黄男」と変え、昭和8年頃には**〈牡蠣船の水の上なる手水鉢〉**と引き締まった句調になります。「赤黄男」の由来は川之石の鯛ヶ浦の港で柿市という歳末市が立ち、それをもじったという説が有力。赤や黄の色はゴッホの絵が好きだったので用いたという話も伝わっており、個人的なこだわりがあったみたいですね。

俳　港町の年末行事とゴッホの組み合わせがいいですねえ。それに赤黄男さんは詩人という感じがあるので、西洋画がいかにも好きそう。

青　ええ。実際、彼は画集を相当持っていたらしい。音楽も好きで、ヴァイオリンを弾いたり、歌を歌うのも好きだったりと芸術一般を愛好する趣味人の側面がありました。戦後に彼が住んだ家の玄関には写楽の模写の絵が飾られたり、彼自身も絵を描くのが好きだったそうです。歌も上手く、戦前の流行歌手のディック・ミネが好きで、「上海ブルース」を上機嫌で歌うこともあったとか。それに無類の本好きで、特に好きな詩人や現代詩を相当読みこんでいます。書棚には、小説や現代詩の他に画集や現代思想書等もズラッと並んでいたらしい。戦後に高柳重信が赤黄男邸を訪れた際、蔵書の多さとその質の高さに驚嘆し、私淑し始めたという逸話もあります。

俳　赤黄男さんの〈**羽がふる　春の半島　羽がふる**〉（②）とか詩の雰囲気が強いのは、幅広い読書や芸術趣味が活きたんですねえ。ただ、仕事は何をしていたのでしょうか……赤黄男さんのような句で食べていくのは難しそうですが。

青　そこは彼の俳句を捉える時に大事なところです。赤黄男が大阪から帰郷したのは父が経営を始めた木材会社の手伝いも兼ねて地元銀行に就職するためでしたが、父の会社が倒産し、負債を抱えた富澤家は家屋敷や家財を売って引っ越します。赤黄男は地元で肩身の狭い思いをしたらしく、プライドの高い彼には屈辱的だったようです。やがて彼は義母とともにセメント袋関連の会社を立ち上げ、単身大阪に向かい、堺市に工場を建てて軌道に乗りかけたところに台風が直撃。工場ごと流失し、川之石に戻ります。

俳　不運すぎる……高校受験の時も腕相撲で骨折していましたよね。

青　ええ。彼のように誇り高き精神の持ち主には深い挫折感があったはずです。銀行も辞めた赤黄男は妻の実家の内子の酒造会社に勤めることにし、地元を離れました。

俳　そこで京ひなと出会い、お酒の味を覚えて世をはかなんだのね……分かるわ。

青　妙な脚色をしないで下さい。彼は酒造会社で普通に勤め、その時期に会社が新商品として京雛を売りだそうとしたので、赤黄男も営業として各地を回った節があります。彼が内子に移ったのは、富澤家という家柄や代々の医業を継いだ父から逃れたかったのかもしれません。赤黄男夫婦が川之石を去った後、残された父の病状は良くならず、やがて病没します。その後、赤黄男は家を売って内子に戻り、残る家財道具や蔵書等も売って費用を作り、大阪に再び向かいました。

大阪時代

俳　また仕事に？

青　定職がない状態で上阪し、水谷砕壺《さいこ》という俳人の世話になります。彼は実業家で、日野草城の主宰誌「旗艦」の編集発行人になったりと関西新興俳句のパトロン的存在でした。「旗艦」はモダニズム風味溢れる斬新な俳誌で、赤黄男が川之石にいた頃に創刊されています。赤黄男は「旗艦」に惚れこみ、俳句に真剣に打ち込みたいと感じて大阪に向かったようです。仕事や食べることは二の次で、矢も楯もたまらず愛媛を飛び出し、「旗艦」の本拠地で暮らしたかったのかもしれません。

俳　とはいえ、霞を食べるわけにもいきませんし……砕壺さんに食べさせてもらった?

青　そういうわけにもいかず、彼に紹介してもらった仕事に就きますがすぐ辞めたりと、赤黄男としては身を入れて働く気になれなかったらしい。そのあたりが名家出身らしさといえますが、妻子もいながら定職に就かず、俳句や芸術に日々を費やすわが身を彼自身は恥と感じていたようです。しかし、実生活の苦しさと反比例するように作品の純度は高まっていくんですよ。**〈黄昏の象きて冬の壁となる〉**(①)等を詠み始めた赤黄男はさらに凄みを増す体験を経た後、俳人富澤赤黄男が完成するわけです。

俳　今度はどんな失敗を……ハラハラしてきました。また事業に失敗したとか?

そして大陸へ

青　召集されて入隊し、中国大陸の前線で戦争を体験したんですよ。

俳　あ、赤黄男さんたちの時代は戦争中でしたよね。兵隊として適齢期だったのでしょうか。

青　そこは微妙で、すでに30代半ばなので年長クラス。日中戦争が昭和12(1937)年7月から本格化し、彼もその時に徴兵され、中国大陸で2年ほど兵隊生活をした後、マラリアに罹って召集解除となり、日本に帰国します。その後、親類の世話で就職し、今度は割合いきいきと働きながら句作に励み、この時に集中して傑作が生まれるわけです。

俳　あのカッキーが働きがいを感じて日常生活を暮らすなんて深い闇を感じます……戦地の体験が大きかったんですかね。理不尽極まる地獄に比べたら、死なずに毎日普通に暮らせることがどれほど幸せか!　といった闇を感じるのですが。

青　仰る通りと思います。彼は軍隊の中では年長で、将校だったので前線をかけずりまわる最前線部隊に投入されたわけではありませんが、凄惨な戦場をくぐり抜けた兵隊だったのは間違いありません。上海から徐州、南京、武漢といった日中戦争の重要な戦地に赴いていますし、**〈鶏頭のやうな**

手をあげ死んでゆけり〉（①）**〈捕虜を斬る／キラリキラリと／水ひかる〉**等の状況を日常的に体験する日々でした。だからか、マラリアで帰国後は普通に寝起きして働き、家族と暮らせる日常生活が別次元の世界に感じられた節があります。大陸の戦場を経た後の作品は、以前と思念の結晶度が違うんですよ。純度が恐ろしく高まっているんです。

俳　頭中のイメージが凄い現実感を持つようになった、ということですかね。

青　ええ。**〈椿散るああなまぬるき昼の火事〉〈鶏交《とりさか》り太陽泥をしたたらし〉〈炎天に蒼い氷河のある向日葵〉〈爛々と虎の眼《まなこ》に降る落葉〉**（以上、①）等、徴兵前の赤黄男とは別人に近い。それだけ軍隊生活や大陸の戦場生活が凄まじい緊張や殺気を孕んでおり、酸鼻を極めた状況も当たり前のように続く日々だったことを感じさせます。

俳　戦場云々は想像自体が難しいですが、「蝶墜ちて」句も戦争から戻った後の句とすれば、仰ることは分かる気もします。張りつめた緊張感もそうですが、色んなものを振り切った強さというか、自在さみたいなのが怖いぐらいにありますよね。

青　「蝶墜ちて」句も復員後の作品。戦場経験は私も分かりませんが、実際に戦場に行った方の話をうかがったり、文献等を読むと軍隊の厳しさはヒシヒシと伝わってきます。戦地で鍛えられた精神世界の強さが尋常ではなかったため、復員後に異様な緊張度を漂わせた句を詠みえた可能性は高そうです。

■帰国、敗戦後の活動

青　大陸から病気で帰国した彼は働きながら句集の収録句をまとめ、水谷砕壺の支援も得て昭和16（1941）年に『天の狼』を刊行しました。しかし、その頃は新興俳句がすでに京大俳句事件等で壊滅した時期で、赤黄男の句集は新興俳句の掉尾を飾る金字塔となってしまいます。句集出版直後に再度召集され、今度は千島列島の最北端にある占守島《しゅむしゅ》に向かいます。**〈流木よこゝは祖国の果の果て〉**といった切ない句を詠んだりしました。

俳　寒そう……赤黄男さん、南国育ちなのに極寒地帯に飛ばされるとは。

青　北方の軍隊生活も終え、帰国した赤黄男は敗戦後、旺盛に活動を再開しました。俳誌「太陽系」等に句や論を発表し、水谷砕壺の後援で総合誌「詩歌殿」を刊行して詩や短歌、俳句の錚々たる作家の発表の場としました。実生活では複数の貿易商社を経た後、砕壺の関西タール製品会社に事務所長として就職し、そこから生活が安定し始め、ゴルフに興じる余裕も生まれたとか。それまでは奥さんが着物の内職をしたり、様々な苦労をして家庭を守ったらしく、夫が働かない時期も家計を支えようと黙々と内職等に勤しんだそうです。

俳　責任感のない夫を持った奥さん、後半生は楽が出来たみたいで安心。暮らし向きが良くなった赤黄男さんは、句調も明るくなったりしたのでしょうか。

青　むしろ絶望的に暗くなり、**〈寒い月　ああ貌がない　貌がない〉〈草二本だけ生えてゐる　時間〉**等を詠んだ後は句作を断ち、沈黙してしまいます。超ヘビースモーカーだったために肺癌になり、60歳で死去しました。

俳　実生活が安定した分、作品世界では思いきり深い闇に突入しよう！　といった感じですかねえ。生活も苦しい時期に「ああ貌がない」とか詠んでいたら自殺しそうですし。

青　句作を断った理由は複数あると思いますが、彼は自作の二番煎じに甘んじることを良しとせず、常に自身の句境を乗り越え、誰も詠まなかったフロンティアに挑戦し続ける気概を持っていました。最晩年の赤黄男は周囲に、もはや新たな句を詠みえなくなったが、自分の句作に満足し、納得している、と洩らしていたようです。このあたりは高浜虚子や「ホトトギス」の「写生」と異なり、赤黄男は西洋的な芸術として俳句を捉えていた、ということなのでしょう。

作品紹介／「爛々と」句の多様なヴィジョン

青　ここからは赤黄男の句を味読してみましょう。バランスが取れた傑作といえば、**〈爛々と虎の眼に降る落葉〉**でしょうか。爛々と光り輝く虎の眼に落葉が降りしきる……という句意ですが、内容以上に表現そのものが複数のヴィジョンを生々しく喚起させています。上五の「爛々と」は、意味的には「虎の眼」にかかって「爛々と光る虎の眼」と読めると同時に、「降る落葉」にかかって「爛々と降り続ける落葉」とも読める。上五の「爛々と」が、中七と下五どちらにもかかるように読めるんですよ。

俳　虎の眼はいかにも爛々と輝きそうな感じですが、落葉も爛々と降る……というのは不思議なポエム感がありますね。それに、落葉は「落ちる」と考えがちですが、落葉が「降る」というのは、落葉がかなり落ち続ける感じでしょうか。いや、作品には「降る」と書かれているので、やはり降りしきっている、と取った方がいいかも。晩秋から初冬の誰もいない山深い森の中で虎が一匹佇み、その周りを落葉が雨のように降り続けるイメージですかね。それと、「爛々と」という語感は煌々《こうこう》と輝く雰囲気があるので、初冬の陽ざしに照らされながら落葉が降りしきる……何だか違う。「爛々と」は落葉に当たる陽ざしをイメージさせるわけではなく、「降る」そのものにかかっている感じでしょうか。爛々と降りしきり、止まない落葉のイメージを強調させている感じで、現実の情景に置き換えて陽ざしが云々という意味で「爛々と」を用いたわけではなさそう。動物園の情景とか現実世界に置き換えるとそぐわないタイプの句かも。

青　「落葉」は冬の季語ですが、日本らしくない雰囲気がありますよね。赤黄男が召集されて中国大陸を転戦した頃の体験が元になったと言われており、あるいは東南アジアやインドあたりのジャングルも似合いそうですが、いずれにせよ現実世界を忠実に復元しようとした句ではなさそうです。虎がどういう場所にいるのか、虎と落葉がどのような情景に収まるのかは描かれていないので分からない。加えて、「爛々と虎の眼に」も絶妙に曖昧で、「虎の眼前に落葉が降り続ける」とも読めるし、「降り続ける落葉が虎の眼に映っている」とも読める。

俳　確かに。虎の周りに落葉が降り続ける情景とも、虎の眼に映るイメージとも読めますねえ。ごく微かに、虎の眼にだけ映る幻の落葉が降り続ける……といった気配もあるような気もします。この「に」は、今までの話で出てきたどれかを明示する「に」なのか、どれも含んだ「に」なのか、どちらでしょう。

青　そこは重要ですね。仮にそれらの可能性があるとして、どれかを指しているのではなく、いずれも排除せずに連想させるのが「に」の働き、といえそうです。どれもが平等に成り立つという話ではなく、例えば「虎の眼前や周囲に落葉が降りしきる」を基本として60％ほど、「虎の眼に映る」が37％ほどで幻影の落葉が3％ほど、とか。もちろん一例ですが、ありえる、ありえないの割合ではなく、その3％ほどの幻影のヴィジョンが微かに含まれることでイメージがさらに重層的になるといった話です。調味料の配分と同じですね。

俳　醤油をひとたらしすることで味に奥行きが出る、そういう感じでしょうか。塩やみりんその他も含めて、どれか一つだけがあれば良い話ではなく、どれもが合わさって味を作る、と。そういえば、私は何にでも醤油をかけたがるので親に注意されるんですよ。この前は白ご飯に醤油をドバドバかけたら「田中角栄かよ」とたしなめられました⑤。

青　微妙な政治家ネタで注意するご両親ですね……赤黄男句に戻ると、虎の眼がなぜ爛々と光り輝いているのか、理由が描かれていないためにかえって虎の眼の生々しさが出ている点も魅力でしょうね。

俳　獲物を見つけたなんて理に落ちた解釈は野暮ですし、分からないからこそ虎の眼の爛々感が純粋に浮き出る感じですよね。

青　「爛々感」、分かる気がします。虎の眼はどこを見ているのか、一点を見つめているのか、落葉が降り続ける世界で虎の眼が爛々と光り続けているのか。落葉が降りしきる世界に虎の眼だけが生々しく輝き続け、その胴体や尾、足といった他の部分は明瞭にイメージを結ばない雰囲気もある。生々しい落葉と虎の眼を点描することで、緊張感に満ちた精神世界が臨場感とともに具現化された句といってもいいかもしれません。赤黄男句が凄いのは、そういう精神世界的なヴィジョンに生々しい実感が宿っているところなんですよ。この二つが両立する俳人はそういないと思います。

俳　落葉も意思を持って地上に降り続けている感じがありますよね。「爛々と」が利いているからかも。

他の傑作作品

青　そう思います。「爛々と」句を詠み始めた昭和15（1940）年頃の赤黄男句はこの種の傑作が多く、**〈蝶墜ちて大音響の結氷期〉**もそれに近い。張りつめた緊張感に加え、恐ろしいばかりの無音に閉ざされた静寂が世界を覆う心象風景、といった世界像が浮かびます。

俳　生命が絶滅した後の終末感がありますよね。耳が痛くほどの無音の世界というか……これも「落葉」同様、日本の冬の季感を超えている感じがあります。ただ、気づいたらそうなったというより、伝統の季感に染まらないように頑張った感じもあるような。

青　赤黄男はそこを自覚的に詠んだ節があり、それが新興俳句の精神と考えた節があります。ただ、「爛々と」「蝶墜ちて」句のように、思念の世界を強烈な臨場感や実感とともにバランスよく詠みえたのは一時期で、これらの句群を量産した後に再び召集されて北千島の守備隊に就き、復員して敗戦を迎えた後は、句作のあり方が変容していきます。**〈草二本だけ生えてゐる　時間〉**③とか。

俳　確かに。色んなものが剥ぎとられた後、時間だけが生々しく過ぎゆく感じですね。読者にあれこれ共感してもらおうという期待や前提が薄くなっている感じがあります。または俳句に望むもの自体が変わった？

青　ええ。『天の狼』の次のフロンティアへ挑戦、ということでしょうね。荒涼とした世界に草二本だけが生えている。木二本や花一輪でもなく、また草が一本でも、四、五本でもなく、草が二本だけ生えている時間。こういった「時間」を感じさせる際、一字空けで表現するのはこの時期の赤黄男が多用した詠みぶりで、**〈切株はじいんじいんと　ひびくなり〉**②も一字空けを用いた敗戦後の句です。

俳　う、生々しい。切株が治癒しない傷口のように疼き続けているような、何かを訴えているような……断面が白々と晒されながら、でも切々と情緒に訴えるでもなく、ただ「じいんじいんと」何かが響いてくる感じがありそうな。ここまで来ると袋小路に入ったようで痛々しい。赤黄男さん、戦争で病んだのかしら。

青　彼は敗戦後、句作の方向性を「純粋孤独」と表現しました。これは俳句よりも現代詩や前衛芸術、絵画あたりと共通する感性なんですよね。同時に、この句の面白いところは「ひびくなり」でしょう。本当は、「切株は」とあるので「ひびかせる」云々と他動詞で主語の「は」と合わせるところを、「ひびくなり」と自動詞的になっている。「切株は〜ひびくなり」は飛躍がある表現で、逆にそれが「じいんじいんと」に多層的なヴィジョンや実感を発生させているわけです。

俳　「爛々と」句の「に」の複数の意味や、「爛々と」の重層的なイメージに近い感じですかね。

青　ええ。彼は〈**一本のマッチをすれば湖《うみ》は霧**〉（①）等の句を詠みえた俳人で、読者の立場からすると作品として最もバランスが良かったのは昭和15（1940）年頃でしたが、戦後はそういう句を詠む気がなくなったのでしょう。彼は「純粋孤独」を目指して〈**零の中　爪立ちをして哭《な》いてゐる**〉（③）といった句を詠んだ後、句作を断つように沈黙しました。

—解説—

・①〜③は次の句集に収録。①は第一句集『天の狼』（昭和16）、②は第二句集『蛇の笛』（同27）、③は第三句集『黙示』（同31）。番号がない句は句集未収録で、没後の『富澤赤黄男全句集』（同51）に収録された。

④宇和島から少し離れた町で、富澤家の住んだ一帯は富澤町と呼ばれていた。

⑤田中角栄は昭和40年代の総理大臣。新潟の豪雪地帯出身のため味付けの濃い食事を好み、大好物だったうな重にも醤油をドバドバかけて食したという。俳子の両親が注意したのはこの逸話を踏まえたもの。

新興俳句の特徴

新興俳句と従来の俳句観との違い

青　新興俳句は、俳句史的には従来の「ホトトギス」と異なる作風を練り上げたと評される場合が多いです。それは個々の作風の違いだけではなく、新興俳句陣営と「ホトトギス」では俳句観が異なっていた点も見逃せません。以前に新興俳句の経緯を説明した際、水原秋桜子が「馬酔木」で自選欄を設けたのが新興俳句の特徴だった、と触れましたよね（192ページ参照）。

俳　仰っていた気がします。秋桜子さんは虚子選が絶対とされる「ホトトギス」の風潮がイヤで、そもそも文学作品なのに主宰選を通してしか発表できないのはおかしい、創作者の判断で自句を裁量する欄があるべき、と主張したんですよね。

青　ええ。秋桜子が「ホトトギス」脱退後に主宰誌「馬酔木」に同人自選欄を設けたことで、力のある同人たちは自己判断で句群を発表できる場を得ました。その際、〈**ちるさくら海あをければ海へちる　高屋窓秋**〉等が次々と現れたこともあり、自選欄は新興俳句の花形と目されたわけです。当時の「ホトトギス」等の結社には、同人や一般会員がまとまった句群を自由に発表できる場はほぼありませんでした。

連作俳句について

俳　絵画や小説、詩等の芸術作品は個人創作なのに、俳句は主宰の選句を仰がないと発表できないのは封建的因習で非芸術的だ、という感じだったんですよね。それが当時は斬新だったのは分かる気がしますが、新興俳句は自選欄以外にも特徴があった、ということでしょうか。

青　そうなんです。秋桜子が「馬酔木」で始めた自選欄が「ホトトギス」と異なるのは、連作俳句が発表された場だった点にあるんですよ。

俳　連作？　確か数句を詩のように連ねる方法ですよね。

青　そうです。例えば、先の「ちるさくら」句は「馬酔木」自選欄に発表された連作の一部で、発表時は次のような並びでした。

さくらの風景　**高屋窓秋**

さくら咲き丘はみどりにまるくある
花と子ら日はそのうへにひと日照る
いま人が死にゆくいへも花のかげ
はれし日はさくらの空もとほく澄む
静かなるさくらも墓もそらの下

ちるさくら海あをければ海へちる　①

連作はタイトルを付すのが通例で、「さくらの風景」と題された計六句が並び、「ちるさくら」句は最後に置かれています。

俳　「ちるさくら」の句、発表時はこういう形だったんですね。ある町の春のスケッチ、という感じでしょうか。桜が咲く春の頃には丘に緑が萌え始め、輪郭が丸く膨らみを帯びてきた（1句目）。その晴れた日、桜の近くでは子らが遊び、子どもたちや桜には暖かい日ざしが降り注ぎ、頭上に太陽が麗らかに照っている（2句目）。桜は町のあちこちに咲き誇り、それは今、ある人が亡くなりつつある家の屋根にも桜の木や花が影を落としており（3句目）、晴れ上がった日には桜の上に広がる青空も遠く澄みわたっていた（4句目）。静かに咲きながら散りゆく桜も、その近くにあるお墓も春の空の下、今や静かに佇んでいる（5句目）。その墓地と桜は海の近くにあり、桜は海の方へ散ってゆく。まるで海の青さに吸い寄せられるように（6句目）……物語風に詠むとこんな感じですかね。4句目が分かるような、分からないような。

青　素晴らしい、まさにそういう流れの連作と思います。桜が咲く春の町の風景を断片のように切り取って並べた連作としてもよく、桜はいずれの句も同じ木で、海が見える丘に家やお墓がある、と解釈できる余地もあるでしょう。4句目は、花曇の時期であることを詠んだように感じます。桜が咲く頃は天気が崩れがちですが、今日のように晴れた日には桜の向こうに広がる空も遠く澄んでいる……3句目の「人」が4句目ではすでに亡くなっており、葬儀の日と取れなくもない。そして5句目ではその人物が墓に眠っている、と物語風に読めます。

俳　なるほど、連作はそんな感じで読み取ると面白いですね。一句だけでは表現できないストーリーや複雑な世界観も読者に伝えられそう。それにしても窓秋さんの連作、いいですねえ。春の穏やかな死をここまで甘美に詠むのは凄い。

青　23歳の作品で、当時の窓秋はモダニズム詩をよく読んだらしく、それをうまく有季定型に嵌めこんだ感じがあります。切字を使わないのも特徴です。

連作の革新性

俳　そうなると、窓秋さんのような連作が新興俳句の特徴というのは切字を使わなかったり、現代詩のような内容だったため、となるのでしょうか。

青　それも大きな特徴と思います。同時に、連作形式そのものが「ホトトギス」や従来の俳句常識と相容れないものだったんですよ。かなり反体制的な挑戦だったんです。

俳　分かった！　選句がしにくい！

青　凄い、よく分かりましたねえ。連作は総題が付され、一句目から順を追って読むように配されているため、全句が揃って一個の作品となるように作られます。そうなると、主宰がどこかの句を落としたり、順を入れ替えて掲載するのが難しくなる。連作は主宰選を無条件に是とする従来の結社組織や俳句観を拒否し、作者側で完結させる世界観を濃く湛えていました。「馬酔木」自選欄が革新的だったのは、才能のある若手たちが自選の連作を堂々と発表した点にあり、新興俳句に惹かれる若者が急増したのはそういう点にあったわけです。

俳　当時の常識を考えると凄いことですよね。「ホトトギス」雑詠欄や虚子さんを否定することになりますし、ひいては結社主宰の大家を黙って批判するような……怖い。

青　そこが新興俳句の斬新さでした。自選欄、連作、切字をほぼ使わない等、いずれも従来の俳句観に対する挑戦だったわけです。こういった新興俳句の革新性が頂点に達したのは、日中戦争の様子を紹介したニュース映画を参考にしてヴァーチャルに詠んだ戦場句でしょう。当時は「戦火想望句」と称され、以前に紹介した西東三鬼の句（217ページ参照）が象徴的です。

作品4

機関銃蘇州河ヲ切リ刻ム
敵前ノ酒ヲ戦友ノ口ニ流ス
酒瓶ニ裸体工兵ノ顔ユガム
弾道下裸体工兵立チ擼《コ》ゲル
一人ヅツ一人ヅツ敵前ノ橋タワム　（②）

総タイトルを無機質に「作品1、2……」とし、漢字と片仮名だけの表記で抒情味を排して戦闘の情景をドラマチックに詠む。その際、三鬼は無季句を多用しました。新興俳句陣営の連作は、従来の俳句観を揺るがし、批判を含意した野心的な形式でしたが、最も挑戦的だったのは無季句を詠み始めた点です。しかも、その代表が三鬼句のような戦火想望句だったんですよ。

俳　うーん……生きるか死ぬかの戦闘中に、季語や切字をあしらって**〈戦場や殊に野菊の吹かれ居り〉**とか謳ってられないにせよ、新興俳句の皆さんが一斉に無季万歳！となったんですかね。実作者にとって季語を捨てるかどうかは大きな問題のはずで、以前の話だと秋桜子さんは無季句を批判したんですよね。新興俳句陣営がこぞって無季容認に流れるのかな、と思いまして。

青　その句、原石鼎の**〈頂上や殊に野菊の吹かれ居り〉**（69ページ参照）のパロディですね。今のご指摘は鋭く、無季句の連作が流行し始めた時に新興俳句陣営は賛否両論に分かれます。水原秋桜子や山口誓子、石田波郷といった俳人は有季定型を手放さず、仰るように秋桜子は無季句を強く否定しました。かたや三鬼や渡辺白泉らは無季肯定派で、戦火想望句を詠み続けます。連作の流行から無季句が出現し始めたのが新興俳句の大きな進展と取るか、挫折の始まりと取るかで新興俳句の捉え方も変わってくるわけです。

新興俳句の前後期について

青　新興俳句の大きな特徴の一つとして連作を考えてみましたが、そもそも新興俳句運動は二段階に分けて考えた方がいいんですよ。第一期は水原秋桜子が「ホトトギス」や虚子の「写生」を批判して脱退し、「馬酔木」で独自の活動を始めた頃。次の第二期は連作で戦場をヴァーチャルに詠み始め、無季句を多用した時期。第一期が衝撃的だったのは最大勢力の「ホトトギス」を公然と批判し、「文学」としての俳句を目指した秋桜子の理念や活動が多くの若者を勇気付けたという点でした。

俳　天下の虚子さんを批判したのが「ホトトギス」で注目株だった四Sの秋桜子さんですからねえ。それ自体が衝撃的と思いますし、以前のお話ですと、秋桜子さんの句は隠居じみた古さがないから若者に人気だったんですよね。

青　その通り。加えて、秋桜子が「馬酔木」で自選欄を設けて有為な若手の発表の機会を促し、窓秋や波郷、加藤楸邨といった俳人たちが「馬酔木」で頭角を現したわけです。当時の秋桜子の作品や活動は清新で風通しがよく、虚子の俳句観や言動を無条件に肯定する「ホトトギス」に馴染めなかった俳人たちは秋桜子の言動に共感したんですよ。主宰に俳句観を委ね、自分は主宰の教えに従って黙々と修行するという徒弟制度や習い事の世界ではなく、自分で自身を規定し、独力で道を切り拓く「文学」としての俳句像を公の場で実践したのが秋桜子だったんですよね。彼が牽引した第一期は、主宰という他者を抜きにした個の「文学」としての俳句像を提示したのが大きな特徴だったんです。

俳　現在から秋桜子さんの句を振り返ると、典雅で伝統的にすら感じられますが、当時はそういうカリスマ的なパワーがあったんですねえ。その第一期と比べると、次の第二期は連作で戦争を詠んだのが特徴とのことですが、俳句史的にどういう影響を与えたことになるんでしょうか。三鬼さんのように戦場を詠んだこと自体が特徴というより、他の理由がありそうですが。

第二期の特徴1

青　戦場をヴァーチャルに詠んだ句群も新興俳句を象徴する作品といえますが、その意義をまとめると次のようになりそうです。まず、季感に頼らない無季定型の傑作が史上初めて出現したことに加え、時代に深くコミットした批評精神を体現した作品が出始めたことでしょう。これは第一期にほぼなかった特徴で、何より後世に与えた影響が大きいんですよ。

俳　前に先生が紹介された句でいえば、渡辺白泉さんの〈**街に突如少尉植物のごとく立つ**〉あたりが第二期の雰囲気ですかね。戦時体制を冷笑気味に見ている感じが批判精神の現れだったり、無季だったり。

青　よく覚えていますね。白泉は第二期を代表する俳人の一人で、有名なのは〈**戦争が廊下の奥に立つてゐた**〉でしょう（221ページ参照）。白泉は他にも〈**憲兵の前で滑つて転んぢやつた**〉という句も発表したり、ここまでくると川柳に近く、何より一線を越えた時局批判に取られかねない。「京大俳句」で盛んに戦火想望句を詠んだ三鬼らも含め、白泉も特高警察に検挙された要因になりました。

俳　白泉さんの句、明らかに戦時体制に協力的ではなさそうなので逮捕されそうですが、それにしても俳句を詠んだだけで検挙されるなんてイヤな時代ですねえ。

青　俳句史では新興俳句陣営の検挙自体が強調されますが、昭和初期のプロレタリア芸術関係では逮捕例がいくらでもある上、小林多喜二のように拷問死の例すらあります。昭和10（1935）年頃までに共産主義の芸術家や小説家が続々と転向させられた後に新興俳句の検挙が始まった経緯を踏まえると、俳句史で強調すべきは逮捕されたこと自体ではないんですよね……と、この話をすると長くなるので、新興俳句の第二期に戻ると、先ほどの三鬼や白泉の句とともに、無季に近い傑作が現れます。それが富澤赤黄男で、〈**蝶墜ちて大音響の結氷期**〉〈**爛々と虎の眼に降る落葉**〉（229〜231ページ参照）あたりは第一期に希薄だった世界といえます。三鬼、白泉らの無季句の後に出現した赤黄男句が到達した世界像は戦後の前衛俳句に影響を及ぼしており、赤黄男が切り拓いた無季の一行詩に近い世界は大きな功績があったといえるでしょう。赤黄男に私淑した高柳重信が戦後に発表し始めた多行詩の中で、例えば

身をそらす虹の
絶巓《ぜってん》
処刑台　　　　③

といった句群は、戦前の赤黄男句の世界をさらに発展させたと見なすと分かりやすい。

第二期の特徴2

俳　新興俳句の検挙の話や、重信さんの多行詩についても

知りたいことがたくさんありますが、戦時中の赤黄男さんの句が戦後の前衛俳句につながったというのは、先ほど仰った第二期の今一つの特徴と関係しているのでしょうか。「時代に深くコミットした批評精神」とか仰っていた気が。

青　そうでした。無論、赤黄男句も戦時下のただならぬ緊張感と呼応したという点で時代精神と共鳴した作品といえますが、「時代と深くコミット」云々でいえば、戦場をシニカルに詠んだ白泉や三鬼、また「京大俳句」の句群あたりを想定した方が分かりやすい。白泉の**〈鼻を顎を膝を天空へ向けし戦死〉〈繃帯を巻かれ巨大な兵となる〉**（192、219ページ参照）や、「京大俳句」の**〈射撃手のふとうなだれて戦闘機　仁智栄坊〉**④等、あるいは橋本夢道の**〈渡満部隊をぶち込んでぐつとのめり出した動輪〉**（99ページ参照）といった自由律は戦争や世情をアイロニカルかつ批判的に詠んだ句が少なくありません。この新興俳句の作風が、戦後の社会性俳句につながっていくんですよ。金子兜太や沢木欣一、鈴木六林男といった俳人たちが推進した運動で、敗戦を経たにもかかわらずに旧弊な日本社会を変革せねば、という認識を俳句で示そうとした際、戦前の新興俳句が社会批判に近い作品を詠んだ前例が後押ししたと見なすことができます。

俳　兜太さん！**〈原爆許すまじ蟹かつかつと瓦礫歩む〉**⑤とか力強いリズム感が好きです。兜太さんや他の方々も、新興俳句の系譜を継いだ人たちだったんでしょうか。

青　そこは微妙で、兜太らは「ホトトギス」と異なる新興俳句系の俳人ですが、彼らが社会性俳句に目覚める直接のきっかけは、人間探求派と呼ばれた中村草田男と加藤楸邨の作品なんですよね。ただ、草田男、楸邨は有季定型絶対派で、特に「ホトトギス」の草田男は新興俳句の無季句を批判しました。楸邨は「馬酔木」で修行した俳人ですが、無季句を肯定することはありませんでした。戦後の兜太たちはその草田男、楸邨に強い影響を受けたわけですが、兜太らは無季句を率先して詠み始めるんですよ。**〈彎曲《わんきょく》し火《か》傷《しょう》し爆心地のマラソン　兜太〉**⑥等の社会性俳句は、新興俳句の第二期に顕著だった白泉らの無季句のような社会への批評性が濃厚でした。つまり、社会性俳句の人々は戦後の草田男や楸邨の人間探求派的な句群に触発されると同時に、表現方法としては戦前の新興俳句の無季を含む表現に後押しされながら一暴れした、と俳句史的をまとめることができるわけです。

俳　なるほど。直接の影響関係や師弟関係云々ではなく、戦前の新興俳句の挑戦が表現上の財産として戦後の社会性俳句に継承された、という感じですかね。

青　ええ。新興俳句の第二期に出現した無季句の達成は戦後俳句に巨大な影響を与えており、それは第一期の衝撃と別に考えないといけない。そういう風に捉え、整理するのが俳句史的な見方というわけです。

——解説——

①「馬酔木」昭和8（1933）年4月号の同人自選欄に発表。同月号は自選欄の第一回目であり、創設と同時に連作の傑作が発表されたことになった。

②「京大俳句」昭和13年3月号に発表。三鬼や渡辺白泉らは「京大俳句」に戦争関連の無季連作を多数発表している。

③高柳重信の第一句集『蕗子』（昭和25）収録。

④「京大俳句」昭和12年10月号に発表。

⑤兜太の第一句集『少年』（同30）収録。

⑥兜太の第二句集『金子兜太句集』（同36）収録。

近代俳句史のあれこれ

俳句史や読解の様々な捉え方

青　これまで大正初期から昭和戦前期にかけての主要俳人を紹介しましたが、他にも興味深い俳人は多いんですよ。明治期でいえば俳諧宗匠や大阪の松瀬青々、大正期では小説や戯曲が本業だった芥川龍之介や久保田万太郎の句も面白い。加えて、これまで作者の経歴と作品を紹介する形をとりましたが、他の捉え方もありますし、俳句史には多様な角度があるんですよね。

俳　芥川さんの句がいい、というのは聞いたことがあります。そういえば俳諧宗匠さんもまだいた時代なんですねえ。子規さんが登場したら古い俳人はすぐ消えたわけでもなく、影響力を持っていたとか。

青　ええ。宗匠たちは昭和戦前期あたりまで声望や勢力を有し、彼らの立場から「ホトトギス」を捉え直すと興味深い点が多々あります。その意味で俳諧宗匠の動向や作品を追うのは重要で、「ホトトギス」雑詠欄の句群がいかに異例かが分かるんですよ。また、芥川は、**〈さみだれや青柴積める軒の下〉**等、江戸期の発句を思わせる格調高い句を詠みえた小説家でした。彼は小説で様々な文体や自意識の不安定さを複雑に書きこめたので、余技の俳句には俳句らしい句を衒いなく詠みえたんですよよ。久保田万太郎も同様で、彼も余技として〈**神田川祭の中を流れけり**〉等を詠み続けた作家であり、中村草田男や新興俳句陣営の作風に否定的でした。俳句で何でも詠もうとするのはムリで、しょせん他愛ない短詩なのだからそれに見合った内容を詠むべき、と主張したわけです。宗匠や芥川、万太郎のような俳句観を絡めながら近代俳句史を考えると、「ホトトギス」や河東碧梧桐の新傾向俳句あたりを軸とした従来の俳句史観を立体的に捉え直すことができますが、こういう話は作品鑑賞に直結する話ではないため、まずは経歴や代表句中心に紹介してきた、という感じです。

俳　確かに各俳人の経歴や句を並べただけでは俳句史にはなりませんし、それに俳諧宗匠や万太郎さんのような考え方もあってもいいですよね。俳句に人生を賭けた草田男さんあたりは猛反対するでしょうけど。それに先ほどの「神田川」句、いいですねえ。東京の神田祭でしょうか。町中が祭りの熱気に煽《あお》られるようで、三社祭のどよめきの中を静かに流れゆく川の雰囲気がステキです。

青　この句の面白いところは「神田」「祭」とあるので三社祭を連想させながら、作者は江戸川の下流あたりの柳橋から隅田川に注ぐ「神田川」を想定しつつ、地元の榊神社の祭りの風情を詠んだらしい。大規模な三社祭よりも万太郎好みの下町の生活感を川の流れに見た方が彼らしい句の雰囲気を味わえるかもしれない。それでいて、三社祭りに象徴される「江戸の祭り」の空気感を排除していないのがいいところですよね。

■経歴と作品の関係

俳　芥川さんの「さみだれや」句も雰囲気があって驚きましたし、万太郎さんの句もお話をうかがってなるほどと感じました。ところで、「万太郎好み」とさりげなく仰いましたが、彼は下町好きなんですかね。プロレタリアートとは違うような……

青　「万太郎好み」は仰るようにプロレタリア芸術云々とは肌合いが異なり、一言でいえば下町情緒愛好者。彼の経歴や趣味を知ると実感できる感覚です。万太郎に限らず他俳人にもいえますが、作者の経歴や生まれ育った環境、また時代状況や趣味性を知ると作品の雰囲気や方向性をきめ細かく味わうことができるんですよ。これは作家の境涯性云々と別の感覚であり、また作者の人生を知ることで作品の答えを探るといった話でもなく、句を読むだけでは感じにくい読み方の一助という感じですね。経歴と作品をセットで紹介した理由の一つはそういうところにもありました。

俳　なるほど……私は単に学校の授業や文豪ゲームのような感じで作者紹介と作品の味読をして終わり、と思っていました。

青　作品をよりよく味わうには作者の趣味や状況を知った方が損はないし、作者の人生をどれだけ調べても分からない作品の魅力があるのも事実で、その限界を知るためにも作者の経歴や時代状況を知るのは大きい。万太郎句でいえば、彼の下町好みを踏まえると三社祭云々よりも地元住民だけで楽しむ祭りを想定した方が良いかもしれない。同時に、上五に「神田川」とあるのに、あえて下五を「ながれけり」で終わらせたところに万太郎の俳句観が強く出ています。川は流れるものなので、「ながれけり」と詠まずとも「川」に託した方が文字数を稼げるはず。そこをあえて「ながれけり」と詠んだのが万太郎らしさで、これは彼の人生と作品を突き合わせて分かる発見というより、作品そのものを読みこむ必要がある。その上で「ながれけり」に彼の俳句観を見出すとすれば、万太郎の信条や主張を把握しておかないと結びつけることは難しい。では、彼の俳句観はいかなる時代や人々の影響で成り立ったのだろう……と考えると、彼自身の生まれ育った状況や時代が関係してくるので経歴等も知っておいて損はない、となる。これらを踏まえつつ、同時に「ながれけり」という表現に注目することも忘れてはならないという調子で、その第一歩が「作者の経歴＋作品の味読」という感じです。

俳　少し分かってきました。作者の生涯を句に重ねるべきとか、作品だけ読むべきといった「べき」ではなく、読むための角度や知識は多いほど味読できる可能性がある、という話ですかね。

飯田蛇笏の明治期思潮

青　ええ。作品読解をどう捉えるかというのは現代思想や文学理論で議論され、話が複雑なのでカットしますが、例えば、俳句に全力で臨んだ飯田蛇笏は単に巧さを超えた凄い句を「霊的」と称賛した時期があり、今でも「霊的」云々が蛇笏らしいと指摘されますが、あれは彼が明治期の思想に影響を受けた世代だからなんですよ。例えば、明治期に人気だった思想家は、インスピレーションを受けた時の印象を次のように語っています。「堂々と現前せる大いなる霊的活物とはたと行き会ひたるやうの一種の錯愕、驚喜の意識は筆舌の尽くし得る所にあらず候。（略）はつと思ふ刹那に忽ち天地の奥なる実在と化《な》りたるの意識、我は没して神が現に筆を執りつゝありと感じたる意識」（綱島梁川《りょうせん》）云々。こういった感性を芸術の目的や人間の存在意義といった話に移すと、次のようになります。「人としてこの世に実在するならば、吾人の霊的出発点は一つである、神の前に同じ権威を有する精霊である。（略）霊の権威のために、人道のために、はた宇宙の美のために断々乎として歩むならば吾人は霊的本能主義の一戦士として喜んで彼を迎えたい」（和辻哲郎）。こういう思潮を一身に浴びた蛇笏が後に「霊的」に表現された俳句云々と主張するわけで、つまり蛇笏は明治期の思潮を土台として俳句を語った俳人ともいえる。これは、蛇笏の後の世代にあたる日野草城や山口誓子には見当たらない感性で、その違いは意外に彼らの俳句観に影響を与えています。こういった時代精神と呼びうる各時期の特徴は句のみ読んでもわかりにくいため、作者の生まれ育った文化状況を踏まえると分かることがある、という感じです。

俳　ほお……**〈芋の露連山影を正しうす〉**の蛇笏さん、何と熱い俳人かと思っていましたが、同時代には他にも神がかった熱い人たちがたくさんいたのかも。

青　おそらく。ポイントは、蛇笏の独創的な個性によって「霊的」云々という表現が生まれたのではなく、明治期の思潮を浴びて育った蛇笏が、後に自身の作品のありようを語ろうとした時、「霊的」という明治思潮特有の語を用いて説明しようとした点です。時代特有の文脈に沿った言葉を蛇笏が自句を語る際に使ったことに、現代の読み手が意識的かどうかでだいぶ異なると思います。

俳句史と様々な「史」

青　あと、俳句史は文学史や歴史、芸術史等の「史」と関連させると面白いんですよ。例えば、昭和初期は近代俳句の黄金時代で、「ホトトギス」の四Sが傑作を発表したことがよく語られますよね。

俳　ええ。**〈七月の青嶺まぢかく熔鑛爐　誓子〉〈高嶺《たかね》星《ぼし》蠶《こ》飼《がい》の村は寝しづまり　秋桜子〉**といった句が続々と出て、虚子さんが選句したんですよね。その頃の虚子さんは「花鳥諷詠」を言い始めたり。

青　さすが。その「ホトトギス」帝国に反発するように新興俳句が現れ……というのが俳句史の定番ですが、昭和初期は不況が吹き荒れた悲惨な時期でした。

俳　え、虚子さんの「花鳥諷詠」とか、**〈甘草の芽のとびとびのひとならび〉**の素十さんみたいに、のんびりした順風満帆な時期に見えますけど。

青　詳しい話は省きますが、日本は大正後期の関東大震災後、昭和２（1927）年に金融恐慌が起き、同４年にはアメリカの世界恐慌の直撃で大不況に陥りいます。街に失業者があふれ、農作物や綿花が暴落し、特に東北地方は冷害で大凶作になり、身売りが続出するような悲惨な状況になる。

小説や詩、美術史でいえば、この時期はプロレタリア芸術が猛威を奮い、太宰治や山本健吉ら多くの文学青年が左翼運動に加わり、社会変革の行動を起こしました。「ホトトギス」の四Sや「花鳥諷詠」はまさに同時期で、逆に「写生」の特徴が分かります。つまり、「写生」は句作の強靭な技術の他に、「人生」を除去した人工世界を創る性質が強いんですよ。

俳　いわれてみると、例えば素十さんのような句には「人生いかに生くべきか」的なものはないですよねえ。

青　そもそも「ホトトギス」の上位俳人の多くは社会的成功者が多く、俳句に熱中できる暮らしの余裕があった人々でした。四Sも全員裕福で、同時に素十や誓子、青畝あたりは我慢を重ねた若年時代を過ごし、特に素十は今後の人生に悩んでいた節がある。その時期に「写生」に一気にのめりこむわけです。中村草田男も同じですが、「写生」は憂鬱な人生をひととき忘れさせてくれる桃源郷の側面があり、そこが小説と異なっていました。「ホトトギス」にプロレタリアや左翼運動の影がほぼ見当たらないのは「写生」がそれらをスルーして成り立つ文学で、しかも社会的成功者が多かったからなんですよ。

プロレタリア文学と「写生」

俳　そうか、小林多喜二さんとかいた時代ですよね。『蟹工船』や『党生活者』とか。

青　そうなんです。もちろん、プロレタリア文学運動は俳句にも影響を及ぼし、自由律に顕著に見られます。**〈シャツ雑草にぶっかけておく〉**の栗林一石路や、橋本夢道もそう(99ページ参照)。ただ、「ホトトギス」に影響が現れないのは虚子率いる「写生」がそれらをスルーした世界だったためです。あと、小説や詩の文学史の昭和初期はプロレタリアとモダニズムに大別されて語られますが、俳句史はそういう区分けはされず、「ホトトギス」の動向を中心に語られる場合が多い。短歌史もある時期から「アララギ」が主軸になりますが、他の流れもそれなりにある。ところが、俳句史は「ホトトギス」がドンと中心にあり、こういうのは近代文学史の中で珍しい。

俳　俳句の中にいると当たり前に感じますが、それだけ「ホトトギス」が凄かったんですね。虚子さん、今風にいえば「持っている」方だったのでしょうか。恐るべし。

「モダニズム」の内実の違い

青　虚子は毀誉褒貶ありますし、秋桜子が彼の取り巻きや信奉者がイヤで飛び出したのも分かる気がしますが、強運も含めて一代の傑物だったのは間違いない。その「ホトトギス」に抗する形で新興俳句が出てきた時、秋桜子と誓子が旗頭になりますが、同時代芸術で一大潮流だったモダニズムを体現したのは誓子でしょう。彼が好んだ「写生構成」という表現は象徴的で、あれは第一次世界大戦後のヨーロッパや革命後のロシアの芸術潮流で流行した用語なんですよ。世界大戦後の絵画や建築、映画や写真界では19世紀的な抒情や人間性を拒絶するアンチ・ヒューマンな機械讃美が勃興し、鉄橋や機関車の車輪、船舶をクローズ・アップした新興写真や映画が日本に入ってきます。誓子の**〈夏草に汽罐車の車輪来て止る〉〈起重機の巨鉤夏の空よりす〉**あたりはそういう感覚の句で、第一次世界大戦後の欧州で勃興したモダニズム芸術を俳句で体現しえたのは山口誓子でしょうね①。

俳　ん？　前に**〈手をとめて春を惜しめりタイピスト〉**等の日野草城さんについてお話された時、草城さんは軽やかなモダニズムの句調が持ち味で……といった話をしていたような（189ページ参照）。誓子さんの句のモダニズムとは違う感じでしょうか。

青　そうでしたね。草城句の場合は、西洋化した近代都市を余裕ある中流階級が楽しむくだりを活写したという感じです。モダンな生活を享楽的に描く草城句は昭和初期の小説集『世界大都会尖端ジヤズ文学』で描かれたようなアメリカナイズされたモダンな暮らしと響きあう。一方、誓子は第一次世界大戦後の荒廃したアンチ・ヒューマニズムの機械文明をニヒルに讃美したヨーロッパの反芸術運動と強く共鳴している。草城句がふりまいた清新なモダニズムと、誓子句が**〈夏の河赤き鉄鎖のはし浸る〉**等の虚無的な迫力で読者を震撼させたモダニズムは、同じ「モダニズム」でも文脈が違う、と捉えた方が理解しやすいんですよ。これらは絵画や写真、映画等の芸術史と突き合わせるとピンと来ますが、俳句史だけを見ていると分かりにくい。

俳　「モダニズム」は一つのまとまった流れのように思っていましたが、微妙に異なるんですねえ。

様々な「史」と作品

青　ええ。これらは一例ですが、俳句史に同時代の多様な「史」を併走させると俳句史を立体的に捉えることができ、さらに「作者」や「作品」の情報を組み合わせると多角的に句の雰囲気を体感できる可能性がある。例えば、中村草田男が熱きヒューマニズムを信奉して全人類のために句作を真摯にせねば！　と考えたり、第二句集『火の島』の題簽を高村光太郎に依頼したのは、草田男が文学青年だった大正期に文芸誌「白樺」に強烈な影響を受けたことが大きい。草田男の世代の芸術好きにとって、高村光太郎や武者小路実篤、志賀直哉や有島武郎らの「白樺」は人生の指針そのもので、草田男は真剣に「白樺」や聖書を読み耽った世代です。これら俳句史や草田男の芸術遍歴を踏まえた上で**〈万緑の中や吾子の歯生え初《そ》むる〉**を読むと、「白樺」的な生命賛歌の残響を見出すことができます。同時に、この句にはそれだけで収まらない生々しい質感が「生え初むる」に濃く漂っています。性格の良し悪しや性別に関係なく、子はある時期に桃色の柔らかい歯ぐきから骨のように硬い歯が生え始める。子の成長の喜びとともに、子どもという生命体の「力」に神秘的な驚きを感じたという臨場感が強いんですよね。草田男の回でも触れましたが（182ページ参照）、彼の句に宿る「驚き」の質感は驚異的で、これは俳句史や作家の経歴を追っても直接は掴みにくい。だからこそ草田男句の「驚き」の凄さが実感できますし、その「驚き」の強烈さは「万緑の」句が生命賛歌であることを排除してもいない。両者が混淆しながら一句に仕上げられたのが草田男句の魅力で、このような句の肌触りをきめ細かく、多角的に感じるために俳句史や他の「史」も学びつつ、作家の経歴や俳句信条なども知ると精度を高めることができる、というわけです。これまで「作者＋作品」を各俳人ごとに概括したのはその第一歩、という感じでしょうか。

―解説―

①山口誓子は新興写真や映画をよく見ており、「汽罐車」連作にはその影響が強く感じられる。詳細を知りたい方は、学術論文の拙稿「「汽罐車」のシンフォニー　山口誓子の連作俳句について」（『昭和文学研究』73、平成28〔2016〕）を参照。

俳句の「俳」は
俳諧の「俳」
もともと
サブカルなんだから
ジャンルをまたいで
楽しむわっ
キラッ

◆初出

「会話形式でわかる近代俳句史超入門」1～89、「100年俳句計画」平成26（2014）年7月号～令和5（2023）年8月号

＊収録にあたり各回を適宜抜粋し、加筆修正を加えて再編集した。

◆参考文献一覧

・全体（句評・評伝・史観等）

『近代俳句大観』（明治書院、1974）
『日本名句集成』（学燈社、1997）
『鑑賞現代俳句全集』1～9巻（立風書房）
『現代の俳句　自選自解』4、6、8巻（白鳳社）
『日本秀句』7、8巻（春秋社）
山本健吉『定本現代俳句』（角川学芸出版、1998）
行方克巳・西村和子『名句鑑賞読本』藍、茜巻（角川書店、2005）
『昭和俳句文学アルバム』6、15、16、19、24、27、28、31巻（梅里書房）
『俳句講座6 現代名句解釈』（明治書院、1958）
『新訂俳句シリーズ・人と作品』4～17、19～20巻（桜楓社）
青木亮人『ＮＨＫカルチャーラジオ　俳句の変革者たち』（ＮＨＫ出版、2017）
川名大『昭和俳句　新詩精神の水脈』（有精堂、1995）
村山古郷『明治俳壇史』（角川書店、1978）
村山古郷『大正俳壇史』（角川書店、1986）
村山古郷『昭和俳壇史』（角川書店、1985）

・各俳人

『子規全集』全25巻（講談社版）
坪内稔典『正岡子規　俳句の出立』（俳句研究社、1976）
坪内稔典『坪内稔典コレクション2　子規とその時代』（沖積舎、2010）
『河東碧梧桐全集』全20巻（短詩人連盟河東碧梧桐全集編纂室版）
『定本高浜虚子全集』全16巻（毎日新聞社版）
青木亮人『近代俳句の諸相』（創風社出版、2018）
『飯田蛇笏集成』全7巻（角川書店版）
『村上鬼城全集』全2巻（あさを社版）
花田春兆『心耳の譜　村上鬼城』（こずえ、1978）
『水巴俳句輪講　句集『白日』全講』（曲水社、1976）
中西舗土『評伝　前田普羅』（明治書院、1991）
中西舗土『前田普羅　生涯と俳句』（角川書店、1971）
岩淵喜代子『頂上の石鼎』（深夜叢書社、2009）
原コウ子『石鼎とともに』（明治書院、1979）
『放哉全集』全3巻（筑摩書房版）
『定本山頭火全集』全11巻（春陽堂書店版）
藤岡照房『ひともよう　種田山頭火の一草庵時代』（朝日新聞社、1996）
伊藤完吾編『句集　陽へ病む』（層雲社、1990）

殿岡駿星『橋本夢道物語』（勝どき書房、2010）
『山口誓子全集』全10巻（明治書院版）
『水原秋桜子全集』全21巻（講談社版）
『素十全集』全4巻（永田書房版）
『阿波野青畝全句集』（花神社、1999）
川島由紀子『阿波野青畝への旅』（創風社出版、2019）
『芝不器男句文集』（塩崎月穂、1984）
谷さやん『芝不器男への旅』（創風社出版、2012）
杉田久女『杉田久女随筆集』（講談社文芸文庫、2003）
坂本宮尾『真実の久女』（藤原書店、2016）
『汀女自画像』（主婦の友社、1974）
『中村汀女俳句集成』（東京新聞社、1974）
『星野立子全集』1、2、4巻（梅里書房版）
『富安風生全集』全10巻（講談社版）
山口青邨『三艸書屋雑筆』（求龍堂、1977）
山口青邨『雑草園夜話』上下巻（夏草会、1992）
上村占魚『松本たかし俳句私解』（紅書房、2002）
上村占魚『後塵を拝す』（荒地出版社、1977）
『中村草田男全集』全19巻（みすず書房版）
中村弓子『わが父草田男』（みすず書房、1996）
『郷土俳人シリーズ7　中村草田男』（愛媛新聞社、2002）
伊丹啓子『日野草城伝』（沖積舎、2000）
『石田波郷全集』全10巻（角川書店版）
『郷土俳人シリーズ9　石田波郷』（愛媛新聞社、2004）
石田修大『波郷の肖像』（白水社、2001）
『加藤楸邨全集』全14巻（講談社版）
石寒太『わが心の加藤楸邨』（紅書房、1998）
石寒太『加藤楸邨の一〇〇句を読む』（飯塚書房、2012）
『西東三鬼全句集』（沖積舎版、2001）
西東三鬼『神戸・続神戸・俳愚伝』（講談社文芸文庫、2000）
「俳句臨時増刊　西東三鬼読本」（角川書店、1980）
『富澤赤黄男全句集』（書肆林檎屋版、1976）
『郷土の俳人　富沢赤黄男』（保内町教育委員会、1987）
『郷土俳人シリーズ8　富澤赤黄男・芝不器男』（愛媛新聞社、2011）
「赤黄」全四号（1981～1982）
川名大『戦争と俳句』（創風社出版、2020）
今泉康弘『渡辺白泉の句と真実』（大風呂敷出版局、2021）
川名大『渡辺白泉の一〇〇句を読む』（飯塚書房、2021）

※本文中には現代の人権意識に照らして不適切な表現がありますが、紹介俳人の時代背景や作品の古典的価値等に鑑み、資料・原文のままとしました。ご了承下さい。

■あとがき

小著は「100年俳句計画」連載「会話形式で語る近代俳句史超入門」を一書にまとめたものである。単行本化は「100年俳句計画」編集長のキム・チャンヒ氏並びにマルコボ・コム社長の三瀬明子氏の慫慂によるものであり、収録に際しては全編にわたって大幅に改稿した。小著が形になったのはひとえにマルコボの皆様のおかげであり、改めて深謝申し上げる。校正やレイアウトその他はキム氏、三瀬氏、水谷雅子氏にお世話になり、キム氏はイラストも担当下さった。

二〇一四年にキム編集長と初めてお会いした際、意気投合して会話形式の近代俳句史連載をさせてもらうことになった。青木先生と俳子氏は約10年にわたって語り合い、今も大学の教室で話しこんでいる。教室にはすでに夕闇の気配が漂い始め、窓から射しこむ暮光が机や黒板を茜色に染めなす中、彼らは何を話しているのだろうか。二人の話に耳を傾けてみよう。

青　これまで主な近代俳人を見てきましたが、いかがでしたか。

俳　初めて知ることが多かったです。いつもは歳時記に載る句や総合誌で代表句を読む程度でしたし、各俳人の生涯や信条とともに句群をまとめて読む機会はなかったので勉強になりました。それに、今までは歴史上の偉人として遠い存在に感じていましたが、皆さんもそれぞれの人生があったんだなあ……と身近に感じたり。

青　なるほど。ある俳人の一句のみ読む場合と、その俳人の多くの句群を人生や逸話とともに味読する場合では、「俳句」の手触りが異なるかもしれません。各俳人の時代や生活、また家族関係や俳句にのめりこむきっかけは様々ですし、またこれらがいずれも作品に直結するという話ではなく、むしろ俳句は表現の妙が作者の人生と重ならないことが多い。ただ、それぞれの俳人の人となりや様々な出来事を踏まえながら彼らの句群を読むと、作家の佇まいや気配といった雰囲気を感じられることが多く、何より「距離」を実感できるのが大きい。

俳　距離？　何から何に対しての？

青　現代に生きる私たちと過去の彼らとの距離感、でしょうか。私たちは現在の生活や価値観の中で暮らしているため、ともすれば過去の俳人や俳句観を現代の尺度で判断しがちです。でも、かつての俳人の経歴や逸話を調べると、今の私たちと異なる時代や価値観の中で句作に励み、信条を育んだことがうかがえますよね。その遠さを肌で感じつつ、そして私たちと異なる世界に生きた俳人の試行錯誤の末に現在があり、私たちの俳句観がある……そう考えた時、私たちの俳句観は無色透明ではなく、先人たちの様々な挑戦や挫折、また失敗や偶然の連なりの中で多くの可能性が淘汰され、ある一つの現実がたまたま定着し、それがいつしかあるべき俳句像として浸透していることに気付く。加えて、その俳句像を築いた先人たちは私たちと異なる価値観や理念、生活信条を大切に抱いたにもかかわらず、彼らの作品は今なお驚嘆すべき魅力に満ちています。そこに「作品」の面白さがあり、同時に過去の俳人たちとの「距離」も改めて感じられるわけです。

俳　あと、そのように俳句史を学ぶと興味深いことに気付いたんですよ。現代もまた歴史の一つの流れかも？　と感じるようになり、私自身の俳句観や常識を見直すようきっかけになりました。これまで当然と信じていた「○○といえば○○」といった感性や価値観はいつ生まれたのだろう？　とか。

青　そこです。過去との「距離」を実感しながら歴史を学ぶと、「現在」を客観的に捉える認識が育まれるんですよ。私たちが当然と信じる感性は将来変容するかもしれず、そもそも私たちに染みついた価値観はいつ生まれ、どの時期に広まったのだろう。それはなぜ定着し、いかなる特徴や偏りがあったのか……と、自身の俳句観や俳句そのものをより深く、きめ細かく認識しようとすることは大事なことです。過去に学ぶことは現在の自分を知ることであり、将来の自身の姿を模索するきっかけにもなる。このあたりの話も興味深いのですが、夕暮れにさしかかったのでまたの機会にしましょう。

俳　了解です。では、先生に感謝の念を込めて次の句を捧げましょう。**〈美しきさうびを君の夏花《げばな》とす〉**。

青　ン、どこかで聞いた気が……「ホトトギス」俳人の波多野爽波の母堂が急逝した時に虚子が手向けた弔句じゃないですか。人を美しい仏扱いにして勝手に薔薇を供えるとは、最後まで油断なりませんな。虚子句を使うのでしたら、大正初期に彼が俳壇復帰した際に詠んだ句の方が私たちの門出に相応しいと思いますよ。**〈春風や闘志抱きて丘に立つ〉**。

俳　ホホッ、バレましたか。私もいつか異常な俳子調を歴史に刻めるように（60ページ参照）、先生の俳句談義を思い出しながら句作に邁進する所存です。とても刺激的な約10年間でした、ではまた！　（一礼して教室を勢いよく飛び出す）

2023年夏

青木　亮人

青木　亮人　（あおき　まこと）
　1974 年、北海道小樽市生まれ。同志社大学文学部卒、同大学院修了。博士（国文学）。現在、愛媛大学教授。専門は近現代俳句。
　2008 年に正岡子規の学術論文で第 17 回柿衞賞（兵庫県柿衞文庫主催、若手俳文学研究者が対象）、2015 年に『その眼、俳人につき』（邑書林、2013）で第 29 回俳人協会評論新人賞及び第 30 回愛媛出版文化賞大賞、同年に高浜虚子作品の論文で第 1 回俳人協会新鋭俳句評論賞を受賞。2019 年に『近代俳句の諸相』（創風社出版、2018）で第 33 回俳人協会評論賞、2023 年に『愛媛 文学の面影』東予・中予・南予編（創風社出版、2022）で第 38 回愛媛出版文化賞を受賞。他著書に『俳句の変革者たち　正岡子規から俳句甲子園まで』（NHK ラジオテキスト、2017）、『学びのきほん　教養としての俳句』（NHK 出版、2022）など。
　現在、俳誌「円座」「100 年俳句計画」「子規新報」「氷室」及び総合誌「俳句四季」「俳句界」「NHK 俳句」に評論連載中。俳句サイト「セクト・ポクリット」にエッセイ連載中。また、愛媛県文化振興財団文化講座の「愛媛文化・俳句講座」「俳句学」及び愛媛新聞カルチャー講座の「近現代の名句鑑賞」担当中。

対話形式で語る

近代俳人入門

2023年8月31日　第1版発行

著者　青木亮人

装丁　キム・チャンヒ

発行人　三瀬明子

編集・発行
有限会社 マルコボ.コム
愛媛県松山市永代町 16-1
電話　089-906-0694

印刷所　株式会社松栄印刷所

ISBN 978-4-904904-64-0 C0092 ￥2500E

HAIKU LIFE
100年俳句計画